KB269056

Mr. 마조

박안나 퓨전 판타지 소설
FUSION FANTASY STORY

Mr.마조 1

박안나 퓨전 판타지 소설

초판 1쇄 찍은 날 § 2010년 4월 15일
초판 1쇄 펴낸 날 § 2010년 4월 23일

지은이 § 박안나
펴낸이 § 서경석

편집장 § 문혜영
편집책임 § 서지현
편집 § 이수민

펴낸곳 § 도서출판 청어람
등록번호 § 제1081-1-89호
등록일자 § 1999. 5. 31
어람번호 § 제1-1136호

주소 § 경기도 부천시 원미구 심곡2동 163-2 서경B/D 3F (우) 420-822
전화 § 032-656-4452 팩스 § 032-656-4453
http://www.chungeoram.com
E-mail § chungeoram@chungeoram.com

ⓒ 박안나, 2010

ISBN 978-89-251-2151-2 04810
ISBN 978-89-251-2150-5 (세트)

Mr. 마조

CONTENTS

　　납치라는 것이 무엇인지 단어 그 자체도 잘 모르고 있었을 때의 이야기다.

　　때문에 나와 제이는 당시 우리가 처했던 상황의 위급함을 이해하지 못하고 있었다. 그저 무섭고 어서 집에 갔으면 좋겠다는 생각밖에 없었다. 눅눅한 곰팡이 냄새와 축축하게 젖어오는 물기로 가득한 창고가 그저 싫어서 울며 떼를 쓰는 것밖에는 아무것도 할 줄 몰랐다.

　　옆에서 제이가 배가 고프다며 칭얼거렸던 게 어렴풋이 기억난다. 낯선 아저씨들과 지저분한 창고에 같이 있는 것만으로도 겁에 질려 있었던 나와는 다르게, 제이는 뭐가 그리 신기한지 주위를 둘러보며 내게만 작게 우리 지금 숨바꼭질하고 있는 거냐고 묻기도 했다. 그때 나는 뭐라고 대답했더라. 잘 기억이 나지 않지만 내 말에 제이가 얼굴을 찡그리며 툴툴거리는 바람에 아저씨들이 우리에게 조용히 하라고 소리를 질렀던 것 같다.

어찌 보면 정말 우스운 상황이었다. 그때 우리는 유모가 시키는 대로 어떤 아저씨의 차를 탔을 뿐이다. 모르는 사람을 따라가서는 안 된다고 귀에 딱지가 앉도록 듣고 배웠지만 우리에게 있어 유모는 부모였다.

부모와 비슷한 게 아니라 그녀만이 우리의 진정한 부모였다. 부모님이 계시기는 했지만 그분들의 얼굴이 어떻게 생겼는지 나와 제이는 기억도 나지 않았다. 그분들은 어쩌다가 가끔 집에 찾아오는 손님 같은 존재였다. 그래서 나와 제이가 생각하는 가족이란 우리 둘과 그녀, 이렇게 세 식구가 전부였다.

유모라고 불렀지만 우리에게 그녀는 단순히 부모님이 당신들을 대신해 우리를 봐주라고 고용한 사람이 아니었다. 나와 제이는 진심으로 그녀를 믿고 의지했으며, 사랑했다. 그랬기에 그녀가 하라는 것에 어떤 의심도 할 수 없었다. 그녀가 따라오라면 따라갔고, 타라면 모르는 사람이 모는 차라도 아무 의심 없이 탈 수가 있었다.

"일이 끝나면 확실하게 죽여. 내가 유인해서 여기까지 데려왔는데 나중에 그걸 말하기라도 하면 나나 당신들이나 끝이야."

"알고 있어. 누가 뭐라고 해? 돈만 받으면 확실하게 죽일 거니까 너무 걱정하지 마. 너나 어서 돌아가. 알리바이는 확실하게 만들어놨지?"

"그제부터 과로로 병원에 입원해 있는 상태라는 거 잘 알잖

아. 지금 이 시간은 면회 금지라 간호사는 물론, 병문안도 받지 않으니까 안심해."

"그래도 모르잖아. 여기 일은 걱정하지 말고 어서 가봐. 병원 CCTV에 찍히거나 사람들한테 들키지 않도록 조심하고."

"내가 그 정도 조심도 안 할 거 같아? 이 일만 2년을 계획했어. 내가 병원에 도착할 때쯤에 아이 부모한테 전화나 잘해. 바빠서 그렇지 자식한테는 끔찍한 사람들이니까."

유모는 낯선 남자들과 이야기하더니 나와 제이를 보고는 환하게 웃으며 손을 흔들어주었다. 언제나 우리와 눈이 마주치면 기계적으로 나오는 그녀의 미소였는데 당시에는 그걸 알지 못했다. 우리를 보고 웃는 유모의 얼굴에 나는 이제 집으로 돌아갈 수 있겠구나 하고 안심을 했지만 나의 기대는 그녀의 말 한마디에 그대로 무너지고 말았다.

"아줌마는 이만 갈 테니까 저 아저씨들 말 잘 들어야 해. 알았지?"

그녀는 귀엽다는 듯이 다정하게 제이의 머리를 쓰다듬고는 우리를 그곳에 내버려 두고 혼자 떠나 버렸다. 넓고 높은 창고에 울러 퍼질 정도로 휘파람을 흥얼거리며 또각또각 경쾌한 구두 소리를 내면서 점점 멀어지는 유모를 나는 멍하게 쳐다볼 수밖에 없었다. 그리고 유모의 뒷모습이 더 이상 보이지 않을 때까지 그녀는 한 번도 뒤를 돌아보지 않았다.

"그런데 경찰에 신고하면 골치 아프지 않을까?"

"그러니까 확실하게 경고해야지. 신고하면 죽여 버리겠다고 하는데 자기들이 어쩔 거야. 들었잖아. 그 사람들 친척 중에 예전에 납치된 아이가 있었는데 경찰에 신고하는 바람에 납치범들이 애를 죽이고 그대로 토꼈다고. 그것 때문에라도 그 사람들 겁이 나서 선뜻 신고는 못할걸."

"헤헤, 그럼 이 일, 완전히 식은 죽 먹기네."

호언장담하는 사내의 말에 나머지 다른 한 사람은 멍청한 얼굴로 머리를 긁적이며 웃었다. 어리다고 해도 나이가 다섯 살이면 죽는다는 게 무언지는 안다. 우리는 안중에도 없는 그들의 대화를 전부 이해할 수는 없다고 해도 대충 돌아가는 분위기가 좋지 않다는 것 정도는 알 만한 나이다.

할아버지가 돌아가셨을 때 어른들은 그분이 하늘나라에 가셨다고 했다. 엄마가 사 왔던 노랗고 예쁜 새, 꼬꼬가 죽었을 때도 유모는 하늘나라에 갔다고 했다. 하늘나라가 어디로 가면 있는지 모르는 나라지만 그곳으로 가면 사람들이든 동물들이든 다시는 볼 수가 없다는 게 문제였다. 물론 하늘나라에 간다면 이미 그곳에 가 있는 할아버지와 꼬꼬는 다시 만날 수 있겠지만 대신 유치원 친구들과 다른 좋아하는 사람들은 만날 수가 없다. 저울질을 하라면 당연히 후자 쪽에 무게가 기우는 게 솔직한 심정이었다. 이미 이별한 이들과의 만남보다는 새로운 이별이 더 무서운 게 당연하다.

"집에 가고 싶어. 엄마, 아빠!"

결정적일 때 찾는 건 결국 부모밖에 없었다. 비록 얼굴조차 가물거릴 정도로 우리에겐 존재감이 없는 그들이었지만 부모란 이름 자체가 가지고 있는 의미의 무게는 꽤 컸나 보다. 그래도 위안인 것이 그때 유모를 부르며 울지 않았다는 게 지금 와선

내 빈약한 자존심에 조금이라도 위로가 된다. 본능적으로 그녀가 더 이상 우리 편이 아니라는 걸 알았던 것 같다. 만약에 유모를 찾으며 그녀에게 끝까지 매달렸다면 그 꼴이 또 얼마나 비참했을까.

"닥치고 있어! 이래서 애새끼들은 싫다니까. 영리하다고 들었는데 저거 돌머리 아니야? 이 정도면 대충 눈치 보고 구석에 박혀 있어야지. 야, 창민아, 저거 찍어라! 울고 있는 거 영상으로 보내는 것도 괜찮겠다."

무섭게 생긴 사내가 내 머리를 주먹으로 쥐어박으며 화를 내다가 멍청하게 웃고 있는 창민이라는 남자에게 명령을 했다. 그 말에 바로 카메라를 챙긴 그는 울고 있는 나를 찍으며 무섭게 생긴 사내에게 대뜸 확인을 했다.

"그런데 정말 돈은 확실하게 나눌 거지? 나, 이번이 마지막 기회야. 안 그러면……."

"누가 떼어먹는다고 했어? 왜 그렇게 의심이 많아."

"너 예전에도 같이 일해놓고 혼자서 돈 가지고 토꼈잖아."

"그거야 니가 중간에 실수를 해서 들키는 바람에 나라도 살자고 도망간 거지. 그리고 말이야 바로 해서 그때 내가 챙긴 건 원래 나한테 떨어질 몫보다 더 적은 액수였어. 네가 미련하게 도중에 잡히지만 않았어도 내가 겨우 그것 받고 떨어졌을 것 같아? 진짜 그때 일만 생각하면 울화통이 터지는데 이 자식이 누굴 사기꾼 취급해! 사실 이 일에도 너 안 끼워주려다가 니 사정이 워낙 안돼서 불렀더니, 뭐?"

"아, 아니야. 그래서 나도 고맙게 생각하고 있어."

몇 마디 윽박지르자 대꾸도 제대로 못하고 바로 기가 죽어버리는 게 멍청하게 보이는 건 다만 외모만이 아니었던 것 같다. 말하는 폼도 어눌하고 하는 행동거지도 재빠르지 못한 게 창민이란 사람은 어딘가 많이 모자라다는 인상을 풍겼다.

"다 찍었으면 이리 줘."

"여, 여기."

우리를 찍었던 영상을 노트북에다가 저장하는 걸 옆에서 구경하던 창민은 주섬주섬 기계 장비들을 치우며 물었다.

"그런데 전화는 언제 할 거야?"

"진희가 병원에 도착할 때쯤에. 대충 이제 시간이 됐으려나."

손목시계를 쳐다보던 그는 노트북으로 무언가를 하기 시작했다.

"뭐 해?"

"네 말처럼 이제 슬슬 부모에게 전화를 해야 되잖아. 만일을 위해 위치추적이 어렵도록 우리가 있는 이곳과 꽤 거리가 있는 곳에다가 따로 장비를 설치해 놓았지. 이곳에서 컴퓨터로 명령만 내리면 무인 시스템으로 미리 녹음해 놓은 전화 내용과 지금 찍은 영상이 자동으로 아이 부모한테 전달될 거야. 중간에 장난을 좀 쳐놔서 지금 우리가 있는 곳을 찾아내는 데 아무리 빨라봐야 삼 일은 걸릴걸. 아무래도 그건 내 쪽이 더 전문일 테니까. 물론 그 삼 일이라는 것도 어디까지 경찰에 신고했을 때의 이야기고, 신고만 안 하면 우리 위치가 들킬 일은 절대 없어."

"사, 삼 일? 그렇게나 빨리? 아무리 그래도 경찰에 신고하지 않는다는 보장은 없잖아."

"그러니까 만일의 경우를 대비해서 최대한 이틀 안에 모두 끝내야지."

불안해하는 동료에게 야비하게 웃어주던 그는 구석에서 울고 있는 우릴 슬쩍 흘겨보며 안주머니에서 잭나이프를 꺼냈다.

"우리가 알려준 해외 계좌로 바로 돈이 들어오지 않으면 겁을 좀 주면 되겠지. 어차피 죽일 거, 손가락 몇 개 자르는 건 일도 아니니까."

말을 하던 그의 태평한 얼굴이 지금도 잊히지 않는다. 그는 마치 날씨에 대해 이야기하는 것처럼 편안하고 여상해 보였다. 일상적이라 할 수 있는 대화와 행동들에 깃든 잔인함이 얼마나 섬뜩한지 그날 나는 처음 알게 되었다.

그렇게 우리의 악몽 같았던 하루가 시작되었다.

마르고 평범해 보이는 인상에 어눌한 말투를 가진 창민이라는 사람은 우리를 돌봐주는 일을 맡았다. 끼니때마다 밥을 챙겨주고 우리가 화장실에 가고 싶다고 하면 창고 반대편으로 데려가 주기도 했다. 그럴 때마다 무섭게 생긴 수범이라던 남자는 곧 죽을 것들, 뭐 하려고 먹여서 더럽게 싸게 만드느냐고 투덜거렸다.

"설, 설마 경찰에 알린 건 아니겠지?"

우리가 그들에게 잡힌 지 만 하루가 되자 창민이란 자가 눈에 띄게 불안해했다.

"그쪽은 아직 조용해. 신고는 안 했어."

"그걸 니, 니가 어떻게 알아?"

"경찰에 아는 사람 있다고 했잖아!"

"하지만 벌써 하루가 지났잖아. 도, 돈도 안 들어오고 삼 일이면 이곳도 들킨다며."

"그거야 경찰이 알았을 때 이야기고. 하지만 이것들이 아이와 돈을 직접 교환하자고 요구하는 걸 보니까 아직 상황을 제대로 파악하지 못하고 있는 것 같다. 자기들이 뭘 요구할 입장이 아니라는 걸 모르고 있나 본데, 창민아, 네가 해라."

수범이 잭나이프를 창민에게 던져 주며 무심하게 명령했다.

"한 시간마다 오른손 손가락 하나씩 잘라서 집에다가 보내. 아이 엄마가 피아니스트라고 하니까 손가락이 얼마나 소중한지 잘 알겠지."

"소, 손가락을? 아이 손가락을 어떻게……."

"내가 뭐 하려고 널 이 일에 끼워줬는데? 이런 거 하라고 끼워줬지, 애새끼 똥오줌 치워주라고 넣어준 줄 알아?"

"아, 알았어. 화내지 마."

역시나 소리 한번 지르자 어깨를 움츠리며 연신 고개를 끄덕이는 창민이었다. 그는 바닥에 떨어진 잭나이프를 줍다가 갑자기 고개를 갸웃하며 수범에게 물었다.

"그, 그런데 이 창고에 이렇게 물이 많았었나?"

"응?"

"바닥이 온통 물투성이야."

그 말에 나도 모르게 바닥을 내려다보았다. 나와 제이가 있는 근처는 괜찮았지만 온 창고 바닥이 첫날과 다르게 물기로 끈적거리고 있었다. 둘러보면 벽을 타고 흘러내리는 물줄기가 바닥까지 적시고 있었다. 게다가 원래 금이 나 있던 창고 바닥 곳곳에서 물이 솟아오르고 있는 게 언뜻 보였다.

"뭐야? 대체 언제부터 이런 거지?"

"나, 나도 몰라. 이거 이러다가 금세 물바다 되는 거 아니야?"

"젠장! 설마 그러기야 하겠냐. 그냥 얼마 전에 온 빗물이 고여서 이러는 거 아니면 어디 수도관이 터진 게지. 걱정 말고 넌 내가 시킨 거나 잘해."

대수롭지 않다고 판단했는지 수범은 도로 의자에 앉아 노트북으로 하던 일을 계속했다.

"며칠 전에 비가 왔다고 해도 이건 해도 너무한 거 아닌가. 여, 역시 수도관이 터진 거야."

수범과는 다르게 창민은 갑자기 물로 질척거리는 바닥이 꺼림칙한지 계속 혼잣말을 중얼거렸다. 그러다 나와 제이 앞에 와서는 애써 우리와는 시선을 피하며 제이의 어깨를 잡아당겼다. 그들이 하는 말을 전부 듣고 있었던 나는 급하게 몸을 앞으로 내밀며 소리쳤다. 그대로 가만히 제이의 손가락이 잘리는 걸 두고 볼 수가 없었다.

"그거 놔!"

시퍼렇게 날이 서 있는 잭나이프를 보며 나는 제이를 잡고 있던 창민의 손목을 이로 꽉 물어버렸다. 손이 묶여 있는 바람에 그를 막을 방법이란 그것밖에 없었다.

"으윽, 이 새끼기!"

그는 나를 떼어놓기 위해 다른 한 손으로 내 어깨를 붙잡고 밀어냈다. 그러나 나는 손목을 물던 것을 멈추지 않았고, 이가 박힌 살점에서 피가 흐르기 시작했다. 결국 아픔을 참지 못한

그는 오른손에 들고 있던 잭나이프로 내 어깨를 찌르려고 했
다.

"으윽!"

누구의 비명 소리였는지 기억이 나지 않는다. 창민을 물고 떨
어지지 않았던 나의 억눌린 비음이었는지, 나를 칼로 찌르려던
그를 밀치고 나 대신 칼에 찔리던 제이의 비명이었는지, 아니면
우리 둘 다였는지.

"이, 이게! 떨어져! 떨어지란 말이야!"

"바보 같은 자식! 시킨 일도 제대로 못하냐?"

결국 수범이 자리에서 일어나 우리에게로 왔다.

"하여튼 애나 어른이나."

등이 온통 피로 범벅인 제이를 한 손으로 잡아떼 아무렇게나
한쪽에다가 내던지며 하는 소리에, 나는 그때까지 물고 있던 창
민의 손목을 놓고 제이를 부르며 달려갔다.

"제이야, 제이야……."

빨간 피로 물든 제이의 몸을 보며 나는 무엇를 해야 할지 몰
라 울먹거렸다. 찔린 상처가 한두 군데가 아니었다. 손이 묶여
있어서 상처에서 흐르는 피를 막아줄 수도 없었다.

"손가락 자르는 게 뭐가 그렇게 어렵… 뭐야, 무슨 물이 이렇
게 많아?"

창민에게 화를 내던 수범의 놀란 목소리에 나는 바보처럼 울
고 있던 와중에도 고개를 들어 주위를 둘러봤다. 확실히 바닥에
고인 물이 눈 깜박할 사이에 갑자기 불어 있었다. 단지 바닥을
살짝 적시는 수준이었던 게 이제는 그들의 발목까지 차 있으니

놀랄 수밖에. 그런데 이상하게도 그들이 있는 곳과는 다르게 나와 제이가 있는 곳에는 물 한 방울 찾아볼 수가 없었다.

도리어 바스락거릴 정도로 바닥도 공기도 말라 있었다.

"상수도관이 터진 거 아니야?"

"나, 나야 모르… 수범아!"

"왜?"

"네 이마에 빨간 불이…….”

"이마에 빨간 불이라……. 헉!"

짜증을 부리던 수범이 순간 입을 다물며 딱딱하게 얼어버린 얼굴로 천천히 고개를 들었다. 그 옆에 있던 창민도 그와 다를 게 없는 얼굴이었지만 이내 체념 섞인 한숨을 토하며 느리게 두 손을 머리 위로 올리기 시작했다.

그들의 갑작스런 행동을 이해할 수 없어서 어리둥절해하는 사이 손톱만 한 붉은 불빛이 그들의 몸을 비추고 있는 게 보였다. 방금 전까지 보이지 않았던 붉은 반점 같은 불빛들이 두 사람의 몸 곳곳에 붙어서 약간씩 흔들리고 있었다.

지금이야 그 불빛이 무얼 의미하는지 잘 알고 있지만 그때의 나는 상황이 어떻게 돌아가는지 이해할 경험이나 지식이 전무한 상태였다. 그래서 마냥 신기하고 궁금해서 둘레둘레 고개를 돌리다가 그 붉은 불빛들이 점이 아닌 선이란 것을 알았다. 자세히 보면 가느다란 빨간 선들이 공기중에 희미하게 보였던 것이다.

그래서 언뜻 그 붉은 선들이 우릴 납치했던 이들에게 화살처럼 꽂혀 있는 듯 보이기도 했다. 선들을 따라 고개를 들어 위를 올려다보니 이층 난간에 뱅 둘러 검은 옷을 입은 이들이 일제히 커다란 총을 들고 두 사람을 겨냥하고 있는 게 보였다. 붉은 선들은 그 총들에서 나온 불빛이었다.

그들은 척 봐도 경찰이나 군인은 아닌 것처럼 보였다. 어려도 경찰이나 군인들이 입는 제복이 어떻게 생겼는지 정도는 알고 있었다. 그들이 입고 있는 것은 살짝 몸의 윤곽이 드러날 정도로 달라붙은 검은색으로, 어떠한 문장이나 휘장도 달지 않고 있었다. 그리고 총을 들고 있는 그들 사이로 유일하게 검은색 정장을 입고 있던 남자 하나가 이마를 찡그리며 나를 보고 있었다.

"경, 경찰엔 신고 안 했다며!"

어린 내가 봐도 그들은 경찰이 아니었다. 그런데도 창민은 그들을 경찰이라 생각했는지 수범을 노려보며 악을 썼다.

"넌 눈알이 썩었냐? 저것들이 어딜 봐서 경찰이야!"

"경, 경찰이 아니면?"

"'그곳'이잖아, '그곳'! 쟤들은 뭐 볼 것이 있다고 이런 시시한 사건에 개입했대. 젠장."

수범은 그들을 보며 이를 갈다가 문득 한쪽에 웅크리고 있던 나와 제이에게로 시선을 돌렸다. 뱀처럼 차가운 시선과 부딪친 순간 움찔거릴 사이도 없이 그는 우리에게 손을 내뻗으며 몸을 움직였다. 아마도 우리를 붙잡고 그야말로 진짜 인질극을 할 생각이었던 듯싶다. 그러나 그가 움직인 것과 동시에 공기를 가르는 작은 소리들이 창고에 울려 퍼지기 시작했다.

피융 하는 조용하면서도 날카로운 소리에 이어 수범의 몸 여기저기에서 피가 터져 나왔다. 말 그대로 터지듯이 공중에 흩뿌려지는 피와 살점에 수범의 얼굴이 점점 일그러지기 시작했다.

천천히 무릎을 꿇다가 결국 바닥에 얼굴을 처박으며 쓰러지는 수범의 모습은 그야말로 액션 영화의 한 장면처럼 그럴싸한 그림을 만들어냈다. 유모의 묵인 아래 보았던 연소자 관람 불가 영화들에서 흔하게 나오는, 그러나 정작 현실과는 너무도 동떨어진 그 모습은 나에게 지독한 괴리감을 느끼게 했다.

나와 제이가 그들과 함께 보낸 하루, 혈관처럼 물속으로 퍼져나가는 핏물, 그리고 내 품에서 서서히 죽어가던 제이. 이 모든 것이 영화에서 흔하게 보았던 낯익은 장면들처럼 느껴지며 나를 현실과 분리시켰다. 대신 그 익숙함이 악몽처럼 나에게 달라붙어 정신을 갉아먹기 시작했다.

악몽은 깨어날 수 있다는 희망으로 견딜 수 있다고 한다. 하지만 나는 그날부터 절대로 깨어나지 않을 악몽에 빠지고 말았다.

태어나는 순간부터 한시도 떨어진 적이 없는 제이를 잃어버리고 사랑했던 유모에게 버려진 그날로 내 머리는 뭔가 이상해지고 말았다. 차갑게 식어버린 건 마음만이 아니었다. 악몽에 시달리면서도 나는 현실을 부정하며 꿈에서 깨어나려 하지 않았다. 춥고 한없이 어두운 악몽이었지만 그 안에서는 편하게 숨을 쉴 수가 있었기 때문이다.

내게 있어 현실은 악몽보다도 더 끔찍한 고통이었다. 살려면 숨을 쉬고, 살려면 칙칙한 악몽 속에서 현실을 부정하고 나를

잊어버려야만 했다. 그래야지 살 수가 있었다. 그래야지 나는
숨을 쉴 수가 있었다. 그렇게 나 자신마저 살아 있는 생명체라
는 걸 잊고서라도 나는 살고 싶었다.
　살아야만 했다, 다시 만나기 위해서는.

CHAPTER 01
처음의 시작은 언제나 고요하다

　부정부패와 범죄가 고대로부터 인간들과 함께해 온 악질적인 병폐이며 근절하기 어려운 행위라는 것은 누구나 공감하는 문제일 것이다. 아무리 제도를 새로 만들고 법을 강화해도 약화는커녕 그 수단은 점점 교묘해지고 더러워져만 가는 건 어쩌면 너무도 당연한 일인지 모른다. 사회는 복잡해지고 인간은 그것보다 더 복잡한 존재가 되어버렸다. 어지럽게 돌아가는 머리와 더불어 양심도 함께 돌아버린 경우에는 수습조차 되지 않는다.

　거기에 장기적인 경기 침체로 인한 실업률 증가와 개인 파산자의 증가, 도덕의 부재, 준법의 유명무실은 인간들 사이의 부조리를 더욱 심화시키는 결과를 낳았다. 이렇게 경제적으로나 정서적으로 사는 게 각박하다 보면 범죄는 증가하고 그 정도는 더욱 극악해질 수밖에 없다.

때문에 나날이 제도는 엄격해지고 극단적인 처벌들이 만들어 졌지만 그 사이에 존재하는 빈틈은 언제나 인간을 유혹한다. 또한 제도와 법으로 인간을 규제하는 이들 역시 완벽할 수는 없었다. 누구보다 그 허점을 잘 알고 있기에 결국에는 스스로 자신의 손을 더럽히는 경우가 비일비재로 일어나는 걸 누구도 막을 수가 없었다. 그야말로 제도와 법의 그물에 걸리는 것은 재수가 없다거나 소위 뒷배경이 없는 빌어먹을 경우를 의미하게 되었다.

결국 뿌리 깊게 경직되어 있는 경찰과 검찰로는 더 이상 손을 쓸 수조차 없는 상태에 이르자 마지막 수단으로 새로운 기관의 필요성이 대두되기 시작했다. 이 상태로는 더 이상 안 된다. 뿌리부터 새롭고 깨끗한 강제기관이라도 만들어서 이 상황을 모면해야만 한다는 우려와 희망이 모든 시작의 처음이었다.

더욱 강력해진 감찰과 강제력을 가지고 기존의 조직들과는 아무런 연계가 없는 그런 조직이 생겼으면 좋겠다는 바람이 요구가 되고 점차 강요로 변해갔다. 나라의 최고 통치자마저 강제할 수 있으며 사법 처리할 수 있는 강력한 힘을 가진 조직이 필요했다. 동시에 그들 자신조차 통제와 감시에서 자유로울 수 없어야 한다. 이렇듯 이전 모든 것들의 기저까지 흔들 수 있는 강하고 깨끗한 그런 기관의 탄생을 모두가 원하고 있었다.

처음엔 완전히 꿈같은 기대라고 생각했다. 먼저 경찰과 검찰이 자신들의 고유 영역을 내주려 할지가 의문이었다. 사법부가 아닌 다른 조직에게도 재판권을 넘겨주는 부분에선 법까지 고쳐야하는 광역적인 문제로 넘어갔다. 무엇보다 그 법을 고쳐야

하는 입법자들이 본격적으로 자신들을 통제하는 기관을 만드는 데 찬성한다는 것부터가 쉽지가 않다. 그리고 이들을 아우르는 가장 큰 문제는 인간이 모이면 언젠가는 썩게 마련이라는 점이다. 아무리 좋은 취지에서 만들었다고 해도 뿌리를 내리다 보면 땅과 동화되고 시간이 지나면 이제 그만 편안해지고 싶어한다. 힘을 가지고 있다면 사적으로 그 힘을 이용하고 싶어지는 게 사람의 욕심이란 걸 모르는 이는 없다.

그런데 무얼 믿고 그런 강한 권력을 새로운 단체에게 줄 수 있겠는가 말이다. 그래서 그 이야기가 처음 나왔을 때는 모두들 멋있는 상상이나 꿈으로만 치부했다. 분명 시작은 이렇게 실현 가능성이 전혀 없는 기대에 불과한 이야기였다.

하지만 수십 개의 시민단체와 입법자들이 자리를 마련해 회의를 시작하게 되면서 그것이 꼭 꿈으로만 끝나지 않을 수 있다는 희망이 보였다. 틀을 잡고 법을 개정하고 수차례의 국민투표가 치러진 후에 헌법에까지 손을 대서 드디어 '그곳'을 만들어 내고야 말았던 것이다.

그런데 당연하다면 너무도 당연하게도 '그곳'이라고 칭하게 된 새로운 기관의 조직명은 아무것도 없었다. 물론 여러 이름이 거론되고 거의 채택될 분위기까지 가곤 했지만 그럴 때마다 반대 의견이 일어나는 바람에 번번이 실패하고 말았다

정보, 법, 연합, 과학, 국가, 단체 등등과 관련된 단어들이 기존의 조직들과의 연계, 혹은 단합의 가능성을 가질 수 있다는 이유로 매번 반대를 당한 것이다. 또한 수십 개의 시민단체가 모여 의견을 내놓다 보니 단어 하나에도 서로 민감할 수밖에 없

는 게 현실이었던 거다.

어느 명(名)도 모든 사람들과 단체를 만족시킬 수가 없었다. 그래서 결국 짜증이 난 누군가가 무심결에 내뱉은 의견이 의외로 사람들의 호응을 사면서 그대로 받아들여지게 된 것이다.

"그냥 이름이 없는 곳으로 만들면 어떨까요? 이름이란 것이 결국 힘을 가지게 되면 파가 생기고 아집과 세력을 만드는 거 아니겠습니까. 그러니 차라리 처음부터 하나의 이름으로 뭉칠 수 없게 만들어 버리자는 겁니다. 이름을 주지 않는 것으로."

각각의 관할 부서는 있지만 그것을 하나로 묶는 조직명이 없는 특이한 기관의 탄생은 그렇게 어처구니없게 이루어졌다. 더불어 '그곳'에서 일하게 될 이들 역시 자신의 이름을 버려야 한다는 원칙도 만들어졌다.

개명하라는 것은 아니고 자신의 온전한 이름을 전부 사용할 수 없다는 것을 원칙으로 삼은 것이다. 즉, 성과 이름 중에 한 글자, 혹은 두 글자만을 사용해야만 한다. 이는 그곳에 몸을 담고 있는 동안에는 부모님에게 물려받은, 그동안 가족과 친우를 비롯한 타인들이 불러주었던 자신의 성과 이름을 잊어야만 한다는 걸 의미했다.

나라의 통치자는 물론 입법자들과 그 외의 모든 국민을 강제하고 즉결로 사법 처리할 수 있는 힘을 가진, 그러면서 그 안에서 그들 자신도 자유로울 수 없는 '그곳'은 이렇게 시작을 알렸다.

가류지구의 동남부 12번가부터 17번가를 주름잡는 분남파의 보스 이철원은 사무실이 습격받았다는 연락을 받고 부랴부랴 조직원들을 이끌고 문제의 장소로 들이닥쳤다. 그러나 욕설을 해대며 문을 박차고 들어가는 그의 목소리엔 여유가 흘러넘쳤다. 사무실을 지키고 있었던 수하들이 어느 정도 적들을 이미 제압했을 거라는 믿음에서 오는 여유였다.

"이거들이 단체로 미쳤나. 어떤 새끼들이 감히 나 이철원의 구역을 넘봐!"

하지만 그를 맞이하는 건 부서진 기물과 서류로 어지러운 사무실에서 피를 흘리고 쓰러져 있는 적들도, 든든하게 사무실을 지켜낸 그의 수하들도 아니었다. 그러기는커녕 사무실에 있었을 그의 조직원들은 물론, 쳐들어왔다는 놈들의 코빼기 하나도 보이지 않았다. 대신 소파에 앉아서 손톱을 다듬고 있는 사내 하나만이 넓은 사무실에 남아서 그를 반갑게 맞이하고 있었다.

"이런, 우리 철원 씨가 단단히 화가 났나 보네. 그래도 오랜만에 만났는데 미친 새끼라니, 그건 너무했다."

"헉, 너… 너는!"

"이거 오랜만에 만났다고 설마 내 이름도 잊어버린 거야? 그리고 '너'가 뭐야, 너가? 우리 사이가 그렇게 허물없이 서로 말을 놓을 정도로 친한 건 아니잖아. 안 그래?"

자신은 계속 하대를 하면서 이철원이 내뱉은 '너'에 민감하게 반응하는 사내였다. 반면 이철원은 훤칠하게 큰 키에 삐죽삐죽 잔 수염이 지저분하게 난 사내를 보며 저절로 갈리려는 이를 억지로 사리물어야만 했다. 어찌 잊겠는가. 2년 전에 저 사내와 그의 파트너에게 걸리는 바람에 그의 조직원 절반 이상이 철창 신세를 졌던 일을 말이다.

　간신히 이철원 자신은 측근들이 죄를 뒤집어쓴 덕분에 집행 유예 정도에서 끝났지만 그 일로 인해 그의 조직이 받은 타격은 상당했다. 실제로 가류지구의 노른자라 할 수 있는 7번가와 8번가를 조직의 약체로 더 이상 지키지 못하고 내주었을 때 그가 흘린 피눈물만도 한 대야는 넘을 것이다.

　하지만 이철원은 현명하게 처신하는 법을 잘 알고 있었다. 불쾌한 기색은 전혀 찾아볼 수 없는 얼굴로 눈앞의 사내에게 미소까지 지어 보이며 자신의 말투에 대해 해명했다.

　"하하하, 오랜만에 봐서 잠시 잊었지 뭡니까. 진님이 아닙니까, 진님! 그런데 이곳엔 무슨 일로?"

　사내가 사용하는 이름을 부르며 이철원은 능청스럽게 그에게 방문한 이유를 물었다.

　"걱정하지 마. 네 구역에 관심있어서 온 것은 아니니까."

　"물론 관심이야 없으시겠죠. 설마 돈 잘 버시는 진님이 힘들게 살고 있는 사람들 밥풀까지 넘보겠습니까. 다만 전 어느 미친놈들이 우리 사무실을 습격해 왔다기에 서둘러 왔더니 애들은 온데간데없고 진님만 혼자 있어서 조금 놀랐다 이거죠. 설마 진님이 그 나쁜 놈들은 아닐 테고요."

　"아아, 그거? 그냥 아무 놈이나 붙잡고 너한테 전화하라고 하니까 불러주는 그대로 잘도 말하더군. 그러고 보면 예나 지금이나 철원 씨는 부하들을 참 잘 뒀어."

　"으득! 칭찬, 감사합니다. 그런데 저희 애들이 하나도 보이지 않는데 어디로 갔는지 혹시 아십니까?"

조롱하는 기색이 역력한 진의 말에 이철원은 결국 이를 갈고 말았다. 그러나 애써 의연한 척 소파에 앉아 있는 그에게 수하들의 소재를 물었다. 사무실에 있어야 하는 수하들이 하나도 보이지 않는다는 게 무얼 의미하는지 대충 감은 오지만 아무것도 모른 척 순진을 떠는 이철원이었다.

"알아볼 게 있어서 모두들 좋은 곳으로 모셨지."

"아니, 그 착한 녀석들이 뭘 잘못한 게 있다고 데려가셨습니까? 아무것도 모르는 녀석들이라 데려가 봤자 별 쓸모도 없을 텐데요."

"쓸모가 있는지 없는지는 우리가 판단할 일이니까 그것까지 걱정할 필요는 없고, 이제 우리 철원 씨도 그곳으로 함께 가주셨으면 좋겠는데 부하들처럼 반항할 건가, 그냥 순순히 따라와 줄 건가? 내 특별히 선택할 기회를 주지."

"이거 왜 이러십니까. 저, 예전에 손 씻었습니다. 선량하게 살려는 사람을 이런 식으로 대접하다니요. 섭섭합니다. 그리고 저희 아이들이 얼마나 착하고 순진한 것들인데요. 함부로 굴리면 깨지는 유리그릇 같은 녀석들입니다. 그러니 그냥 돌려주세요. 예전에 제가 좀 험하게 놀았다지만 이제는 절대 아니거든요."

이철원은 싸운 흔적이 역력한 사무실을 두 손으로 가리키며 인상을 찌푸렸다. 어처구니없는 누명에 억울하다는 표정이었지만 성실하다거니 진실해 보이는 얼굴과는 거리가 있는지라 그다지 큰 효과는 없어 보였다.

"유리그릇 같은 녀석들이 철심 박힌 쇠파이프 들고 우르르 몰려다니나? 이거 스댕 그릇이라도 닮았으면 대포 들고 설칠 녀석들이네."

진이 철심 박힌 쇠파이프를 들고 뒤에 서 있는 수하들을 턱짓으로 가리키자 이철원은 어깨를 으쓱하며 변명했다.

"아아, 이건 어떤 미친 개새끼가 착하게 살고 있는 우리를 공격한다기에 놀래서 들고 뛰어온 거죠. 그 왜 있잖습니까. 정당방위!"

"그래서 개 한 마리 잡으려고 이렇게들 몰려왔다고? 누가 보면 오늘이 개 잡는 복날인 줄 착각하겠네. 요즘은 그렇게 해서 개 잡으면 바로 동물 어쩌고 하는 협회한테 고소당한다. 조심해라."

"하하하, 잡다니요? 정당방위용이라니까요. 제가 또 자기 몸은 자기가 지키자는 신조로 살고 있는 몸 아닙니까. 뭣들 하나, 그 무서운 흉기들 얼른 치우지 않고?"

수하들에게 들고 있던 무기들을 치우게 하고 이철원은 사내에게는 손을 내저으며 변명했다.

"거듭 말하지만 우린 선량한 시민들입니다. 과거엔 비록 음지에서 일했지만 지금은 어디까지나 양지를 지향하고 있단 말입니다. 2년 전에 그렇게 당했는데 아직도 정신 못 차리면 제가 사람도 아니죠."

"선량한 시민? 내가 유행을 잘 몰라서 묻겠는데 요즘은 인신매매, 불법 장기 매매, 아동 포르노 제작, 매춘 알선도 착하게 사는 일인가 보지? 그래도 자기가 사람이 아니라는 건 아니 그나마 다행이네."

진은 천천히 자리에서 일어나며 분남파가 해온 짓들에 대해

하나하나 열거했다. 분남파는 2년 전엔 주로 약을 다뤘지만 조직이 약체 된 이후로 사채 쪽으로 전향한 상태였다. 정확히는 사채를 갚지 못한 이들을 대상으로 여러 가지 장사를 하고 있었다.

그러나 진의 말에 이철원은 어이가 없다는 표정으로 가슴에 손을 얹고 울상을 지었다.

"아이고, 세상에 요즘도 그런 못된 것들이 있습니까? 그거야 절대 착한 일이 아니죠. 듣는 것만으로도 심장이 벌렁거리네. 쌍도, 아니, 경석아, 뭐 하나? 우황청심환 좀 가져오지 않고. 무서운 말들을 들었더니 내 착한 심장이 놀랬나 보다."

과장된 표정으로 너스레를 떨다 우황청심환을 찾는 그였지만 눈동자는 쉴 새 없이 빠져나갈 틈을 찾고 있었다. 어차피 이곳에 있던 조직원들이 모두 잡혔다는 것과 진의 입에서 나오는 죄목들로 봐서는 이번엔 집행유예 정도로 끝날 것 같지 않다는 기분이 들었다.

저번에 집행유예로 나올 때 진이 얼마나 길길이 날뛰었는지 두 눈으로 똑똑히 본 그다. 당시의 원한으로 그동안 자신을 잡아넣기 위해 얼마나 애를 썼을지 눈에 선할 정도이다. 그래서 철저하다 싶을 정도로 꼬리를 숨겼는데 어디서 발각되었는지 결국 걸리고 만 것이다.

하지만 여기서 문제는 진만이 아니었다. 이미 그들이 있는 건물 주위로 지금쯤 포위망이 형성되어 있을 터다. 이 자리를 용케 빠져나간다고 무사할 수 있을지 장담할 수 없는 처지였다. 빠르게 돌아가는 눈동자가 그가 얼마나 고심하고 있는지를 말

해주고 있었다. 아무리 머리를 쥐어짜도 진에게서 도망가 봤자 밖에 대기 중인 전투요원들에게 질질 끌려가는 거 말고는 다른 길은 없어 보였다.

진이 천천히 고민 중인 이철원에게 다가가며 나긋나긋한 목소리로 물었다.

"그냥 따라올래, 아님 반항하다 끌려갈래?"

"요즘 세상에 이지선다가 어디 있습니까? 적어도 다섯 개 중에 하나는 골라야죠."

"유감스럽지만 난 단순해서 두 가지 예문밖에 몰라. 그리고 아무리 예문이 많아봤자 네 운명이 바뀌는 것도 아닌데 별것 아닌 것에 집착하지 말라고."

진이 싱긋 웃으며 이철원의 이마에 대고 입김을 불었다. 그러자 그의 입김에 가볍게 날리던 이철원의 앞머리가 이마에 맺힌 땀에 착 달라붙으며 땀방울이 볼을 타고 턱으로 떨어져 내렸다. 수적으론 우세였지만 어째 구석에 몰린 쥐는 이철원과 그의 수하들이었다.

"어서 선택해! 그리고 너희들도 현명한 선택을 하는 게 좋아. 괜히 두목에게 충성한다 어쩐다 해서 형량만 높이지 말고."

2년 전 일로 분남파의 핵심 간부들과 행동원들의 대다수가 아직도 철창 신세를 지고 있는 형편이었다. 때문에 현재 조직 내의 기반은 거의가 신입들로 채워진 상태였다. 그래서 아직 능력이나 경력도 되지 않은 녀석들이 분수에도 맞지 않은 직책을 가지게 되었고, 의리라는 아름다운 단어에 둔감한 녀석들도 많았다. 때문에 2년 전만 해도 서로 이철원의 죄를 뒤집어썼던 그런 감동적인 분위기는 이 자리에서 찾아볼 수가 없었다.

"우, 우리는 그저 시킨 일만 했어요."

"맞아! 우린 아무것도 몰라."

눈치를 보며 슬금슬금 뒤로 내빼던 그들은 이철원을 남겨두고 모두 도망가 버렸다. 그들은 진이 누구인지 몰랐다. 하지만 평소에는 그렇게나 무섭고 거드름을 피우던 이철원이 저렇게 설설 기는 상대는 결코 많지 않았다. 가류지구 전체를 군림했던 예전의 영광은 사라졌지만 아직도 그 이름 하나에 허리를 숙이는 이들이 많은 그였다. 어느 누구도 그를 진처럼 함부로 대하지도 못했고, 저런 대우를 받고도 그냥 묵인하는 이철원도 아니었다.

게다가 아무리 바보래도 두 사람의 대화를 듣고 진이 어디의 누구인지 추측하지 못할 정도는 아니었다. 때문에 상대는 겨우 한 명뿐이었지만 힘을 합쳐 그에게서 이철원이 도망칠 수 있게 도우는 것보단 자신의 보신에 힘을 쓰는 걸 선택하고 말았다. 어차피 그래 봤자 밖에는 전투요원들이 기다리고 있었기에 도망도 헛수고였지만 아직 그들은 그 사실을 알지 못했다.

"정말 순진한 녀석들이네."

"하아……."

진 혼자서 이곳에 오지는 않았을 텐데도 무작정 도망부터 하고 보자는 녀석들을 보며 그는 실소를 터뜨렸다. 반면 이철원은 한 명도 남김없이 자신을 두고 도망을 가버린 수하들에게 배신감도 느껴지지 않았다. 그 역시 예전의 수하들이 출감하면 지금의 녀석들은 대충 치워 버릴 예정이었다. 즉, 서로 나눠 가질 의리 따위는 애초에 없는 사이였던 것이다. 그렇다고 한 명도 그의 옆에 남아 있지 않은 지금의 사태는 그에게도 꽤나 큰 충격이었다.

"철원 씨는 도망가지 않아?"

"그래서 공무집행방해죄까지 더하라고요? 됐습니다. 전 죄도 없고 도망칠 이유도 없는 몸입니다."

이철원은 당당하게 턱을 올리며 뻣뻣하게 굴었다. 아무리 털어봤자 먼지 한 톨 나오지 않을 자신이 있다는 투였다.

"지금은 2년 전과는 많이 다를 텐데 여전히 뻣세네. 어디 든든하게 믿는 구석이 있나 보지?"

"방금 보지 않으셨습니까. 세상에 어디 믿을 사람이 있겠습니까. 그저 착하게 살다 보면 진님도 언젠가는 저의 깨끗한 마음을 알아주는 날이 오겠죠."

"야!"

"네."

"너, 도망가라."

"예?"

"주위에 보는 눈도 없겠다 딱 좋네. 도망가지?"

저놈이 이번엔 또 무슨 꿍꿍인가 해서 눈을 끔벅이며 진을 쳐다보고 있는데 난데없이 그에게서 주먹이 날아왔다. 하지만 날쌔게 진의 주먹을 피한 이철원은 쌍심지를 켜며 소릴 질렀다.

"이게 뭡니까. 순순히 조사에 응하겠다지 않습니까? 오해가 있으면 깨끗하고 밝은 정의사회구현을 위해 조사를 받고, 만약 혐의가 없다면 이런 대우를 받은 것에 대해 그쪽을 고소하면 우

리 사이에 있는 계산은 그걸로 끝인 겁니다, 끝! 네버네버, 절대
로 결코 보지 않을 거란 말입니다."

"나도 너 보기 싫어."

"보기 싫다고 아무 죄도 없는 사람을 패려는 겁니까?"

"내 입장도 이해해 줘. 원래 내 일이 도망가려는 놈들 잡는 거
잖아."

"그러니까 도망가지 않는다… 쿠엑!"

결국 이철원은 진의 주먹에 맞아 입술이 찢어지고 말았다.

"방금 도망치려고 했잖아."

"도망 안 간다니까요!"

"이미 때는 늦었어. 도망가려다가 잡히면 누군들 다 그런 말
을 하지. 그러니 처음부터 도망갈 생각을 말았어야지."

"그러니까 난……."

도망갈 마음도 없는데 진은 자꾸 그보고 도망치려 했다며 폭
력을 행사했다. 계속 진의 주먹을 피하던 이철원도 결국 자신을
방어하기 위해 함께 주먹을 날리고 말았다. 그래도 진이라면 충
분히 그걸 막을 거라 생각했는데 어째서 그는 순순히 이철원의
주먹에 얼굴을 맞았다.

"어쭈, 이제는 착한 공무원에게까지 주먹질이야? 이놈, 완전
히 맛이 갔네!"

입가에 흐르는 피를 손기락으로 훔치며 신이 환한 미소를 머
금었다. 이제 너, 딱 걸렸다는 표정과 함께.

"이제부터 나는 심하게 반항하는 흉악범을 잡으려고 하는 거
야. 불만없지?"

"……!"

"그런 표정 지어도 이미 때는 늦었어요, 철원 씨! 그러게 왜 도망치려고 했어. 쯧쯧."

이철원이 도망치려고 하지 않았다는 걸 증언해 줄 사람은 이곳에 없었다. 진이 그냥 상부에다가 도망치는 이철원을 잡아 조금의 주먹다짐이 있었다고 한다면 그걸로 끝인 거다. 거기에다가 입가에 시퍼렇게 멍든 훌륭한 증거까지 가지고 있으니 더 말해봤자 입만 아프다.

"이 개새끼!"

"이왕이면 강아지라고 불러줘. 그게 더 귀엽잖아."

주먹으로 밑바닥에서부터 시작한 이철원이었다. 하지만 그렇다고 해서 모든 싸움에서 우세를 점할 수 있는 건 아니었다. 자신보다 더 강한 사람을 만나면 그 밑에 깔려서 두들겨 맞는 거야 당연한 일이다.

"우욱, 미… 미란다 원……."

미란다 원칙에 의한 정당한 대우를 받고 싶다는 뜻일 거다. 하지만 이미 너무 얻어맞아서 입안에 피가 고인 이철원의 혀는 뜻대로 잘 돌아가지 못했다.

"남의 나라 강간범을 왜 나한테 찾아!"

그리고 그의 의사를 존중해 줄 뜻이 전혀 없는 진이었다. 무자비하다 싶을 정도로 이철원에게 발길질을 하는 진이었지만 그래도 2년 동안 쌓였던 스트레스가 전혀 풀릴 것 같지가 않았다. 머릿속에서는 분남파의 범행 증거를 찾다가 며칠 전에 만났던 열여섯 살 소녀의 이야기가 떠나지 않는다.

“적당히 해.”

“어, 마조?”

한참 신나게 이철원을 두들겨 패던 진은 차분한 목소리로 자신을 말리는 파트너의 등장에 동작을 멈추고 그를 보았다. 어느새 머리카락 사이에 송골송골 맺힌 땀이 턱과 목 뒷덜미로 흐르고 있었다. 그것들을 옷소매로 대충 닦아내자 풋풋한 땀 냄새가 몸에서 났다.

마조를 부르는 진의 음성에 아득하게 정신을 잃어가던 이철원은 퍼뜩 놀라 눈을 떴다. 쓰러져 있는 상태라 보이는 것이라곤 새로 나타난 남자의 반짝거리는 구두와 값비싸 보이는 검은 정장 바지뿐이었다. 더 보려고 해도 통통 부은 눈 때문에 눈꺼풀이 더 이상 올라가지도 못했다.

“엉망이군.”

“이 녀석이 도망을 치려고 하잖아. 어쩌겠어. 잡아야지. 그런데 다른 녀석들은?”

“그거야 뻔하지. 그런데 저 이철원이라 추측되는 것이 도망을 치려고 했다고?”

“으응.”

이젠 이철원이라고 부르기에도 민망한 얼굴을 하고 있는 자를 가리키며 마조가 건조하게 묻자 진은 배시시 웃으며 고개를 끄덕였다. 그리고 마조의 등장을 안 순간부터 이철원은 모든 희망을 버리고 담담하게 눈을 감아버렸다. 한 놈도 버거운데 이제는 두 놈이다. 그것도 더하면 더했지 결코 덜하지 않은 놈으로.

“녀석 입에다가 재갈 물리지 않아도 돼?”

"아, 자살? 이런 놈은 생에 집착이 강해서 자살도 못해."

"하지만 가끔은 미쳐서 죽고 싶을 때가 있게 마련이니 처음부터 조심하는 게 좋아."

마조의 지적에 진은 잠깐 생각하다가 근처에 널려 있던 사각 티슈에서 덮개를 빼내 이철원의 입에 강제로 물렸다.

"이러면 될까."

"그럭저럭 혀만 굴러가면 진술하는 데 아무 문제 없으니까. 그리고 이거."

진이 해놓은 걸 슬쩍 쳐다보며 무성의하게 고개를 끄덕인 마조는 바닥에 굴러다니는 철심 박힌 쇠파이프 하나를 주워 들었다. 아까 이철원의 부하들이 놓고 간 것이다. 그걸 진에게 내밀며 마조는 무미건조한 목소리로 말했다.

"손에 피 묻어. 이걸로 해."

이제 그만 의식을 잃고 싶었는데 이상하게 정신만은 점점 또렷해지던 이철원은 그 순간 바르르 몸을 떨어야만 했다. 이 업계에서 알 만한 사람은 다 아는 게 마조란 인간의 무미건조한 잔인함이라지만 적어도 2년 전만 해도 이 정도까지는 아니었다.

2년 전에 처음 알게 되었지만 당시의 그는 그래도 지킬 것은 잘 지키는 모범적인 인간이었다. 그래서 그 후로 어렴풋이 들려오던 마조의 만행에 대해서도 그냥 헛소문이거나 과장된 이야기라 치부하고 말았다. 그런데 오늘 보니 들개 같은 진이 귀여운 강아지로 보일 정도로 마조는 변해 있었다.

"그리고 누구한테는 참 안된 소리지만 방금 전에 유 의원이

뇌물수수와 청소년보호법 위반으로 구속되었다고 하더군.”

자리를 뜨면서 마조가 무심히 내뱉는 정보에 이철원은 마지막 끈마저 사라졌다는 걸 깨달았다. 그래도 그나마 믿고 있었던 유 의원마저 ‘그곳’의 마수에서 벗어나질 못한 것이다.

“그럼 이제 슬슬 시작해 볼까?”

쇠파이프를 시험 삼아 공중에 휘둘러 보던 진의 목소리가 아련히 들려왔다. 입에 꽉 물린 티슈 덮개 때문에 입안에 침과 피가 고였지만 덮개가 천이라서 곧 그것들을 흡수해 버렸다. 비참하다는 게 따로 없었다. 그에게 걸린 사람들은 지금의 그보다 더 심한 꼴을 당했지만 그거야 알 바 아니다. 중요한 것은 자신의 아픔과 곤혹스런 처지였다.

이도 저도 아무것도 모르게 그냥 기절이나 하고 싶었다. 그런데 정신은 왜 이다지도 말짱한지. 기절도 아무나 하는 게 아니라는 걸 이철원은 뼈저리게 깨달아야만 했다.

무료한 오후. 햇빛은 반짝반짝, 창문을 열고 향긋한 봄 향기를 머금은 바람을 가만히 얼굴로 맞고 있자면 뭐 하나 부러울 게 없을 그런 날에.

“우리 일 하나 맡자.”

짧은 수염이 불규칙하게 코밑과 턱에 삐쭉삐쭉 자란 바람에 단정함과는 거리가 먼 진이 묵직한 서류 더미를 마조에게 던지며 말했다. 의향을 묻는 것이 아닌 일방적인 통보였다. 이철원의 일도 마무리한 지 얼마 되지 않은 상황에서 스스로 일거리를 가지고 나타난 진의 모습은 공을 물고 와서 주인에게 꼬리를 흔드는 강아지와 흡사했다.

흘깃 진을 노려본 마조는 미간을 살짝 찌푸리더니 고개를 돌려 창밖을 내려다보았다. 대놓고 진과는 상대하기 싫다는 표정이었지만 그와는 별도로 창밖을 내다보는 모습이 사뭇 진지해 보이기도 했다. 대체 무얼 보고 있나 싶어서 진은 마조의 시선이 머물고 있는 곳을 따라 눈길을 돌렸다.

별것도 없었다. 단조롭게 꾸민 주차장과 그 건너편에 있는 작은 화원과 신록의 계절답게 푸르디푸르게 물든 잎으로 무성한 나무들이었다. 하지만 그것들은 세속적인 유흥에 찌들어 사는 진에게는 그리 흥미로운 광경은 아니었다. 그것들이 진의 시선을 잡아두는 것은 10초를 넘기지 못했다.

"야, 내 말 안 들려? 일거리라고, 일거리!"

진은 조금 갑갑했던지 자신을 외면하는 마조의 얼굴을 두 손으로 잡아 눈을 맞추며 소릴 질렀다. 특히 일이라는 단어에 강세를 주었다. 어쨌든 마조는 누구나 알아주는 일벌레니까. 비록 그것이 하릴없는 인간이 일이라도 하면서 시간을 때우고 잡생각을 털어내기 위한 몸부림에서 비롯된다는 걸 모르진 않지만, 이유야 어쨌든 마조가 일을 좋아한다는 건 변하지 않는다.

얼굴을 너무 가까이 잡아끌었는지 마조의 안경이 진의 입가에 닿았다. 그래서 진이 말을 할 때마다 나온 입김이 마조의 안경에 뿌연 안개가 끼게 만들었다. 안경알이 하얗게 변했는데도 여전히 진지한 마조의 얼굴이 조금 웃겼는지 진은 웃음기가 묻어나는 목소리로 다시 물었다.

"내 말 못 들었어?"

"들었어. 그러니 그 얼굴 좀 치워줘."

마조는 창밖을 내다보던 무표정한 얼굴 그대로 자신의 얼굴 바로 앞에 있는 진의 얼굴을 오른손으로 살짝 밀며 입을 열었다. 그리고는 뿌옇게 변한 안경알이 맑아질 때를 기다린 다음, 진이 던진 서류들을 집어 들었다. 아무리 일을 좋아하는 마조였지만 진이 가지고 온 사건이라면 유쾌하지도, 반갑지도 않았다. 어디서 이상한 것들만 주워와서 사람 골치 아프게 만드는 데 도가 텄다고나 할까.

그냥 봐도 두꺼운 서류 뭉치는 무게 역시 꽤나 묵직했다. 자세히 보니 서류들 사이마다 증거 사진으로 보이는 것들이 많이 끼어 있었다. 순간 한숨부터 나왔다.

요즘 세상에 이렇게 종이에다가 충실하게 사진까지 붙여서 데이터를 전해주는 경우는 흔하지 않았다. 하지만 이런 게 컴퓨터 화면보다 읽기 편하고 눈에 부담이 없는 것도 사실이었다. 편리와 실리라는 게 종이 한 장 차이라는 걸 절감하게 만드는 부분으로, 이곳 정보실 사람들의 배려와 수고를 엿볼 수가 있었다.

서류들은 언뜻 봐도 여러 사람의 손을 탄 듯이 보였다. 많은 사람이 이것을 보았다면 그만큼 중요하거나 해결하기 힘든 사건이란 뜻이다. 건성으로 처음 몇 장을 넘겨보는데 제일 먼저 눈에 띈 것이 사진이었다. 부모인 듯 보이는 이들과 예쁘장한 소년이 함께 찍은 행복해 보이는 단란한 가족 사진이었다.

아이의 얼굴을 보고 내심 '귀엽네'라고 중얼거리며 그 사진 밑에 있는 다른 한 장의 사진을 봤다. 단란한 가족 사진 다음에는 짐승들에게 몸이 찢겨 나간 듯한 처참한 두 구의 시체가 찍혀 있었다.

절로 얼굴이 구겨지는 장면이었지만 그런 것은 자주 봤는지 마조는 조금의 동요도 없이 진을 쳐다봤다. 사건의 내막을 설명해 달라는 무언의 부탁이었다. 아직 맡을지 말지 결정하지 않은 사건에 이 많을 서류를 일일이 읽을 만큼 시간을 투자할 이유가 마조에게는 없었다.

그 마음 안다는 표정으로 진은 가족 사진 속에 있는 열두 살쯤으로 보이는 예쁘장한 소년을 가리키며 이야기를 시작했다.

"이름은 임 J, 올해 나이 19세로 너도 알 거야. 4년 전 겨울에 유명한 작곡가와 피아니스트 부부가 별장에서 끔찍하게 살해당한 일. 그게 바로 사진 속의 부부야. 아, 이 가족 사진은 임 J가 십대 초반에 찍은 거라서 지금보다는 어린 모습이라고 하더라."

"임제이?"

"아니, 알파벳 ABC의 J. 외국 물 먹은 거야 알겠는데 지으려면 제대로 짓지, 이니셜도 아니고 호적에 올린 이름이 J란다."

마조는 고개를 끄덕이려다가 다시 진을 쳐다봤다. 분명 이미 미제 사건으로 5국으로 넘어간 사건이었다. 그런데 왜 이 서류가 자신에게 왔는지 이해가 되지 않아 물었다.

"그 사건은 5국이 맡고 있던 사건 아니야?"

"그랬었지. 아직 내 설명 다 안 끝났으니까 마저 들어. 임 J는 부모가 사망한 후에 지금까지 큰아버지 집에서 함께 살고 있었거든. 그런데 몇 달 전에……."

　진은 마조가 가지고 있는 서류들 사이에서 아까 처참하게 죽어 있던 시체들과 비슷하게 죽어 있는 네 구의 시체가 찍힌 사진들을 꺼내 마조에게 보여주었다.

　"J의 큰아버지 부부와 그들의 자녀야. 가족들의 사인(死因)은 날카롭고 기다란 동물의 발톱 같은 것에 할퀸 상처들에서 흘린 과다 출혈. 이들을 발견한 현장에 온몸에 피 칠을 한 J도 함께 있었지만 본인은 상처 하나 없이 무사했다고 해."

　"아아, 그 사건?"

　일가족이 너무 잔인한 방법으로 살해당한 바람에 한때 매스컴에서 난리를 피운 적이 있는 사건이었다. 물론 피해자가 국내에서 이름만 대면 알아주는 유명한 인테리어 디자이너였다는 것도 한몫했지만, 몇 년 전에 그의 동생 부부도 똑같은 방법으로 살해당했다는 이유로 세간에 온갖 소문을 몰고 다녔기에 몇 개월이 지나도 어렴풋이 기억하고 있었다.

　"이것도 아직 해결 못했지?"

　"응."

　"주요 용의자가 조카라는 이야기를 들은 것도 같은데 그 아이가 이 애야?"

　마조는 단란한 가족 사진 속에서 부모의 품에 안겨 있는 예쁜 소년을 손가락으로 짚으며 물었다. 자신이 맡은 사건이 아니면 관심을 두지 않기에 그 후의 수사 내용까지는 잘 모르는 그였다.

　"처음엔 그랬지만 아무래도 말이 안 되는 정황이 너무 많아서 녀석은 아니라는 쪽으로 흘러가고 있나봐. 즉, 이번 것도 4년 전 사건처럼 미제로 끝날 가능성이 크다는 이야기지.”

진의 설명에 마조는 다시 J라는 소년의 가족 사진을 쳐다봤다. 가족들의 인물이 모두 빼어난 편이었다. 특히 두 사람의 아이인 소년은 분명 어디에 있어도 눈에 확 들어올 만큼의 미모를 가지고 있었다. 남자 애에게 미모란 말이 적당한 표현인지는 모르겠지만 흠 하나 없이 깨끗한 하얀 피부에 살짝 벌린 붉은 입술, 새까만 머리칼과 눈동자는 단연 돋보였다. 요즘같이 험한 세상에 내놓고 키우기엔 부모가 여러모로 걱정이 많을 것 같은 외모였다. 물론 지금은 걱정해 줄 부모도 없지만.

마조는 장을 넘겨 다른 사진들도 훑어보았다. 이어서 보이는 사진들은 J의 부모와 큰아버지 쪽 가족들이 살해당한 현장 사진들로 사체들의 몸에는 마치 짐승들이 날카로운 발톱으로 할퀴면서 장난을 친 듯한 흔적이 여실히 보였다. 거칠기는 하지만 환부 자국이 정교한 것이 숙련된 기술로 망설임없이 한 번에 베어버린 솜씨였다.

그리고 온몸에 피를 묻힌 채로 멍하니 앉아 있는 소년의 모습도 볼 수 있었다.

“피가 많이 묻었네?”

“본인의 피는 아니야. 도리어 본인은 상처는커녕 생채기 하나 나지 않았어. 다른 사체들과 비교하면 확실히 수상하기는 하지.”

“부모 사망 후 큰집에서 지냈다면 그동안의 생활은?”

“별다른 것은 없어. 고아라고는 하지만 부모가 물려준 재산이 상당한데다가 그 백부라는 사람도 그에 못지않게 부유해서 경제적으로 어려운 점은 없었대. 사촌 형이나 누나와도 나이 차가 많이 나서 어린 사촌 동생을 꽤나 귀여워했나 봐. 소위 어려서 부모님을 잃고 친척들 틈에서 지지리 고생한 가슴 아픈 사연 같은 것은 없어."

마조는 자신의 질문에 꼬박꼬박 대답을 잘하는 진을 의아하게 쳐다봤다. 그가 알고 있는 진은 이렇게 사건의 내막을 잘 알고 있을 녀석이 아니었다. 사건 하나를 맡게 되면 그에 관해 올라오는 보고서도 읽기 싫어 마조보고 대신 읽게 한 다음에 설명을 듣는 인간이었다.

"잘 알고 있네?"

"2국에서 이 아이에 대해 이야기하는 걸 옆에서 살짝 끼어 들었지."

"그러다가 흥미가 동했고?"

"내가 뭐 항상 그렇지."

"J라는 아이, 지금은 어디에 있는데?"

"정보실에. 석 달째 조사라는 명목으로 데리고 있었는데도 얻은 게 하나도 없다는 거야. 사건이 있던 당시의 정황이나 평소 큰집 식구들과 있었던 일들에 관한 이야기도 들을 수 없었나 봐."

"설마?"

"사실이래도."

마조가 눈살을 찌푸리며 믿지 못하겠다는 반응을 보였다. 그러자 진은 자신의 말이 사실임을 다시 한 번 강조했다.

"믿을 수 없어."

의심부터 하는 마조의 반응은 당연한 것이었다. 말이 좋아 정보실이지, '그곳' 사람들은 정보실을 고문실이라 불렀다.

직접 당해보지 않아서 무슨 수를 쓰는지 잘은 모르겠지만 용의자나 증인이 조사 차 들어가면 이틀만 지나도 완전히 폐인이 되어 나오는 곳이 바로 정보실이었다.

더욱 놀라운 것은 그곳 사람들은 용의자나 증인의 몸에 어떠한 가해나 폭력도 쓰지 않고 사람을 엉망으로 만들어 버린다는 것이다. 그래서 정보실이라면 누구라도 기계처럼 묻는 말에 술술 대답해 버리는 인형으로 만든다는 전설이 떠돌기도 했다. 그리고 정보실 사람들은 상대가 미성년자라고 해서 그냥 봐줄 이들이 아니었다.

"설마 아무것도 못 알아냈겠어?"

"정말 아무것도."

"못 믿겠는데."

"사실 J가 말을 못한다지, 아마."

진의 말에 마조는 눈썹을 살짝 치켜떴다. 말을 하지 못하면 당연히 아무것도 들은 게 없겠지만 그래도 글은 알 것이 아닌가. 글이라도 쓰게 해서 알아낼 것은 알아내는 것이 그곳 인간들이었다. 그리고 만약에 그 아이가 문맹이라면 글이라도 가르쳐서 알아낼 위인들이기도 했다.

"원래 말을 못하는 거야, 아님 사건의 충격으로 말을 못하는 거야?"

"글쎄, 거기까진 나도 잘 모르겠는데."

역시나 진 자신은 보고서도 읽지 않고 바로 마조에게 넘겨 버린 것이다. 하긴 문자 혐오증이 있는 저 인간이 아무리 흥미 있는 사건이라고 해도 이렇게 두꺼운 서류를 다 읽을 리가 없었다.

"그런데 왜 이 사건이 우리한테까지 온 거지?"

"뭐… 세상사가 원래 그렇잖아. 돌고 도는."

진이 말을 얼버무릴 때는 뭔가 있다는 소리였다. 마조가 눈을 가늘게 뜨며 그를 노려보자 진은 어깨를 으쓱이며 가볍게 그 시선을 피해 버렸다.

"그런 의미에서 우리 한번 보러 가자."

책상 끄트머리에 걸터앉아 있던 진은 마조에게 따라오라는 고갯짓을 하며 자리에서 일어났다.

"뭣 때문에?"

"이제는 우리 사건이니까."

"언제부터 2국 사건이 1국으로 넘어오게 됐는데?"

"그거야 내려가서 차차 듣자고."

안 가겠다는 마조의 손목을 잡아끌며 진은 흥겹게 대답했다. 별일 아니라는 듯 사정 이야기를 들으면 너도 납득할 거라는 뉘앙스에 마조는 마지못해 그를 따라나섰다.

마조는 가볍게 생각했다. 진 자신도 이 사건을 꼭 맡고 싶다는 의지에서 이러는 것은 아닐 거라고 말이다. 단지 J라는 소년에 대해 궁금한 나머지 한번 만나고는 싶은데 건수가 없어서 일부러 이런 일을 저지른 게 분명하다.

정보실에서 신변을 보호 중인 용의자나 증인을 만나려면 사건 담당이 아니면 그 절차가 꽤나 까다로웠다. 때문에 새로 담당이 될지도 모른다는 조건은 J를 만나기 위한 가장 손쉽고 빠른 방법이었다. 그래서 저 호기심 많은 진이 사건을 맡겠다고 나서서 J를 보려고 하는 것뿐이라고 마조는 간단하게 생각하고 있었다.

새로 담당이 될지도 모른다는 말을 하자 정보실에서 J를 만나는 절차는 예상대로 쉽게 이루어졌다. 정보실에서 J를 담당하고 있다는 수문이 직접 마조와 진을 용의자 겸 증인을 취조하는 곳으로 안내까지 해주었다.

취조실의 정면은 일반 투명경으로 안에서는 밖이 보이지 않는 반면 밖에서는 안에 있는 이의 일거수일투족까지 속속들이 관찰할 수 있게 되어 있었다. 그리고 유리벽 안에는 사진에서 보았던 곱상한 소년이 높은 의자에 앉아서 바닥에 닿지 않는 다리를 힘없이 흔들고 있었다. 뭐랄까, 있는 힘이란 힘은 모조리 빠져나가고 멍하니 무엇인가를 홍얼거리고 있는 소년의 모습은 흡사 실이 끊어진 마리오네트 같았다. 찢겨서 죽은 사체를 보고도 찡그리지 않았던 마조의 미간에 언뜻 주름이 잡혔다.

생명력을 잃어버린 건 그게 동물이든 인간이든 간에 소름이 끼친다. 그리고 지금 J라는 소년은 생명을 잃었음에도 강제로 다시 살아난 좀비마냥 제 의지도 없이 기계처럼 움직이고 있었다. 그래서 더욱 눈에 거슬리는지 모르겠다. 죽지도 살지도 못한 어중간한 생명체에게서 느껴지는 어색함이 말이다.

"곱상하네."

"그렇죠? 덕분에 요즘 눈은 즐겁습니다."

진과 수문의 대화에 마조는 J에게서 시선을 거두지 않고 물었다.

"그동안 뭐 알아낸 건 없나?"

"아무것도요. 단지 저 아이가 노래를 잘한다는 것 정도?"

수문이 대답을 하며 앞에 있는 많은 단추 중에 하나를 눌렀다. 그러자 입을 벙긋거리고 있던 J의 입 모양과 맞는 흥얼거리는 소리가 밖에 있는 그들에게도 들렸다.

무슨 가사가 있는 노래는 아니었고 단순한 멜로디를 위주로 한 흥얼거림이었다. 고저의 높이가 거의 없으면서 감미로운 느낌이 드는 게 절로 몸을 나른하게 만드는 힘을 가지고 있었다. 수문의 말대로 저것이 노래인지 뭔지는 모르겠지만 듣기에 꽤나 좋은 건 분명했다.

"석 달째 계속 저 상태랍니다. 말을 걸어도 소용없고, 옆에 사람이 있든 없든 관심도 없습니다. 조사해 보니 다섯 살 때 납치를 당한 경력이 있는데 그때의 충격으로 후천적인 자폐 증상을 보인다고 하더군요. 하지만 저 정도까진 아니었답니다. 어느 정도 대화도 가능했고 지적인 학습능력이 높아서 작년엔 대입 검정고시에도 합격했고요. 정상적인 단체 생활이 어려워서 학교는 다니지 못했지만 가족들과는 사이도 좋았답니다."

수문의 설명에 마조는 그동안 정보실이 왜 소년에게서 아무것도 얻어내지 못했는지 조금은 납득이 갔다. 저런 상태라면 아무리 정보실의 지독한 인간들이라도 손쓸 방법이 없었을 거다.

"소년이 범인일 확률은?"

"우선은 10% 이하라고 해두죠."

"10%씩이나?"

혹시나 했지만 직접 보니 소년의 저 연약한 팔로는 네 명은커녕 한 명도 어쩌지 못할 듯했다. 비록 19세라고 하지만 사전 지식 없이 그냥 본다면 기껏 16세 정도로밖에 보이지 않는 J였다. 무슨 괴력의 소유자가 아닌 이상, 아무 상처 없이 성인 네 사람을 한꺼번에 감당할 수 있는 몸으로는 절대 보이지 않았다. 물론 어디까지 상상이 되지 않는다는 것뿐이지 그것이 J의 무죄를 의미하는 건 아니었다.

"일단은 그 현장에서 저 아이만이 유일하게 아무 상처 없이 생존했으니까요. 그런 것치고 10% 정도면 꽤 낮은 편 아닙니까?"

"그럼 사건의 처음 목격자는? 저런 상태인 애가 스스로 신고했을 리는 없을 거 아니야."

마조의 물음에 수문은 몰래 인상부터 구겼다. 여기 오기 전에 사건 파일이라도 대충 읽고 왔다면 물어볼 거리도 아닌 기초적인 것부터 물어보는 것이 역시나 읽지 않고 그냥 왔다는 소리였다. 마조와 진 이 두 사람은 항상 이랬다. 정성을 다해 보고서를 작성해서 올려도 그것들을 읽는 조금의 성의도 보이지 않고 자신들을 찾아와 하나부터 열까지 다시 물어봤다. 그 열성으로 보고서를 읽는 수고를 해준다면 고맙기 그지없겠지만 바랄 사람들한테 바라야지. 그나마 마조는 정보실을 한번 휩쓸고 나서는 꼼꼼하게 보고서를 체크하기 때문에 좀 나은 편이었다.

"사건이 있었던 2월 24일 다음날 오전 열 시에 가사 도우미가 발견했습니다. 사망한 시간은 각기 다르지만 대략 24일 23시 경에 사건이 일어난 듯합니다."

"사망 시간이 다 다른가?"

"네, 환부의 상태와 피의 응고 상태를 보면 그들이 일을 당한 건 가족 모두 24일 23시부터 24시 사이로 부부 두 사람은 사건 직후 바로 사망한 것으로 추정. 하지만 딸은 25일 오전 한 시, 아들은 오전 두 시쯤으로 사망 시간을 잡고 있습니다. 그리고 J의 몸에 묻어 있던 피는 모두 가족들의 피로 가사 도우미가 발견 당시에도 지금같이 저렇게 흥얼거리고 있었다는군요. J가 범인이 아니라는 것을 전제로 해서 저 아이가 당시 정신만 멀쩡했다면 사촌들은 잘하면 살 수 있었을 겁니다. 물론 잘하면이지 꼭 살 수 있었다는 건 아닙니다만."

수문이 조금은 아깝다는 듯 이야기를 했다. 하지만 그건 구할 수 있었던 생명에 대한 안타까움보다는 그들이 살아 있었다면 증인이 더 늘어났을 거고, 그렇다면 저 아무짝에도 쓸모없는 J를 붙잡고 시간 낭비할 필요는 없었을 거라는 아쉬움이 더 큰 데서 나오는 한숨이었다.

수문과 마조가 이야기를 나누고 있는 동안, 진은 유리벽에 다가가 먼지 하나 묻지 않은 유리에 입김을 불었다. 애초에 수문과 마조의 대화에는 관심도 없다는 듯 뿌옇게 안개가 서린 유리에 하트를 그리고 그 옆에 '진은 멋쟁이'라고 낙서를 하는 작태를 보이고 있었다. 먼저 일을 가지고 온 사람이 누구인지를 생각하자면 분통이 터지는 순간이다.

서른이 가까운 나이에 주접을 부리고 있는 진에게 다가간 마조는 유리 벽면을 손바닥으로 쓸어버리고 자신보다 조금 키가 큰 그의 어깨에 턱을 기대며 물었다.

"그런데 우리가 이 사건에서 맡을 역할은 뭐지?"

"뭐긴 뭐야, 사건을 해결하는 거지?"

"해결?"

"그렇지!"

보이지도 않는데 J에게 왼손을 흔들어 보이던 진은 오른손으로는 마조의 머리카락을 쓱쓱 문지르며 당연하다는 투로 대답했다.

"이 사건, 정말 맡고 싶냐?"

"응! 쟤 정말 곱상하게 생기지 않았냐? 지금처럼 계속 칙칙한 놈들만 상대하다가는 내 고운 심성이 엇나갈 것 같아서 말이야. 가끔은 저런 아이들도 보고 해야지. 안 그래?"

논점에서 어긋난 진의 대답에 마조는 한숨부터 나왔다.

"우리가 소속한 곳이 어디지?"

"그… 거야… 1국이지."

지금까지 자신있게 웃던 진은 더듬더듬 대답하다가 마조의 머리를 쓰다듬고 있던 손을 거두며 자리를 피하려고 했다. 하지만 재빨리 그의 허리를 감아 붙잡은 마조는 그의 귀에다 대고 작게 속삭였다.

"우리 1국이 주로 하는 일은?"

"국가 요직 감시와 범죄 조직 관리."

"이 사건에 조직이나 무슨 정치인이 개입한 흔적이라도 있어?"

"그, 그런 소린 못 들은 것 같은데……."

“그럼 이 일은 없던 거로 하면 되겠네. 난 이 사건에 관심없어.”

“하지만 이미 국장님께 우리가 이 사건을 맡겠다고 보고했는데?”

“뭐라고?”

“그리고 국장님도 이 사건 맡고 싶으면 굳이 반대는 하지 않을 테니 잘해보라고…….”

진의 대답이 끝나기도 전에 마조의 얼굴이 기이하게 변하기 시작했다. 차갑게 굳어가는 눈동자에 어울리지 않게 사르르 미소를 짓더니 마조는 진의 얼굴을 앞에 있는 유리벽에다가 그대로 박아버렸다. 쿵 소리를 내며 유리벽이 흔들린 정도로 커다란 소음이 났지만 특수 제작한 방탄유리임을 증명이라도 하듯 유리는 건재했다. 강철로 내려쳐도 부서지지 않을 단단한 유리벽을 믿고 마조는 진의 얼굴을 유리에다가 계속 내리누르며 물었다.

“살인 사건을 담당하는 곳이 어디지?”

“그거야 2국이… 지.”

“그런데 내 의견도 묻지 않고 사건을 맡아? 그것도 2국의 일을?”

마조가 화가 나는 것은 이미 국장에게까지 보고한 일을 자신 앞에선 시치미를 떼며 그의 의중을 떠봤다는 것이다.

“너한테 물으면 당연히 안 하겠다고 할 것 같아서 미리 손을 쓴 거지. 너도 J를 보면 흥미가 동할지 모르니까.”

얼굴이 유리에 짓눌린 바람에 입이 삐뚤어졌는데 제 하고 싶은 말은 다 한다. 마조는 더 이상 변명은 듣기 싫다는 얼굴로 진의 머리칼을 움켜잡고 뒤로 잡아당겼다. 다시 한 번 유리벽에다가 진의 얼굴을 박아버릴 의도인 거다.

"야! 또 한 번 부딪치면 내 코 박살난다! 내 예쁜 코, 내 불쌍한 콧대!"

"그러게 2국의 일을 왜 우리가 맡아야 하는데?"

"재미있잖아. 만날 재수없이 지 혼자 잘난 척하는 놈들만 보다가 중간에 이런 사건 하나씩 맡으면 삶의 활력도 생기고 얼마나 좋아!"

진의 대답에 순간 마조의 손에서 힘이 풀리고 말았다. 그의 파트너는 어떻게 하면 삶이 더욱더 즐거워질까만 생각하는 사람이었다. 그런 사람에게 제대로 된 절차와 상식을 바라는 것도 어쩌면 무리일 것이다.

"2국이 순순히 넘겨주든?"

담당도 아닌데다가 이와 관련된 사건을 이미 담당하고 있는 2국의 다윤이 있는데 1국에 넘긴다는 것은 말이 안 된다. 자신들이 담당하던 사건을 다른 국에 넘겨주는 것은 절차를 떠나 자존심 문제이기도 했다.

"군소리없이 넘겨주던데?"

"정말?"

"너는 아직 모르는가 본데, 5국은 이미 임진석 부부, 그러니까 J의 부모사건에서 손을 뗐어. 그런 마당에 이번 사건이 터진 거지. 그런데 돌아가는 분위기가 이번에도 미제로 5국으로 넘어갈 것 같다는 거야. 그러자 수광이 임진석 부부 건이나 이번 일은 5국이 맡을 일이 아닌 것 같다면서 위에다가 요청을 했나 봐. 두 사건에서 5국은 빼달라고.”

사건을 조사하다 보면 결국 해결하지 못하고 미제로 끝나는 일들이 종종 있게 마련이다. 그러면 포기하기도, 그렇다고 그 일만 붙잡고 세월아 내월아 할 수만도 없는 난처한 입장이 된다. 그래서 미제로 결정 난 사건만을 전담하는 곳으로 5국이 있다. 만약 위에서 미제 사건으로 결정을 내렸는데도 원래 사건 담당자가 포기하지 않을 경우엔 5국의 요원과 함께 공조수사를 하는 경우가 원칙이다.

각 국(局)은 처음부터 사건을 포기하거나 수사할 의지가 없다는 식으로 거부할 권리가 없었다. 하지만 유일하게 그 권리를 행사할 수 있는 곳이 바로 5국이었다. 이미 미제로 결정 난 사건이다. 그렇게 결정이 나기까지 얼마나 많은 조사와 시일이 지나야 하는지 일일이 열거할 필요조차 없을 것이다.

그랬기에 5국에서 해결이 나지 않으면 그 사건은 정말 미제 사건으로 등록이 되어 세상에서 묻히고 만다. 어차피 5국의 결정하에 그 사건의 마지막 운명이 결정 난다는 뜻이다. 그래서 가끔 5국은 자체 평가에 의해 어차피 맡아도 소용이 없을 것 같은 사건은 처음부디 시간낭비를 줄이기 위해 포기하는 경우가 종종 있었다. 그리고 대개 그것들은 수광의 선에서 결정 나는 경우가 많았다.

5국에서는 국장보다 더 큰 영향력을 끼치는 존재가 바로 수광이란 사람이었다. 국장은 이름뿐이고 5국의 모든 운영 체제가 그에 의해서 돌아간다고 해도 허언이 아닐 정도였다. 그가 안 맡겠다고 하면 누구도 5국에게 더 이상 강요할 수가 없었다.

그런 마당에 임 J의 친척 살인 사건은 미제로 결정 나기도 전에 미리 5국이 포기해 버린 전대미문의 경우를 만들고 말았다. 만약 2국이 이번 일을 해결하지 못한다면 자동으로 미제 사건으로 등록이 되어 사건에 관련된 모든 자료들은 캐비닛 속에 묻히고 말 것이다.

"2국도 현재 이 사건 때문에 굉장히 난감해하고 있었거든. 호기심 때문에 달려든 녀석들도 많지만 4년 전 자료와 이번 사건에 대한 보고서를 읽고 모두들 떨어져 나갔다더라고. 그래서 내가 맡고 싶다고 말하자마자 얼싸 좋다며 그냥 넘겨 버리던데."

이번 사건이 발생한 지 이미 3개월이 지나고 있었다. 사건 하나 담당하는 데 길다고도, 그렇다고 짧다고도 할 수 없는 기간이었다. 하지만 결코 사건을 포기할 정도의 기간은 아니었다. 그런데도 다른 국 사람이 맡겠다고 나서는 데도 아무 군말 없이 그냥 넘겨 버릴 정도라면 이걸 어떻게 해석해야 하나.

"그럼 너는 자신있고? 그쪽 전문가들도 손든 일을 해결할 자신이 있어?"

"이철원 일도 마무리했고, 달리 우리 할 일도 없잖아."

"자신있냐고?"

2국이 자신들의 자존심까지 버려가면서도 포기해 버린 사건이다. 5국은 아예 처음부터 개입하기 싫다는 의사를 보였다. 이런 꺼림칙한 것을 맡는다고 기뻐할 정도로 마조는 호승심이 강하지 못했다.

"어차피 본전 아니야? 미궁에 빠진 사건 해결하면 좋고, 해결

못한다고 해도 우리에게 뭐라 할 사람도 없어."

진은 마조의 손을 꼭 잡으며 눈을 반짝였다. 이번 사건은 정말 맡고 싶다는 무언의 부탁이었다. 말 그대로 이번 사건을 해결하지 못한다고 해서 그들 경력에 흠이 생기는 것은 아니니 잠시 심심풀이로 한번 맡아보자는 의도가 역력했다. 무책임해도 이 정도면 국보 급이었다.

그럼에도 단번에 진의 의견을 묵살하지 못하는 것은 그들에게 지금 당장 일이 없다는 이유에서였다. 이철원을 검거하는 과정에서 과도한 폭력사용으로 인해 현재 그들은 근신 비슷한 처지에 놓여 있었다. 때문에 당분간 두 사람에게 1국의 일은 주어지지 않을 예정이었다. 전례로 봐선 그 기간이 좀 길 것 같았다. 이번 일을 국장이 허락한 것은 2국의 일이니 죽을 쓰든 말든 너희들이 마음대로 하라는 뜻이 클 것이다. 중요한 것은 근신 기간 중에 1국의 일만 하지 않으면 된다.

누가 일벌레 아니랄까 봐서 하루 종일 노는 것에도 점점 질리고 있었다. 또한 몸과 머리를 끊임없이 굴리지 않으면 생각만 많아진다. 그러면 자연히 떠올리기 싫은 것들까지 생각나서 마음이 심란해지곤 했다. 어쩌면 진이 잘 생각한 건지도 몰랐다. 마조나 진이나 넉넉한 여유를 만끽할 만큼 정신적으로 평화로운 상태들은 아니었으니 말이다.

"후우……."

한숨 끝에 진을 놓아준 마조는 수문에게로 고개를 돌렸다. 결국 그도 이 사건을 받아들이기로 결정했다는 의미이다.

마침 그때 수문은 재미있는 걸 구경했다는 표정으로 두 손의

엄지와 검지를 교차시켜 직사각형의 틀을 만들어 그 안에 진과 마조를 담고 있었다. 깔끔한 은테 안경에 검은 양복을 단정히 차려입은 준수한 외모의 마조와 조금 지저분하다는 느낌마저 드는 진은 정말 어울리지 않는 팀이었다. 외형이나 내면까지 극과 극을 이루는 유형이었다. 그럼에도 부조화 속에 의례히 피어나는 조화를 지향한다고나 할까. 어떤 면에서 두 사람은 누구보다도 잘 어울리는 파트너이기도 했다.

마조는 수문이 손가락으로 만든 사진틀을 흩뜨리며 물었다.

"원한 관계는?"

"깨끗해요."

"조금도?"

"전혀."

"재산 문젠?"

"겉으로 드러난 문제는 없습니다. 모두 다 비슷비슷하게 부유한데다가 서로 우애도 좋은 편이었고. 뭐랄까, 왜 그런 집안 있잖습니까? 무엇 하나 부족한 게 없어서 곱게 자란 사람들 말이에요."

앞뒤 말을 모조리 빼고 핵심만 묻는 마조의 질문에도 수문은 척척 대답을 해주었다. 진도 어느새 수문에게로 다가와 수첩과 볼펜을 빼 들었다. 물론 손에 쥐었을 뿐이지 무언가를 적는다는 행동으론 이어지지 않았다. 단지 멋있고 무엇인가 있어 보인다는 이유로 취하는 제스처일 뿐이었다.

"J가 범인일 확률은 10%라고 했는데 90%가 깎인 이유는?"

진이 처음으로 진지하게 유리벽 너머의 소년을 가리키며 물었다. 처음 가장 유력했던 용의자에서 범인일 확률이 10%로 내려간 이유가 있을 것이다.

"처음 임진석 부부가 살해당했을 당시엔 아들인 J는 큰형에게 맡기고 부부만 별장에서 휴일을 보내고 있었던 터라 J에겐 혐의가 없었습니다. 문제는 이번 사건인데, 먼저 J가 성인 네 명에게 동시에 그런 상처를 만들만큼의 완력이 없다는 게 가장 큰 이유입니다. 조사에 의하면 피해자들은 반항한 흔적도 없이 모두들 거실에서 TV를 시청하는 도중 한꺼번에 공격을 받았다는 결론이 나옵니다. 출혈량이 달라서 서로 사망시간은 다르지만 공격을 당한 시간은 네 사람이 거의 똑같다는 소리죠. 네 사람이 동시에 당했다면 범인은 적어도 네 명일 가능성이 크다는 이야기겠죠."

"그렇다면 J에게 10%의 혐의를 두고 있는 이유는?"

"사주를 했거나 혹은 폭주. 미친 사람들의 경우 가끔 놀라운 괴력을 발휘하는 경우가 있지요."

말은 이렇지만 결국 가능성은 거의 없다는 말과 같았다. 다섯 살 때부터 자폐 증상을 보이는 J가 2국 요원들의 뒷조사에도 걸리지 않게 사람을 사서 살인 교사를 했다고는 믿어지지 않는다. 그리고 아무리 미쳐 날뛴다고 해도 네 명 중에서 적어도 한 명 정도는 그 상황에서 도망칠 여유는 있었을 것이다.

더욱이 몸싸움으로 인한 흔적이 J의 몸이나 사체들에 남아 있지 않을 수가 없다. 즉, J에게 걸어둔 10%의 혐의는 만에 하나의 가능성 때문에 남겨둔 것에 불과했다.

"집에 누가 침입한 흔적도 없었겠지?"

마조가 별로 기대하지 않는다는 투로 물었다. 그랬다면 수사가 이렇게 답보상태일 리는 없을 테니 말이다.

"그렇다고 하더군요."

정보실이 조사하는 내용은 증거품으로 들어오는 것들에 대한 정밀검사와 사체 해부, 증인, 혹은 용의자들에 대한 신체검사와 가끔 가다 하는 취조 등이 주 임무였다. 해서 사건 현장의 상태나 인물들 간의 관계에 대해서는 알 수 없다.

다만 사건 담당자에게 전해 받은 자료와 정보실이 알아낸 것들을 정리해서 보고서를 작성하는 것도 그들의 일이기에 관심만 가지면 사건에 대해 누구보다 잘 알게 되는 경우가 많았다. 수문이 마조와 진에게 사건에 대해 자세히 말해줄 수 있는 것도 바로 그 이유에서였다. 하지만 그 때문에 J의 사건이 궁금해서 찾아와 묻는 이들에게 매번 똑같은 대답을 해야 하는 수문으로서는 여간 귀찮은 게 아니었다.

"침입한 흔적이 없었다면 집에 처음부터 잠입해 있었을 가능성은?"

"그런 건 모두 보고서에 있을 테니 한번 읽어보세요."

"읽을 거야. 그래도 일단 궁금한 것은 지금 알고 넘어가야지."

천연덕스런 마조의 대답에 수문은 이맛살을 찌푸리고 말았다. 다른 국보다도 유난히 합리성이나 논리와는 거리가 먼 게 1국 사람들이었다. 그리고 가장 삐뚤어져 있는 사람들이 모인 곳이 또 1국이기도 했다. 그들이 한번 고집을 부리면 아무도 말릴 수가 없었다.

"어련하시겠습니까. 그럼 한 번에 다 말할 테니 잘 들으세요. 두 번은 없습니다. 도난당한 물건이나 현금은 없었고, 집 안에 침입자의 흔적도 없었습니다. 집 안에서 발견된 체모, 피부 조직, 지문, 발자국, 타액 등은 식구들 아니면 고용인들의 것이었고요. 고용인들에 대한 조사 모두 깨끗합니다. 사체들의 환부 너비는 평균 1.5㎝, 깊이는 0.8㎝로 범행 수단이 사람의 손톱에 의한 것은 아니라는 결론이 나왔습니다. 물론 정밀검사에 의해 피해자의 환부에서 사람, 혹은 동물의 피부 조직이나 손톱의 때로 추정되는 이물질 역시 나오지 않았고요. 혹시나 해서 J의 손톱을 조사해 봤는데 사건이 있기 며칠 전에 깎았는지 짧더군요. 손톱이 부러진 것도 없었고, 손톱 사이에 타인의 피부 조직도 없었습니다. 범인이 사용했을 도구 역시 발견되지 않았고, 범행 후 범인들이 집 밖으로 나간 흔적은 물론, 경보 시스템도 울리지 않았다고 합니다."

이젠 더 이상 물어보지 말라는 의미에서 수문은 사건에 대한 조사 결과를 간단하게 요약, 설명해 주었다. 술술 대답하는 게 수차례 똑같은 말을 반복한 나머지 이제는 아예 외워 버린 모양이다.

"범인이 사람인 거 맞아?"

마크는 검지로 안경을 쓸어 올리며 혼자 중얼거렸다. 아무리 주도면밀한 놈들이라고 해도 사람이 지나간 자리에는 흔적이 남게 마련이다. 입고 있던 옷이나 신발이 벽이나 바닥에 있는 먼지를 쓸고 가면서 옷감의 조직이나 신발 밑창의 모양이 흔적으로 남을 수 있고, 장갑을 끼고 있었더라도 문을 열기 위해 잡은 문고리에 흔적이 남을 수도 있다.

만약 그런 흔적들이 있었다면 절대 2국 요원들이 놓칠 리가 없었다. 점점 미궁 속으로 빠지는 느낌에 마조는 괜히 진을 노려보았다. 어째 저 인간이 가져오는 것들 중에서 제대로 된 사건은 찾아볼 수가 없었다.

"그렇죠? 이건 뭐랄까. 꼭 만화나 소설 속에 나오는 장풍? 아니, 그건 아니고, 갈고리 모양의 바람이 문틈으로 집 안으로 들어와 살인을 저지른 다음 소리 소문도 없이 그대로 사라져 버렸다는 표현이 맞을까요. 하여튼 보면 볼수록 사람의 짓이 아닌 사건 같다는 생각밖에 들지 않아요."

수문의 말에 마조와 진의 시선이 자연스럽게 유리벽 너머의 J에게로 향했다. 인간이 사는 세상에선 모든 행위의 주체는 결국 인간이다. 그것이 바르든 바르지 않든 간에 인간에 의해 일어나는 모든 일에는 원인과 과정, 그리고 주범이 있다. 단지 그 모든 것이 불분명하다고 해서 미스터리라는 단어로 얼버무리는 것을 마조는 극히 싫어했다.

"만나도 될까?"

마조는 J를 가리키며 수문에게 동의를 구했다.

"만난다는 표현보다는 그냥 구경한다고 생각하는 게 더 좋을 겁니다."

누굴 만난들 아무 반응도 보이지 않는 J였다. 먹는 것조차 입안에 넣어주면 씹지도 않은 채 가만히 입안에 물고만 있을 정도였다. 그래서 영양제 주사나 밥 대신 죽을 먹인 후 고개를 뒤로 젖혀서 강제로 음식을 식도로 넘어가게 하는 것으로 간신히 생명을 유지시키고 있었다.

이런 상태로 3개월을 지내다 보니 정보실 사람들은 J를 점차 인형 취급하기 시작했다. 매 끼니를 꼬박꼬박 챙겨줘야만 하는 귀찮은 인형 말이다. J가 사건 해결에 중요한 인물만 아니었다면 정보실 사람들의 성격으로 봐선 이미 예전에 굶어 죽었을 가능성이 컸다.

그런 J를 직접 만난다고 해서 달라질 것은 없겠지만 수문은 취조실의 문을 열고 마조와 진을 안내했다.

직접 귀를 통해 듣는 J의 흥얼거림은 밖에서 기계를 통해서 들었던 것보다 더 애절하고 맑은 소리였다. 영혼이 빠져나간 듯한 모습과 애잔한 음률이 어우러져 마음 약한 이들에게는 저절로 동정심이 일어날 만한 장면이었다. 하지만 유감스럽게도 이 자리에 있는 자들은 보편적인 인간의 감수성과는 거리가 먼 이들이었다.

"이것 완전히 인형인데. 노래하는 인형."

"그렇죠? 그래서 우리도 그냥 인형 취급하고 있습니다."

진이 머리를 쿵쿵 때려도 반응이 없는 J를 가리켜 인형이라고 말하다가, 얼굴을 쓰다듬기도 하고 손을 주물럭거려 보고는 급기야는 윗옷을 들춰 소년의 배를 보기도 했다.

"지금 뭐 하냐?"

"마조, 너도 와서 한번 만져 봐. 장난 아니게 피부가 좋아. 나도 이런 때가 있었는데."

"글쎄, 과연 그런 때가 있었을까?"

J는 19세라고는 하지만 언뜻 보면 16세 정도로밖에 보이지 않

왔다. 아무리 크게 봐도 170㎝는 못 미치는 키로 평균으로 보자면 남자 애치고는 작은 편이었다. 예쁘장하다는 말이 과언이 아닐뿐더러 피부마저 도자기 인형처럼 고왔다. 결코 매일 술에 찌들어 사는 29세의 남자와는 감히 비교 자체를 불허하는 외모였다.

"이체 그만 만지작거려라."

아무리 제정신이 아닌 상대라고 해도, 아니, 그러기에 더욱 이십대 후반의 주책인 남자가 소년을 만지고 있는 모습은 가히 좋아 보이지 않았다. 어디 만지기만 할 뿐인가. 이제는 주물럭거리다가 킁킁거리며 냄새까지 맡는다.

게다가 같이 들어온 수문 역시 진의 옆에서 요즘 아이들은 피부 관리를 어떻게 하는지 알고 싶다는 전혀 생산성 없는 이야기나 하고 있었다.

"계속 이 상태로 여기에서 데리고 있을 건가?"

보다 못한 마조가 화제를 돌릴 겸 말을 하자 수문은 정색을 하며 손을 흔들었다.

"설마요! 아무리 중요 용의자이자 증인이라고 해도 한도 끝도 없이 우리가 맡을 수는 없지요. 이 아이가 얼마나 손이 많이 가는데요. 그런데 문제는 이 아이를 맡고 싶어하는 사람이 하나도 없다는 거죠. 친척이 몇 명 있기는 하지만 모두 고개를 젓더군요. 말했잖습니까. 곱게 자란 사람들이라고요. 이런 험한 사건에 연루된 이 아이를 무서워하더군요. 결국 시설밖에 없는데 아직 적당한 곳을 찾지 못한 실정입니다."

부모에 이어 J를 맡고 있었던 큰아버지 식구들까지 끔찍하게 살해를 당했다. 소년이 범인이 아니고 사건이 지독한 우연의 일치로 일어났다고 해도 꺼림칙하기는 마찬가지일 것이다. 특히나 세상의 어려움 같은 건 모르고 곱게 자란 사람들에게 소년은 역병 그 자체인지도 모른다.

"분명 이 사건은 저주 때문일 거야."

"저주?"

마조가 잠시 J의 거처에 대해 고민하고 있을 때 진은 간만에 진지한 태도로 이야기를 꺼냈다.

"그래! 왜 있잖아. 인형 같은 것에 맺힌 저주로 그것을 소유한 인간들은 모두 처참하게 살해당하는 것."

하지만 그 진지함은 1국 전체의 수준까지 바닥으로 끌어내리는 것이었다.

"저주가 아니라면 이 아이가 범인일지도 몰라."

"무슨 근거로?"

"부모의 죽음으로 그 장면이 뇌리에 박힌 이 아이는 항상 피해의식에 사로잡혀 있다가 어느 순간 이성을 놓치고 자신도 모르게 이번 일을 저지른 거야. 그리고 지금은 연기를 하고 있는 중일지도 몰라. 미친 척하다가 나중에 은근슬쩍 의식을 차리면서 전 아무것도 기억나지 않아요, 라고 할지 누가 알아?"

참 말도 안 되는 의견들을 당사자 앞에서 진실인 듯 자신있게 말하는 진의 주장을 무시하기로 결정한 마조는 허리를 숙여 J의 얼굴을 찬찬히 바라봤다.

이 아이가 정말 범인이고 그 사실을 감추기 위해 지금 아무것도 모른 척 연기를 하고 있다면 J는 정말 배우로서 희대의 자질을 갖춘 명연기자일 것이다. 하지만 아니라면. 정말 운이 좋아 그 참사에서 제외되었고 그 광경을 모조리 눈앞에서 목격했다면 그것은 운이라는 이름으로 가장한 불행이었을 것이다. 자기 자신을 버리고 싶을 정도로.

그래서일까. 만약에 그렇다면 지금의 J는 이대로가 행복할지도 모른다고 마조는 생각했다. 잠자는 숲 속의 공주님이 꿈에서 깨어났을 때 마냥 행복하기만 했을까를 상상해 본다면 말이다.

그런 생각들을 하는 와중에 마조의 눈길을 끄는 것은 J의 부드러운 살갗과 연분홍의 예쁘고 두툼한 입술도 아니었다. 그건 바로 소년을 인간이 아닌, 하나의 인형으로 인식하게 만든 눈동자였다. 마조는 자신의 얼굴을 J의 코앞까지 가져가 안경을 다시 고쳐 쓰면서 그 까만 눈동자에서 시선을 떼지 못했다. 너무도 까맸다. 홍채의 모양마저 보이지 않을 정도로 까맣기만 한 눈동자는 J를 더욱 인간이 아닌 인형처럼 보이게 했다.

옆에서 수문까지 끌어들여 저주다, 아니다, 난상공론까지 벌이던 진은 J의 눈동자에서 시선을 떼지 못하는 마조의 어깨를 툭툭 치며 말했다.

"마조? 너, 이런 취미 있었니?"

"응?"

"솔직하게 말해. 네가 봐도 예쁘장한 게 귀여워 죽겠지?"

범인은 J라고 말하던 똑같은 입으로 이제는 귀여워 죽겠다고 말하는 진이다. 하지만 마조가 뭐라고 대답하기 전에 수문이 먼저 입을 열었다.

"설마 마조가 그러겠습니까? 문란한 당신과 똑같이 취급하지 마십시오."

"내가 뭐, 문란?"

진은 억울한 누명에 어찌할 바를 몰라 하며 수문에게 반박했다.

"나같이 바른생활을 추구하며 사는 사람보고 문란이라는 단어를 사용하다니."

"그럼 아니라는 말입니까?"

"나는 만민 평등주의자이며, 모두를 사랑하자는 박애주의자야!"

"정확히 말하면 예쁜 여자들만을 사랑하자는 박애주의겠죠."

"당연하지. 그들은 사랑받기 위해 태어난 종족. 난 그들 모두를 똑같이 사랑해 줄 운명을 지니고 태어난 몸이야."

"그걸 바람둥이라고 하죠, 아마?"

"내 사상을 이해하지 못하는군!"

"이해는 하죠. 다만 동조를 못할 뿐입니다."

두 사람의 대화에 시끄러워서 짜증이 난 마조는 숙였던 허리를 펴고 그들에게 한마디 잔소리라도 할 요량으로 몸을 돌리려고 했다. 하지만 그는 자신의 뜻대로 움직일 수가 없었다. 무엇인가 자신의 옷자락을 잡아끄는 느낌과 함께 그동안 계속 취조실에 울려 퍼지던 멜로디가 뚝 끊겼기 때문이다.

혹시나 하는 마음에 천천히 고개를 숙여 소년을 바라봤다. J는 여전히 아무 표정 없는 얼굴로 자리에 앉아 있었지만 무언가 달라져 있었다. 하염없이 달싹이던 입술은 꽉 다물어져 있었고, 초점없이 어디에도 시선들 두지 않았던 눈동자가 정확히 마조를 올려다보고 있었던 것이다. 그리고 J는 오른손으로 마조의 양복 자락을 꼭 쥐고 있었다. 마치 놓아서는 안 될 귀중품을 놓치지 않으려는 듯이.

무엇인가 이상하다는 것을 깨달은 건 진과 수문도 마찬가지였다. J에게로 시선을 던진 두 사람은 대번에 소년의 미약한 변화를 깨닫고 동시에 소리쳤다.

"마조, 너 J에게 뭔 짓을 한 거야? 내가 안 본 사이에 설마 키스를……."

"헉! 마조, 그렇게 안 봤는데 진과 똑같은 놈이었습니까?"

J를 보며 잠자는 숲 속의 공주님을 떠올린 건 마조만이 아니었던 모양이다. 깊게 생각할 것도 없이 공주님을 깨운 건 왕자님의 키스란 생각을 해버린 수문과 진의 외침은 그 표현만 달랐지 결국 의미는 같았다.

결국 참지 못하고 마조의 이마에 조금씩 힘줄이 솟아오르기 시작했다. 그들의 논리라면 마조는 왕자라는 소리인데, 어째 보이는 반응들이 하나같이 그를 변태 취급하고 있었다. 이건 어린이판 동화책이 아닌 잔혹동화를 보고 자란 사람들의 피폐한 정신세계를 보여주는 단편이었다.

당신들의 순수는 어디로 갔습니까.

CHAPTER 02
본능적이다 못해 동물적인

"그러니까 왜 이야기가 이런 식으로 흘러가는 거지?"

"그럼 다른 방법이 있어?"

일이 이상하게 돌아가고 말았다. 애초 가당찮은 일에 마조를 개입시킨 것이 어디의 누구인가를 감안하자면, 지금 그를 보고 좋아서 죽겠다는 표정을 짓고 있는 진의 얼굴에 망치질을 해도 분이 풀리지 않을 지경이었다.

전날 진을 따라 정보실에 따라간 순간부터 모든 게 틀어지고 말았다. 처음 정보실에서 J가 고개를 들어 마조와 똑똑히 눈을 맞추고 그의 옷자락을 붙들 때까지는 순조롭다고 할 수 있었다. 다만 옆에서 말 같지도 않은 소리를 해대는 두 명에게 어떤 식으로 응징을 가할까 잠시 주춤하는 사이에 마조는 그만 수분에게 선수를 빼앗기고 말았다.

"잠깐! 이런, 이런 일이……."

마조를 붙잡고 대체 J에게 뭔 짓을 한 거냐고 장난을 치던 수문이 그제야 문득 J의 상황을 깨달은 것이다. 3개월 동안 실 끊어진 인형처럼 입안에 털어준 음식조차 제 이로 씹어 먹지 않았던 J가 스스로 움직인 것이다. 이에 흥분을 참지 못한 수문이 취조실을 박차고 나가 버리고 말았다.

수문을 놓쳐 버린 마조는 놓친 고기에 연연해하지 않고 재빨리 진의 멱살을 부드럽게 거머쥐었다. 그가 진을 붙잡기 위해 움직이자 의자에 앉아만 있던 J가 스스로 자리에서 일어나 마조의 옆에 같이 섰다. 여전히 살포시 잡은 마조의 옷자락을 놓지 않은 상태였다.

"내가 작작 좀 하라고 말했었지?"

"뭐, 뭐가?"

"적어도 내 파트너라면 그에 맞는 격을 가지고 있어야 하는 게 예의 아니야? 너 혼자만 생각하지 말고 제발 파트너인 내 낯 좀 생각해 주란 말이다. 적어도 너와 똑같다는 말이 욕이 되는 상황까지는 되지 말았어야지. 지금 난 너와 똑같은 놈 취급받은 것 때문에 굉장히 기분 나쁘거든. 그리고 뭐, 키스? 내가 너냐?"

"나와 똑같다면 예술적으로 잘생긴 내 얼굴과 같다는 이야기인데 왜 기분이 나빠? 오히려 좋아해야지. 이봐, 마조 군! 우리 조금만 생각을 달리하면 더 밝은 사고방식으로 세상을 살아갈 수 있다는 걸 잊지 말자고. 그런 의미에서 이 멱살은 좀 놓고 이야기하지."

"너나 혼자서 밝게 세상을 살아. 난 어두침침한 구석에서 땅이나 파고 살 테니 제발 너의 그 밝은 세상을 내게까지 끌어다 주지 않았으면 좋겠다. 부디!"

어차피 진이 말하는 밝게 세상을 살아가는 방식이란 말해봤자 뻔할 뻔이었다. 주지육림을 꿈꾸는 한량의 삶 자체가 진이 추구하는 이상적인 세계의 끝이었다. 그 기름지고 느끼한 대륙에 함께 빠지고 싶지 않았던 마조는 진의 멱살을 잡고 있던 손에 강하게 힘을 주었다. 진이 자신의 파트너이기 때문에 마조까지 같은 취급을 받는 건 사양하고 싶었다.

아무리 부정해도 파트너는 결국 똑같은 얼굴을 가질 수밖에 없었다. 어느 한쪽의 얼굴이 더러워지면 다른 하나도 함께 더러워질 수밖에 없었다. 즉, 일은 진이 혼자서 다 저지르는 데도 그 결과는 항상 마조와 같이 나누었던 것이다. 전혀 명예롭지 못한 것들까지.

"왜 내가 너와 함께 1국의 골칫덩어리가 되어야만 하느냐고?"

하지만 마조가 진에게 더 깊이 따져 들어갈 사이도 없이 취조실을 나갔던 수문이 정보실 사람들을 대거 이끌고 안으로 들어오는 바람에 그 뒤는 계속 이어지지 못했다.

"봐봐! 내 말이 맞지요?"

수문은 진과 마조를 옆으로 밀치며, 이제는 노래하는 걸 멈추고 그의 옷자락을 붙잡기 위해 안간힘을 쓰고 있는 J를 가리키며 외쳤다.

잠이 오면 서 있거나 앉아 있거나 그 자리에서 그대로 눈만 감고 자던 J였다. 다른 사람이 침대로 옮겨주지 않으면 서 있는 그대로 잠이 든 적도 많았다. 앉히거나 눕히거나 제 의지로는 아무것도 하지 않는 인형이었다.

그래서 마조의 옷자락을 놓치지 않기 위해 끙끙거리며 인상을 쓰고 있는 J의 모습은 정보실 사람들에게는 대단한 충격이었다. 게다가 이제는 듣는 것만으로도 소름이 끼쳤던 노랫소리도 더 이상 들리지 않았다.

"세상에!"

J를 보자마자 탄성을 지르던 정보실 사람들은 어느새 우르르 몰려와 마조와 진을 구석으로 밀쳐 버렸다. J가 엄지와 검지로만 마조의 옷을 잡고 있었기에 두 사람을 떼어놓는 건 일도 아니었다. 그래서 중앙에 J를 몰아놓은 그들은 일제히 약속이나 한 듯이 수첩을 꺼내 들고 하나씩 질문을 쏟아내기 시작했다.

가령 사건이 있었던 날 그곳에서 무슨 일이 일어났는지 기억하냐는 사무적인 것에서부터, 평소 피부는 어떻게 관리하느냐는 개인적 욕망이 물씬 배어나는 질문들까지. 하지만 그 고운 피부의 소유자는 하찮은 뭇 백성들은 쳐다보지 않은 채 오직 마조만을 찾아 눈동자를 굴렸다. 그러다 자신을 둘러싼 인간 장벽 때문에 점점 불안을 느끼는지 입가가 일그러지기 시작했다.

"자자, 진정들 하시고, 지금 이런다고 해서 뭐가 해결되는 건 아니잖습니까. 이제부터 시작일 겁니다."

보다 못한 수문이 결국엔 자신이 끌고 온 정보실 직원들을 도로 내쫓고야 말았다. 아직 J가 말을 할 수 있는 단계인지는 확인이 되지 않았기에 이런 소란스러움이 오히려 사태를 다시 악화시킬 수도 있기 때문이다. 수문은 흥분한 나머지 미처 거기까지 생각하지 못한 자신의 어리석음에 혀를 차야만 했다.

"하여간 사람들이 적당이란 걸 모른다니까요."

수문이 사람들을 밖으로 내보내며 투덜거리고 있을 때 J는 이때다 싶어 구석에 있던 마조에게 쪼르르 달려가 아예 그의 품에 안겨 버렸다. 절대 떨어지지 않을 각오에서인지 두 손을 깍지까지 끼면서 마조에게 꼭 달라붙는 게 미아보호소에서 엄마를 찾아낸 아이의 절박함과도 비슷해 보였다.

아까처럼 살짝 그의 옷만 잡고 있다가는 다시 사람들에 의해 떨어질 수 있다는 두려움에서 나오는 행동인 듯 보였다. 이건 적어도 J에게 학습능력이나 사고력은 있다는 걸 의미했다. 실수를 통해 진화된 방법을 찾은 것을 보면.

"얘 왜 이런다니?"

"내가 그걸 어떻게 알아."

마조를 두 팔로 꼭 안고 있는 것도 부족해서 고개를 뒤로 쳐들고 그를 올려다보고 있는 J의 눈은 진지하다 못해 애달플 정도로 맹목적이었다. 이런 경우는 처음이라 구경하는 진이나 직접 당하는 마조나 당황하기는 마찬가지였다. 만약에 J가 그들이 상대하던 조직원들이나 정치인들이었다면 그냥 주먹 한 방으로 끝내고 말 일이었다.

하지만 이 작은 병아리 같은 녀석은 때릴 구석도 없었다. 그렇다고 힘으로 무작정 떼어놓자니 J의 가녀린 뼈가 그대로 느껴져서 그럴 수도 없었다.

"얘 좀 나한테 떼어줄래."

"떼어주세요, 라고 부탁하면."

"떼어주세요."

"너무 쉽게 말하는 거 아니야? 좀 거절도 하고 내가 왜 너에게 부탁을 하냐고 따지면서 버텨야지, 남자는 함부로 부탁하는 게 아니야."

"부탁하라며? 그리고 네가 나보다 나이가 더 많잖아. 연장자에게 부탁하는 거야 부끄러운 일도 아니지."

마조는 이 작은 생명체만 자신에게서 떼어놓을 수 있다면 무언들 못할까 싶었다. 게다가 다른 사람이라면 모를까, 진에게라면 그까짓 부탁이야 못할 것도 없다. 아니, 무릎이라도 꿇을 수 있었다. 어차피 무슨 짓을 해봤자 마조와 진은 그것에 대해 진지하게 받아들이는 사람들이 아니었다.

어떤 추태와 모멸적인 모습을 보여도 진에게라면 창피하거나 자존심이 상할 일이 없었고, 그러기는 진도 마찬가지였다. 비위가 맞지 않아 사정 볼 것 없이 두들겨 패도 다음날 피식 웃으며 아침 인사를 건네는 두 사람이었다. 서로 어느 게 장난이고 진심인지, 또한 상대를 위한 일인지 정도는 잘 알고 있었고, 필요한 것만 골라서 받아들이는 편리한 사고방식을 가지고 있는 덕분이기도 했다.

"으윽, 꼭 이럴 때만 연장자 대우지. 그래도 우리 불쌍한 마조 씨를 위해 이 몸이 나서보지. 자, 아가야, 이리 온."

"좀 더 기름기는 빼고."

"여기서 더 얼마나?"

최대한 다감한 얼굴로 J를 구슬려 보는 진이었지만 마조의 눈에는 원조교제나 바라는 아저씨가 지나가는 여학생에게 치근거리는 것 이상으로는 보이지 않았다. 그건 J도 같은 생각이었는지 부르르 몸을 떨며 마조를 안고 있던 손에 힘을 꽉 주고 그의 품으로 더 깊이 파고들었다.

"더 안 떨어지려고 하잖아."

"이 녀석이 아직 내 매력을 몰라서 그러는 것뿐이야. 아가, 내가 그 아저씨보다 더 부드럽고 착하고 좋은 사람이란다."

다시 한 번 기름을 짜내는 진을 옆으로 밀치며 수문이 끼어들었다.

"진은 옆으로 비키세요. 대체 그 얼굴로 감히 어디에다가 들이미는 겁니까? 애가 놀라잖습니까."

"그러는 댁의 얼굴은?"

진은 자신과 마찬가지로 대충 관리하다 만 수염이 지저분하다 못해서 음침하게 생긴 수문에게 남 말 하지 말라는 표정을 지어 보였다. 게다가 마르기는 했지만 언제나 활동적인 진의 혈기 좋은 피부색과는 다르게, 실내에서 햇볕 대신 조명 빛만 받다 보니 창백하게 혈색을 잃은데다가 눈 밑에 까무잡잡한 다크서클마저 있는 수문이 진에게 외모 운운할 처지는 아니었던 거다.

"하어튼 비키세요. 대체 이게 어떻게 해서 언은 기회인지 아십니까? J가 얼마나 중요한 인물인지 안다면 저리 비켜요. 괜히 어린아이 경기 일으키게 하지 말고."

"이봐, 수문."

"왜요?"

"물품관리실의 모 양이 나를 좋아했던 것은 내 의지와는 전혀 무관했던 일이야."

"……!"

진의 뜬금없는 말에 수문의 얼굴이 순식간에 구겨지고 말았다. 마조를 대하던 것과는 다르게 진에게는 내내 못마땅한 기색을 감추지 못했던 그다. 그런데 그런 모든 행동에 다 이유가 있었던 것이다.

2년여의 짝사랑 끝에 고백했던 물품관리실의 한 떨기 백합 같던 그녀는 따로 좋아하는 이가 있다면서 그의 고백을 정중하게 거절했다. 그리고 나중에 알게 된 그녀의 연모 대상은 지지리 볼 것 없는 1국의 진이었던 것이다.

그런데 감히 백합 같던 그녀의 사랑을 진은 냉정하게 거절해 버렸다, 같은 직장에 다니는 사람과는 연애하지 않는다는 주의를 내걸면서. 다행이다 싶었지만 그녀의 마음이 안타까워서 마냥 좋아할 문제만은 아니었다. 그는 무엇보다도 그녀의 행복을 바랐다. 하지만 여태껏 자신과 그녀와의 이야기를 누구에게도 한 적이 없었기에 어떻게 진이 그 일을 알고 있는지가 궁금했다.

"그걸 어떻게… 설마……."

그럴 리는 없겠지만 설마 그녀가 자신과의 일을 진에게 말했나 싶어 수문의 얼굴이 창백해지기 시작했다. 그걸 아는지 진은 고개를 저으며 그의 추측을 부정했다.

"그날은 청명한 가을 하늘이 유독 아름다운 날이었지. 난 그 하늘을 이불 삼아 날 괴롭히는 마조를 피해 옥상에 있는 인공 정원 한쪽 구석에서 휴식을 취하고 있었어. 그때 마침 한 쌍의

남녀가 옥상으로 올라와 대화를 나누더군. 미안하네, 수문. 본의 아니게 자네가 실연을 당하는 걸 처음부터 끝까지 다 보았지 뭔가."

말은 이렇게 하지만 따로 좋아하는 사람이 있다며 수문을 거절하던 그녀가 몇 달 후에 그에게 고백을 해왔을 때는 진 역시 당황할 수밖에 없었다. 굳이 이유 같지도 않은 이유를 대며 그녀를 거절했던 것은 모두가 수문에 대한 약간의 의리 때문이었다. 물론 동료를 위해 정말 괜찮은 여성을 거절하며 돌아서던 자신의 모습에 자아도취해서 그 순간을 즐겼다는 걸 부정할 수는 없겠지만 말이다.

"젠장."

"괜찮아. 살다 보면 실연 한두 번은 보통이지."

"실연에 숫자가 중요한 겁니까? 누구에게 받았느냐가 중요한 거죠."

위로랍시고 어쭙잖게 하는 진에게 수문이 이를 갈자 그때까지 가만히 두 사람의 대화를 듣고만 있던 마조가 드디어 입을 열었다.

"하지만 정말 중요한 게 여기에도 있다는 걸 지금 잊고 있는 것 같군."

"아, 이런, J!"

진과 수문에게 검지로 자신의 품에 안겨 있는 J를 가리키는 마조의 시선은 싸늘했다. 이 작은 걸 누구든지 제발 어떻게 좀 해주라는 무언의 압박이었다. 진과 사적인 문제로 잠시 J를 잊고 있었던 수문은 아차 싶어서 다시 J를 돌아봤다. 이 중요한 중인이 처음으로 의식을 차리고 자신의 의지로 움직였는데 경박한 진에게 말려들어 딴짓이나 하다니 스스로가 한심해서 한숨이 흘러나왔다.

그런데 그의 뉘우침은 많이 늦은 바가 있었다.

두 팔로 마조를 꼭 끌어안은 채 고개를 들어 그를 올려다보는 자세 그대로 어느새 잠이 들어버린 J를 보자, 수문은 그만 힘이 쭉 빠지고 말았다. 기회라는 게 찾아왔을 때 재빨리 이용하지 못한 것은 누구의 탓도 아닌 바로 자신의 어리석음 때문이다. J의 변화를 처음 눈치챘을 때 정보실 사람들을 부르러 가는 것이 아니었다. 적어도 진을 무시한 채 어떻게든 소년의 관심을 확보하는 데 최선을 다했어야 했다.

"어, 자고 있네?"

맥이 빠진 수문의 옆에서 진이 느긋하게 목덜미를 긁으며 말을 했다. 힘을 쓰지 않고 편하게 소년을 마조에게서 떼어놓을 수 있게 돼서 좋아라 하는 게 눈에 보였다. 하지만 수문은 지금의 현실을 쉬이 받아들일 수가 없었던 모양이다.

"자다니요? 그래서는 안 되죠. 이봐요, J 군! 우린 많은 대화가 필요한 사이라고요. 어서 일어나요."

"그렇게 깨워서 어디 일어나겠어? 나를 보라고."

"……?"

J를 마조에게서 떼어내 그 어깨를 잡고 흔드는 수문을 제치고 진이 소년을 깨우겠다며 나섰다. 그런데 그렇게나 장담하면서 하는 짓이란 게 고작 입술을 쭉 내밀며 잠을 자고 있는 J에게 입을 맞추려는 것이 다였다.

"왜 아무도 안 말려?"

J의 입술과 거의 닿을 듯 말 듯한 거리에서 딱 멈춘 진은 끝까지 자신을 말리지 않는 마조와 수문을 돌아보며 물었다. 이쯤에서 제재가 들어올 줄 알았는데 너무도 태연하게 구경만 하고 있는 두 사람의 태도에 되레 불안해졌다.

"깨울 수만 있다면 어떤 수를 써도 좋습니다. 깨울 수만 있다면요!"

"내 입이 닳는 것도 아닌데 뭐 하러 말려."

"삭막한 것들."

"다정도 병이란 말이 있지 않습니까. 삭막한 게 꼭 나쁜 것은 아니죠."

"그래서 너에게 피해준 적 있어? 뽀뽀든 키스든 너 하고 싶은 거 다해."

무덤덤한 두 사람의 반응에 재미를 잃어버린 진의 팔에서 힘이 빠지면서 그의 품에 있던 J가 주르륵 미끄러져 바닥에 쓰러졌다. 하지만 그걸 지켜보는 세 사람의 표정엔 어떠한 변화도 없었다. 따분할 정도로 메마르고 무심한 눈동자에 서린 감정들은 각기 달랐지만 어느 누구도 J에 대한 걱정이나 안위를 위하는 마음은 없었다.

그들의 눈에 J는 이번 사건을 풀어나갈 중요한 인물이라는 관심 이상의 것은 없었다. 말을 할 수 있는 혀와 제대로 굴러가는 머리만 있다면 막말로 J가 어떻게 되더라도 그네들에겐 중요하지 않았다. 다만 아직은 어리니 최대한 보호하고 위해주는 것뿐이다.

"단단히 잠들었나 보네. 이렇게 다시 잠든 걸 보니 아무래도 우리 공주님은 마조 왕자님이 마음에 들지 않았나 봐."

발끝으로 J를 몇 번 쿡쿡 찔러보다 생글거리며 말하는 진에게 마조가 그게 무슨 뜻이냐는 듯 쳐다보았다.

"동화에서 보면 공주님은 왕자의 키스에 눈을 뜨잖아. 그런데 만약 눈을 떴는데 앞에 있는 왕자란 작자가 영 아니라면 공주들은 어떻게 할까? 나라면 다시 잠든 척 눈을 질끈 감아버릴 거다, 지금 이 녀석처럼. 그런데 그냥 잠든 척하는 것도 아니고 정말 잠이 든 것을 보면 어지간히 우리 마조 왕자님이 마음에 들지 않았나 봐. 혹시나 해서 눈을 떴는데 마조 왕자님을 보고, 이런, 눈만 버렸다 하고 다시 잠든 거지."

"미안하다. 매력이 없어서."

진의 짓궂은 말에 마조는 가볍게 응수하며 취조실을 나가려 했다.

"벌써 가려고?"

"우리가 여기 계속 있어봤자 더 나올 것도 없잖아. 남고 싶으면 너 혼자 남아 있든지."

"사실대로 말해. 이 아이가 당장에라도 깨어나서 아까처럼 달라붙을까 봐 겁나서 도망치는 거지?"

"훗, 왕자가 도망치는 거 봤냐?"

한쪽 입꼬리를 말아 올리며 웃는 건 비웃거나 자심감이 넘칠 때의 전형적인 표정이다. 하지만 J가 잠결로 몸을 뒤척일 때마다 움찔거리며 뒤로 물러서는 걸 보면 마조의 말과 행동이 전혀 다르다는 걸 누구나 쉽게 짐작할 수 있었다.

"나중에 뭐 알아낸 게 있으면 그때 연락해 줘."

만약 알아낸 게 없으면 연락 따위는 하지 말라고 우회적으로 수문에게 돌려 말하며 마조는 재빨리 취조실을 나가 버렸다.

"수줍어하기는."

J를 깨울 거 아니면 너도 그만 가보라는 수문의 눈총에 진은 마조를 따라가며 쿡쿡 웃어댔다. 사람을 쉽게 받아들이지 못하는 마조에게 있어 J처럼 무자비하게 덤벼드는 유형은 쥐약이었다. 마조는 사람과 사람 사이에 존재하는 피부 마찰을 좋아하지 않는다. 싫어한다기보다는 상대를 믿지 못하는 것이다. 무방비하게 자신을 풀어놓고 타인에게 자신을 허용하는 행위 자체를 말이다.

그에게 있어 '타인과의 접촉'이란 무방비한 상태로 적에게 등을 보이는 것과 같은 의미이기도 했다. 그래서 절대적으로 믿는 상대가 아니면 자신을 내어주기는커녕 먼저 손을 내밀지도 않았다. 그런 마조가 먼저 타인에게 손을 내미는 경우는 현재 진이 유일한 상태였다. 그만큼 진을 믿고 있다는 의미이면서 동시에 마조가 얼마나 사람을 불신하는지 말해주는 대목이기도 했다. 그래서인지 마조는 J라는 낯선 타인과의 접촉에 지금 당황하고 있었다.

아니, 상대를 믿고 안 믿고를 떠나서 이런 식으로 겁두 없이 마조에게 덤빈 것은 진 이래로 J가 처음이었다. 처음 진이란 인간에게 적응해 가기까지 마조가 보여주었던 거부와 혼란을 감안한다면 J에게는 많이 참아주고 있는 편이었다. 때문에 그런 마조를 가지고 놀리는 것은 진의 즐거움이자 특권이기도 했다.

여기까지가 어제 정보실에서 있었던 일의 전말이다.

정보실을 나와 몇 시간 후에 마조와 진은 칼같이 시간에 맞춰 퇴근을 해버렸고, 어느 때보다 평안한 잠자리에 들었다. 그런데 오늘 아침 다른 날들과 똑같이 정시에 출근을 하던 진을 제일 처음 맞이한 이는 다른 누구도 아닌, 자신을 절대적으로 싫어하는 수문이었다. 그런데 하룻밤 사이에 없던 마누라라도 도망갈 몰골이 되어버린 수문이 진의 앞을 가로막으며 물었다.

"마조 어디 있습니까?"

"어이, 좋은 아침, 수문!"

"네, 좋은… 아, 당신 인사는 필요없습니다. 마조, 마조! 어디 있습니까?"

진의 어깨를 잡고 흔드는 수문의 몸에서 약간의 찌든 냄새를 맡고 전날까지만 해도 그럭저럭 봐줄 만하던 하얀 셔츠 여기저기에서 정체불명의 얼룩을 본 진은 그를 밀어내고 뒤로 물러났다. 딱히 진 자체도 깨끗하다고는 할 수 없었지만 원래 자신의 얼룩보다는 남의 티가 더 크게 보이는 법이다.

"무턱대고 마조를 찾으면 나보고 어떻게 하라고. 내가 그 녀석 엄마도 아닌데 네가 찾으면 바로 품에서 꺼내줄 수 있는 것도 아니잖아. 그러니까 침착하게 숨 좀 돌리고 왜 이러는지부터 설명해 봐."

"제발 마조요."

진의 말에도 수문은 그저 마조만 찾을 뿐이었다. 이 정도면 부탁이라기보다는 애원이나 마찬가지였다.

"마조야 이 시간이라면 자기 책상 정리를 하고 있겠지."

"없던데요?"

수문의 대답에 진은 손목시계를 보았다. 오전 9시 정각에 출근하는 그와 다르게 마조의 출근 시간은 평균 8시 30분으로 진보다는 빠른 편이었다. 출근하자마자 자신의 책상을 정돈하고 나서 마조에게는 항상 가는 곳이 따로 있었다. 아마 수문은 간발의 차이로 마조를 놓친 듯했다.

"그냥 나 따라와 봐."

진은 엘리베이터와 건물 중앙 계단 대신에 비상구 계단 쪽으로 발걸음을 옮겼다. 그리고 얼마 올라갈 필요도 없이 두 사람은 1층과 2층으로 이어지는 계단참에 앉아서 약봉지를 입에 물고 있는 마조를 발견할 수 있었다.

"마조~!"

마조를 보자마자 격한 감격이 물밀듯이 밀려온 수문은 이 감정을 어떻게 얼굴에 담아내야 할지 잠시 망설였다. 그러나 찰나의 순간 그는 자신의 감정을 온몸으로 표현하기로 마음먹었다. 크게 벌린 두 팔과 목청껏 마조의 이름을 부르는 목소리만으로도 그의 반가움과 애절함을 느끼지 못할 사람은 없어 보였다.

다만 계단참에 앉아서 느긋이 투명한 레토르트파우치 팩 안의 한약을 빨아 먹고 있던 마조를 감회시킬 정도까지는 아니었다는 게 그의 비극이었다. 자신에게 달려드는 남자를 피해 마조는 몸을 옆으로 틀어 유연한 동작으로 자리에서 일어나 버렸다. 덕분에 달리던 속도까지 가세한 수문은 도중에 멈추지 못하고 계단참 바닥에 얼굴을 박고 말았다.

"끄응, 마… 조!"

싸하게 콧등에서 느껴지는 아픔에도 불구하고 수문은 웃으면서 마조의 바지 자락을 붙잡았다. 만지지 않으면 사라져 버리는 신기루라도 되는 듯. 하지만 마조는 옷을 통해 느껴지는 타인의 느낌에 얼굴을 찡그리며 다리에 힘을 주어 뒤로 빼면서 진에게 물었다.

"무슨 일이야?"

"난들 아냐. 수문아, 개도 밥 먹을 때는 안 건든다는데 아침 먹고 있는 마조에게 그럼 못쓰지. 잘못하면 물려."

"아침이요?"

드디어 마조를 찾았다는 안도감에 애써 흥분을 가라앉힌 수문은 그제야 아픈 콧등을 매만지며 자리에서 일어났다. 그러다 아침이란 진의 말에 의아한 듯 마조를 올려다봤다. 지금 마조가 먹고 있는 건 아침 대용의 간단한 식품이 아닌 한약이었다. 어디 아프기라도 하나 조금은 걱정이 되기도 했다.

"마조는 아침밥 대신 보약을 먹거든."

"예? 꽤나 의외네요. 그렇게 착실하게 건강을 챙길 유형은 아니라고 생각했는데. 하지만 보약이래도 빈속에 먹으면 위에 부담이 가지 않나요?"

"일부러 공복에 먹는 약도 있으니까 괜찮겠지. 게다가 이 녀석 누나가 한의사인데 어련히 챙겨주겠냐. 네 말처럼 마조 성격에 아침 꼬박꼬박 챙겨 먹을 리가 없다고 대신 저거라도 먹으라고 보내준 거야."

"누님이 자상하시네요. 저희 어머닌 아침 차려달라면 요즘 세상에 누가 아침밥을 챙겨 먹느냐고 오히려 화를 내시는데."

수문은 그에게 등을 보이며 마저 남은 보약을 마시고 있는 마
조에게 언뜻 부러운 시선을 보냈다. 그가 처음이자 마지막으로
한약을 먹어본 것이라곤 열네 살 때 교통사고로 팔이 부러지자
뼈에 좋다며 할아버지가 해주신 한 첩이 고작이었다. 그것도 한
약은 약효가 무엇이든 간에 다 같은 보약이라는 신조를 가진 아
버지께 절반 이상을 빼앗기고 말았다.

딱히 한약이 먹고 싶다는 건 아니었다. 단지 누군가 정성스레
챙겨준다는 그 자체가 수문은 부러웠다.

"조금 별난 누님이시지. 그것보다 이제 이유나 들어보자, 아
침부터 이게 뭔 쇼인지."

"아아, 이게 쇼라면 시청률은 걱정하지 않아도 될 겁니다."

진의 물음에 대답하는 수문의 얼굴에 그림자가 드리워졌다,
그것도 침침하고 습한 기운이 녹아든 먹구름을 동반하면서.

"들을 것도 없이 저를 따라오세요."

"정보실로?"

"네."

"혹시 J에게 무슨 일이 있는 거야?"

"코, 콜록!"

눈치 빠른 진이 넌지시 J의 이름을 꺼내자 아직까지 등을 돌
리고 보약을 먹고 있던 마조가 순간 사레들린 듯 잔기침을 토해
냈다.

"역시 눈치가 빠르시네요. 공주님이 왕자님을 만나고 싶답니
다."

"호오! 말을 하는 거야?"

"설마요. 유감스럽게도 우리 공주님은 인어공주와 미저리와 아다다가 한데 섞인 분이라 기대할 것이 하나도 없답니다."

슬쩍 웃으며 말하는 수문에게서 체념과 광기가 흘러넘쳤다. 많은 말은 아니었지만 진과 마조는 수문의 상태에서 상황을 어림짐작할 수 있었다. 아니, 수문에게서 은은하게 풍기는 찌든 냄새와 꼬락서니만 보더라도 지금 J의 상태를 충분히 짐작하고도 남았다.

"미저리는 몰라도 인어공주와 아다다라면 말을 못 할 텐데 어떻게 공주님이 왕자님을 찾는다는 걸 알았지?"

진이 순수한 호기심에서 묻자 수문은 양 입가가 쭉 찢어질 정도로 웃으며 대답했다.

"아다다가 할 수 있는 말이라곤 '아다다' 뿐이죠. 우리의 공주님도 딱 하나의 말밖에 하지 못한답니다. '마조'. 그 단어 말고는 인어공주처럼 아무 말도 하지를 못하고 있답니다. 때문에 그 뜻을 모르려야 모를 수가 없죠."

그의 말이 끝나기가 무섭게 어느새 아침을 다 먹은 마조는 비상구 밖으로 탈출을 시도했다. 잽싸고 빠른 그 움직임이 한 마리 우아한 표범 같았으나, 그보다 더 빠른 게 널리고 널린 것이 바로 동물의 왕국이다. 마조의 뒷덜미를 아슬아슬하게 붙잡은 진이 눈가에 주름까지 만들어 웃으면서 그에게 물었다.

"어딜 가려고?"

"할 일이 있어서."

"우리 할 일이란 게 J와 관련된 사건뿐이잖아. 그 아이가 널 찾는다니 당연히 가봐야지 않겠어?"

"그럼 너나 가봐. 난 아직 보고서도 안 읽었고……."

"그따위 것, 우리가 언제부터 착실하게 챙겼다고 오늘따라 유난이야. 자, 왕자님, 공주님을 만나러 가야지요?"

진은 힘으로 버티려는 마조의 허리를 두 팔로 꽁꽁 싸매고 수문에게 턱짓을 하며 말했다.

"왕자는 포획했으니 길을 트시죠."

장난기 그득한 진의 음성에 수문은 오랜만에 그에게 호감을 느꼈다. 정말이지 오늘만은 수문도 진을 좋아할 수 있을 것만 같았다. 물론 고생을 다해 작성한 사건 보고서를 그따위 것이라 명칭한 부분에서 사뿐히 'Delete' 키를 눌렀지만 말이다.

"진만 믿겠습니다."

지하 2층에 있는 정보실을 향해 앞장서 가는 수문의 뒤로 진에 의해 질질 끌려가는 마조의 몸부림이 처절했다. 그러나 끝내 지하로 끌려가는 마조의 눈에 방금 전 진과의 힘겨루기 과정에서 바닥에 떨어진 약 봉투가 눈에 들어왔다. 결국 아무리 보약을 먹어대도 진의 깡다구에는 이길 재간이 없는 모양이다.

순간 허무함이 밀려오면서 마조는 진지하게 누나에게 보약이 아닌 정력제를 보내달라고 해야 하는지 잠시 고민해야만 했다. 힘이라도 남아돌아야 깡으로 뭉친 진을 이길 수 있을 테니 말이다. 다민 정력이란 말을 다른 쪽으로 해석할 게 뻔한 누님 때문에 쉽게 말하기가 어렵다는 게 문제였다.

하지만 J를 만나는 일은 누나에게 오해를 사는 것보다 더 께름칙한 일이었다. 모르는 낯선 이와의 접촉도 싫지만 무엇보다 천진하게 올려다보는 J의 커다란 눈망울에 깃든 애정 비슷한 것에 소름이 끼쳤다. 그것이 애정이라고 단정하기엔 너무 짧은 만 남이었지만 마조가 보기에는 그랬다.

그 아이가 날 언제 봤다고 저런 감정이 담긴 눈길을 보내나 하는 생각은 이상하게도 들지 않았다. 오히려 어디선가 보았던 것 같은 익숙함과 반가움이 드는 바람에 되레 당황스럽기까지 했다. 마조는 J와 눈이 마주친 순간 아주 오랫동안 알고 지내온 이에게서나 받을 수 있는 정겨움을 느꼈다. 처음 만난 이에게 느껴지는 어색함도 없지 않았지만 그보다는 오래 헤어져 있던 지인을 다시 만난 반가움이라는 감정 쪽이 더 컸다.

그렇게 이유가 불분명한 두 감정이 서로 교차하는 사이에 마 조의 가슴에 문득 파고드는 건 무섭다는 생각이었다. J의 눈은 천진해 보이지만 순수하다고는 말할 수 없었다. 인형 같던, 도 저히 살아 있는 인간의 눈 같지 않았던 새까만 눈동자는 마치 수백 년을 살아온 이에게나 있을 법한 허무와 함께 진득한 욕망 으로 가득했다.

그 짧은 순간 아무것도 모르는 백치 같은 얼굴을 하고선 인간 이 가질 수 있는 모든 욕망을 그 새까만 눈동자에 품고 있는 J란 아이가 솔직히 무서웠다. 마조의 이런 고민을 듣는다면 그따윈 우스운 기우에 불과하다고 비웃을 사람들이 있을 것이다. 가령 지금 옆에 있는 진이나 수문도 그럴 거다.

어쩌면 마조가 J에게 느끼는 것은 동물적인 육감에 의한 경 계와 풍부한 상상력의 결정체로 인한 두려움일지도 모른다. 실 상 그가 J로 인해 받은 피해라곤 전무하다고 할 수 있었다. 불 유쾌했던 감각으로 남아 있는 잠깐의 스킨십을 제외한다면 말이다.

그러나 유감스럽게도 정보실 사람들에겐 그런 행운이 없었던 모양이다.

그들이 겪은 것은 정신적인 고통에 시달린 마조와는 다른 성질의 것이었다. 육체적, 정신적 고통에 더해 재산상의 피해까지 열거한다면 단체로 J를 고소한다 해도 무리가 없었고, 합의금 명목으로 꽤나 뜯어낼 수도 있는 실정이었다.

"휘유! 이거 4년 전에 왔던 초유의 태풍이라던… 그 이름이 뭐냐?"

"달팽이?"

"아아, 맞다. 달팽이! 이름도 꼭 뭐같이 지었어요. 하여튼 달팽이란 이름이 무색했던 그 태풍이 지나간 자리도 이것보다는 낫겠다."

달팽이처럼 천천히 느리게, 아무 존재감 없이 지나가라고 붙였을 이름과는 너무도 다르게 4년 전 여름에 찾아왔던 그 태풍은 사상 초유의 피해를 이 땅에 남기고 사라졌었다. 그리고 아직 여름도 오지 않았음에도 정보실은 초거대 태풍 하나가 스치고 지나간 듯 처절했다.

너무도 처참하게 어질러진 정보실 안으로 차마 들어가지 못하는 마조의 등을 밀며 수문이 소리쳤다.

"모셔왔습니다!"

그 소리에 맞춰 엎어진 책상과 여기저기 굴러다니는 사무 집기들 사이로 하나둘씩 숨어 있던 인영들이 보이기 시작했다. 그게 마치 B급 영화에서나 볼 수 있는, 무덤가를 헤매는 어설픈 좀

비들의 모습과 흡사해 마조와 진은 그만 실소를 터뜨리고 말았다.

처음 수문을 보았을 때 사태가 어떻게 돌아가는지 나름 상상이 갔었다. 하지만 그것은 잠에서 깨어난 J가 수문을 붙잡고 난리를 쳤을 거라는 범주 안에서의 추측이었지, 사태가 이렇게 정보실 전체까지 번졌을 거라곤 상상조차 못했다.

"오셨군요."

좀비들 사이에서 대장 급이라고 할 수 있는 이린이 앞으로 나서서 마조를 맞이했다. 정보실 사람들 특유의 예의 바르면서 유연한 어투는 그대로지만 그의 몰골은 수문보다 더하면 더했지 결코 나아 보이지는 않았다. 헝클어진 머리칼과 밤사이에 듬성듬성 자란 수염이 아니더라도 얼굴에 쌓인 피곤이 이제 불과 40대 중반의 그를 더욱 늙어 보이게끔 만들었다.

"아침부터 이렇게 경황없이 오시라 해서 죄송합니다."

"대체 이게 무슨 일입니까? 혹시 J가 이런 겁니까?"

"뭐 그렇다고 해도 무관하겠죠."

이린은 마조의 질문에 모호하게 대답한 후에 뒤를 돌아보며 물었다.

"지금 '그건' 어디에 있지?"

"2—D실 캐비닛 위에서 으르렁거리고 있습니다."

뒤에서 서성이던 좀비 하나가 맥없는 목소리로 대답을 했다.

"다행히 멀리에 가 있지는 않군요. 따라오세요."

이린이 따라오라며 앞장을 서자 진은 여전히 가기 싫어하는 마조를 끌고 그의 뒤를 따랐다. 이린이 마조와 진을 데리고 2—D실로 사라지자 자신의 맡은 바 임무를 다한 수문은 그제야 벽에 기대 스르륵 주저앉아 버렸다. 이로써 다섯 시간이나 만행되었던 작은 짐승과의 싸움에 종지부를 찍을 수 있기를 그는 기도하였고, 그것은 그의 주위를 배회하던 좀비들 역시 같은 마음이었다. 좀비들에게는 안식이 필요했다.

정보실 사람들을 좀비화시킨 작은 짐승의 만행에 대해 이야기하자면 길게 말할 것도 없이 시시한 일에서부터 시작했다.

전날 수문은 언제나 그랬듯 잠이 든 J를 취조실 밖에 있는 너른 소파 위에다가 눕히고 이불까지 꼼꼼하게 덮어주었다. 원래 인형 같았던 J라 그렇게 소파에 뉘어놓아도 문제될 일은 없었기 때문에 크게 신경 쓰지 않았다. 행여 정신이 완벽하게 돌아왔다면 삭막한 취조실에서 눈을 뜨는 것보다는 더 안정이 되고 좋을 거란 판단도 있었다.

그리고 바로 J를 잊은 채 다른 정보실 직원들과 밤새 야근을 했다. 원래 정보실이 야근을 밥 먹듯이 하는 곳이기 때문에 틈만 나면 여기저기서 머리만 기대고 토막잠을 자는 이들을 흔하게 볼 수가 있었다. 그 속에 다른 때와 마찬가지로 J가 섞여 있다 뿐이었다.

그런데 문제는 AM 4시가 되어갈 쯤에 J가 문득 잠에서 깨어나 버렸다는 것이다. 평소 같았다면 눈을 뜨더라도 누군가 와서 자리에서 일으켜 세워주기까지 그렇게 멍하니 천장만 쳐다보며 노래나 불렀을 J였지만 오늘은 달랐다. 잊은 게 생각이라도 난 듯 J는 벌떡 자리에서 일어나 주위를 둘러보았다. 그리고 자신이 원하는 것을 찾지 못한 J의 눈망울에 커다란 물방울이 맺히기 시작했다.

원하는 것은 너무나 분명하고 간단했다. 하지만 그걸 뭐라 하는지 순간 입에서 막혀 한참을 오물거리기만 했다. 그러는 사이 J가 깨어난 걸 안 정보실 사람들이 하나둘 몰려들기 시작했다. 어쩜 그 장면은 J에겐 공포였을지도 모르겠다. 그래서 더욱 간절하게 그것을 찾았을 것이다. 삐거덕거리는 머리를 돌리고 돌리는 와중에 뇌에 낙인처럼 새겨진 이름 하나가 J의 입을 통해 터져 나온 것은 그 나름으론 처절한 생존본능이었다.

"마쪼……."

너무도 간절하고 너무도 간단명료한 명령과도 같은 외침이었다. J는 그가 필요했고 그를 원했다. 그것만이 그 작은 머릿속에 깃든 생각이었고 유일한 원(願)이었다.

"마쪼!"

그의 이름을 부르며 자리에서 벌떡 일어나자 천천히 J에게 다가오던 이들의 얼굴에선 화색이 돌기 시작했다. 들뜨고 기쁜 듯 희번덕거리는 눈동자가 빠르게 돌아가는 모양은 괴기스럽기까지 했다. 다만 J의 입장에선 저 많은 사람들 사이에 왜 그만 없는 것인지 그게 이해가 되지 않고 불만일 따름이었다.

그래서 자신을 잡으려는 사람들을 피해 도망 다녔다. 손에 잡히는 것이 무엇이든 상관없이 던졌고, 몸을 움직여야만 한다면 그게 높은 곳이든 낮은 곳이든 구애없이 뛰어다녔다. 몸이 이상하게 가볍고 날렵하다는 것 따위 알 수 있을 정도의 지성이나 사고는 현재의 J에게는 없었다.

생각할 수 있는 건 오로지 하나뿐이었다.

순수하다 못해 새까맣게 타들어가 버린 욕망은 모든 것을 불태워 오로지 그 하나만 남겨 버렸다. 이유와 과정은 잊어버리고 남은 건 지독하리만치 동물적인 바람이었다, 그를 만나야만 한다는. 이성을 잃어버린 인간을 흔히 동물에 빗댄다. 그리고 오늘의 J는 그저 작은 짐승에 지나지 않았다. 만지려 하면 으르렁거리며 도망치고 날카로운 발톱을 아무렇게나 휘두르며 자신을 보호하려 했다.

정보실 사람들은 천성이 화이트칼라였다. 몸을 쓰는 거라곤 자료들을 가지고 이 사무실에서 저 사무실로 달려갈 때뿐이다. 어떨 때는 햇빛이 들어오지 않는 지하실에서 햇볕 한번 쬐지 않고 한 달을 보낸 적이 있는 사람들이 부지기수인 집단이기도 했다. 그런 사람들에게 있어 발톱을 세우며 도망치는 작은 짐승을 잡는 일이란 확실히 벅찬 일이었다.

"사람들을 부르지 그러셨습니까?"

J를 찾아 나서는 길에 이린에게서 지난 다섯 시간 동안 있었던 일의 전말을 들은 마조는 하나마나 한 소리를 그에게 했다.

"사람들이라면 누굴 말입니까?"

역시나 이린은 쓴웃음을 지으며 마조에게 반문했다.

십대 후반이리지만 J는 그 또래의 어느 아이들보다 작고 연약했다. 그게 비록 겉모습뿐일지라도 눈이 그렇게 평가를 내리면 일단은 하나의 정의가 되고 만다. 그래서 만약에 외부의 도움을 요청할 경우 정보실 사람들은 대번에 그런 어린애 하나 잡지 못해 쩔쩔매는 집단으로 전락하고 만다.

물론 정보실 사람들의 신체적 나약함을 모르는 이는 이곳에 없었다. 그들이 도움을 요청한다고 해서 새삼 그들의 나약함을 조롱하거나 비난할 자들도 없었다. 하지만 사람에게는 자격지심이란 것이 존재한다. 자존심일 수도 있고 스스로 창피하게 생각하는 치부일 수도 있다. 그리고 정보실 사람들은 그 문제에 대해 굉장히 예민한 신경을 가지고 있었다. 자신의 약점을 알기에 더욱 숨기고 싶어하는 심리와도 같았다. 그것이 비록 너무 공공연해서 비밀이랄 것도 없는 것일지라도 말이다.

더욱이 이 경우 그들이 도움을 요청할 곳이라곤 한 군데밖에 없었다. 바로 전투요원들이었다.

또 하나 공공연한 사실이, 정보실 사람들과 전투요원들의 사이가 좋지 않다는 것이었다. 이는 전형적으로 몸을 쓰는 집단과 머리를 쓰는 집단 간의 불화일 수도 있지만 일에 있어서 자신들의 주장이 너무 강한 것도 그 주된 원인이라 할 수 있었다.

증거란 언제나 사건 현장에 남아 있는 법이다. 그리고 유감스럽게 그 사건 현장에 먼저 도착하는 건 정보실 사람들이 아닌 전투요원들이었다. 가끔 사건 담당자가 수거해 온 증거품들을 조사하다 보면 과도한 진압으로 인해 증거품이 망가져 있거나 흔적이 애매해지는 경우가 종종 있었다. 이런 경우 십중팔구는 전투요원들과의 시비로 확대된다.

대체 이번이 몇 번째냐는 정보실 사람들의 투정에 전투요원들은 시큰둥하게 너무 작은 것에 연연해하지 말라고 못을 박았다. 1+1은 정확하게 2여야만 하는 정보실 사람들과 그거야 운이 나쁘면 0이 될 수도 있고, 3이 되면 더 좋은 거 아니냐고 주장하는 전투요원들과는 애초에 그 사고의 틀부터가 달랐다.

　때문에 서로 경원시하면서 상대를 절대로 이해할 수 없는 종족이라 단정하는 게 바로 정보실 사람들과 전투요원들 간의 변치 않는 견해였다. 그런데 이런 일로 정보실 사람들이 그들의 도움을 청할 리가 만무하다. 밥이 누룽지가 되다 못해 까맣게 타더라도 불을 끌 수 없는 형편이란 이를 두고 하는 소리일 거다.

　"그럼 마조나 저에게라도 연락하지 그러셨어요."

　마조와 진이라면 새롭게 이 사건의 담당이 되었으니 부르는 거야 당연했고, 일이라면 새벽이라는 시간도 아무 의미가 없다. 내켜하지는 않았겠지만 마조도 결국은 거부하지는 못하고 왔을 거다. 어쨌거나 사건의 증인 겸 용의자가 자신을 찾는다는 데 어쩌겠는가.

　"이미 퇴근한 사람들을 부를 정도로 다급한 정도는 아니었습니다."

　그러나 진의 물음에 답하는 이린의 음성에는 꼿꼿한 자존심의 향기가 진하게 풍겼다. 대충이나마 J를 2—D실이라는 우리 안에다 몰아놓지 못했다면 아마 그들은 지금이 아닌 한참이 지난 후에야 마조를 찾았을 거다. 좀비화된 모습은 보여줄지언정 도움을 요청하기는 싫었다는 뜻이다.

　이런 어쭙잖은 자존심은 수문이 마조를 절실하게 찾다 그의 다리에 매달렸을 때 이미 무너져 버렸지만 이린이야 그걸 알 리 없을 터이니 마음껏 버티는 거다. 정보실 직원들의 예의를 과장한 뻣뻣한 자존심을 지키기 위해.

　2—D실 앞에 서자 안에서 앵앵거리며 울리는 소리가 밖에까

지 들렸다. 구석에 몰린 짐승의 숨넘어가는 울음 같기도 한 그 소리에 마조와 진은 동시에 이린을 쳐다보았다.

"도망치다 결국엔 이곳에서 농성 중입니다. 어디 다친 건 아니고 자기 뜻에 따라주지 않는 우리한테 조금 화가 난 거지요."

하지만 대답을 하던 이린은 선뜻 문을 열고 안으로 들어갈 생각을 하지 않았다. 한참을 망설이던 끝에 손잡이를 잡은 그는 문을 열면서 마조에게 먼저 들어가 보라는 듯 손짓을 했다.

"들어가 보세요."

마조가 꿈쩍도 안 하자 친절하기 그지없는 어투로 안으로 들어가라고 종용까지 한다.

"안 들어가고 뭐 해?"

진이 옆에서 이린을 거들며 마조의 등을 2-D실 안으로 힘껏 떠밀었다. 그가 안으로 들어서자 작은 짐승의 신음 소리가 더욱 거세지면서 서류철 몇 개가 마조를 향해 날아왔다. 본능적으로 자신을 향해 던져진 서류철들을 팔로 막아내며 그 사이로 J를 발견한 마조의 눈이 점점 커졌다.

J를 작은 짐승이라 부르던 이린의 말만 듣고 마조는 밤거리를 돌아다니는 도둑고양이를 상상했다. 있는 대로 발톱을 세우고 으르렁거리며 인간을 경계하는 까다로운 고양이 새끼 말이다.

그런데 실상은 그의 상상과는 꽤나 괴리가 있었다.

얼굴에 눈물이며 땟자국에 심지어는 코밑으로 길게 늘어져 대롱거리는 콧물을 달고 있는 J는 도저히 새침하고 건방진 고양이로는 보이지 않았다. 굳이 동물에 빗댄다며 너구리라고 해야 하나.

발갛게 부어 있는 눈두덩을 까만 반점이라 치면 캐비닛 위에 웅크리고 앉아 있는 폼은 영락없이 꼬리를 말고 둥지에 앉아 있는 너구리 같았다. 그리고 콧물 때문에 짓무른 인중과 눈물 때문에 하얗게 버짐이 일어나 있는 볼은 가끔 동물 프로에서 보여주던 병든 어린 짐승들을 떠올리게 했다. J는 영락없이 먹을 게 없어서 산을 내려와 도시를 배회하다가 인간들에게 잡힐까 하수구 밑으로 들어가 그 사이에 끼어서 오도 가도 못하는 새끼 너구리였다.

“……!”

J는 자신의 구역 안에 누군가 들어서자 방어용으로 미리 준비해 놓은 걸 그에게 던졌다. 서류철은 남자의 팔에 맞아 두 개는 그냥 바닥에 떨어졌고 나머지 하나는 벽으로 날아가 부딪쳤다. 벽에 부딪친 서류철 안에서 하얀 종이들이 삐져 나와 2—D실 전체에 날리면서 잠시 J의 시선을 끌었지만 그것은 아주 찰나였을 뿐이다.

바닥으로 가라앉는 종이들 사이로 마조를 발견한 J는 아무 생각 없이 몸을 웅크리고 있던 캐비닛에서 뛰어내려 그에게 달려갔다. 언제나 수제품만을 고집하는 마조의 고급스런 취향 때문에 오늘 그가 입고 있던 것은 얼마 진에 고가로 맞춘 새 양복이었다. 그래서인지 J의 볼에 닿는 감촉이 무척이니 띠뜻히고 보드라웠다. 그 느낌이 너무 좋아서 J는 마냥 얼굴을 비벼댔다. 눈물과 침으로도 모자라 콧물까지 새 양복에 묻혀가면서.

어차피 생각이 없으니 자신이 하는 짓이 무얼 의미하는지 알 바 없는 J다. 단지 그렇게나 만나기를 원했던 마조를 보았으니,

그를 다시 보기 위해 치열하게 돌아가던 본능과 머리는 이제 멈추어도 좋았다. 직전까지 치열하게 싸웠던 짐승은 이젠 포만감에 게으르게 늘어진, 그야말로 진짜 아무 필요 없는 동물이 되고 말았다.

스물여섯 해를 살아오면서 마조가 이성을 잃어버린 건 딱 한 번뿐이었다. 그 후로는 타인에게 분노는 느낄지언정 이성을 잃고 날뛴 적은 없었다. 나중에 날아가 버린 이성이 다시 돌아왔을 때 자신이 벌여놓은 짓을 보고 울지도 웃지도 못했던 그 더러운 기분을 다시는 느끼고 싶지 않아서이다.

그때의 불쾌했던 경험으로 인해 마조는 결코 이성을 잃고 날뛰는 짓 따위는 하지 않는다. 그건 대상이 J라도 같았다. 대신 거칠게 J를 떼어내 무작정 진에게 떠밀어 버렸다. 그 과정에서 손속이 거칠었다거나 J에 대한 배려를 전혀 찾아볼 수 없다고 해서 그를 탓할 수는 없는 일이었다. 다만 다 큰 어른이 아직 어린애를 상대로 진지하게 화를 내는 꼴도 우스운 일이라 마조는 귀찮다는 듯 손을 휘저으며 말했다.

"그거 어디 안 보이는 데다가 갖다 버려."

"나 주는 거야?"

자신에게 떠밀려 온 J를 두 팔로 꼭 잡으며 진은 길에서 돈이라도 주은 듯 좋아라 했다.

"가지든 말든 내 앞에 보이지 않게만 해줘."

"하응?"

난데없이 마조에게서 떨어진 J는 콧소리가 섞인 정체불명의 소리를 내며 두 팔을 내밀어 그를 붙잡으려 했다. 하지만 마조는 가차없이 그 팔을 손바닥으로 내려치며 두어 발짝 뒤로 물러나 버렸다.

"내년이면 스물이 될 녀석이 어디서 어리광이야."

"크응?"

"그래도 귀엽잖아."

"징그러워."

맞은 데가 아픈지 팔을 문지르면서 코를 훌쩍이는 J를 두고 진과 마조는 서로 다른 견해를 보였다. 진에게 잡혀 있지만 마조가 바로 옆에 있어서인지 J는 조금씩 바동거리기만 할 뿐 비교적 얌전한 편이었다.

그러나 눈물은 멈췄지만 자력으로는 그치기 힘들어 보이는 콧물 때문에 진의 소매는 이미 진득하게 젖어 있었다. 하지만 당하는 사람에 따라 느끼는 기분은 다른 법인지 진은 마조와 달리 이것조차 귀엽다는 듯 머리를 쓰다듬다가 J의 손톱에 손등이 할퀴고 말았다.

"싫어도 앞으로 정이 들도록 많이 노력하는 게 좋을 겁니다. 조금은 다정하게 대해주시고요. 어찌 보면 불쌍하지 않습니까."

티격태격하는 두 사람과 한 마리 짐승 사이에 대뜸 끼어든 이린이 마소에게 정중히 J를 부탁했다. 그 모습이 꼭 자식 버리고 달아나려는 아비의 그것 같아 괜히 불안해진 마조는 이린이 했던 말을 집요하게 걸고 넘어졌다.

"잠깐, 앞으로라니요? 내가 뭐 하려고 저 벌거숭이한테 정을 들이고 다정하게 대해줘야 합니까. 일단은 시설에 보낸 후에 치료를 받든지 해서… 왜 그런 눈으로 나를 보는 거지?"

한참 말을 하던 마조는 자신을 보는 이린과 진의 건조하고 냉
랭한 시선에 그만 입을 다물고 말았다. 결단코 비난받을 이유가
없는데 왠지 말을 하면 할수록 자신만 나쁜 놈으로 몰아가는 분
위기가 조성되고 있었다.

"저 불쌍한 아이를 시설에 보낼 생각인 겁니까?"

"마조, 너 그렇게 안 봤는데 인간이 덜됐구나."

"이렇게나 당신을 따르는 어린 영혼을 버리려 하다니요. 안
될 말이지요."

"봐봐! 이 애처로운 모습을. 너만을 간절히 바라보는 이 청초
한 눈망울을 넌 외면할 생각이냐?"

진은 J의 양볼을 잡아 찐득한 얼룩으로 가득한 얼굴을 마조에
게 들이밀었다. 찬찬히 쳐다보니 과연 진의 말대로 청초한 눈동
자이기는 했다. 어제와는 달리 그 눈동자에는 아무런 욕망도 섞
여 있지 않았다. 지금 이 순간에는 그저 아무 생각 없는 어린 짐
승의 눈으로밖에 보이지 않아 대하는 데 심적으론 편했다.

"그렇게 불쌍하면 네가 돌보면 되겠네."

"나도 그러고 싶어. 이런 예쁘장한 아이를 가질 수 있는 기회
가 어디 그렇게 흔한 게 아니지. 하지만 이렇게 나를 싫어하는
데 어쩔 도리가 없잖아."

진은 정말 가슴 아프다는 표정을 지으며 얼굴 좀 만졌다고 으
르렁거리며 그의 손을 깨물어 버린 J를 가리켰다. 이런 상황이
면 길가에 버려진 게 아무리 불쌍해도 동정심 이상의 도움은 줄
수 없는 게 현실이다.

"그래서 대체 내게 뭘 바라는데."

양쪽에서 밀려드는 암묵적인 강요에 마조는 정면 돌파를 선택했다. 두 사람이 원하는 게 무언지 어렴풋이 느낄 수 있었지만 그들의 바람을 쉽게 들어줄 생각 따윈 그에겐 없었다.

"당분간 J는 마조가 책임지고 돌봐주세요."

"별수있냐. 네가 이 녀석을 책임져야지."

"싫어."

예상했던 답변에 마조는 재고의 가치도 없다는 투로 바로 거절을 해버렸다. 그러자 진과 이린은 다시 한 번 난리판 퍼포먼스를 펼쳤다.

"그럼 이 오갈 데 없는 어린, 아니, 차라리 어리다면 말을 안 해. 이미 열아홉이나 되는 다 큰 녀석을 받아주는 자애로운 시설이 어디 있겠냐. 게다가 들었다시피 J를 돌보겠다는 친척도 없고. 그렇다고 이 불쌍한 것더러 앞으로 혼자 살라고 할 수도 없잖아."

"마조도 눈이 있으니 한번 보세요, J가 과연 혼자서 살아갈 능력이 1%라도 있는 상태인지. 그리고 무엇보다 마조를 이렇게 따르지 않습니까. 마조와 함께 있다 보면 차차 상태도 호전될 가능성이 높고, 그럼 수사에도 도움이 되지 않을까요?"

모두가 타당한 말이기는 했다. 하지만 그들은 가장 중요한 점을 잊고 있었다.

"시설에서도 거부하는 녀석을 거둬들일 만큼 난 자애로운 사람이 아니야. 아니, 그것까지는 다 좋다 그래. 그럼 내가 출근하고 없는 동안엔 어떡하지? J보고 혼자서 집을 보라고 할까, 아님 그 녀석을 돌봐줄 간병인을 고용할까? 어떻게 돌변할지 모르는 저 짐승을 대체 누구한테 맡으란 소리야.”

앞으로 어떻게 호전될지는 모르겠지만 당장 J의 상태라면 마조가 출근할 사이에 혼자 집에 둘 수도 없는 일이었다. 새끼 너구리에게는 내내 돌봐줄 사육사가 필요하지, 가끔 먹이나 던져줄 구경꾼이 필요한 게 아니었다.

“너 출근할 때 같이 데리고 오면 되잖아. 도와주는 의미에서 내가 가끔 애를 봐줄 테니 너무 걱정하지는 마. 육아를 혼자서 책임지려면 한도 끝도 없지. 그런 의미에서 난 매정한 사람도 아니고, 우린 잘 해나갈 수 있을 거야.”

“그냥 옆에 끼고 다니세요. 상상만 해도 아름다운 광경 아닙니까?”

두 사람의 말에 어이를 상실한 마조는 허공을 쳐다보며 잠시 허허롭게 웃었다. 그러다 자신을 보며 연실 방긋방긋 웃어대는 J와 눈이 마주치는 순간 전날 보았던 사건 보고서에 붙어 있던 사진들이 떠올랐다.

개중에는 잔인하게 찢겨진 시체들과 붉은 피로 범벅이던 거실 한가운데 멍하니 앉아 있던 J의 사진도 있었다. 모든 사건의 중심에 있지만 또한 그와는 아무런 연관이 없는 J의 처우에 관한 문제는 굉장히 중요한 일이었다.

그래서 정보실의 이린이 마조에게 J를 떠넘기려는 이유도 일면 타당성이 있기는 했다. J에 대해서는 가까이에 둘 수도 없지만 멀리 둘 수도 없는 입장이었다. 하지만 그것만으로는 뭔가 석연치 않는 부분이 있었다.

"왜 꼭 나여야만 하지? J가 나를 따른다는 같잖은 소린 하지 마. 나이가 애매해서 J를 받아줄 시설이 없다는 소리도 하지 마. 그까짓 거, 구하려면 요양소든 어디든 널려 있으니까. 아까 전처럼 발악하면 가두면 그만이야. 어린 녀석이 불쌍하다는 웃기는 소린 하지 않겠지? 당신들한테 그런 측은지심 같은 거 있지도 않다는 거 잘 알고 있으니까. 우리 솔직해집시다. 저걸 나한테 맡기려는 이유가 뭡니까?"

누구보다 진과 이린에 대해서 잘 아는 마조였다. 측은지심, 애타심, 이타심 같은 마음 따듯해지는 단어들과는 거리가 먼 성품의 사람들에게서 나오는 자선 어린 말 따위 계속 듣는 것도 비위가 상하는 일이었다.

마조의 직선적인 물음에 진은 휘파람을 불며 딴청을 피우는 것으로 대답을 회피했다. 결국 이린이 난처한 듯 손가락으로 눈썹을 문지르며 답을 할 수밖에 없었다.

"과학수사에 이 한 몸 바친 제가 이런 말 하는 건 좀 그렇지만 한마디 하겠습니다. 우연인지 필연인지 모르겠지만 J와 관련된 사람들은 모두 하나같이 끔찍한 죽음을 맞이했죠. 얼토당토않지만 저주라는 이야기도 있고, 아직도 J를 범인으로 의심하는 사람도 많습니다. 만약 또 한 번 J를 중심으로 이와 같은 사건이 일어난다면 정말 이 아이에게 무언가 있다는 말이 되겠죠. 그게 저주든 원한이든 아니면 본인의 소행이든 말입니다. 흠흠."

헛기침을 뱉어내며 이린은 마조의 눈치를 보면서 힘겹게 다음 말을 이었다.

"물론 아직 일어나지 않은 일에 대해서 어떠한 장담도 할 수 없는 입장이란 거 잘 알고 있습니다. 하지만 만약이란 게 있지 않습니까. 만약 저 아이가 요양 시설 같은 곳에 맡겨졌다가 혹시라도 그곳에서까지 그 끔찍한 사건이 또 한 번 일어난다면 어떻게 하겠습니까? 그곳은 희생자가 될 사람들 수도 많을뿐더러 J의 부모와 큰집 식구들처럼 평범한 이들 일색입니다. 갑자기 닥친 사고에 대처할 능력이 없지요."

더 이상 들을 것도 없었다. 마조는 손을 들어 이린의 말을 끊었다. 마조의 역할은 사육사가 아닌 감시자였다. 또한 다시 일어날 수 있는 사건의 피해를 최소한으로 줄이기 위한 희생양이자 실험체이기도 했던 것이다. 그제야 마조는 아차 싶었다.

그저 귀찮은 어린애 하나를 떠맡을지 모른다는 걱정밖에 하지 못했던 마조는 미처 거기까진 생각하지 못했던 거다. 만약 이유가 그거라면 마조도 계속 J를 거부할 의사는 없었다. 사건의 담당자로서 냉정하게 이 일을 보자면 자신이 희생될 수도 있다는 조건쯤이야 그에게는 문제될 일이 아니었다.

오히려 자신이 먼저 J를 맡겠다고 나섰어야 할 일이다.

"이 녀석이 나를 따르면 내가 데리고 살면 좋을 텐데 말이야. 내가 지금 무지무지 섭섭하고 안타까워하고 있다는 거 알지?"

이린의 의견에 마조가 설핏 납득하는 표정을 보이자 진이 왼쪽 눈을 찡긋거리며 정말 아쉽다는 표정으로 입맛을 다셨다. 이린과 함께 마조에게 J를 떠넘기려던 진이다. 하지만 그가 자신의 안전을 위해 위험한 일을 자신에게 떠민 게 아니라는 것 정도는 마조도 알고 있다. 아마 J가 조금이라도 그를 따랐더라면 나서서 자신이 맡겠다고 요청했을 진이라는 걸 추호도 의심하지 않았다.

이는 근사한 동료애라든지 넘쳐나는 파트너십 때문에 서로 위한다거나 걱정해서도, 그렇다고 한 치의 흔들림없는 믿음을 가지고 있어서도 아니다. 단지 마조가 진이란 사람을 알고 있기에 내리는 냉정한 판단이었다.

"그… 럼 저 아이는 내가 맡죠."

일 때문에 죽을 위기에 처하는 거야 언제나 있는 일이다. J란 아이를 맡는다는 번거로움이 귀찮다뿐이지 두려움은 생기지 않았다. 내켜하지 않으면서도 결국은 승낙을 하는 마조를 보며 진은 새삼 부러운 목소리로 중얼거렸다.

"그럼 이제 마조도 동거를 하는 건가. 그것도 아직 미성년자랑. 그럼 원조교제!"

그리고 진이란 인간을 너무도 잘 알고 있던 마조는 이번엔 참지 않았다.

이유가 있어 J를 맡게 된 것까지는 어쩔 수 없다 치자. 처음부터 뭔가를 기대하지도 않았고 앞으로 다가올 귀찮은 일들에 대한 걱정으로 한숨밖에 안 나오는 처지라는 것도 어느 정도 각오하고 있었다. 그럼에도 불구하고 오로지 햇님만을 바라보는 해바라기의 시선을 감당해야만 하는 옵션은 또 다른 문제였다.

"이런 현상을 뭐라 하는 거지?"

진은 시퍼렇게 멍이 든 위쪽 눈가를 계란으로 문지르다가 마조의 옆에 쪼그리고 앉아서 그만을 올려다보는 J를 보며 혼잣말처럼 중얼거렸다.

J의 얼굴은 아침에 정보실에서 봤던 그 더럽고 꼬질꼬질한 얼굴이 아니었다. 마조가 화장실로 데리고 가서 뽀드득 소리가 나도록 씻겨놓아서 전날 정보실에서 보았을 때처럼 곱고 해사해진 상태다. 그리고 마조 역시 J의 콧물과 침으로 범벅이 된 양복을 벗고 여분으로 사무실에 갖다놓은 양복으로 말끔하게 갈아입었다.

그래서 해진 청바지와 잔뜩 보풀이 일어난 니트 상의를 입고 있는 진은 두 사람 사이에서 그야말로 온몸으로 빈부의 격차를 느껴야만 했다.

J가 입고 있는 옷이야 그냥 평범한 십대 소년들이 입을 만한 캐주얼 차림이었지만 워낙에 얼굴 자체가 부티 나게 생긴지라 뭘 입고 있더라도 어느 귀한 집 자제처럼 보였다. 그리고 마조야 언급할 필요도 없이 입고 있는 옷에서부터 구두까지 모두 고급 수제품으로, 가만히 있어도 잘나가는 엘리트라는 인상이 풀풀 풍기는 인물이었다. 그런 둘이 함께 있으니 빛이 나지 않으려야 않을 수가 없었다.

자연 진이 있는 주변에만 음습한 가난의 그림자가 넓게 자리매김하고 있는 것처럼 보였다.

"씨, 나도 돈 잘 버는데."

진은 눈가를 문지르던 계란을 의자 손잡이에 탁탁 친 후 계란 껍질을 벗기면서 계속 투덜거렸다. J의 강렬한 시선을 받아야만 하는 마조도 보통 불편하고 신경 쓰이는 일이 아니겠지만 소년에게 없는 사람 취급당하는 진도 썩 재미난 입장은 아니었다.

하지만 외모와 차림의 격차 때문에 느끼는 소외감은 J에게 당하는 무시와는 또 다른 맛이었다. 뭔가 짜릿한 게 스스로를 자해하는 기분이랄까. 부티 나는 인간들 옆에 꼽사리 긴 빈티 나는 인물이란 설정이 제법 마음에 들기도 했다. 다만 몸이 꼬일 정도로 심심하다는 게 문제다.

진은 껍질을 벗긴 삶은 계란의 흰자를 손으로 조금씩 떼어내 먹으면서 사무실 분위기와는 상관없이 한쪽 구석에서 묵묵히 서류를 정리하고 있는 수습 요원을 불렀다.

"어이, 오리!"

"오린입니다."

"오리나 오린이나."

"당연히 다르죠!"

서류를 정리하다가 진의 부름에 대답을 하던 오린은 끝내 울상을 지으면 반박했다. 작년에 치열한 경쟁을 뚫고 이곳에 들어올 수 있었던 그는 자신의 직업에 대한 자부심과 긍지를 가지고 있는 착실한 젊은이였다.

이곳에 들어오려면 먼저 철저한 서류 심사에 통과해야 하는 게 우선이다. 애초에 아무나 지원할 수 있는 공무원과는 그 격이 다른 게 바로 이곳이다.

어차피 떨어질 사람에게는 시험 볼 권리조차 주어지지 않는 국가고시의 난관은 처음부터 매우 높았다. 혹여 서류 심사에 합격하더라도 1, 2차로 걸쳐서 보는 이론 시험은 4대고시는 저리 가라 할 만큼 어렵기로 정평이 나 있었다. 그다음엔 세 번에 걸친 인성검사와 두 번의 면접을 무사히 통과해야만 비로소 합격 통지를 받을 수 있는 곳이 바로 이곳인 것이다.

그렇다고 해서 오만해지거나 콧대를 세울 처지는 아니었다. 어차피 이곳 사람들 모두 그와 같은 수순을 밟고 들어온 이들이었고, 그보다 잘났으면 잘났지 못난 이는 하나도 없는 초엘리트 집단이었기 때문이다. 그러니 6개월간의 연수를 마치고, 처음 1국으로 발령을 받고 나서 그가 해야 하는 일이 겨우 자료 정리나 선배들 뒤치다꺼리라는 것을 알았을 때도 마땅한 순서라고 생각하며 즐겁게 일할 수 있었다.

하지만 그의 기대는 날이 갈수록 점점 무너져 갔다. 분명 이곳은 한번이라도 천재 소릴 들어보지 않은 인간이 없다는 엘리트 집단이었다. 당연히 그에 준하는 지적인 분위기와 이성적인 논리가 지배하는 곳이라 상상했다. 하지만 유감스럽게도 그 수준을 의심할 정도로 이곳 사람들의 수준은 최저였다.

정확히 말하면 성품과 취향이 입에 담기 어려울 정도로 수준이 낮고 천박했다. 또한 고참일수록 생각하는 논리와 입담이 단순하고 본능적으로 변해갔다. 때론 머리가 아닌 동물적인 감각과 본능에 의존해 살아가는 사람들이 아닌지 의심이 들 정도였다.

그리고 자신의 이름표를 보자마자 대뜸 '어, 오리네!' 라고 실실 웃던 진이라는 화상을 만난 후 그는 무지갯빛 직장 생활마저 포기해야만 했다. 뭐 그런 것 같고 그러냐고 한다면 오린 자신이 생각해도 어쩌면 별거 아닌 일이었다. 애칭이나 별명으로 사람을 부르는 거야 애정의 한 표현이라 치부하면 되니 말이다.

하지만 왠지 진이 부르는 '오리' 라는 단어에선 전혀 아무런 애정을 느낄 수가 없었다. 게다가 더 그를 자극하는 건 진의 파트너가 마조라는 점이었다. 이는 즉, 오린이 진에게 매번 오리라 놀림당할 때마다 그 옆에 마조가 있을 확률이 많았다는 뜻이기도 했다. 올해 오린은 25세로 마조와는 불과 한 살 차이이지만, 그와 오린 사이에는 1년보다 더 크나큰 차이가 있었다.

지금 오린의 나이였을 때도 마조는 1국의 요원이었으며, 그 이전에도 이미 이곳에서 확고부동한 위치에 올라선 사람이었다. 나이는 겨우 한 살 차인데 누구는 인정받는 요원이고 누구는 이제 겨우 수습으로 서류나 정리하는 입장이란 게 음울하다면 음울했다. 그래서 마조의 앞에서 늘 놀림의 대상이 되는 자신의 신세가 많이 처량했던 것이다.

이건 어디에다 하소연하고 싶어도 감히 누구하고 비교하는 거냐는 빈정거림을 살 게 분명해서 가슴에다 꽁꽁 담아둘 수밖에 없는 그만의 사정이었다. 그래서인지 요즘 들어서 피부도 푸석해지고 입맛도 떨어져서 살이 쭉쭉 빠지고 있었다. 덕분에 오리도 계절을 타냐는 진의 걱정 아닌 걱정을 들어야만 했다. 그 소리에 또 한 번 억장이 무너지는 기분을 만끽했던 게 멀지도 않은, 바로 사흘 전의 일이었다.

"아무리 부정해도 오리가 백조가 되지는 않는 법이야."

"누가 백조라고 했습니까? 제발 오린이라고만 제대로 불러주세요."

"그럼 올인(All in)으로 불러줄까? 도박꾼 올인. 이것도 괜찮은데."

"그냥 오리라고 부르세요."

오린은 이제 호칭에 관해선 체념하기로 했다. 뭐라 불리든 결국 진의 놀림거리가 될 테니 말이다. 오린의 말이 떨어지자마자 진은 어깨를 으쓱하며 선심 쓰듯 흥흥거렸다.

"네가 굳이 원한다면 어쩔 수 없이 오리라 불러줄게. 고맙지?"

"네, 고마워서 미치겠네요."

지그시 이를 사리물던 오린은 억지로 웃으면서 대답했다.

"그런데 네가 보기엔 마조에 대한 J의 저 집착에 가까운 행동들에 깔린 바탕이 뭐라고 생각하니?"

"바탕이요?"

"그래. 괜히 저러지는 않을 거 아니야."

이젠 마조의 다리를 두 팔로 꼭 안고 그의 무릎에 얼굴을 비비고 있는 J였다. 좋아해도 저건 스토커 수준의 과도한 애정 표출이었다.

"글쎄요. 오, 오리들이 알에서 깨어나면 제일 처음 보는 것을 엄마라고 생각하는 그 각인 현상이 아닌가도 싶지만."

나름대로 들은 이야기를 짜 맞춰 내놓은 오린의 추론에 계속 딴생각 중이었던 마조도 관심을 보였다. 제대로 정신이 돌아온 건 아니지만 어쨌든 J가 정신을 차리고 제일 처음 본 것이 마조이기는 했다. 만약 이것이 각인 현상 때문이라면 그에 대한 대처 방법도 잘 생각해 보면 있을 터였다.

"음, 오리의 각인 현상이라……. 역시 자기 종족에 대한 경험에서 우러나오는 대답이군."

오리라고 놀려대는 진을 뒤로 하고 오린은 바들거리는 손을 가까스로 부여잡았다. 깡마른 악마가 키득거리는 소리에 동요하면 지는 것이다. 참자. 참을 인(忍)이 세 개면 오기로 쓴 사직서도 찢을 수 있다고 중얼거리면서 조용히 사무실을 나왔다.

"마조야, 너보고 엄마란다. 히히, 캐액!"

오린이 나가자 진은 마저 남은 계란 노른자를 삼키며 웃다가 그만 목이 막히고 말았다. 물을 마시기 위해 급하게 일어선 진은 바닥에 주저앉아 마조의 무릎에 얼굴을 묻고 있던 J의 손가락을 실수로 밟고 말았다.

"하앙?"

어제만 해도 머리를 통통 치고 볼을 잡아당겨도 반응이 없던 J는 진이 밟은 손가락을 아프다는 표정으로 문질렀다. 살짝 밟은 거라 그렇게 아픈 것은 아니었다. 하지만 J는 조금 빨갛게 변한 손가락을 마조에게 내밀면서 울먹거렸다.

사무실에 비치해 놓은 정수기에서 물을 뽑아 마시며 진은 그런 J의 행동에 마조가 어떻게 대처할지 흥미로운 시선으로 바라봤다.

아니나 다를까, J의 어리광에 당황한 마조는 한참을 가만히 있더니 아주 느리게 몸을 움직여 책상 위에 있던 사건 보고서를 집어 들었다. 오래 고민 끝에 그냥 무시하자는 쪽을 선택한 것이다.

"으응?"

하지만 J는 쉽게 포기하려 들지 않고 계속 아픈 손가락을 마소에게 들이밀었고 마조는 몸을 이리저리 비틀면서 J의 부담스런 시선에서 자신을 보호하려 했다. 하다하다 결국 등을 돌리고 앉아버리자 시무룩하게 기가 죽은 한숨이 뒤에서 들려왔다. 뒤통수에서 느껴지는 강렬한 시선을 외면한 채, 처음으로 진지하게 사건 보고서를 읽기로 결심한 그는 아무 생각 없이 첫 장을 넘겼다.

대개 보고서의 첫 장에는 증인, 혹은 용의자의 신체에 대한 조사 기록이 쓰여 있는 편이다. 가령 나이와 성별은 물론, 키에서부터 신체별 각 사이즈의 치수까지 정확하게 기록해 놓는다. 그래서 보통 첫 번째 페이지는 잘 읽지 않고 그냥 넘겨 버리는 게 보통이었다. 사건 해결에 발가락 길이와 굵기까지 필요하지는 않기 때문이다. 만약 필요한 일이 있으면 그때 챙겨보면 되는 일이다.

덕분에 마조는 보고서 첫 장에 '임 J(우)' 라고 쓰여 있던 것을 무심코 그냥 넘기고 말았다. 어느 누구도 진과 마조에게 J가 남자 애라고 말한 적은 없었다. 하지만 처음 사진으로 J를 볼 때나 직접 만나서 보았을 때나 그들은 한 번도 J가 남자가 아닐 거라곤 상상도 하지 못했다. 분명 몸집이 작고 사내아이치곤 너무 예쁘장하게 생겼다 싶었지만 그래도 그들이 보기에 J는 확실하게 남자 애였다.

정보실 사람들이 J에게 공주님 운운해도 그저 지나치게 예쁜 남자 애를 두고 하는 장난이라고만 여겼다.

발가락 굵기를 알아야 할 이유가 없듯이 마조는 J의 성별 역시 굳이 확인할 필요를 느끼지 못했다. 너무도 분명한 사실에 대해 의심할 사람은 없었다. 또한 남의 신체 사이즈에 관심이 없던 평소의 습관대로 무시해 버린 것에 이런 중요한 정보가 묻혀 있을 거라곤 상상조차 못한 건 분명히 그의 실수였다.

　그래서 마조가 이렇게 중요한 정보 하나를 놓침으로써 나중에 사람들 사이에서 '짐승'으로 전락하게 되는 것도 어쩌면 자업자득이라 할 수 있었다.

CHAPTER 03
소소한 일상으로의 회귀를 구한다

마조는 철저하게 주 5일제 근무를 지키고 싶어 하는 사람이
다. 사실 그의 직업 특성상 공휴일은커녕 명절조차 편히 쉬기
힘든 때가 많았지만 달력에 빨간색이 칠해진 날은 무슨 수를 쓰
든 악착같이 찾아먹으려는 집요한 구석을 가지고 있었다. 어쩌
면 어릴 때 받은 주입식 교육이 너무 강해서인지도 모른다.

빨간 날은 쉬는 날이다. 꼭 그래야만 한다.

또한 빨간색은 아니지만 법적으로 5일제 근무를 하는 이상
토요일에 쉬는 것은 당연한 권리라고 생각했다. 달력의 날짜 색
깔에 상관없이 열심히 일하는 직장 동료들에 대한 미안함이나
밀린 일에 대한 걱정 따윈 존재하지 않았다.

언뜻 워커홀릭에겐 어울리지 않은 사고방식이었지만 일을 좋
아하는 것은 어디까지나 끊이지 않게 무언가를 하고 있다는 계

속성과 성취감이 좋아서이다. 그가 항상 일거리를 만드는 것은 하루, 한 달, 일 년의 모든 시간을 일에 투자하기 위해서가 아니라 언제라도 할 일이 상시 대기 중인 상태를 원하기 때문이었다.

시간은 무료하고 하릴없이 멍하게 있으면 떠오르는 잡생각에, 마음을 갉아먹는 개인적인 사연들을 저 멀리 치워 버리기 위한 몸부림이 그를 일벌레로 만들어 버린 것뿐이다. 그렇다고 남들 다 쉬는 날 일을 하면서까지 피폐하게 살고 싶은 마음은 없었다. 일하다가 죽을 수 있는 것과 노는 날까지 일을 해면서 건강을 버리는 것은 별개의 문제였다.

그래서 토요일인 오늘, 그는 피곤했던 전날을 보상받고 싶은 생각에 늦잠이라는 호사를 누릴 계획이었다. 사실 이렇게 느긋하게 쉴 수 있는 날이 흔한 것도 아니었다.

커튼 사이로 쏟아지는 햇볕이 꼭 감은 눈 사이에 파고들어 괴롭힌다고 해도 노곤한 몸이 주는 피로에 비하면 별거 아니었다. 옅은 한숨과 함께 기분 좋게 몸을 뒤척이면 그만이다. 하지만 왠지 가슴을 짓누르는 답답함에 결국 마조는 눈을 뜨고 말았다. 제일 먼저 침대 옆 탁자에 있는 전자시계로 시간을 확인하니 오전 10시 03분.

모처럼 늦잠을 꿈꾸던 날의 기상 시간으론 이르지도 그렇다고 충분하지도 않은 애매한 시간이었다. 버릇처럼 하품을 하던 마조는 자신의 가슴을 누르고 있는 것을 손으로 더듬어보았다. 굳이 확인하지 않아도 돌덩이처럼 무겁게 그의 위에 자리해 있는 것은 보드라운 털을 가진 새끼 너구리였다.

뭐 좋은 게 있다고 밤사이에 마조의 가슴에다가 둥지를 틀어 버린 것이다.

그런데 이런 상태로 여태 잠을 잤다는 게 스스로에게 자랑스러울 정도로 새끼 너구리로 가장한 J의 몸무게는 만만치 않았다. 새삼 느껴지는 근수에 숨 쉬기 운동이 편하지 못했다. 예쁘지도 않은 게 왜 이리 주머니의 송곳마냥 콕콕 찌르는 짓만 하는지. 무엇보다 타인과 이렇게 밀접하게 접촉하고 있는 상태, 그 자체가 너무나 싫었다.

마조는 조심스럽게 몸을 돌려 J를 침대 위에도 곱게 눕혔다. 어제오늘 이런 식으로 서로 몸이 밀착하는 경우가 많았지만 마조는 여전히 J의 성별을 의심하지 못했다. 아무리 서로 부둥켜안고 뒹굴어봤자 그가 가진 선입견을 깰 만한 게 나오지가 않으니 이는 당연한 일이었다.

굴곡 많던 그 인생과는 너무도 다르게 J의 몸에서 굴곡을 찾기란 굉장히 어려웠다. 마르고 밋밋한 일자형 몸매는 유감스럽게도 앞과 뒤의 구별이 거의 없었다.

"이이, 우웅."

몇 번 칭얼거리더니 새우처럼 등을 둥글게 말아 편안한 자세로 새근거리는 J에게 이불까지 덮어준 마조는 살며시 침실을 나와 욕실로 향했다. 뒷목을 주무르는 그의 얼굴에 피곤이 찌들어 있었디.

어제 그가 보모로 결정되자마자 제일 먼저 한 것이 J의 임시 법정대리인에게 연락을 취하는 일이었다. 후견인이라 봤자 J의 부친이었던 임진석의 개인 변호사이자 친구로 J가 부모로부터 유산으로 받은 재산을 관리해 주는 이였다. 그전까진 당연히 큰 아버지가 보호자였지만 3개월 전의 사건으로 인해 아무도 J의 보호자가 되기를 거부하는 바람에 변호사라는 이유로 그가 임시로 맡게 된 거다. 물론 어디까지나 법적인 문제에 한한 보호자일 뿐이었다.

개인적으로 어떤 사림인가에 대한 평가는 뒤로 하더라도 일단은 J에 한해서는 성실한 변호사였다. 죽은 친구에 대한 의리였는지는 모르겠지만 제법 믿을 만한 재산관리자였다는 건 확실했다.

그러나 3개월 전의 사건은 그에게도 J에 대한 적잖은 거부감을 남긴 모양이었다. 마조가 J에 관한 문제로 연락을 해오자 그는 기회다 싶게 자신이 가지고 있던 J에 대한 모든 법적인 권한을 마조에게 양도하려는 뜻을 보인 것이다.

하나 마조는 잠시 동안 J를 맡게 되어 그에 관한 법적인 문제를 의논하고자 연락을 취한 것뿐이었다. J에 대한 권한 따위, 후견인이든 대리인이든 그딴 것은 정중히 사양하고픈 입장이었다. 그런데도 J의 변호사는 그곳 요원이라면 믿을 수 있다면서 자신이 가지고 있던 권한이란 이름의 책임을 모두 마조에게 떠넘기지 못해 안달이었다.

[저에 대한 조사도 이미 하셨겠지요? 그럼 잘 아실 거 아닙니까. 저 그리 믿을 만한 변호사도 아니고 실은 성격도 개판입니다. 마음에 안 들면 사무실을 다 엎어버리죠. 제 비서가 2년 사이에 일곱이 바뀌었다면 뻔한 거 아닙니까?]

결국 성격 자랑까지 늘어놓기 시작했다.

"뭔가 착각하신 것 같은데, 언제 선생님보고 J를 맡아 키우라고 했습니까? 그냥 지금처럼만 법정대리인을 맡아주시면 됩니다. 그거야 성격과는 별개의 문제 아닙니까."

[그것도 맞는 말이지만 대리인과 양육을 맡은 사람이 다르면 매번 서로 확인하고 동의를 받아야 하는 번거로움이 있지 않겠습니까? 아, 차라리 이번 기회에 J의 재산 관리도 함께 맡으시는 게 어떻습니까?]

"번거로워도 이쪽이 번거로울 테니 그것까지 걱정하지 않으셔도 됩니다. 그리고 J의 재산 관리는 선생님 일 아닙니까. 듣자니 요즘은 변호사들도 수임이 줄어 많이 힘들다는데 굳이 그러실 필요는 없습니다."

오가는 두 남자의 대화 속에 정작 J에 대한 걱정은 전혀 찾아볼 수가 없었다. 형식적인 서류상의 절차라도 J와는 법적인 연계조차 가지고 싶지 않은 그들의 마음이야 이해 못할 것은 아니었다. 서로 이유는 다르지만 둘 다 J가 껄끄럽고 귀찮은 건 같았기 때문이다.

끝내 서로 의견이 좁혀지지 않아 그 문제는 나중에 상의하자는 선에서 마무리 짓고 전화를 끊었더랬다. 일단 J의 법정대리인 문제는 그렇게 넘어가는가 싶었다.

하지만 이는 J의 가족들에게 생겼던 사건에 대해 평범한 이들이 느끼는 두려움을 마조가 경시한 안일한 속단이었다. 마조야 단순히 귀찮다는 것 이상의 감정은 없었지만 일반인들에게 있어 그 일은 가볍게 무시하고 넘길 만한 사건이 아니었던 것이다. 그건 순수한 공포와 두려움이었다. 객관적인 구경꾼이라면

‘설마’ 하고 넘어갈 수 있는 일이 어떻게든 자신과 얽히게 되면 가볍게 무시할 수 없는 것들이 되게 마련이다.

J의 경우엔 사고 전부터 행위무능력자인 금치산자로 선고를 받은 상태라 성인이 된다고 해도 법정대리인의 동의 없이는 아무것도 할 수 없는 처지였다. 즉, J가 곧 성인이 된다고 해도 그건 별 의미가 없다는 뜻이었다. 그래서 앞으로도 크든 작든 보호자의 역할이 계속 필요한 것도 사실이다.

그럴 때마다 양육자의 입장에서 일일이 법정대리인에게 허락을 요하는 것은 확실히 번거로운 일이었다. 하지만 그것은 어디까지나 마조가 앞으로 J를 계속 맡을 시에 필요한 절차였고, 그런 미래 구상도 따윈 그에겐 절대 존재하지 않았다. 유감스럽게도 그러기는 J의 변호사 겸 법정대리인 역시 마찬가지였다. 마조와는 다른 이유로 그는 더 이상 J와 어떤 식으로든 연결되기는 원치 않았던 것이다.

J의 변호사는 이런 자신의 주장을 멋들어지게 꾸민 내용증명과 J의 법정대리인 변경 신청에 관한 문서들을 깔끔하게 정리해 법원에다가 넘기는 데 아무런 망설임이 없었다. 어차피 마조와 입씨름해 봤자 소용이 없을 테니 행동으로 먼저 저지르자는 현명한 판단이었다.

물론 마조에 대한 세부 사항을 모르는 입장에서 완벽한 문서 작성은 어려운 일이었다.

무엇보다도 ‘그곳’의 위치는 관계자 외에는 극비였기에 그곳 요원들이 직접 나서지 않는 이상 내용증명은커녕 어떠한 법적인 행위도 일방적으로 처리할 수 없었다. 그러나 마조에게는 유감스럽게도 그곳의 정확한 위치를 모르는 일반인들을 위한 제도가 하나 있었다.

일단 형식을 지킨 문서를 '그곳의 어느 부서, 혹은 어느 사건 담당자에게' 라는 예매한 꼬리말만 남기고 법원에다가 접수시켜 놓으면 알아서 꼬박꼬박 배달해 준다는 것이었다.

그나마 다행인 건 그 문서에 동의를 하느냐 마느냐의 주관적인 판단과 개인적인 권리가 마조에겐 있었다는 것이다. 변호사가 아무리 발버둥 친다고 해도 그가 거절하면 그것으로 끝이었다.

그리고 J의 변호사도 한 번에 자신이 원하는 방향으로 일이 처리될 거란 기대는 없었을 것이다. 그저 독실한 신앙인이 아니더라도 '두드려라, 그러면 열릴 것이다' 라는 명언에 한 번쯤은 기대고픈 심리가 컸을 뿐이다.

하지만 여기서 주목해야 할 것은 마조에겐 변호사의 농간을 거부할 수 있는 기회가 '있었다' 는 것이다.

유감스럽게도 그 문서가 마조와 진의 사무실에 배달되었을 때, 마조는 J와 함께 화장실 구석에서 궁색 맞게도 빨래를 하고 있었다. 먹는 것마다 반 이상은 입 밖으로 흘리는 바람에 도저히 J의 상의를 빨지 않고는 넘어갈 수 없는 사정이었던 거다.

여기서 다시 한 번 짚고 넘어가야 할 것은 마조가 비록 자신의 셔츠를 내신 입히기는 했지만 일단 J가 상의를 벗었다는 점이다. 그리고 옷을 갈아입히는 과정에서 J의 상체 나신이 드러났고, 미조가 그걸 분명하고 똑똑하게 보았다는 거다.

그럼에도 여전히 마조가 열아홉 살 J의 성별을 남자라고 굳게 믿고 있다는 것은, 아니, 전혀 의심조차 하지 못하고 있다는 것은 그야말로 한 소녀에게는 암울한 일이 아닐 수 없었다. J의 복잡한 인생사에 수많았던 굴곡과는 다르게 정작 그 몸에는 하나의 굴곡도 찾아볼 수가 없었다는 게 어쩌면 소녀에겐 또 하나의 비극이었는지도 모른다.

어쨌든 간에 비극적인 한 소녀의 몸매에 대한 품평은 일단 뒤로하고, 마조가 화장실에서 빨래라는 생소한 일로 끙끙거릴 때 진은 생글거리며 그에게 온 문서들을 읽고 있었다. 그리고 마조의 의사와 주장과는 전혀 상관없이 법정대리인 변경신청서의 빈칸들을 제 마음대로 채우고 바로 법원에다가 등록해 버린 만행을 저질러 버렸다는 게 이야기의 중점이다.

"나 잘했지?"

젖은 소매를 걷어 올리며 들어오는 마조에게 사정 이야기를 한 진은 뻔뻔하게 손가락으로 브이를 만들어 보이며 자랑스럽게 말했다.

"대체 뭐가 싫은 건데? 알고 보니 J 이 녀석, 엄청난 재산가더라고. 부모가 물려준 재산이 장난이 아니야. 그 변호사, 거기에서 나오는 수임료까지 포기하고 너에게 J를 맡긴 걸 보면 정말 양심적이지 않니?"

악악대며 당장에 법원으로 달려가려는 마조를 붙잡고 늘어지는 진과의 몸싸움은 그 후로 몇십 분이나 이어졌다. 앞서 말했듯이 깡으로 버티는 진을 이기기엔 마조의 정력은 상당히 부족한 편이었다. 때문에 진에게서 벗어나지 못하고 그렇다고 쉽게 포기할 수도 없는 마조의 몸부림은 가히 처절했다는 표현 이상은 쓸 게 없다.

뭣도 모르면서 진이 마조를 괴롭히는 건 줄만 아는 J가 옆에서 빽빽 난리를 치는 바람에 사무실은 그야말로 아수라장이 되고 말았다. 결국엔 힘이 빠져서 포기라는 글자가 눈앞에서 아른거릴 때에서야 마조의 반항은 멈췄다.

"너도 참 불쌍한 놈이다."

진에게 덤벼들면서 울고 있는 J를 향해 마조는 결국 한숨 섞인 혼잣말을 내뱉을 수밖에 없었다. 진이 보여준 서류들에 기재된 J의 동산과 부동산 목록은 웬만한 자산가라도 쉽게 무시하기 힘든 재산이었다. 변호사는 J의 법정대리인을 포기함과 동시에 재산 관리까지 그만둔 것이다.

이만한 재산이라면 법정대리인을 맡겠다고 어디 구석에 숨어 있던 친척들까지 나와서 덤벼도 이상할 게 없는 내용이었다. 그러나 다행인지 불행인지 J에겐 돈에 눈이 어두워 승냥이처럼 덤비는 친척은 하나도 없었다. 그뿐 아니라 변호사라는 작자는 관리라는 명목으로 그저 가지고만 있어도 매년 엄청난 수임료가 떨어지는 건수를 스스로 내놓기까지 했다.

그건 마치 병균처럼 J를 털어내지 못해 안달인 모습들이었다. 과거엔 어떤 관계를 맺고 있었는지 몰라도, 아니, 거기에 더해 오히려 과거의 관계를 부정하는 그들의 모습들에 J에게 일말의 동정이 안 생기려야 안 생길 수가 없었다.

"너에겐 차라리 지금 이 상태가 더 행복하겠지?"

대답을 원해서 한 물음은 아니었다. 그렇지만 J는 마치 마조의 말을 알아듣기라도 하는 듯 환한 미소를 지으며 고개를 끄덕였다. 사실은 진을 발밑에 깔아뭉개고 나서 취한 승리의 제스처에 불과했지만 그 순간의 J는 정말 행복해 보였다.

그 얼굴을 보는 순간 마조는 진심으로 법원으로 쫓아가는 걸 포기했다. 진이 붙잡아서도, 기력이 다해 지쳐서도 아니고 오로지 J를 위해서 자신의 번거로움을 참기로 한 것이다. 한숨과 함께 몇 가지만 포기하면 사는 게 한결 편해질 때가 있는데 지금이 그 순간이 아닌지 사뭇 자조적인 생각이 들었던 것이다. 그리고 앞으로 또 어떻게 되겠지 하는 마음도 없지 않았다.

다행이라면 다행이랄까, 돈 많은 미성년자 겸 금치산자의 보호자란 건 의외로 편한 점도 있었다.

사건이 있었던 J의 큰아버지 집은 증거품이라 생각되는 모든 물품이 수거된 후에 그의 친척들의 처분에 맡겨졌다. 그러나 누구도 그 불길한 집을 가지려 하지 않았고, 헐값에라도 사려는 사람도 없었다. 결국 흉가처럼 버려진 그 집은 일주일 전에 임씨 집안 합의에 의해 철거되고 말았다. 재수없는 집의 물건들조차 그들에겐 아무 의미가 없었는지 집안의 내용물과 건물을 한꺼번에 쓸어버린 거다.

덕분에 J의 물건은 입고 있는 옷 말고는 당장 쓸 만한 것이 하나도 없는 실정이었다. 이런 경우 보통은 후견인의 일방적인 금전적인 희생이 따라오지만 돈 많은 피보호자를 둔 그는 그럴 필요가 없었다.

항상 일이 많다고 늘어 빼는 법원도 '그곳'과 연관된 일에는 언제나 신속한 모습을 보여준다. 이미 자신이 J의 법정대리인으로 등록되었음을 확인한 마조는 망설임없이 J의 명의로 된 카드

중 한도액이 가장 높은 것 하나를 진에게 던져 주며 심부름을
시켰다.

"당장 J에게 필요한 것들은 네가 알아서 사와."

"마음대로 써도 돼?"

두 손으로 카드를 꼭 끌어안고 한껏 기대에 부풀어 있는 소년
처럼 물어보는 진에게 마조는 고개를 끄덕여 주었다. 허락이 떨
어지자마자 나가 버린 진의 뒷모습에서 쇼핑 중독에 빠진 신용
불량자의 그것과 비슷한 그림자가 너울거렸지만 마조는 애써
그걸 무시해 버렸다. 그래도 저런 게 단순해서 일을 부려먹기에
좋다는 걸 알기 때문이었다.

그다음에 그가 한 일이 예전부터 J의 담당 의사 겸 친척이기
도 한 정신과 의사에게 연락을 취하는 것이었다.

사건 보고서에 의하면 그동안 J의 자폐 치료를 전담했던 정신
과의는 그에 관해 어떠한 진료 기록도 작성하지 않은 상태였다.
친척이란 이유도 있었고 병원에 등록된 환자로 지속적인 치료
를 받은 것도 아니라 따로 작성하지 않았다는 게 이유이다.

어쩌면 완벽하다 내세우는 가문에서 자폐아가 있다는 것을
수치로 여기고 정식으로 치료를 하지 않았을 수도 있었다. 그래
서 J를 담당했던 친척이자 담당의였던 이와의 대화가 필요했다.

지금 J의 상태는 자폐증과는 또 다른 심각한 증상을 보이고
있었다. 그랬기에 마조의 입장에선 이전의 J에 대해서도 알아둘
필요가 있었다. 그래서 연락을 한 건데 불과 10여 분도 안 되는
전화 통화는 근래 유례없이 그를 불쾌하게 만들기에 족한 내용
들이었다.

"아무리 친척이라지만 일단 담당 환자였다면 진료 자료는 있었을 거 아닙니까."

[전 사건 담당이었던 분에게도 이미 말씀드렸지만 전 자폐 전문이 아닙니다. 그저 가끔 J에 대해 조언을 주던 수준에 불과하죠. 우리 병원에 정식으로 등록된 환자도 아닌데 담당이라고 말하기엔 지나칩니다. 같은 이야기를 이렇게 여러 번 하자니 이것도 못할 짓이로군요.]

답답한 게 누군데 오히려 먼저 죽는시늉이다.

"네, 알고 있습니다. 하지만 사건의 담당이 바뀐 이상 제차 확인해야 할 것들이 있어서 그러니 협조 부탁드립니다. 조사에 의하면 J가 따로 치료를 받거나 재활 치료를 받은 기록은 없던데 그것도 닥터의 조언이었습니까?"

[대인기피증이 심했거든요. 다섯 살 때 유괴를 당한 것 때문인지 집밖으로 나가는 것도 싫어했고요. 그렇다고 딱히 학습능력이 떨어지는 것도 아니라서 재활 치료를 받을 필요는 없다고 판단했습니다.]

가정 형편이 어려운 사정이었다면 J가 제대로 된 재활 치료도 받지 못했다는 게 이해가 간다. 하지만 이미 J의 재산이 얼마나 되는지 확인한 마조는 이 점이 쉽게 납득이 가지 않았다. 무지하기는커녕 알 만큼은 알 정도로 지적인 축에 드는 친척들이 문제가 있는 J를 저대로 방치한다는 게 어떤 의미였는지 절대 몰랐을 리가 없다.

"그럼 J의 증상이 단순히 은둔형 대인기피증이었다는 겁니까?"

[아, 그건 아니죠.]

"그런데 왜 전문 치료를 받지 않았는지 궁금하네요. 학습능력이 뛰어났다면 재활 치료가 꽤나 큰 성과를 보였을 텐데 말입니다. 비록 자폐 전문의는 아니라도 그쯤은 잘 아셨을 거 아닙니까. 가족들에게 권해보지 않으셨습니까?"

마조의 질문에 전화기 건너편에선 잠시 침묵이 흘렀다. 몇 번 입맛을 다시는가 싶더니 상대는 어렵싸리 입을 열었다.

[J가 유괴를 당한 후에 진석 부부는 그 아이를 품에 끼고 돌았습니다. 제수씨가 세계적으로 알아주는 피어니스트라 국내에 머무는 경우가 드물었죠. 그리고 해외에 공연이 있을 때마다 J도 함께 데리고 다니는 바람에 지속적으로 체계적인 치료를 받긴 어려운 사정이었습니다.]

"그럼 임진석 부부가 사망한 4년 전부터는 어떻게 된 겁니까? 설마 부모도 신경 쓰지 않은 거 우리가 해줄 필요는 없겠지, 라고 생각하셨습니까?"

[그런 면도 없지 않았다고는 못하겠죠.]

지나치게 솔직하다 싶었지만 마조가 듣기엔 그리 정직한 대답 같지는 않았다. 오히려 사실을 말하느니 이 정도 선에서 적당히 욕을 듣는 게 낫다는 선택처럼 보이기도 했다.

[그런데… J가 의식을 차렸다고 하셨는데 상태는 어떻습니까? 혹시… 이상한 소릴 하지는 않던가요?]

"이상한 소리라니요?"

[말 그대로 이상한 소리 말입니다. 예전부터 말도 안 되는 이야기를 혼자서 중얼거리곤 했거든요.]

"대충 어떤 이야기 말입니까?"

[유감스럽게도 그것까진 기억이 나지 않는군요. 그것보다 J의 정확한 상태를 듣고 싶은데요. 그, 그날의 일을 기억하고 있나요? 조금이라도 수사에 도움이 되었으면 좋겠는데…….]

J에 관해서는 허허거리며 대충 얼버무리는 면도 있었지만 그는 진심으로 이번 사건이 확실하게 해결되기는 바라는 것 같았다, 안 그런 사람도 없겠지만.

"유감스럽게도 전혀 도움이 되지 않는 상황입니다. 사건 당시에 받은 충격이 컸던지 지능이 거의 영아 수준으로 떨어진 상태라서요."

좋은 말로도 유아 수준이란 표현은 지금의 J에게는 과했다. 그래 영아라는 단어에 힘주어 말을 하면서 마조는 넌지시 상대의 반응을 조심스럽게 살폈다.

[아아, 이런.]

안타까운 건지 다행스러운 건지 모를 애매한 중얼거림이 희미하게 전해졌다.

[상태가 심합니까?]

"말도 잘 못하는, 이제 막 옹알이를 시작하는 아이 정도로 생각하면 됩니다."

[말을 못한다고요? 흐음, 정밀검사가 필요하다면 제가 좋은 전문의를 소개해 드리겠습니다.]

"닥터는 어떻습니까?"

[하하하, 지금 담당하고 있는 환자들만도 도저히 시간을 낼 사정이 못 됩니다. 이런, 진료 시간이 돼서 이만 끊어야겠습니

다. 제가 필요한 일이 있으면 언제든지 전화 주십시오.]

마조가 채 대답도 하기 전에 전화는 뚜뚜 소리를 내며 끊어졌다.

"잘도 받겠다."

실소를 터뜨리며 마조는 전화기를 내려놓았다. 이곳에서 거는 전화의 모든 발신자 표기는 '188―해당 부서 번호'로 찍혔다. 그래서 마조가 전화한 상대의 전화기엔 모두 188―01로 발신자 표기가 되었을 거다. 이는 1국 요원이 사무실에서나 일을 할 때 사용하는 휴대폰으로 거는 모든 전화에 동일하게 적용된다.

그리고 사람들은 자신한테 걸려온 전화의 발신자 표기에서 188번을 보고 상대가 누구인지 알 수 있었다. 이 나라에서 발신자 표기로 188번을 사용할 수 있는 곳은 오직 하나뿐이었기에 상대에 대한 의심조차 할 수가 없었다. 반면 사람들이 아무리 188번으로 전화를 건다고 해도 전화는 걸리지 않았다.

그곳의 위치를 아는 게 어렵듯 전화번호 역시 관계자 이외에는 알지 못했던 거다. 하여튼 이런 이유로 J의 친척이란 정신과 의사가 과연 다음에도 순순히 188―01번이 찍히며 울리는 전화를 받을지는 의심스러운 일이었다.

마조는 사건보고서를 뒤적이면서 방금 전 통화했던 의사와의 대화를 곱씹어보았다. 보고서에서는 J가 친척들에게 제법 애정 어린 보살핌을 받은 것으로 되어 있다. 과보호인지 외부와의 접촉이 극히 드물었다는 내용도 있었다. 말이 좋아서 과보호이지 잘나가는 그 집안에서는 자폐증을 가진 J를 수치로 여긴 게 아닌가 싶다. 아이에 대한 애정과 그 아이가 장애를 가졌다는 것이 세상에 알려지는 것은 별개의 문제이니 말이다. 아니, 막말로 아꼈다는 것도 이제 와서 증명하기엔 꽤나 까다로운 상황이다.

어쩌면 지금 친척들이 J에게 보여주는 반응들은 예전부터 그래 왔던 태도의 연장선일 수 있었다. 단지 자신들은 이번 사건에 놀라서 그러는 것뿐이라고 하지만 그걸 누가 아나.

J의 과거를 알아낸다고 해봤자 그것은 사람들의 증언에서 나온 짜 맞추기에 불과하다. 더구나 이해 당사자나 주변인의 입에서 나오는 말을 100% 다 믿기란 어려운 법이었다. 의도한 거짓말도 있겠지만 진실이라고 믿었던 것이 실은 잘 꾸며진 거짓일 수도 있기 때문이다. 지금까지 사건을 맡았던 2국 요원들의 수사 초점은 범인에 대한 다각적인 추적이었지, J를 대하던 친척들의 태도와 입장이 아니었다. 그래서 마조가 아무리 보고서를 뒤적거려 봤자 J에 대한 심도 있는 조사는 없었다.

2국은 J를 아예 용의선상에서 빼고 수사를 했던 것이다. 말이 용의자였지, 그럴 만한 대접을 받기엔 J에겐 모자란 점이 너무나 많았다. 용의자도, 그렇다고 제대로 된 증언도 할 수 없는 인간에 대해 가차없다는 점은 정보실만큼이나 2국도 마찬가지였다.

"넌 대체 지금까지 어떻게 살아왔니?"

마조의 물음에 J는 해맑게 방긋거릴 뿐이었다. 적어도 누군가 하나는 행복한 사람이 있어 다행이라고 중얼거리며 마조는 다시 J의 친척들에게 전화를 걸어보았다.

몇 번의 무성의한 대화가 오간 끝에 내린 마조의 결론은 이미 임씨 집안에서 J는 내놓은 자식이었다는 거다. 그래서 누가 J의 보호자가 될 것이며 그 많은 재산이 어떻게 굴러가는가에 대해선 관심조차 가지지 않았다. 어차피 J의 재산 같은 거 없어도 잘 사는 사람들이니 새삼 욕심을 내거나 아까울 것도 없는 입장들인 것이다.

그렇게 마조가 J의 친인척들에게 전화를 하고 보고서를 꼼꼼히 읽느라 시간을 보낸 후에도 진은 도통 돌아올 생각을 하지 않았다. 저녁때가 되자 지하 1층에 있는 구내식당까지 J를 데리고 내려가기 싫었던 마조가 진의 책상을 뒤져 빵 두 개를 찾아 식사를 대신할 때까지도 말이다.

"마조! 복수해 줘."

기다리다 지쳐 슬슬 전화를 해보려던 찰나 양손 가득 넘칠 정도로 쇼핑백을 들고 나타난 진이 대뜸 한다는 소리가 복수였다. 들고 있는 것들에 치여 겨우 얼굴만 내밀며 소리치는 모습이 우습기도 하고 복수 운운하는 게 궁금하기도 해서 쳐다보니 진이 고자질쟁이마냥 술술 이야기했다.

"세상에 말이야, 내가 열심히 J가 입을 것, 쓸 것을 사기 위해 발이 부르트도록 힘들게 돌아다니지 않았겠어. 이거 봐봐. 발이 통통 부었잖아. 뭐, 내가 이럴 걸로 공치사를 하겠다는 건 이니야."

진은 사 온 것들을 J의 앞에다가 늘어놓으면서 장황한 모험담을 늘어놓았다.

"하지만 나! 진은 J를 위해서, 그리고 너를 위해서 힘든 것도 마다하지 않았어. 그러다 문득 요 귀여운 녀석을 위해 나는 뭔가 특별한 것을 사주고 싶단 생각이 들었지."

"네 돈으로?"

"그, 그건 아니지만… 우선 내 이야기나 들어봐! 하여튼 그래서 난 그 이름만 대면 까무러친다는 모 명품 매장을 찾아갔지!"

"그 차림으로?"

명품이란 소리에 마조는 진의 차림을 위아래 훑어보며 물었다. 사정을 안 들어도 뭔 일을 당했기에 진의 입에서 복수란 소리가 나오는지 대충 이해가 갔다.

"응."

"쫓겨났어?"

"응."

"매장 안으로 들어가 보긴 했고?"

"입구에서 걸러내더라. 나이트도 아니면서 무슨 물갈이를 그렇게 심하게 한대니. 또 어떤 곳은 아예 매장 문을 잠가놓고 예약 손님이 올 때만 문을 열어준다는데 분명 예약하지 않은 게 뻔한데도 몇몇한테는 척척 문만 잘 열어주면서 난 끝까지 못 들어가게 막는 거야. 돈 있다고 해도 '저희가 파는 건 단순한 물건이 아닌 장인의 혼이 깃든 예술품입니다. 살 수 있다고 해서 그 진가를 알아볼 눈이 있다고는 생각하지 않습니다' 하면서 매정하게 눈앞에서 문을 닫아버리는 거 있지."

진이 코맹맹이소리를 내며 우아했던 모 명품 매장의 매니저 흉내를 냈다. 목소리가 구구절절 어찌나 애통하게 들리던지 그를 싫어하는 J도 따라서 울먹거리기 시작했다. 말뜻은 이해 못한 채 진이 흘리는 분위기에 그만 휩쓸리고 만 거다.

"어차피 예술품도 팔려고 내놓으면 상품인 거 아니야? 내가 그 진가를 알아볼지 못할지 지들이 어떻게 안다고 그렇게 매정해? 지들이 날 언제 봤다고! 난 정말 J에게 좋은 옷과 시계와 기타 등등의 필수품들을 사주고 싶었다고."

자기 돈 들여 사주는 것도 아니고 J의 돈으로 사면서 이토록 자랑스럽게 생색을 내는 이도 드물 것이다. J를 위해서라지만 실은 이번 기회에 소문으로만 듣던 소위 명품이란 걸 직접 사보고 싶었던 게다. 단지 하고 다니는 행색 때문에 제대로 얼굴도 들이밀지 못하고 쫓겨났다는 게 문제지만.

"그래서 나보고 뭘 어쩌라고?"

"당연히 날 위해 복수해 줘야지."

"내가 왜?"

"파트너잖아."

하소연하는 와중에도 자기가 사온 것들을 꺼내 J에게 어울리는지 대보던 진은 마조의 물음에 오히려 당연한 거 아니냐는 표정을 지었다.

"그거 혹시 아무리 소박 놓을 마누라래도 도장 찍기 전까진 그래도 부인이란 소리?"

하는 짓을 빗대어 밀하면 이긴 부인이 아니라 말썽 많은 지식 새끼지만 만약 그렇게 말한다면 아예 거둬서 키워달라고 덤빌 게 분명했다. 비위는 상하지만 진을 두고 소박 놓을 마누라란 비유는 가장 안전한 표현이었다.

"어차피 미운 정이 들어서 날 버리지도 못할 거면서 너무 뻗

대는 거 아니야?"

"미운 정만 들었다는 걸 알고 있으니 그나마 다행이다. 그리고 복수란 원래 자기가 하는 거 아닌가? 남이 해주는 복수가 기분 좋을 리가 없잖아."

"난 좋아."

자존심이고 주책이고 모두 버린 진이 마조에게 매달렸지만 역시 헤어지고 싶은 부인에게 시간 바쳐 가며 봉사하고 싶은 남자는 없는 법이었다.

"난 싫어. 네 일은 네가 알아서 해."

당장은 J와 열일곱 개의 쇼핑백이란 무거운 짐만으로도 벅찬 상태라 진이란 천덕꾸러기까지 챙길 정신은 없었다. 특히나 시답잖은 복수는 더욱더 먼 이야기였다.

끝까지 따라오겠다는 진을 떼어내고 집으로 돌아와 밤새 진이 사온 물건과 옷들을 정리하던 일이 생각난 마조는 칫솔에 치약을 바르면서 푸념을 늘어놓았다.

"대체 저 녀석에게 양복이 무슨 필요가 있다고 그것까지 샀냐고. 그래 놓고 복수해 달라고 뻔뻔하게 말은 잘하지."

그가 미처 생각지도 못한 생활용품들까지 세밀하게 갖춰 구입한 건 좋지만 당장에 필요하지 않는 것들까지 산 것은 솔직히 낭비였다. 까딱하면 울면서 침과 콧물을 흘리는 J에게 양복은 전혀 어울리지 않는 물건이었다. 그래도 눈썰미만은 정확해서 옷들이 J에게 거의 다 맞는 걸 보면 그것만은 칭찬해 줄 만했다.

양치를 끝낸 마조는 칫솔 소독기 안에 자기 것을 끼워 넣으려다가 낯선 칫솔 하나를 발견하곤 순간 멈칫했다. 열여덟 살부터 혼자 살기 시작한 그다. 가족이든 타인이든 누구의 것과 나란히 칫솔을 놓는 일은 굉장히 오래된 기억의 한 페이지를 차지하는 일이었다.

어렸을 때 소독기가 아닌 컵 같은 곳에 한데 넣어둔 칫솔들이 생각났다. 당시 서로 부딪치며 엉켜 있던 칫솔들은 정겨움보다는 서로 부대끼며 상처를 주었던 가족들의 모습을 연상시켰다. 그래서 어린 마음에 서로 맞닿아 있던 칫솔들을 떼어놓은 적도 있었다. 함께 있어봐야 좋을 게 하나 없는 물건들과 사람들도 있게 마련이다.

그래서 떨어져 있어야만이 평화롭던 그네 가족들이 그 후 하나씩 흩어진 것은 재앙이 아닌 행복이었다. 마조는 일부러 J의 칫솔과 가장 멀리 있는 구멍에다가 자기 것을 끼워 넣었다. 결코 서로 부딪치지 않을 거리에 있는 두 칫솔의 모습은 평화로워 보였다. 적어도 그의 눈에는 그렇게 보였다.

앞으로 얼마가 될지 모르지만 J와 함께 살 것을 생각하면 아득하기마저 했다. 진의 말처럼 동거라면 그리 문제가 없겠지만 이건 아무리 봐도 양육이지, 동거는 아니었다. 그것도 양육자의 희생을 엄청나게 강요하는. 한 명의 인간을 책임진다는 게 얼마나 어려운 일인지 마조는 누구보다 잘 알고 있었다.

적당한 예인지는 모르겠지만 다행스럽고 고맙게도, 그의 부모님이 이혼을 결정했을 때 두 분은 자식들을 서로 맡아 키우겠다고 싸우셨다. 물론 서로 언성을 높이고 몸싸움을 했다는 건 아니다.

단지 냉정하게 오가는 차가운 말들로 가족이란 이름의 사람들에게 상처를 남기는, 무성의하고 개인주의적인 발언들을 주고받은 게 다였다. 적절하게 유지되던 목소리 톤은 결코 높거나 낮아진 적이 없었다. 싸우는 것조차 고상하기 그지없는 분들이었다. 하지만 두 분 다 자식들에 대한 애정은 각별했다. 아니, 솔직히 말하면 그들은 아내와 남편으로 묶여 있던 상대 역시 너무나 사랑했다. 자식인 마조가 다정한 모습을 본 적이 없을 정도로 사이가 나쁘던 그의 부모님은 아이러니하게도 세상이 알아주는 로맨스의 주인공들이었다. 그리고 헤어지는 그 순간까지도 서로를 향한 끈적끈적한 애정을 가지고 있었다.

그럼에도 불구하고 사는 동안 내내 하루도 평화롭지 못했다. 남자와 여자가 만나 사랑하는 것과 결혼을 하는 것은 전혀 다른 것이라는 것을 그들은 보여주었다. 사랑하지만 상대의 사고방식과 삶에 대한 가치관은 도저히 받아들이지 못했던 것이다. 그것이 문제가 되어 매일이 살벌한 전쟁터가 되고 말았다. 급기야 그들은 교육관까지 너무나 달랐다.

두 사람은 상대에게 아이를 맡겼다가는 자식을 망치는 일이라고 장담했다. 그래서 헤어지는 순간에도 양육권에 대한 문제로 쉽사리 이혼을 결정하지 못하고 서로에게 으르렁거렸다. 보다 못한 마조의 누이는 종이 한 장을 가져와서 사다리를 그렸다. 사다리타기의 결과 마조는 어머니께, 누나는 아버지가 맡게 되었다.

"이제 됐지요? 이럼 이제 제발 이혼하세요."

누나의 말에 당황해하던 부모님의 얼굴을 마조는 지금도 잊지 못한다. 당시에는 그게 무슨 의미였는지 몰랐지만 지금은 어렴풋이 알 수 있었다. 두 분은 정말로 이혼할 마음이 없었던 것이다. 매일 싸우고 다투고 서로를 상처 주는 말을 하면서도 자식들을 핑계로 이혼을 질질 끌었던 것은 아직까지 남아 있던 상대에 대한 애절한 사랑 때문이었다.

하지만 문제는 그놈의 자존심이었다.

자식들이 이렇게는 더 이상 살 수 없다면서 등 떠밀며 이혼을 원하고, 당신들 입으로도 이혼할 거라고 매일 말했던 이상 다른 수가 없었던 것이다. 누구라도 한 명이 '난 사실 이혼은 하고 싶지 않다' 라고 말만 했더라면 되는 일이었다. 하지만 그분들은 끝까지 상대가 그 말을 해주며 자신을 붙잡아주기를 바랐다. 그러나 결국 두 분은 이혼을 했고, 마조는 어머니를 따라 영국으로 가야만 했다.

세상엔 그런 사랑도 있다.

서로 깊이 사랑함에도 함께 살 수가 없는 사람들. 자신의 가치관을 버리지 못하고 자존심을 낮추지 못해 상대에게 애정이 아닌 상처만을 주는 사람들.

그리고 마조는 그의 부모님을 너무나 많이 닮아 있었다. 그렇기에 자신이 남과 함께 잘 살아갈 수 있을 거란 기대를 하지 않았다. 더욱이 마조는 그의 부모님이 가지고 있던 상대에 대한 사랑과 자식을 향한 애정과 관심 비슷한 것조차도 J에게는 한 톨 가지고 있지 않았다.

다다다닥.

마조가 수건으로 얼굴을 닦고 있을 때 안방에서 바삐 나오는 발자국 소리가 들렸다. 말이 좋아 발자국 소리지 아예 방을 뛰쳐나와 돌진하는 추세로 후다닥 달리는 움직임에서 나는 소리에 집이 쿵쿵 울릴 정도였다. 어제도 느낀 것이지만 J는 작은 덩치와 어울리지 않게 움직임이 커서 따라붙는 소리가 제법 컸다. 게다가 지금은 잠에서 깼는데 마조가 보이지 않아 놀란 모양이었다. 그래도 냅다 드러누워 울지 않은 것만도 대견하다면 대견하다고나 할까. 마조의 아파트는 현관에서 들어오면 바로 오른쪽에 칸막이 같은 벽이 하나 있었다. 그리고 그 칸막이를 돌아야 화장실 문이 보이는 구조였다. 다행히 칸막이래도 책장처럼 생긴데다가 건너편은 막히지 않아 그 너머로 화장실 문이 보인다.

그런데 얼마 전 그의 누이가 삭막하다면서 칸칸마다 조화로 만든 화분들을 갖다 놓았다는 걸 기억한 마조는 가볍게 혀를 찼다. 아파트 구조도 모르는 J가 대번에 거실 화장실을 발견하기란 어려울 거라는 걸 깨들은 거다.

게다가 그가 지금 화장실에 있는 줄도 모르고 있으니 집안을 뒤지며 자신을 찾을 거란 생각에 마조는 서둘러 손을 닦으려다가 이내 멈췄다. J는 마조가 없는 공간과 시간에 조금씩 익숙해지는 걸 배워야만 한다. 당장은 시끄럽고 귀찮더라도 조금씩 길들일 필요가 있었다.

한데 뜻밖에도 망설이는 기척이나 다른 곳을 찾아 헤매는 일 없이 J는 화장실로 바로 직행하고 있었다. 마치 처음부터 마조가 어디에 있는지 알고 있었다는 것처럼. 벌컥 화장실 문을 연 J는 마조를 보자마자 그럴 줄 알았다는 듯 흐뭇하게 웃으면서 그 자리에 웅크리며 문턱에 앉아버렸다. 세운 무릎 위에다가 두 손을 가지런히 앉히고 턱은 괸 모습이 귀엽기보단 왠지 처량해 보였다.

"이제 일어났니?"

"응."

문턱에 앉지 말라고 하려다가 저게 뭘 알겠나 싶어서 마조는 아직 졸음에 겨운 듯 하품을 하는 J를 보며 물었다. 제대로 알아듣고 하는 대답인지 모르겠지만 J는 고개를 끄덕이며 짧게 대답했다.

그러다 갑자기 몸을 바르르 떨더니 발가락을 꼼지락거리면서 몸을 배배 꼬기 시작한다. 말 그대로 뭐 마려운 강아지 꼴에 마조는 그제야 어제부터 함께 있던 내내 J가 한 번도 화장실을 가지 않았다는 걸 깨달았다.

"화장실 가고 싶어?"

급하게 물었지만 화장실이란 의미도 모르는 아이가 대답할 수 있는 사정이 아니었다.

"우선 안으로 들어와. 그리고 어제 옷 벗는 방법 가르쳐 줬지?"

J의 손을 잡아 화장실로 들어오게 한 다음 마조는 아이에게 스스로 옷을 벗도록 했다. 이런 일이 앞으로도 많을 텐데 그럴 때마다 매번 옷을 벗겨주고 그 뒤처리를 할 수는 없는 노릇이었다. 아이를 키운다는 것은 초장에 버릇을 잘 잡아놓는 게 관건

이다. 그런데 아무것도 모르는 이 아이, 옷을 벗으라니 입고 있던 파자마 상의부터 벗으려고 한다.

"아니, 윗옷은 벗지 말고. 옷을 갈아입거나 목욕… 이 뭔 줄은 아직 모르겠구나. 하여튼 그런 게 있는데 그때 말고는 아무 때나 옷을 벗는 게 아니야. 알아들었니? 그리고 이거 보이지? 이게 변기라고 하는 건데, 이걸 사용할 때는 아래 하의만 벗으면 돼. 이때는 꼭 속옷도 함께 벗어야 한다는 걸 기억해 둬. 그리고 여기에다가 싸고 싶은 걸 싸면 되는 거야."

아무것도 모르는 상대라도 개인의 사생활이 있는데 속옷까지 벗는 걸 노골적으로 바라볼 순 없는 일이라 마조는 고개를 돌린 채 변기를 손으로 가리켰다. 마음 같아선 앞에서 직접 시범을 보여주고 싶었지만 남의 것이 보기 싫은 만큼 남에게 자기 것도 보여주기 싫은 그였다. 실수로 J가 옷이라도 더럽힌다면 그게 더 아득한 일인데도 이상하게 대놓고 직접 보거나 보여주면서 지도하는 걸 그의 본능이 강력하게 거부하고 있었다.

그나마 이렇게 대충 손짓으로 때울 수 있는 건 우려했던 것만큼 J가 완전히 바보는 아닌 덕분이었다. 하루 동안 함께 있으면서 알게 된 것은 J는 사물을 가리키는 단어에 대해서는 무지하다는 점이다. 하지만 다행히도 그것들을 사용함에 있어서나, 일상생활의 기본적인 행동들에 대해서는 본능적으로 알고 있었다. 정신은 나갔지만 몸에 배인 습관이나 버릇까지 나간 것은 아니란 소리다.

그리고 한 번 가르치면 두 번 언급할 필요가 없었다. J의 친척 의사의 말마따나 학습능력 하나는 뛰어났다.

"본능대로, 너 편할 대로 해결해. 옷에 묻히지만 말고. 명심해! 옷에 묻히면 절대로 가만 안 둔다."

협박에 가까운 당부를 하며 마조가 고개를 돌리고 있는 사이, 얼마 지나지 않아 소변을 볼 때 나는 특유의 소리가 잠깐 났다가 그쳤다. 슬며시 고개를 돌려 J를 바라보니 변기 위에 앉아서 빤히 그를 올려다보고 있었다. 사내아이가 여자아이처럼 변기 위에 앉아 있는 게 조금 의외였지만 현재 중요한 건 그게 아니었다.

"다 해결했니?"

묻는 말에 J는 자랑스럽게 고개를 끄덕이며 상의 끝을 잡아 앞으로 쭉 내밀어 보였다. 옷에 아무것도 묻히지 않았다고 보여주는 듯했다. 덕분에 상의에 가려진 J의 하반신을 제대로 보지 못한 마조는 남자 애가 변기에 앉아서 가능한가에 대한 원초적인 궁금증에 빠지고 말았다. 아니, 그보단 남자면서, 앉아서 볼 일을 보면서도 옷을 더럽히지 않았다는 게 더 신기했다. 구조상 그게 가능하나. 해본 적이 없어서 잘 모르겠다.

헐렁한 파자마 상의를 걷어 올려 그 아래에 있는 것의 상태를 본다면 미성년 성추행에 해당할까 진지하게 고민하다가 결론은 나중에 차근차근 바로잡자는 것이었다. 당장 불편하지 않다면 J가 어느 정도 지성이란 걸 갖추게 된 상태에서 제대로 된 방식을 가르치는 것도 나쁘지 않을 것 같았다. 옳고 그른 것의 차이를 설명해 봤자 J가 이해하기 어려운 상황에서 애매한 것은 우선 뒤로 미루는 게 편할 듯싶었다. 딱히 지금 불편한 것이 아니라면.

"뭐, 일단은 이것도 괜찮겠지. 우선은 편한 대로 하자. 그리고
이렇게 볼일을 본 후에는 여길 꼭 눌러야 해. 물 내려가는 소리
들리지? 이래야 네가 싼 게, 이것도 그냥 넘어가기로 하고. 하여
튼 꼭 눌러야 해. 한번 네가 직접 눌러봐. 그래, 잘했다."

변기를 사용하는 법을 가르쳐 주던 마조는 문득 이상한 느낌
이 들어 J의 얼굴을 빤히 쳐다봤다. 볼일이 끝났는데도 계속 앉
아 있던 J가 미간을 찌푸리며 인상을 쓰는 것이 꼭 작은 손님 뒤
에 찾아오는 큰 손님을 맞이하는 딱 그 형국이었다. 거기에 확
인이라도 하는 듯 따라오는 향기까지. 분명했다.

"젠장."

이번 것은 확실하게 대충 넘어갈 수만은 없는 문제였다. 어린
아이에게 해주는 것처럼 닦아줘야 하는 건 아니겠지 하고 이를
갈고 있을 때 마침 그의 눈에 하얀 광택을 뿌리며 고고히 존재
감을 뽐내고 있는 비데가 보였다.

"J야, 아까 처음에 네가 싼 걸 소변이라고 하면… 어려우려나.
그래, 쉬야라고 하자. 그러니까 처음에 앞으로 나왔던 것이 쉬
야라고 하는 거고. 가만히 있어봐."

J의 두 번째 볼일이 모두 끝나기를 기다린 마조는 먼저 비데
의 세정 버튼을 눌렀다.

"우악!"

갑자기 몸에 닿는 물줄기에 놀라 몸을 일으키려고 하는 J를
다독이면서 마조는 설명을 해주었다.

"괜찮아. 놀랄 것 없어. 방금 물이 닿는 부분 있지. 거기가 엉
덩이란 곳이거든. 아까 쉬야를 했던 곳은 엉덩이가 아니라 앞이

었잖아. 그런데 만약 나중에 엉덩이에서 변… 응아가 나오면 여기 이 버튼을 누르면 지금처럼 물이 나와서 더러운 걸 씻어주는 거야."

"아앙?"

"그러니까……."

마조는 한참이나 걸려 대소변에 대한 차이를 설명해 주면서 각기 대처방법을 가르쳐 주었다. 소변이야 괜찮지만 대변의 경우 그 청결이 중요한 문제라 대수롭게 넘어갈 수가 없었다. 다행히 요즘은 어딜 가나 비데가 설치되어 있어서 J가 그 사용법만 완벽하게 익힌다면 뒤처리에 대해 따로 걱정할 필요는 없어 보였다.

"잘 알았지? 그리고 마지막 마무리로 손을 씻는 것도 절대 잊으면 안 돼!"

"우웅!"

믿어만 달라는 듯 두 주먹을 불끈 쥐고 힘차게 고개를 끄덕인 J는 마조가 화장실을 나가는 사이에 옷을 입고 손을 씻었다. 졸래졸래 그의 뒤를 따라 부엌에 도착한 J는 냉장고 문을 연 채 멍하니 그 안을 쳐다보고 있는 마조의 옆에 다가와 섰다.

마조의 시선을 따라 바라본 냉장고 안을 가득 채우고 있는 것은 하나씩 진공 포장이 되어 있는 보약들이었다. 믿을 만한 음식 자체는 물론 음식을 만들 재료조차 보이지 않았다. 있는 거라곤 보약들과 1.8L짜리 생수병 두 개, 그리고 수상한 갈색 물이 들어 있는 병 세 개뿐이었다.

"아침을 먹어야 하는데."

냉장고 안 이곳저곳을 들춰 보며 맥없이 주절거려 보지만 색
다른 게 나올 리가 만무했다. 마조는 스스로 음식이란 것을 만
들어본 적이 없었다. 횟수로 9년을 혼자 살아왔지만 지금까지
요리라는 것과는 아예 친분 자체를 맺은 적이 없는 그다.

아침은 굶고, 나머지는 모두 밖에서 배달이나 외식으로 해결
하는 동생을 걱정해 그의 누나가 보내준 보약으로 아침을 해결
해 온 지가 꽤 되었다. 오늘도 다른 날들처럼 아침은 보약으로
때우고 나머지는 대충 넘어가면 되는 일이었지만 문제는 J였다.

"너, 이거 먹을 수 있겠냐?"

그냥 물어본 말이었는데 J는 열렬하게 고개를 끄덕였다. 뭣도
모르고 좋아라 하는 아이에게 마조는 컵에다가 보약을 따라 내
밀었다.

"먹어라. 아침이다."

J는 마조가 주는 것을 아무 망설임 없이 바로 들이켰다.

"……!"

"어때, 먹을 만하지?"

"으웩!"

보약을 한 모금 마시자마자 J는 입안에 있는 것을 토해내며
비명을 질렀다. 턱을 따라 흘러내리는 약을 닦아주는 마조의 얼
굴에 언뜻 통쾌한 만족의 미소가 나타났다 재빨리 사라졌다.

"처음엔 뭐 이런 게 다 있나 싶어도 계속 먹다 보면 언젠간 익
숙해질 거다. 뭐, 매일 아침을 이걸로 해결하다 보면 언젠간 익
숙해질 테니까 너무 걱정은 하지 마. 포기하거나 익숙해지거나,
이 두 가지만 잘 터득하면 세상 사는 거 의외로 별거 아니거든.

그리고 몸에 좋은 거니까 한 방울도 남김없이 모두 마셔라. 남기면 알지?'

　제 앞가림도 못하는 아이에게 협박이 통할까 싶지만 마조는 아직 먹다 남은 보약이 든 컵을 두 손으로 꼭 붙잡고만 있는 J의 어깨를 가볍게 토닥였다. 순간 몸에 힘이 빠진 J의 손등에 자신의 손을 겹친 마조는 컵 주둥이 부분을 J의 입에다 갖다 댔다. 재빨리 손목에 힘을 주어 컵을 자신에게서 멀리 떨어뜨리려던 J의 노고가 안타깝게도 저항은 그리 오래가지 못했다.

　"아침을 거르면 안 되지."

　남아 있던 약의 한 방울까지 모두 먹인 마조는 울상이 되어 입안의 것을 도로 뱉으려는 J에게 다정하게 속삭였다.

　분명 염려와 걱정이 담긴 말이었음에도 그에게서 풍기는 것은 분명 또 하나의 동지가 생겼다는 공감대와 그동안 나만 혼자 당하는 건 억울했다는 보상심리였다. 그게 어찌나 강렬하던지 사고능력이 현저하게 떨어진 J마저도 마조가 원하는 게 무언지 확실하게 느낄 수가 있었다. 덕분에 입 밖으로 뱉어내려던 것을 억지로 도로 삼키느라 J의 눈가에 찔끔 눈물이 맺히고 말았다.

　파르르 떨면서도 억지로 쓰디쓴 약을 삼키는 J의 모습이 사약을 받이 미시기 전에 북을 향해 절을 하는 건 잊지 않는 충신의 모습 같기도 했다. 또한 축 처진 자은 어깨에서 너무 빨리 세상을 포기한 자의 체념이 흘러넘치는 듯해서 마조는 살짝 양심의 가책을 느끼고 말았다. 그래서 보약 대신에 너구리 사료라도 사다 놓을까 아주 잠깐 진지하게 고민하기도 했다. 물론 어디까지나 고민만 했다.

　27평인 마조의 아담한 아파트에는 각각 침실과 서재로 사용하는 두 개의 방이 있었다. 애초에 우아한 싱글의 여유를 지향해서 만든 아파트라 혼자 살기엔 제법 넉넉한 공간과 호사스런 옵션으로 가득한 집이었다. 하지만 그것이 결코 두 사람이 살기에도 좋다는 걸 의미하는 건 아니었다. 적어도 마조에게는 그랬다.

　특히나 새끼 너구리와 동거를 하기엔 아무리 봐도 넓은 공간은 아니었다.

　사람 하나, 아니, 동물 한 마리가 주는 묵직한 존재감은 마조에게 있어선 자식만 열세 명인 대가족의 북적거림에 비할 바가 아니었다. 게다가 이놈의 녀석은 은근히 냄새마저 나는 게 아닌가. 생각할 것도 없이 목욕 안 해서 나는 냄새였다. 정보실 사람들이 누군데 정성스레 아이 목욕 시중까지 들어줄 리가 없었다. 기껏해야 물수건으로 대충대충 닦아줬을 게 고작이겠지.

　그러고 보니 어제 옷을 갈아입혔을 때 J가 입고 있었던 노란색 바탕에 유치한 파랗고 빨간 꽃이 그려진 트렁크 팬츠도 과연 언제부터 입고 있었는지 의심이 들었다. 더럽기도 했지만 악취미란 생각이 먼저 들었다. 정보실 사람들이 사서 입혔을 그 트렁크 팬츠는 사내아이 것치고는 유난히 여성스러워 보이는 속옷이었다. 정확히 말하자면 아줌마들이 즐겨 입는 싸구려 꽃문양 팬티와 크게 다르지 않았다.

　"J, 너는 우선 목욕부터 해야겠다."

　얼마를 입었는지 상상조차 하기 싫은 그 알록달록한 것과 과연 3개월 동안 목욕이나 제대로 했을지 가늠이 되지 않는 J와 오해의 소지는 있지만 하여튼 하룻밤을 보냈다는 게 오싹해졌다. 딱딱하게 굳은 얼굴로 J의 손을 잡고 욕실로 이끈 마조는 예의 해설조로 목욕 방법에 대해 설명해 줬다.

"이게 욕조란 거야. 여길 누르면 물이 나오지? 옆에 있는 이것은 온도, 그러니깐 물이 따뜻하고 차가운 정도를 조절하는 버튼이고 이 붉은 숫자가 올라갈수록 물 온도가 높아지는데 그런 건 일단 넘어가자. 이곳에다가 물을 가득 차면 목욕을 하는 거야. 오늘은 입욕제를 섞어서 거품목욕을 하자. 거품목욕이 뭐냐고? 보면 알아."

입도 벙긋하지 않는 J를 대신해 혼자서 묻고 혼자서 대답하는 자신이 영 적응이 되지 않았다. 평소에 이렇게만 자상했다면 그를 두고 석두 로봇이라 소리치며 도망간 첫사랑과 이미 결혼해서 애 서넛은 낳고도 남았을지 모른다.

욕조에 적당히 물이 차자 마조는 얼마 전에 그의 누나가 사다 놓은 한약 성분이 첨가된 거품 입욕제를 물에 탔다. 처음 사용하는 거라 한약 냄새가 강하면 어떻게 하나 걱정했는데 수증기에 섞인 국화 향이 부담가지 않을 정도로 적당했고 거품도 많이 일었다.

"이번에는 속옷까지 모두 벗고 이 안으로 들어가면 돼. 어떻게 하는지 기억나니? 기억 안 나도 하다 보면 기억 날 거라 믿는다. 옷 다 벗고 물에 들어간 다음에 이걸로 몸을 문지르고 있어. 그동안 난 대충 집안 청소를 해놓을 테니까. 알았지?"

마조는 목욕 타월로 몸을 문지르는 흉내를 내보이며 일단은

욕실을 나왔다. 그의 지시에 진지하게 파자마를 벗던 J는 마조
가 욕실 문을 닫으려 하자 짧은 단발마를 내지르며 그걸 막았
다.

"아앗!"

"닫지 마?"

물어보는 말에 J가 너무 열심히 고개를 끄덕이자 할 수 없이
문을 그대로 열어놓은 마조는 청소기로 거실과 침실을 청소하
기 시작했다. 청소는 자주 해놓은 덕에 사실 할 것도 없었다. 대
충 밀어대며 청소를 끝낸 마조는 J가 어떻게 하고 있나 욕실로
갔다. 다행히도 J는 욕조 안에서 마조가 시킨 대로 어설프게나
마 타월로 몸을 문지르고 있었다. 역시나 일단 하자면 예전에
익힌 버릇과 행동들이 무리없이 실생활로 이어지는 J였다.

마조는 옷소매를 걷어 올리며 욕실로 들어가 물이 묻지 않은
욕조 턱에 걸터앉으며 말했다.

"오늘만 머리 감겨줄 테니까 기억했다가 앞으로 네가 알아서
감아야 한다."

일단 시켜보면 알아서 자기가 하긴 하겠지만 오랫동안 씻지
않았을 J가 스스로 완벽하게 깨끗이 해낼 거란 믿음은 없었다.
샤워기로 J의 머리를 물로 적신 다음에 손바닥에 샴푸를 덜어내
그걸 머리카락과 두피에 골고루 발랐다. 머리카락이 짧아서 감
기는 것은 일도 아니었다. 머리를 뒤로 젖히고 해죽 웃는 J의 얼
굴이 나른하게 풀려 있었다.

두 번의 샴푸질 후에 거품이 나오지 않을 때까지 머리를 깨끗
이 헹궈준 마조는 이제는 푸른색 이태리타월을 주워 들어 J의

팔뚝을 잡고 쭉쭉 밀어댔다. 따뜻한 물에 불린 몸에선 밀리는 족족 까만 때가 밀려 나왔다.

"더러운 것들."

마조는 정작 더러운 J는 놔두고 정보실 사람들을 욕했다. 그도 그럴 게 스스로 목욕은 꿈꾸지도 못했을 J의 사정이야 뻔한 거라지만 이런 아이를 옆에다 석 달이나 끼고 있었던 사람들은 뭐냔 말이다. 욕실이 없다면 말도 안 한다.

항간에서는 물 고문실로 자주 이용한다는 소문이 간혹 떠돌기는 하지만, 아니, 사실을 고백하자면 그곳을 그와 비슷한 용도로 사용하기 위해 빌린 적이 몇 번 있는 마조에게도 딱히 그곳이 욕실이란 개념이 없긴 마찬가지였다. 하지만 그럼에도 불구하고 욕실은 욕실이다. 없으면 모를까 있으면 이용해야지. 아이 몸을 검은 국수 공장으로 만들 정도로 내버려 둔 것은 도저히 납득이 가지 않았다.

하긴 원래는 매일을 철야다 야근을 하는 정보실 사람들을 위해 특별히 마련해 놓은 욕실이었지만, 그게 예산 낭비였다는 비아냥거림이 들릴 정도로 그들은 씻는 걸 좋아하지 않았다. 그럴 시간이 있으면 잠을 조금이라도 더 자는 게 좋다나 뭐라나. 정보실 사람들의 이혼율과 독신율의 평균치가 괜히 높은 게 아니었다. 그런 사람들이 남이라고 깨끗이 챙겼을 리 만무했다.

양팔의 때를 다 밀고 이제는 등을 할 차례가 되었을 때 마조의 단정한 이마에는 조금씩 구슬땀이 맺히기 시작했다. 묵은 때라는 게 말로만 들어왔던지라 이렇게 무서운 강적일 줄은 미처 몰랐던 것이다. 그러던 중에 J의 등 한가운데에 멍이 든 것처럼 푸른 무언가를 발견한 마조는 순간 멈칫했다. 처음엔 정보실 사람들이 고문이라도 했나 싶었지만 그건 아닌 것 같았다. 멍이라고 하기엔 색이 오묘하게 달랐다.

계속 보고 있자니 한편으론 살짝 검게도 보였다. 마조는 더 잘 보기 위해 눈에 힘을 주며 J의 등을 꼼꼼히 살폈다. 지금 마조는 안경을 벗은 상태였지만 그게 앞을 보는 데 문제가 되지는 않았다. 그가 안경을 쓰는 것은 눈이 나빠서가 아니었다. 양쪽 모두 2.0을 훨씬 넘어 오히려 비상식적이라 할 수 있을 정도로 시력이 좋았다.

다만 워낙 어린 나이에 '그곳' 에 들어와서 조금이라도 나이 들어 보이기 위해 쓰기 시작하다가 이제는 버릇이 되어 안 쓰면 이상한, 그래서 쓰고 다니는 것뿐이었다. 때문에 안경을 쓰지 않고 있다고 해서 생활에 불편이 있거나 앞이 안 보이는 사태 같은 것은 없었다.

하지만 욕조에 딸려 있는 온도 유지 기능을 가동시킨 상태라 욕조에 가득 찬 물에서 계속 수증기가 올라오고 있었다. 문을 열어놨음에도 불구하고 욕실 안은 수증기로 가득했고, 덕분에 눈앞이 안개에 싸인 듯 뿌연 마조는 언뜻 검게도 보이는 그것을 때라고 규정했다.

작게 혀를 찬 마조는 타월로 있는 힘껏 J의 등을 쓱쓱 문질렀다. 그 손속이 어찌나 인정사정없던지 마조가 하는 일이라면 아무 군말 없이 따르던 J의 입에서 결국 작은 신음이 흘러나오기 시작했다.

"흐응… 악! 아… 아! 아악!"

"조금만 참아라."

"아… 앗! 악!"

"조금만 참으라니까."

싫다고 몸을 꿈틀거리기 시작하는 J의 한쪽 어깨를 꽉 잡으며 열심히 때를 미는 마조는 한없이 진지하기만 했다. 성실한 건지 미련한 건지, 가끔 별 볼일 없는 부분에서 열을 올리며 사생결단 덤비는 그였다. 이럴 때는 자신이 타인과의 신체 접촉을 싫어한다는 것마저 잃고 만다.

그랬기에 어느 순간 정신을 차리고 난 후 찾아오는 계면쩍음은 오로지 그의 몫이 될 수밖에 없었다. 한참 후에야 점점 발갛게 변하는 J의 피부가 보이기 시작했다. 몸을 웅크리며 몸을 사리는 J의 모습도 눈에 들어왔다. 잠시 이성을 잃고 때밀이 삼매에 빠져 있던 마조는 조금씩 이성을 찾으며 그렇게나 힘겹게 밀었음에도 여전히 J의 등에 존재하는 그 검푸른 것을 한참 동안 노려봤다.

눈앞의 수증기를 흩뜨리며 어른 주먹보다 조금 큰 그것을 자세히 살펴보니 확실히 때가 뭉친 그런 유는 아니었던 것이다. 무슨 문양 같기도 하고 도장으로 찍은 것처럼 보이기도 해서 문신이 아닌가 싶었지만 또 그것은 아니었다. 그리다 곧 그것이 점이리는 것을 깨달았다. 몽고반점같이 큰 점이 일정한 문양을 만들면서 J의 등 한가운데를 차지하고 있었던 것이다.

그것을 때인 줄 알고 계속 문질렀으니 J가 눈물을 글썽이며 항의조로 쳐다봐도 뭐라 할 말이 없다. 조금은 미안하기도 하고 그제야 가까이 밀접해 있는 타인의 살갗이 거슬리기도 했다. 의지를 불태우던 때밀이에도 더 이상 의욕이 생기지 않았다. 가슴도 대충, 종아리 부분도 대충대충 밀어주고 허벅지 부분으로 올라가던 손길을 멈춘 마조는 잠시 망설이다가 J에게 타월을 넘겨주었다.

"내가 해준 것처럼 나머지 부분은 네가 해라. 깨끗이 잘 문질러야 해. 알았지?"

마조는 손바닥으로 자신의 몸을 문지르는 흉내를 해 보였다. 그가 했던 것처럼 타월을 오른손에 낀 J는 자신의 왼팔을 쓱쓱 문지르며 마조의 눈치를 살폈다. 자기가 잘하고 있는지 확인을 받고 싶은 모양이다.

"팔은 아까 내가 해줬잖아. 안 밀어준 부분을 해. 허벅지 말이야."

허벅지를 탁탁 치며 강조하자 J는 앉은 채 무릎을 세우고 자신의 허벅지를 타월로 문질러 댔다. 욕조에 가득찬 물 때문에 자세히 보이지는 않았지만 분명하게 허벅지를 타월로 문지는 모양을 옆에서 지켜보았다. 양쪽 허벅지가 대충 됐다 싶을 때 마조가 자신의 배를 문지르는 흉내를 해 보이자 J는 바로 따라했다.

의외로 꼼꼼하게, 혹은 힘차게 때를 미는 J의 손짓이 전혀 어색해 보이지 않았다. 아마도 기억 이전에 몸에 배인 습관은 어쩔 수 없는 모양이었다. 마조가 더 이상 지시를 하지 않았음에도 불구하고 알아서 척척 나머지 부분까지 해나가는 걸 보면 말이다. 엉덩이의 때를 밀 때는 따뜻한 물 밖으로 나오기 싫었는지 계속 앉은 채로 한쪽 엉덩이만 살짝 들어서 그 부분을 얼른 밀고, 다른 쪽도 그와 같은 방법으로 하는 걸 보고 마조는 슬며시 웃기까지 했다.

학습능력 제로인 완전한 바보가 아니라는 점에서 마음의 부담이 한결 가벼워진 것이다. 어느 정도 때 밀기가 끝났다 싶어 마조는 샤워기를 주워 들었다.

"샤워기 사용하는 법은 아까 내가 하는 거 잘 봤지?"

마조가 샤워기의 레버를 올리자 따뜻한 물이 쏟아져 나오면서 J의 얼굴을 때렸다. 얼른 눈을 감고 콜록거린 J는 손바닥으로 얼굴을 훔치며 급하게 고개를 끄덕였다. 조금 전에 샤워기에서 나오는 물이 욕조를 채우는 걸 신기해하며 봤던지라 어떻게 하면 물이 나오고, 어떻게 하면 물이 안 나오는지 정도는 대충 알고 있었다.

"때를 다 밀고 나서는 이걸로 몸에 묻은 거품하고 때를 하나도 남김없이 깨끗이 씻어내는 거다."

샤워기로 J의 머리와 어깨를 씻겨주며 사용법을 가르쳐 준 마조는 샤워기를 J에게 넘겨주고 욕조의 수챗구멍 뚜껑을 뺐다.

"다 씻고 나면 수건으로 몸을 닦은 다음에 여기 있는 가운을 걸치면 되는 거야."

세면기 옆 신반 위에 수건과 목욕 가운을 올려놓으며 마조는 혀를 내둘렀다. 목욕 가운까지 챙긴 진의 세심함에 다시 한 번 감탄한 것이다. 뱅글뱅글 돌면서 물이 욕조에서 조금씩 빠져나가는 게 신기했던지 그걸 구경하기에 바쁜 J는 샤워기로 몸을 씻으면서 마조의 말에 건성으로 고개를 끄덕였다. 그 모습에 그만 피식 웃어버린 마조는 욕실에 굴러다니는, J가 벗은 옷들을 주워 손으로 꾸깃꾸깃 말아 쓰레기통에 버려 버렸다.

J 혼자서 목욕 마무리를 하도록 내버려 둔 마조는 거실에 있는 소파에 다리를 죽 뻗고 앉아 목욕이 끝나기를 기다렸다.

어엿한 꽃처녀의 앞가슴을 목욕 타월로 팍팍 문질러 대던 그는 지금 이 순간에도 J가 남자라는 것에 일말의 의심도 없었다. 그만큼 슬프도록 평평한 가슴이었던 것이다. 때 미는 것을 도와주고 옆에서 지켜보기까지 했지만 입욕제를 푼 거품 물에 담긴 채라서 J의 성별을 구분할 수 있는 결정적인 것을 보지 못했다. 지금도 J 혼자서 샤워를 끝내고 나오기를 기다리느라 또다시 J가 여자라는 걸 알 수 있는 기회를 놓쳐 버렸다.

시간이 흘러 이제는 나올 때가 되었는데 하고 생각할 쯤에 목욕 가운을 입은 J가 수건을 달랑달랑 손에 쥐고 욕실에서 나왔다.

"자, 이리 와봐."

손짓으로 J를 불러 자신의 앞에 서게 한 마조는 아무렇게나 묶여 있는 목욕 가운의 허리끈을 풀어 다시 리본을 매주었다. 위에서부터 아래로 J를 쭉 훑어본 마조는 만족스러운 듯 고개를 끄덕이고 아이의 손에서 수건을 받아 젖은 머리를 대신 닦아주었다. 날이 따뜻해서 굳이 헤어드라이기를 사용할 필요는 없어 보였다. 머리칼에서 더 이상 물이 떨어지지 않을 때까지 수건으로 닦아준 다음에 빗으로 머리까지 단정하게 빗어준 마조는 J를 침실로 데려갔다.

침실과 연결된 드레스 룸에서 카키색 칠부 바지와 아이보리 니트 상의, 그리고 속옷을 챙겨온 마조는 옷을 J에게 내밀고 조용히 방을 나와 버렸다. 이러면 J가 알아서 챙겨 입고 나올 거라는 걸 믿었다.

겨우 하룻밤 사이에 생겨 버린 이 근거없는 믿음에 마조는 스스로가 웃겼다. 그러면서 자연스럽게 이어지는 일련의 행동에 설핏 한숨을 내쉬고 말았다. 이게 뭐 하는 짓인가 싶었다. 평상시라면 지금쯤 서재에서 책을 읽거나 스포츠클럽에 가서 한바탕 몸이라도 풀고 있을 시간이다. 그런데 머리가 모자란 아이의 시중이나 들고 있다니.

J로 인해 그의 소소했던 일상은 무너지고 말았다. 이젠 결코, 아니, 적어도 J와 함께 지내는 한은 전처럼 평화로웠던 주말의 여가를 즐기기는 어려울 듯싶었다. 그게 짜증나고 귀찮느냐 하면 또 그렇지가 않다. J와 처음으로 맞이하는 아침은 마치 언제나 그래 왔던 것처럼 너무도 자연스럽고 평화스러웠다. 이가 착착 들어맞아 잘 돌아가는 톱니바퀴처럼.

그것이 도리어 더 무섭고 놀라웠다. 흐트러진 일상이 오히려 정상처럼 느껴진다는 건 분명 옳은 게 아니었다. 해서 하루라도 빨리 이 아이를 떼어놓고 예전의 생활로 돌아가고 싶었다. 조금은 건조하고 시시하지만 아무 문제도 없던 그의 하루로.

CHAPTER 04
현학적이지만 형이하학적인

일명 '갈고리의 만행'이라 불리는 J 일가 사인 사건에 대한 해석과 추측은 난무한 상태였다. 어느 것을 두고 옳다 그르다 하기엔 주어진 근황이나 증거가 뭐 하나 분명한 게 없었다. 살인 사건만 전문으로 맡는 2국조차 손을 들 정도로 미궁에 빠진 사건을 마조와 진이라고 딱히 어떻게 할 방도는 없었다.

보통 마음으론 사람이 같은 사람을 죽이기가 절대 쉽지 않다. 또한 죽이는 방법에 따라 그 감정의 깊이가 다르고, 그에 따른 감정의 중점이 달라진다. 미친 사람을 두고도 그냥저냥 조금 미친 놈, 제법 미친 놈, 손 댈 수 없이 완전히 미쳐 버린 놈이란 구분이 있듯이 살인을 범한 살인자의 당시 감정의 깊이와 무게에 따라 살인의 성격은 달라진다.

J의 살해당한 일가친척들의 상태를 보자면 당시 살인자의 마

음을 지배한 것은 광기였을 것이다. 그리고 이런 살인을 부르는 광기의 종류에는 원한과 분노, 정신질병에 의한 아무 이유 없는 지랄, 그리고 종교에 의한 것들이 있었다.

"사이비 쪽을 알아봐야겠지? 인신공양(人身供養), 악마주의 등등에 빠진 것들은 어디에도 있게 마련이니까."

원한이나 미치광이의 소행이 아니라면 우선은 사이비 종교 집단에 의한 광기 어린 제물로 바쳐진 게 아닌지 의심이 되는 상황이었다. 생각만 해도 비위가 상한지 입매를 삐뚜름히 일그러뜨리며 말하는 마조의 의견에 진도 고개를 끄덕였다.

"2국도 그쪽으론 꽤나 알아본 것 같은데 이곳저곳 쑤셔보다가 이번에 웬만한 곳들은 거의 다 줄줄이 잡아들인 모양이야. 덕분에 청소 한번 거하게 했다고 3국이 좋아라 하더라. 원래 그런 거, 3국 일이잖아. 하지만 2국이 놓친 것들이 있지 않겠어. 2국하고 우린 조사하는 방향이나 범위가 다르니까 분명 여집합이 존재할 거야. 일단은 그것들을 찾아보는 게 관건이겠지만."

"약물 쪽을 먼저 뒤져 봐야겠군."

사이비 종교에 빠지는 것은 극에 다다른 나약한 심성과 우유부단한 성격도 있겠지만 약물중독에 의한 중독과 최면도 있었다. 1국의 담당이 폭력 조직을 맡다 보니 자연스럽게 약을 거래하는 루트도 2국에 비하면 더 넓고 깊게 알고 있는 터였다. 먼저 둘이 해야 할 일은 2국이 놓친 그 틈 사이를 찾아내는 것이었다.

똑똑.

노크 소리에 이어 들어온 것은 오린이었다. 약간 곱실거리는 머리카락과 동그랗고 큰 눈 때문인지 유순해 보이는 그는 진의 눈치를 보면서 입을 열었다.

"국장님께서 찾으십니다."

"일재가?"

"제발 좀 국장님이라고 부르세요."

국장을 이름으로, 그것도 친구 이름 부르듯 말하는 진 때문에 괜히 혼자 찔끔해서 주위를 둘러보던 오린은 그러지 말라고 당부했다.

"소심하기는. 자리에 없으면 나라님 욕도 한다는데 겨우 1국의 국장 이름 좀 불렀다고 감봉 안 당하니까 걱정하지 마라. 누가 오리 아니랄까 봐 간은 요따시만 해서. 국장님, 국장님, 우리 국장님. 오리는 아부쟁이."

"그런 게 아니잖습니까. 상사라는 이유도 있지만 무엇보다 어른이시잖아요. 윗사람에 대한 최소한의 예의를 지키라는 겁니다."

평소 존경에 마지않던 국장에 대한 진의 버릇없는 태도에 욱한 오린이 그만 큰 소리를 내며 따지고 말았다.

"놀고 있네. 그래, 넌 예의 많이 알아서 두 눈 똑바로 뜨고 선배에 상사인 나한테 훈계냐? 아이고, 퍽이나 예의 바르셔라."

"네가 선배 같지도 않다는 거겠지."

"아, 아니, 제 말뜻은 그런 게 아니라⋯⋯. 정말 오햅니다."

진 하나 상대하는 섯노 벅찬네 옆에서 가만히 있던 마고마저 냉랭한 목소리로 분위기를 이상하게 몰아갔다. 그럴 의도는 아니었어요, 라고 순진하게 눈을 깜박이며 해명하려고 해봤자 상대의 가학성만 자극한다는 걸 오린은 알지 못했다.

　"하긴 국장에게만 잘 보이면 우리 같은 일반 요원들이야 상
대할 가치도 없겠지. 게다가 근신 중인 무능력한 선배라면 더욱
더."
　언뜻 자조적이기까지 한 마조의 말에 진도 구시렁거렸다.
　"미운 오리새끼, 깃털 빠지도록 국장에게 아부해서 결국 백
조가 되어 날아갈 날이 멀지 않았구나."
　"그럼 우리도 한번 국장에게 잘 보여볼까?"
　"그건 안 되네, 마조 군. 우린 이미 그분에게 있어 어둠의 자
식. 출생을 부정하고픈 한 번의 실수. 국장을 국장이라 할 수 없
어서 일재라 부를 수밖에 없는 우리는 그분에게 있어서 수치스
런 떨거지들일 게 분명해."
　이상한 부분에서 죽이 척척 맞는 둘이었다. 현재 마조와 진은
근신 중으로 1국의 일에는 전혀 관여할 수 없는 입장이었다. 어
디까지나 절차상의 문제지만 그걸 가지고 스스로 비참해하며
동정을 구한다는 거, 난처한 입장의 수습 요원을 괴롭히는 데
이만큼 좋은 소재도 없을 거다.
　"그러니 저렇게 새파란 수습도 두 눈 치켜뜨고 따지지."
　"마조 선배님까지 왜 그러세요. 제 맘 다 아시면서 두 분 왜
그러세요."
　억울하다고 호소하는 오린의 옆에서 진이 손으로 입을 틀어
막으며 웅얼거렸다.
　"우리가 니 속을 들어갔다 나왔나? 어떻게 네 속을 알아? 그
래그래, 근신 중인 우리가 죄인이지. 얼마나 우습게 보이겠어.
존경은커녕 1국의 수치로밖에 보이지 않을 거야. 넌 우리가 싫

고 부끄럽지?"

자학이 구르다 굴러 집채만 한 덩어리가 되어 오린에게 날아왔다. 결국 어쩔 줄 몰라 울상이 되어버린 오린을 보고 마조는 고개를 돌리며 슬쩍 웃고 말았다. 평소 오린을 놀리는 진을 보고 할 짓도 되게 없다며 한심해했는데 하다 보니 이 짓도 꽤나 재미가 있다. 이러다가 점점 진을 닮아가는가 하는 걱정이 들 정도로.

다른 한편으론 말 한마디에 바로바로 반응을 보이는 이 순진한 수습이 과연 1국에서 버틸 수 있을지 걱정이 되기도 했다. 저런 성격은 1국보다는 3국에 더 어울렸다. 아마 그곳에 갔다면 이런 질 낮은 장난이나 괴롭힘보다는 오히려 상당한 귀여움을 받았을 오린이었다. 국마다 맡아하는 일이 다른 만큼 그곳 요원들이 보여주는 전체적인 성향과 성격 또한 두드러지게 달랐다. 그리고 오린의 성격은 절대 1국 요원들과는 섞일 수 없는 둥글고 푸근한 구석이 있었다.

아무리 둥글어도 모가 난 바닥에 굴리면 홈이 생기고 서서히 깨지게 마련이다. 때문에 이대로 계속 두다 보면 사람 하나 버려놓는 게 아닌가 하는 우려의 말들이 나오고 있었다.

그럼에도 불구하고 다른 국으로 발령 조치가 나지 않는 것은 국장이 완강하게 오린을 1국에 붙들고 있기 때문이었다. 그 깊은 속이야 뻔했다. 워낙에 냉랭하고 삭막한 1국이다 보니 조금만 건드려도 파닥이며 파르르 떠는 오리가 한 마리쯤 있으면 분위기 전환으로 좋지 않을까 싶어서일 것이다. 삭막한 사무실에 꽃 한 송이 꽂아놓으면 보기 좋은 것처럼 말이다.

쉽게 섞일 수 없는 인종들 사이에서 오린이 어떤 대우를 받고, 그래서 어떻게 변할지에 대한 걱정 따위 국장에게 있을 턱이 없다. 그리고 국장의 바람대로 오린은 진 같은 악질분자에게 걸려 매일을 파닥거리며 1국에 작은 웃음거리를 제공해 주고 있었다.

그 재미가 어찌나 쏠쏠한지, 오늘은 마조마저 무심코 끼어들고 말았다. 원래 이런 상황에선 수습이라도 선배고 뭐고 칼 들고 덤비다 죽도록 얻어터지는 것이 1국 요원들의 성격인데 이렇게 귀여운 반응이라니 굉장히 신선했다.

"자, 잘못했습니다. 모두 제 탓입니다. 그러니 제발 그런 말들은 하지 마세요."

이런 점이 다르다는 것이다. 보통의 1국 요원의 입에선 절대 나올 수 없는 말을 하는 오린은 분명 1국의 꽃이었다.

"그래, 모두 네 탓이야. 감히 심약한 내 가슴에 부끄러움을 담게 하다니. 그나저나 일재는 뭣 때문에 우릴 부른다니. 그새를 못 참고 또 내가 보고 싶으신 걸까? 아잉, 난 몰라."

부끄럼타는 새색시마냥 두 손으로 얼굴을 감싸며 고개를 돌리는 진의 꼬락서니가 참으로 거북했다. 국장실로 가기 위해 자리에서 일어나던 마조는 파트너의 뒤통수를 야멸치게 때려주고 사무실 구석에 갖다 놓은 3인용 긴 소파에 앉아 있는 J에게로 갔다.

딸기 우유를 딸대로 빨아 마시면서도 줄곧 마조를 쳐다보고 있던 J는 그가 자기에게 다가오자 자리에서 벌떡 일어났다. 눈치 하나는 좋아서 마조가 어딘가로 가려는 것을 감지하고 함께 따라나서기 위함이었다.

"같이 갈래?"

"응."

마조 역시 여러 번의 경험으로 인해 J를 떼어놓고 갈 생각은 없었다. 그리고 국장이 그들을 찾는 이유가 바로 J와 관련되었음을 모르지도 않았다. 어차피 한 번쯤은 얼굴을 내보이며 인사를 시킬 필요가 있었다.

"여린 녀석 그만 놀리고 어서 가자."

고갯짓을 하며 아무 감정 없이 진을 부르는 마조의 말에 오린은 더 이상 붉어질 수 없을 정도로 달아오른 얼굴이 되고 말았다. 코끝이 시큰거리는가 싶더니 눈가엔 벌써 눈물이 그렁그렁 맺혀버렸다. 사정이야 어쨌든 혼자서 라이벌 의식을 불태우던 마조에게 놀림당한 것도 모자라서 '여린 녀석'이란 소리까지 들었으니 더 이상은 한계였던 모양이다.

"정말⋯ 너무들 하세요."

손등으로 입을 가리며 마조와 진을 밀치고 사무실을 나가 버린 오린은 평소에 자주 애용하는 2층 남자 화장실 제일 마지막 칸으로 뛰어갔다.

"어째 쟤는 우는 것도 꼭 순정만화의 주인공처럼 운다. 봤냐? 달려가는데 눈물이 방울져서 공중에서 반짝거렸던 거."

"응. 그보다는 또 화장실에서 귀곡성이 울린다고 항의 들어오겠디."

"쿡."

결코 좋지 않은 의미로 1국 요원들의 귀여움을 받는 오린이

유일하게 스트레스를 푸는 곳이 앞서 말한 2층 남자 화장실의 제일 마지막 칸이었다. 그곳 좌변기에 앉아서 오린이 울분과 서러움을 토하는 거야 알 바 아니다. 문제는 위아래 층들로 이어지는 배수관을 타고 그의 울음소리가 건물 화장실 전체에 울린다는 것이다. 볼일 보는 와중에 배수관을 타고 울러 퍼지는 남자의 울음소리에 깜짝 놀라지 않을 사람은 드물었다. 그것이 아무리 강심장으로 무장한 이곳의 요원들이라 할지라도 말이다.

그 문제 때문에 여러 곳에서 1국에 항의가 들어오기도 했지만 자유주의 국가에서 울고 싶다는 사람에게 울지 말라고 할 수는 없는 일이었다. 근본적인 원인을 찾아 조치를 취하지 못할 것도 없겠지만 어차피 그래 봤자 1국 사람들이 피해 보는 일은 없었다. 오린이 우는 곳은 1국이 있는 2층이라, 그들은 배수관을 타고 울리는 귀곡성을 들을 일이 없었다. 화장실 밖에서 그만 캑캑거리고 나오라고 문을 발로 한번 차주면 그만이었다.

밝고 꿈 많던 젊은이가 흘린 작은 눈물방울은 마조 일행이 밟고 지나간 순간 그렇게 잊히고 말았다.

1국의 국장실은 요원들의 사무실과 함께 2층에 있었기에 찾아가는 데 시간이 걸리지는 않았다. 하지만 국장실 문을 열자 그곳은 다른 사무실들과는 사뭇 다른 모습을 하고 있었다. 일단은 신발을 벗어야만 했고 따뜻한 온기가 감도는 온돌에 창호지를 바른 미닫이문이 보였다.

마조 일행이 신발을 벗고 그 앞에 서자 사극에서 흔하게 볼 수 있는 것처럼 문이 스르르 저절로 열렸다. 마치 궁녀가 대기

했다가 왕이 지나가면 열어주는 것처럼. 그러나 실상은 자동문이었다. 창호지를 덧바른 나무 미닫이문에는 가당치도 않은 장치였지만 고풍스런 국장의 취미가 이보다 더 여실히 보여주는 것도 또 없었다.

"늦었군."

마조 일행이 들어서자 열두 폭짜리 십장생 병풍 앞에 앉아 있던 국장이 탁자에 손가락을 톡톡 두들기며 말했다. 하지만 추궁하는 어조는 아니었다.

"오린을 보내셨으니 늦을 수밖에요."

한쪽에 비치해 놓은 비단 방석을 국장 앞에 끌고 와 앉은 진은 이런 일 한두 번 당하냐는 투였다. 무례하지는 않지만 격식도 없었다.

그런 진의 오른편에 마조가 앉자 J는 쪼르르 그의 옆에 따라 앉으며 국장에게 경계의 시선을 보냈다. 자연히 J에게로 눈을 돌린 국장은 슬쩍 입꼬리를 말아 올리더니 탁자 위에 있던 자기 그릇의 뚜껑을 열어 그 안에서 사탕 하나를 꺼냈다. 노란색 포장지에 오렌지 맛이라고 쓰여 있는 사탕을 J에게 내미는 국장의 눈빛이 가히 순수해 보이지는 않았다.

"이잉?"

역시나 눈치 하나는 좋은 J는 국장이 내민 사탕을 손으로 치며 거절했다. 오렌지 맛 사탕이 보기 좋은 호선을 그리며 방구석으로 날아가 버렸다.

"국장님, 요즘은 사탕 하나에 넘어가는 시대가 아닙니다."

한심하다는 마조의 목소리에 국장은 심드렁한 표정으로 요즘 아이들은 너무 영악하다고 혀를 찼다.

"말은 바로 하자고요. J가 영악한 게 아니라 국장님이 고루한 거죠."

"진, 넌 네 일이나 똑바로 해. 내가 너 때문에 국장회의 때 고개를 들 수가 없다. 3국에서 자기 요원들에게 작업 좀 그만 걸어달라는 요청이 들어왔다. 그리고 며칠 전에 물품관리실에 최음제를 요구했다면서? 대체 그건 언제 어디서 누구에게 쓸 건지 불어. 일에 합당하다 싶으면 승인해 주겠다."

"말만 그렇지 고개 뻣뻣이 잘 들고 다니면서 왜 그러십니까. 그리고 3국 참 이상하네. 내가 말 걸면 좋아 까무러치면서 내숭들은. 그리고 최음제 건은…… 제가 어디에 쓰는지 알아서 뭐 하시게요? 미리 몰카라도 설치해서 동영상 찍어 팔아먹으시려고요?"

뻔뻔한 진의 말에 양반다리하고 앉아 있던 방석 밑에서 조용히 무언가를 꺼낸 국장은 진을 향해 철걱 소리 나게 그것의 방아쇠를 당겼다.

"다시 한 번 말해봐. 뭐를 찍어서 팔아먹을 거냐고? 오냐, 당장에라도 팔팔 뛰다 못해 방정을 떠는 네 심장과 밖으로 튀어나온 간을 뜯어다가 장기 시장에다가 팔아주마. 그게 네 보잘것없는 몸뚱이를 찍은 것보다 더 돈이 되겠지."

"사탕 더 있습니까?"

"그래, 사탕도 돈이 되겠…… 뭐?"

진지하게 장기 매매에 대해 논하고 있던 국장은 뜬금없이 끼어든 마조의 말을 따라 하다가 얼굴을 찌푸리고 말았다. 뭔 소리냐고 쳐다보자 마조는 옆에 있는 J를 손가락으로 가리켰다. 방금 전 방구석으로 던져 버린 사탕을 아쉬운 눈으로 쳐다보는 J의 눈동자가 꼭 먹이를 빼앗긴 짐승 같았다.

"먹기 싫다고 할 때는 언제고."

멋들어지게 빠진 검은색 피스톨을 탁자에다가 내려놓은 국장은 청회색 자기 그릇에서 이번엔 체리 맛 사탕을 꺼내 내밀었다. 처음처럼 바로 쳐내지는 않았지만 쉽사리 받아 들지 못하고 눈치만 보는 J의 시선이 사탕에서 떠날 줄 몰랐다.

옆에서 지켜보던 마조가 한숨을 내쉬며 국장에게서 사탕을 받아 J에게 주었다. 그제야 활짝 웃으며 사탕을 받는 J를 애매한 표정으로 쳐다보던 국장은 결국 피식 웃고 말았다.

"싹수가 노란 아이군."

"덕분에 제 속도 노랗게 탔습니다."

"그러게 누가 맡으래. 난 등 떠민 적 없다. 너희를 보면 하다 하다 이제는 정말 별짓을 다 한다는 생각이 든다. 내 주치의가 나보고 혈압 조심하란다. 어떻게 생각하나?"

"진의 장기라도 팔아서 치료비에 보태시던가요."

"내건 썩을 대로 썩어서 아무도 안 사. 아니다. 국장님, 제 콩밭 하나 떼어서 이십대 중반의 예쁜 미혼한테 이식 좀 시켜주실래요? 장기이식으로 시작한 사랑! 우리의 몸은 하나의 신장으로 서로 이어졌답니다. 그의 신장이 제 몸에 들어온 순간 전 운명을 느꼈어요! 캬, 좋다!"

혼자만의 공상에 빠져 좋아라하는 진을 참다못한 국장은 피스톨의 개머리판으로 그의 머리를 사정없이 내려쳐 버렸다. 경

쾌한 소리가 국장실에 울리자 마침 맛있게 사탕을 빨고 있던 J는
순간 흠칫 놀라 숨을 들이켜다가 사탕을 통째로 삼켜 버리고 말
았다.

"으잉? 아앙……!"

얼마 빨지도 못한 사탕을 그대로 삼켜 버린 J는 세상 다 산 것
처럼 울먹이다가 결국 그 자리에 엎드려 울고 말았다. J가 울음
을 터뜨리자마자 마조는 옆에 앉아 있던 진의 뒤통수를 손바닥
으로 때리고 국장에게 잠시 실례한다면서 그릇에서 사탕 하나
를 꺼냈다. 등을 툭툭 건드려도 몸을 쇠똥구리처럼 둥글게 만
채로 J는 고개를 들지 않았다. 하릴없이 마조는 J가 얼굴을 묻고
있는 팔과 팔 사이에다가 슬며시 사탕을 밀어 넣었다.

점차 우는소리가 잦아들더니 꼼지락거리며 움직이던 J는 이
내 푸른색 사탕 포장지를 살짝 마조에게 내밀었다. 빈 포장지에
사탕은 온데간데없었고 여전히 엎드린 채로 있는 J에게선 춤춤
사탕 빠는 소리가 났다.

"내가 따로 걱정하지 않아도 되겠군."

마조와 J가 하는 양을 가만히 지켜보던 국장이 실소를 지으며
말했다.

"어머, 국장님, 걱정하셨어요? 걱정하지 마세요. 저와 J가 얼
마나 잘 지내고 있는데요."

개머리판으로, 손바닥으로 아무리 얻어맞아도 아픔을 모르는
돌머리 진은 손바닥으로 입을 가리며 흥흥거렸다.

"넌 걱정 안 해! 그보단 2국의 일을 1국으로까지 끌고 왔으니
자신은 있겠지? 만약 우리 1국의 얼굴에 먹칠하는 경우가 생긴

다면 너희 둘 장례는 내가 섭섭지 않게 잘 지내주겠다."

장례 운운하는 국장의 말에 의외로 진은 가만히 있는데 이번엔 마조가 너무도 진지하게 따져 물었다.

"장례 치러준다고 하면서 조의금 가로채시려고요?"

"하, 진이 그런 말을 하면 농담처럼 넘어갈 수 있는데 왜 마조네가 말하면 진담 같아서 기분이 나빠지지?"

"농담으로 한 말을 진지하게 받아들이시면 저도 무안합니다."

심각한 얼굴과 진중한 목소리로 그렇게 말하면 누가 농담으로 받아들일 수 있겠냐는 말이 목까지 올라왔지만 국장은 그냥 고개를 저어버렸다. 진과 마조의 성격이 다르듯 두 사람에게 바랄 수 있는 것도 다른 법이었다.

"그래, 너희들끼리 잘들 놀아라. 다만 저질러 놓은 일만 끝까지 잘 처리해. 2국 국장이 날 찾아와서 '1국도 별 볼일 없네' 란 말만 듣게 해봐. 시멘트와 함께 드럼통 타고 바다 구경하게 될 테니까."

"혹시……."

"혹시 뭐?"

"2국 국장님이 찾아오셨습니까?"

"……"

마조의 물음에 국장은 대답하지 않고 답답한 듯 시선을 피하며 한숨을 내쉬었다. 1국과 2국의 사이가, 정확히 말하면 국장들 사이가 나쁘다는 건 이곳에서 숨길 일도 아니었다. 2국 일을 맡겠다고 했을 때 순순히 허락했던 것부터 이상하다 싶었더니 뒤에서 두 사람 간에 알력이 오간 듯했다. 그리고 지금 이 자리는 두 사람의 자존심 싸움에 마조와 진이 휘말렸다는 걸 알리는 경고의 순간이기도 했다.

"그러니까 우리 1국의 명예를 위해 열심히 하라고 격려 차 부른 거지."

당신의 명예겠지요, 하고 토를 달면 뒷감당이 상당히 까다로워진다. 농담을 농담으로 받아들일 줄 아는 조금은 너그러운 상사였지만 2국과 얽히면 농담도 뭣도 통하지 않는 막무가내가 된다.

일단은 최선을 다하겠다고 대충 얼버무리며 마조 일행은 얌전히 국장실을 나왔다. 그 과정에서 J가 국장의 탁자 위에 있는 자기 그릇을 탐욕스런 눈빛으로 노려보는 바람에 진이 그 안에서 사탕 한 주먹을 빼오는 사소한 사건이 있었고, 그 일로 인해 J가 진을 조금 좋게 봐줄까 하고 마음먹게 되었다는 건 아무도 모르는 일이었다. 왜냐하면 J의 너그러움은 진이 마조를 끌어안으며 울부짖은 순간에 바로 사라졌기 때문이다.

"마조야, 우리 어떻게 하지? 우린 수렁에 빠진 거야. 이 일 다시 못하겠다고 돌려줄까? 그랬다간 일재가 우릴 죽이겠지? 시멘트로 떠서 2층 중앙 계단 앞에다가 걸어놓을지도 몰라. 그럼 내 비석에다 이렇게 써줘. 순수총각 진은 이 세상에 티끌처럼 태어나 거석 같은 사랑을 여인들 가슴에 새기고 사라진다고. 아, 내가 죽으면 너도 같이 죽으니 못 써주겠구나. 그럼 누구한테 부탁하지?"

J의 사건을 맡게 된 시작의 이유는 미미하였고 하찮았으나 그

끝은 결코 그렇지 못했다. 재미 삼아 가져왔는데 알고 보니 그 뒤에는 두 국장님의 복잡한 감정이 엉켜 있었던 거다. 자기가 일 저질러 놓고 평상시처럼 마조에게 매달려 하소연하는 거야 진의 버릇과도 같았다. 마조에게도 특별한 일은 아니라서 자신의 허리를 부둥켜안고 울부짖는 진을 한심하게 내려다보는 게 다였다. 그러나 둘을 쳐다보는 J의 눈에는 충분히 독기가 서릴 만한 일이었다.

"까웅!"

소리를 지르면서 진을 걷어차던 J는 생각했다. 역시 저놈은 믿을 만한 인간이 못 된다. 자고로 남의 것에 치근거리는 것들은 정신 상태부터 틀려먹은 놈들이다. 저 가늘고 길게 찢어진 눈은 처음 봤을 때부터 마음에 들지 않았다. 어떻게 하면 저 얼굴을 안 보고 살 수 있는 날들이 올까, 라고 말이다.

물론 너무도 복잡하게 엉켜 있어서, 그래서 현학적이다 싶게 돌아가는 J의 머릿속을 잘 정리해 보면 이러지 않았을까 하는 추측성 결론이다. 얽히고설킨 J의 심오한 정신세계를 투명하게 내려다볼 수 있는 능력을 가진 이는 여기에 없었다.

유난하다란 말이 있다. J는 유난하다는 표현이 아깝지 않을 정도로 마조를 따랐고, 그 감정의 시작이 어디서부터 비롯하는지는 알 수 없으나, 그 표현에 있어서 맹목적이고 폭력적이며 무식하다는 데는 누구도 이의를 제기할 수 없을 정도로 심각한 상태였다.

"마조 씨, 제발 당신 아이 좀 어떻게 해줄 수 없어?"

　문 앞에서 으르렁거리며 버티고 서 있는 J 때문에 넉살 좋은 진도 그만 두 손을 들고 말았다. 본래 동물이란 눈치 하나는 죽이는 족속이다. 그리고 도저히 같은 인류라 평할 수 없는 J에게 동물적인 감각이 보인다고 해서 이상할 것은 하나도 없었다.

　현재 J는 외출을 준비 중이던 마조의 낌새는 어찌 알아챘는지 문 앞에 서서 '당신 절대 못 나가!' 라고 온몸으로 외치고 있었다.

　마조의 외출이야 무에 중요할까마는 핵심은 그 행위에 자신이 포함되지 않는다는 걸 J가 눈치챘다는 거다. 그러니 이리 날뛰는 것이겠지만 바쁜 어른들 입장에선 그리 달가운 반응은 아니었다. 특히나 진이 어떻게 해보려고 가까이라도 갈라 치면 이 어린 살쾡이는 이를 내놓고 경고를 해댔다, 댁과는 말도 섞고 싶지 않다고.

　"잠깐만. 이것까지는 쓰지 않으려고 했는데."

　유난히 극성인 J의 심정과는 달리 침착하기 그지없는 마조의 목소리는 평상시와 다를 게 없었다. 잠시 부스럭거리며 그가 책상에서 무언가를 찾아 꺼내 보인 것은 빵과 딸기우유였다. J가 동물적인 직감에 의존한다면 마조는 오로지 이성적인 논리에 의지해 상황을 파악하고 있었다. 저 동물 같은 게 분명 이러지 않을까 싶어서 미리 준비해 놓은 탈출 방안이었던 것이다.

　하지만 유감스럽게도 그가 준비한 것은 무례하고 맹목적이며 폭력적인 J와 맞먹을 정도로 무신경하고 사려 깊지 못한 이기적인 방책이었다. 어떤 의미에선 서로 막무가내인 두 사람의 환상적인 조합이라 아니할 수가 없다.

“배고프지?”

“아아.”

유난히 다정한 모습으로 빵과 딸기우유를 내미는 마조의 얼굴을 힐끗 쳐다보며 J는 순간 갈등을 했다. 본능밖에 없다고 모두들 무시할지 모르겠지만 J에게도 나름의 지능과 눈치란 게 있었다. 그렇지 않았다면 마조가 가르쳐 주는 것들을 이해하고 스스로 해나가는 건 불가능했을 것이다. 그래서 누구의 조언이 없더라도 평상시보다 업그레이드된 친절한 마조의 행동이 수상하지 않을 리가 없다. 그것 역시 동물적인 직감이라면 직감 쪽에 더 가깝겠지만 말이다.

어쨌든 간에 난해하기 그지없는 표정으로 일그러지는 J의 얼굴에 떠오르는 것은 분명 수상함이었다. 당신 이런 사람 아니잖아, 로 간단하게 해석할 수 있는 뜨악한 표정으로 눈치만 살피던 J는 마조를 피해 슬금슬금 뒤로 물러났다. 등 뒤에 닿는 벽 때문에 더 이상 물러설 곳이 없게 되자 두 손을 자신의 등 뒤로 숨기는 것으로 마조가 내미는 것들을 피한 J는 뚱한 얼굴로 경렬하게 고개를 가로저었다.

“왜 싫어?”

J가 무슨 생각을 하는지 솔직히 마조는 잘 모른다. 사람이 애초에 동물의 머릿속을 이해할 수 있었디면 인간은 진정헌 의미에서 만물을 정복하고도 남았을 것이다. 때문에 그는 이 난해하고 복잡다단한 생명체를 이해하기보다는 어떻게 사육시키느냐에 중점을 두기로 했다.

허리를 숙여 J와 눈높이를 같게 한 마조는 쓰고 있던 안경을 벗고 가끔가다, 정말 어쩌다 희박하고 드물게 보여주는 그의 필살기인 눈웃음을 펼쳤다. 그에 대해 잘 아는 이들에게는 혹평과 비난을 받기도 하지만 그것 한 방이면 인간이 달라 보인다는 점에선 누구도 이의를 제기하지 못하는, 마조 나름의 '좋은 인간관계를 유지하기 위한 처세술'인 눈웃음은 여러 모로 굉장히 유용한 쓰임새를 가지고 있었다.

평소엔 금욕적인 인상이 풀풀 묻어나는 것에 비해 그가 작정하고 눈웃음을 칠 때면 원래 쌍꺼풀 없이 날카로워 보이는 눈매마저 섹시하고 매력적인 무기로 돌변하는 것이었다. 그의 눈웃음은 보는 이로 하여금 순하고 부드러우며 또한 온화하고 감미로운 느낌이 들게 하는 한편 저항할 수 없는 묘한 매력을 풍겼다.

그래서인지 그가 이렇게 얼굴을 가까이 마주 보고 눈웃음이라도 칠라 치면 알아서들 무장 해제를 한 채로 자신도 모르게 '무엇이든 다 말해봐. 네가 말하는 거라면 내 뭐든 다 해주마!'라고, 의지와는 전혀 다른 말을 해버리는 경우가 많았다.

이를 두고 단순히 좋은 인간관계를 유지하기 위한 처세술이라고 주장하는 건 마조 혼자뿐이었고, 모두들 그의 눈웃음을 두고 사기, 혹은 고도의 최면술이라는 의심의 눈초리를 보냈다.

모두들 한 번씩은 그에게 당해 제정신이라면 절대 하지 않았을 일을 마조를 위해 했던 경험이 있는 이들의 주장이니 일견 타당성은 있어 보인다.

하지만 직업의 특성상 마조의 특기는 그것이 사기, 혹은 최면술이라 해도 그 쓰임새가 유용했고 꽤나 많을 성과를 이끌어냈다.

　덕분에 다수의 비난과 야유가 있다 하더라도 그것만으로도 1국장님께 어여쁨을 받는 이유로는 충분했다. 만인에게 민폐를 끼친다 해도 그로 인해 일만 잘한다면 기꺼이 그 재주를 사랑해 주는 이가 바로 1국장님이었던 것이다. 비록 자신이 그 재주의 희생양이 되더라도 말이다.

　그러나 절제의 미덕을 잘 아는 마조였기에 자신의 재능을 마구 만발하는 어리석음은 취하지 않았다. 무엇이든지 면역이라는 게 있게 마련이다. 자주 써먹다 보면 언젠가는 통하지 않을 때가 있을 수 있고, 능력인지 사기술인지 모를 이 특이한 능력에 대해 소문이라도 나면 결정적일 때 써먹기가 힘들어진다.

　아직은 동료들을 제외하고 심금을 울리는 그의 눈웃음의 영향력에 대해 정확하게 아는 이들은 없었다. 대상이 용의자들인 경우, 모두들 자신이 무엇에 당했는지도 모르는 사이에 걸려들었고, 손에 수갑을 찬 채로 끌려가는 동안 누구도 그들의 궁금증을 풀어주지 않았기 때문이다.

　무엇보다 싫은 상대에게 억지로 눈웃음까지 치면서 자신이 원하는 것을 얻기에는 마조의 비위가 너무 약하다는 단점도 있었다. 그래서인지 근 2년 동안 그는 눈웃음을 흘리지 않았다. 그것은 어디까지 본연의 능력이 아닌 기타 재수에 의지할 만큼 설박한 경우가 적기도 했고, 처음과는 다르게 상황을 스스로 헤쳐나가는 힘과 능력을 길렀다는 이야기이기도 했다.

　그런 그가 지금 J의 앞에서 안경까지 벗고 눈웃음을 치고 있다는 것은 나름 그의 절박한 심정을 여실히 보여주는 행위였다.

진정 이 짓까지는 하고 싶지 않았던 마조 씨의 고충을 너무도 잘 아는 그의 동료이자 파트너인 진은, 사무실 구석에서 좋아서 쫙 찢어진 입을 두 손으로 소담하게 가리고 있었다.

2년 전, 절대로 눈웃음 따위 치지 않겠다고 다짐했던 마조의 모습이 생각났기 때문이다. 더불어 그런 결심을 하게 된 계기가 되었던 모종의 사건까지 덩달아 떠올라서 웃음을 참기 힘든 그였다. 이걸 가지고 한동안 놀려먹을 구실이 하나 생겼다 싶은 거다.

"커억! 캑, 캐액."

하지만 너무 웃다가 결국 사레가 들려서 자멸해 버리고 만 그의 상태 또한 그리 좋은 편은 아니었다. 애타게 물을 찾는 그의 뒤로, 어쨌든 2년 전의 결심을 스스로 번복하면서까지 펼쳤던 마조의 계획은 다행히 성과를 이뤘다. 만물의 영장에게도 통하는 게, 하물며 한낱 어린 동물에게 통하지 않을 리가 없었다.

"흐웅!"

마조와 마주 보다가 그를 향해 부드럽게 퍼지는 웃음을 제어하지 못한 J가 콧소리 섞인 반응을 보이기 시작했다. 때를 놓치지 않고 마조가 빵과 딸기우유를 내밀자 자신도 모르게 손을 내밀어 그것들을 받는 J에겐 아까 전까지 보였던 경계는 찾아볼 수가 없었다. 기억력이 3초인 게 어떤 어류가 생각나게 하는 J였다.

어류를 닮았다는 오명을 쓰기 직전인 J의 처지를 변호하자면 사실 슬슬 배가 출출해지는 시간이기도 했다. 저녁을 먹은 지 세 시간이 지난 시점이라 마침 간식이 당기던 J는 마조가 주는 것을 순수한 마음으로 받아 들었다. 배신을 당해보지 않은, 정확히는 배신을 당해본 기억이 남아 있지 않는 J는 의심을 몰랐다. 마조가 주는 것은 곧 자신을 향한 그의 마음이라 생각할 따름이었다. 잠시나마 마조의 행동을 수상하게 여기고 경계한 자신을 오히려 탓하기도 했다.

그리고 의심을 모르는 아이는 야식으로 든든하게 배를 채우자마자 곧바로 약하게 코까지 골면서 잠이 들고 말았다.

"효과가 빠르네. 먹자마자 직통인 게 너무 많이 먹인 거 아냐?"

"아니. 약에 면역이 약한 체질이라고 해서 적정량보다 적게 넣었는데도 이 모양이네. 너무 적게 넣어서 오히려 안 들을까 봐 걱정했는데 다행이라고 해야 하나."

완전히 곯아떨어진 J를 보고 마조는 어처구니가 없다는 듯 헛웃음을 짓고 말았다. 지금까지 이렇게 약이 잘 받는 체질은 보지 못했던 것이다.

"내일 아침까지 이대로 푹 자주면 좋겠는데."

"지가 편하려면 그렇게 하겠지."

사건 수사를 위해 약물을 거래하는 사이비 종교 단체를 찾기로 한 이상 얼마 동안은 밤에 놀아다닐 수밖에 없었다. 그러자면 가장 방해가 되는 것이 단연 J였다. 마조에게서 떨어지지 않으려는 이 어린 짐승을 달랠 방도가 도저히 생각나지 않았던 어리석은 어른들은 자신들에게 가장 어울리는 방법을 선택했다.

배운 것이 도적질이라고, 약에 관련된 이들을 조사하겠다고 나서면서 결국 J에게 수면제를 먹이는 방법 외에는 생각나는 게 없었던 것이다.

어린애에겐 못쓸 짓이었지만 그렇다고 어딜 갈지도 모르는 상황에서 J를 데리고 다닐 순 없는 일이었다. 집에서 가만히 마조를 기다리라고 이성적으로 설득하는 것도 J의 지적 수준을 봐선 아직은 무리가 있었다. 그런 이유로 J에게 수면제를 먹이고 그들이 일을 보는 밤 동안 정보실에다가 맡겨두기로 이미 의논이 끝난 상태였다. 하지만 이런저런 이유를 대도 실상은 단지 귀찮아서였다.

정신이 멀쩡한 J를 감당할 자신이 없는 정보실 사람들이나, J를 데리고 다니는 것도 이 상황을 조리있게 이해시키는 것도 무리라고 생각하는 마조와 진에게 있어 J는 단순히 귀찮은 존재일 뿐이었다. 그리고 귀찮은 존재에 대한 배려라는 게 늘 그렇듯 무성의할 수밖에 없었다.

"나중에 문제가 생기지는 않을까? 앞으로 자주 먹을지도 모르는데 약에 면역이 약하다면 몸에도 좋지 않을 거 아니야."

축 늘어져 자는 J를 보며 진이 어줍잖은 걱정을 했다.

"인체에 미치는 부작용이 다른 것들에 비해 극히 적은, 정보실이 근래 드물게 제대로 만들어졌다고 적극 추천하는 수면제를 사용했어."

"그건 다른 것보다 조금 더 좋다는 소리지, 어린애가 먹어도 절대 뒤탈이 없다는 보장은 아니잖아."

"정 걱정이 되면 네가 데리고 다니든지."

"무슨 소리! 정보실 친구들이 얼마나 믿을 만한지 여기 모르는 사람이 어디 있어. 그 녀석들이 추천한 거라면 몸에 찌들도록 먹여도 괜찮을 거다. 건강한 육체에 그깟 수면제쯤이야 뭐가 해가 되겠어. 아니지. 원래 수면제라는 게 그렇게 나쁜 거라면 지금처럼 우리 불면증 친구들의 정신적 지주가 되지는 못했겠지. 먹여, 먹여. 마음껏 먹여!"

대번에 안면을 바꿔 수면제 옹호자가 되어버린 진은 가벼운 몸짓으로 팔을 휘저으며 사무실을 나가 버렸다. 쿵쾅거리며 달려가는 소리가 굳이 도망치는 범죄자의 그것과 비교할 필요도 없이 흡사했다. 가는 한숨과 함께 곯아떨어진 J를 정보실에 맡기고 나서야 지하주차장으로 내려간 마조는 그의 차에 기대어 있는 진을 발견하고는 저도 모르게 미간을 찌푸리고 말았다.

"내 차로 가게?"

"오늘 같은 밤이면 왠지 운전하기 싫거든."

지하주차장으로 내려오기 전에 복도 창문으로 보았던 밤하늘에는 유난히 밝은 그믐달이 우아하게 회색빛 구름 사이로 고개를 내밀고 있었다. 부족하지도, 넘치지도 않은 그믐달의 넉넉함이 고요한 밤이었다. 선선하게 부는 바람이 기분 좋아 저도 모르게 기지개를 켜며 설핏 미소를 짓게 만드는, 누구나 좋아할 만한 밤이었다. 그래서일까. 진은 꿈꾸듯 두 팔로 자신의 가슴을 안으며 새치름히 대답했다.

"나 예민한 거 알잖아. 이런 날엔 나 운전 못해. 나처럼 센티한 사람은 난폭 운전하는 사람들 틈에 끼어 운전하다가 마음에 상처 입기 쉽거든."

"우리 그냥 솔직해지자. 왜, 오늘도 달리고 싶어?"

보기와는 다르게 꽤나 안정적인 운전 솜씨를 자랑하는 진이었다. 교통법규도 정확히 지키는 편이었고 제한 속도 이상으로 날아다니는 일 없는 모범 운전수였다. 반면 마조는 그 반대였다. 핸들만 잡으면 가끔 이성이 날아가 옛날 일본 만화에 나오던 누구처럼 '제로의 영역'을 꿈꾸곤 했다. 그렇다고 해서 모범 운전만을 하는 진이 스피드를 즐기지 않는 건 아니었다. 다만 이상하게 운전대만 잡으면 얌전해지고 침착해지는 이상 성격 때문에 오늘처럼 기분이 상쾌한 날에는 스피드를 즐기기 위해 마조에게 운전을 시키려는 것이다.

"저번처럼 썬루프 열고 '오빠~ 달려~'라고 외치지는 않을 게."

두 눈을 깜박이며 수줍게 말하는 진의 모습이 끔찍하다.

"그랬다간 네가 달려야 할 거다, 차 밖에서."

"그럼 뒤쫓아가면서 '오빠~ 스톱!'이라고 외치지. 난 네가 부끄러워할 101가지 방법을 알고 있거든."

마조의 경고를 언제나 그렇듯 가볍게 무시해 버린 진은 운전석 옆자리에 앉으며 콧노래를 흥얼거렸다. 허밍으로 울리는 노랫소리가 요즘 최고의 주가를 올리며 인기 가도를 달리고 있는 어느 여가수의 노래였다. 길거리를 걸어가거나 가게에 들어갈 때면 꼭 흘러나와서 외우지 않으려야 않을 수가 없을 정도로 마조에게도 꽤나 익숙했다.

"그거 사랑 노래 아니야?"

차에 시동을 걸면서 마조가 지나가듯 물었다.

"응?"

"너, 사랑이나 이별 어쩌고저쩌고 하는 노래들 싫어하잖아.

그런데 잘만 부르는 것 같아서."

마조의 대답에 진은 뭉크의 절규 속 남자가 되어 외쳤다.

"나, 또 그 노래 부르고 있었던 거야? 싫어하지. 그 노래만 들으면 심장에 닭살이 오를 정도로 싫어해! 세상에 그 노래만큼 유치찬란한 노래가 또 있을까. 대체 사람들은 무슨 생각으로 그런 노래가 좋다고 그렇게 환장하는지……."

"방금까지 그 유치찬란한 노래를 흥얼거린 게 누군데."

"내 말이! 정말 나 그 노래 진짜 싫어하거든. 그런데 어느 순간 깨닫고 보면 나도 모르게 흥얼거리고 있는 거야. 익숙해진 건지 길들어진 건지, 어느 쪽이든 기분 더럽기는 마찬가지지만 이미 입에 붙어버렸어. 오늘 아침만 해도 옷 입으면서 이 노랠 부르고 있지 않았겠어."

진은 세상에 이런 악몽은 없다는 얼굴로 두 손을 부르르 떨어 댔다. 그 옛날, 한 여인에게 프러포즈로 사랑의 세레나데를 불렀다가 바로 쓴 실연의 맛을 본 이래로 연가라면 치를 떠는 그였다. 당연 실연을 그럴싸하게 포장한 노래는 그중 가장 최악으로 쳤다. 실연을 아무리 아름답게 노래로 표현해 봤자 결국엔 실연당한 불쌍한 놈이라는 소리에 지나지 않았다.

자신도 자기가 불쌍하다는 거 아는데 옆에서 계속 일깨워 준다고 해서 고마워할 사람은 없다. 반대로 사랑에 푹 빠져 세상은 아름답다고 외치는 것들은 아니꼬워서 또 싫었다.

그런데 실연의 아픔을 아름다운 말들로 절절하게 표현하다 못해 그래도 난 널 사랑한다는 유행가를 자신도 모르는 사이에 요 며칠 계속 흥얼거리고 있는 것을 종종 발견할 때가 있었다.

정중히 되돌려 받은 반지를 보며 세상엔 아름다운 실연 따윈 없다는 걸 깨달았던 그가, 사랑하는 이를 위해 떠나지만 그래도 행복하다는 노랠 부르고 있었던 것이다. 이래서 유행이란 게 무서운 거다. 싫은 것도 익숙하게 만들어서 어느 순간부터 자연스럽게 받아들이게 만드니 말이다.

"유행이리면 양잿물도 마신다더니……."

"가끔은 그것도 나쁘지 않다고 생각하는데, 나는."

"옷 한 벌에 몇백도 아낌없이 쓸 수 있는 너 같은 사람이야 괜찮겠지. 내 콘셉트는 어디까지나 고고한 외로운 한 마리 늑대라고. 보름달을 배경으로 우우~ 거려야지, 유행가나 흥얼거리는 건 절대 아니야. 그런데 어느새 시류에 휘말리다니 실망이야!"

자책을 하듯 자신의 머리를 두 손으로 때리는 진을 흘끗 쳐다보며 피식 웃던 마조는 핸들을 오른쪽으로 돌리며 말을 했다.

"나도 유행은 싫지만 가끔은 유치찬란한 것이 좋을 때가 있어. 유치찬란할수록 반짝반짝 빛나잖아. 그래서 쉽게 눈을 떼지 못하고 한참을 바라보다 보면 어느새 세뇌가 되어버리는 거야. 저것이 좋다고. 그런데 말이야, 그게 꼭 나쁘지만은 않아. 유혹당한 것에 대한 변명도 있고 또 금방 싫증나면 어차피 유행이었다는 말로 자신의 변덕을 위로할 수도 있고."

지하주차장을 나와도 여전히 지하인 도로를 달리며 마조는 말을 이었다.

"쉽게 빠져든 만큼 또 쉽게 질리게 마련이야. 그리고 그걸 대신할 것들은 지천에 널렸기 때문에 소중하다는 느낌이 없어서인지 절실하지가 않아. 한데 진짜 무서운 건 단순히 반짝거리기만 하는 게 아닌, 진짜 진품들이지. 이것들은 쉽게 가질 수도 없으면서 대신할 것도 없고 그렇다고 가볍게 버릴 수도 잊을 수도 없잖아. 나는 가지고 싶고 빠져드는 진품에 연연하는 것보다 유치찬란해도 쉽게 버릴 수 있는 게 더 좋아.”

마조의 경우 자신을 꾸미는 데 사치스런 경향이 있었다. 소위 명품이란 것들을 몸에 두르고 다니지만 그렇다고 해서 그것들에 연연하는 건 아니었다. 유행하는 스타일과 최고의 것들로 자신을 치장하지만 그것은 단지 그게 보기가 좋기 때문이었고 자신에게 그럴 만한 여유가 있기 때문이었다. 좋아하기는 해도 소중한 것들은 아니었다.

“진품이라……. 가령 첫사랑의 기억 같은 거?”

“한때 꿈꿨던 어린 날의 야망도.”

마조의 대답에 진이 홍미를 보이며 물었다.

“네 어린 날의 야망은 뭔데?”

“세계제일의 갑부.”

“난 일부다처제의 합법화.”

“……”

잠시 차 안에 적막이 흘렀다. 그리고 두 사람은 동시에 나지막이 중얼거렸다.

“너 어디 가서 나 안다고 말하지 마라.”

“너 어디 가서 나 안다고 말하지 마라.”

둘의 입에서 똑같은 말이 나오자 또다시 어색한 적막이 흐르면서 이번에는 약속이라도 한 듯 입을 꾹 다물어 버렸다. 그러면서 속으론 자신의 어릴 적 꿈이야말로 상대의 물질만능주의적인 속물근성, 혹은 허무맹랑하고 유치한 반짝이와는 다른 진정한 진품이었다고 위안했다.

"그런데 네 첫사랑의 기억은 어땠냐?"

어린 날의 야망에 대해 이야기한 김에 진은 평소 마조에 대해 궁금해하던 것을 물었다. 마조가 진의 연애사를 모두 꿰차고 있는 것에 반해, 진이 알고 있는 한도 내에서 그의 파트너가 연애를 한 적은 한 번도 없었다. 아니, 사실대로 말하자면 그런 쪽에서는 워낙에 비밀주의라서 진이 모르고 넘어갔을 경우가 컸다. 순수하게 묻는 말에 순간 마조의 얼굴에 먹구름이 스치고 지나갔다.

"나보고 석두 로봇이라면서 떠나더라."

"짜식, 멋있잖아! 난 너 같은 것한테 내 인생을 맡길 수 없다면서 떠났는데."

아까보다 더한 적막감이 차 안을 채웠다.

진의 첫사랑은 소년 시절 하렘을 꿈꾸던 남자치고 꽤나 늦은 데다가 그것마저 비극적인 결말로 끝을 맺었다. 하지만 지금까지 그녀처럼 사랑한 사람도 없었고, 결혼하고 싶은 여자도 그녀가 유일했다. 그녀가 반지를 돌려주며 그에게 했던 말들이 비수가 되어 아직까지 앙금으로 남아 연가를 싫어할 정도로 말이다. 어쩌면 유치찬란한 가짜 반짝이들 중에서 그에게 있어 그녀와 연결됐던 순간만이 유일하게 진품이었는지 모른다. 아직도 그녀와의 일만 떠올려도 이리 가슴이 아픈 것을 보면.

그에 반면 마조는 아무런 감상이 없었다. 석두 로봇이란 말에 충격은 받았지만 그녀와의 이별이 아픈 것은 아니었다. 그리고 보면 첫사랑이란 것도 별거 아니었다. 진이 유독 홍역처럼 유난을 떠는 것인지도 모른다. 마조에게 첫사랑은 진품은커녕 .아름다운 추억거리도 못 되었다.

"부럽네."

"난 네가 더 부러워."

유치찬란했던 어린 시절의 꿈과는 다르게 이번에는 서로의 첫사랑을 부러워했다. 진은 마조의 메마른 추억이, 마조는 진의 진득한 추억이 부러웠다. 동시에 두 사람은 참 시답지 못하다고 속으로 자기 자신을 비웃었다.

계속 지하도로를 달리는 이유로 창밖의 풍경은 달라지지 않았다. 눈에 무리가 가지 않을 정도로만 밝은 전등불이 일렬로 늘어져 있는 모습도 지루할 때쯤 다시 입을 연 것은 진이었다.

"어디부터 갈 거야?"

"위자지구의 대화당. 예전에 받았던 보고가 생각나서."

"송미 씨가 싫어하겠네."

"그래 봤자지."

팔짱을 끼고 시트에 몸을 묻고 있던 진은 마조의 대답에 유쾌하게 웃으며 고개를 끄덕였다.

청백한 사회정의를 실현하자는 동기에서 탄생한 '그곳'이었지만 그곳이 하는 모든 일이 정법하지는 않았다. 세상엔 뿌리째 뽑지 못하는 게 있었고, 그렇다면 적당히 어울리면서 서로 상부상조해 나가는 거, 그게 사는 도리였다.

지금 찾아가는 불법 약재상 겸 한의사인 대화당의 주인 송미도 그에 속하는 부류였다. 그들은 대화당이 크게 일을 저지르지 않는 한 적절한 선에서 눈을 감아주는 대신 송미에게서 정보를 받는 거래를 하고 있었다. 세상엔 적이 많은 것보다 어떤 식으로든 동지가 많은 게 좋기 때문이다.

지루하도록 똑같은 일방통행 길을 지나 여러 개의 갈림길이 나타나자 마조는 내비게이션을 힐끔 쳐다봤다.

요원들과 '그곳'의 직원들만 사용할 수 있는 지하노로를 이용하면 막히지 않아 좋지만 가끔 길을 혼동할 경우가 많았다. 아무래도 똑같게 생긴 도로들이 수맥처럼 이어져 있기 때문에 그 길이 그 길처럼 보인다. 게다가 한층 위에 있는 일반인들이 이용하는 지하도로와 교묘히 연결되어 있는 도로들 때문에 내비게이션의 도움 없이는 지하에서 미아가 되기 딱 좋았다.

'그곳'의 요원들과 직원들이 사용하는 전용 지하도로와 일반의 지하도로가 연결되는 지점에 있는 게이트에 다다르자 차를 멈춘 마조는 유리문 밖으로 왼팔을 내밀어 지문 감지기에 손을 올려놓았다. 그와 동시에 천장에 설치된 스캐너에서 가늘고 붉은 빛이 나와 차 위를 훑고 지나갔다.

─1국 요원 마조의 차량. 운전자 당사자 확인. 동승자 1국 요원 진 확인. 통행 승인.

게이트를 통과하는 관문은 꽤나 엄격했다. 혹시라도 그곳과 연관되지 않은 이들의 유입을 철저하게 막기 위해서 온갖 센서 장치와 감시카메라로 중앙통제실에서 차량과 탑승자를 확인하고 나서야 게이트를 열어줬다. 딱딱한 기계음 소리와 동시에 열리는 게이트를 통과해 계속 차를 몰고 위로 올라가자 곧이어 일반 차량들이 지나는 지하도로에 자연스럽게 섞여 들어갔다.

길이 막힐 리 없는 요원 전용의 지하도로를 통해 이미 한창 막히는 지점을 지나온 마조는 얼마 지나지 않아 대화당에 도착할 수 있었다.

약재상들이 밀집되어 있는 골목과는 조금 떨어진 한적한 곳에 위치한 대화당은 검은색 바탕에 회색의 양각 글자로 '待畵堂(대화당)'이라 새겨진 간판을 걸고 있었다. 상호가 언뜻 보기에는 약재상과는 거리가 있는 이름이었다.

바깥에서 얼핏 가게를 기웃거려 봐도 사업의 내용을 알아내기 모호한 간판명과 인테리어 때문에 표구점으로 오해를 받는 일이 종종 있다. 그런데 웃기는 것은 불법 약재상인 주제에 대화당의 주인인 송미는 자신의 가게를 표구점으로 알고 찾아온 손님들의 의뢰를 사양 않고 모두 받는다는 것이다. 혜원의 모작품을 표구하는 송미가 수상해 이제는 모작 사업에도 손을 대는 거 아니냐고 묻자 그는 수줍게 대답했다.

"이게 의외로 수입이 좋거든요."

이 불법 약재상의 정확한 수입은 모르지만 대충 어느 정도인지는 감을 잡고 있는 마조에게는 턱도 없는 핑계였다. 그깟 표구가 송미가 다루는 희귀하지만 관리와 유통 과정이 까다로운 약재들을 10g 파는 것만 못하다는 건 분명히 알고 있었다.

하지만 정말 부업 삼아 표구 일을 하는 것처럼 보이는 송미에게 갖다 붙일 그렇다 할 범죄 목록은 없었다. 게다가 솜씨도 상당히 좋아 요즘은 이름 높고 유명한 진품들의 표구 일까지 들어온다고 했다.

그럴 때면 어깨를 으쓱이며 이놈의 가게 문 닫고 표구점을 차릴 거라고 큰소리를 치는 송미였다. 그럼 더 이상 댁들을 만날 일 없을 거라며 기뻐 흥분하는 그에게 진은 그렇게 되면 아마 우리를 대신해 3국 요원들이 찾아올 거라는 말로 그의 희망을 꺾어 버렸다. 그림 모작에 관련된 일은 3국 담당이었고, 그러자면 실력 좋은 표구사를 알아두고 싶어할 거라며 이 지역 담당의 3국 요원을 소개시켜 줄 용의가 있다고 생색까지 냈다.

예부터 내려온 명언에 의하면 구관이 명관이란 말이 있다.

까칠한 인간 둘 알고 지내는 것도 지겨운데 또다시 그쪽으로 인간관계를 넓히고 싶은 마음이 송미에겐 전혀 없었다. 또 표구사로 직종을 바꾼다고 해서 저 두 사람과의 인연이 쉬이 끊어질 것 같지도 않았기에 송미는 조용히 구관을 선택하고 말았다.

그러나 그가 만약 3국 요원들의 인간미에 대해 알고 있었다면 당장에 표구점으로 간판을 바꿨을지도 모른다. 전반적으로 거친 면은 있지만 호탕하고 성격 좋은 3국 요원들에 비해 1국 요원들은 대개가 삭막하고 냉정했다. 인간성이 나쁘다는 건 아니었다. 진만 해도 농담도 잘하고 가끔은 제법 사람을 챙겨주는 갸륵한 짓을 할 때가 있다. 그러나 그것이 진정 상대를 위한 마음에서 우러나오는 짓인지는 의심해 볼 문제였다.

누군가가 1국 요원들을 해부해 보면 그 속에는 가늘고 거친 모래 알갱이들만 나올 거라고 했던 우스갯소리가 꼭 농담만은 아니었던 거다. 인간성이 좋다고 해서 성격까지 좋은 게 아니라는 걸 1국 요원들을 보면 알 수가 있었다. 그런 의미에서 보면 상대하기는 1국 요원들보다는 확실히 3국이 더 좋다. 송미는 자신의 인간관계를 긍정적인 방향으로 개선할 수 있는 좋은 기회를 스스로 놓아버린 것이다.

대화당의 문을 열고 들어가자 도어 벨 대신 끼이익 하는 기분 나쁜 문짝 소리가 났다. 흡사 어느 시골 마을의 오래고 낡은 가게를 찾은 느낌이다.

하지만 내부는 칙칙한 외부와는 달리 의외로 멋있었다. 녹색 바탕에 흑갈색 당초무늬가 있는 실크 벽지를 바른 벽과 곳곳에 걸린 동양화와 한시가 적힌 족자들 덕분에 은은하게 풍기는 한약재 냄새에도 불구하고 가게는 잘 꾸며진 표구점, 혹은 개인 화랑처럼 보였다. 한쪽 벽면을 차지한 커다란 서랍장 안에 돌돌 말린 족자들과 한지와 비단 외, 표구 시 사용하는 도구들이 보이는 것이 정말 본격적으로 표구점으로 나설 생각인가 하는 의구심마저 들었다.

"어서 오십… 오셨습니까?"

가늘고 밝은 갈색 파마머리를 한 30대 초반쯤 돼 보이는 남자가 가게 안쪽에서 나오며 반갑게 손님을 맞이하려다가 마조와 진을 보고는 살짝 인상을 구기며 마지못해 아는 체를 했다. 동그란 코 망울에 그리 높지 않은 콧대와 쌍꺼풀 없는 큰 눈을 가진 그는 평범하지만 순해 보이는 인상을 가지고 있었다. 척 보면 법없이도 살 사람처럼 보이는, 정말 착해 보이는 남자였다.

하지만 착해 보이는 겉모습과는 다른 의미에서 그는 정밀 법없이도 사는 사람이었다. 불법 무허가 약재상을 하고 있다는 것 자체가 이미 법은 안중에도 없다는 의미였다. 삶 자체를 법없이 살고 있는 남자였던 것이다.

"오늘은 또 무슨 일이십니까?"

　셔츠의 소매를 걷어 올리며 묻는 그에게서 방금 막 감초를 만지고 왔는지 은은하게 감초 향이 났다. 감초 따위를 팔 사람이 아니니 누군가의 의뢰로 한약을 짓고 있는 중이었을 게다. 약재만 파는 게 아니라 불법으로 약까지 조제해서 파는 송미에겐 당연하게도 한의사 자격증은 없었다. 하지만 정부에서 허락해 준 종이 한 장이 없다 뿐이지 그는 어느 한의사들보다 유능하고 뛰어난 자질을 가지고 있었다.

　의학계에서도 이 불법 약재상에 한의사인 그의 존재를 알고 있었다. 그럴 수밖에 없는 게 병원에서도 포기한 극악 말기 암 환자라 할지라도 그에게 몸을 맡기면 살아나는 기적이 종종 일어나니 모를 수가 없었다. 오히려 그의 실력에 비해 소문이 못할 정도였다.

　마조의 한의사 누나도 간혹 가다 그를 거론하며 허준이 환생하였다고 존경과 시기에 어린 눈빛을 흘리곤 했다.

　이렇게 능력있는 그가 지금같이 불법적인 삶을 사는 게 어찌 보면 이상할지 모르겠지만 그에는 합당한 이유가 있었다. 송미는 지독한 난독증 환자였다. 글이란 글은 활자로 인쇄된 것이든 손으로 쓴 것이든 도저히 읽을 수가 없었다. 뿐만 아니라 어릴 적 지독하게 어려운 가정형편으로 인해 난독증 환자들을 위한 특별 교육도 받지 못한 그는 가까스로 중학교를 졸업한 것으로 공부와의 연을 끊을 수밖에 없었다.

　당연히 한의사 자격증을 딸 조건은 물론 십여 년 전에 있었던 의약관리법의 강화로 한약재 도소매 업자들에게 요구한 까다로운 자격 요건 역시 갖출 수가 없게 되었다. 그렇다고 해서 이제

와 난독증 환자를 위한 특별 교육을 받아가며 장애를 극복하기
엔 그의 열정이 부족했다. 난독증은 둘째치더라도 애초에 공부
에는 흥미가 없었던 것이다.

덕분에 불법 인생을 살게 된 송미였지만 또한 그 이유 때문에
'그곳'에선 그의 불법을 암묵적으로 눈감아주고 있었다. 딱히
큰 문제를 일으키지 않는다면 송미는 그들이 이용하기에 넘치
도록 좋은 패였던 것이다.

"누가 많이 아픈가 보지?"

송미에게서 나는 한약 냄새에 마조는 넌지시 물었다. 일명 무
허가 약재상 겸 한의사인 송미의 존재는 사람들에게 꽤 알려지
긴 했지만 그의 신상과 이 가게에 대해 아는 이는 극히 드물었
다. 모두가 두 다리, 세 다리는 기본으로 건너고 건너야 가까스
로 그와 연락을 닿을 수 있는 정도였고, 거래가 성사되는 건 그
것보다 더 어려웠다.

특히나 송미가 직접 약을 제조해 주는 경우엔 친하게 지내는
지인들이나 그들이 소개해 주는 이들, 아니면 그로선 거부할 수
없는 거물들이 대상일 때였다. 그리고 송미를 찾는 사람들은 그
의 명성을 듣거나 효험을 크게 본 이들도 있었지만 대놓고 치료
를 받을 수 없는 입장인 사람들도 많았다. 가령 소직 간의 엉킨
문제로 부상당한 간부급 인사들 같은.

"파륜의 김 회장님이 이번에 약을 주문하셨습니다."

아무리 '그곳'과 연계되었다고 하나 송미는 제법 고객에 대
한 신용을 지키는 축이었다. 자신을 찾아왔다가 바로 잡혀 버리
는 일이 자주 일어나면 이 바닥에서 살아남기 힘들기 때문이었

고, 그건 마조와 진도 알기에 무리한 것 이상은 바라지 않는다. 그러나 굳이 비밀이랄 것도 없는 것들에 대해서는 지금처럼 후하게 입을 열어주었다.

"파륜이라면……."

"네, 얼마 전에 새로 어린 부인을 보셨죠."

위자지구를 대표하는 파륜파의 회장께서는 목하 신혼을 즐기는 중이었다. 그것도 자신보다 서른이나 어린 신부와. 굳이 무슨 약인지 듣지 않아도 그 용도를 짐작할 수 있어서 마조는 괜히 물었다 싶었다.

"쌍화차 잘 타던 그 아줌마만 불쌍하게 됐지."

벽에 걸린 화조도를 구경하고 있던 진이 콧방귀를 뀌며 중얼거리는 소리가 들렸다. 그 혼잣말에 마조는 문득 작년에 파륜에 대해 조사할 것이 있어 찾아갔을 때 그들에게 쌍화차를 내밀던 단아한 30대 후반의 여인을 떠올렸다. 김 회장의 몇 번째 첩이라던 그녀는 당시 병중이던 여주인 대신 안살림을 도맡아하였기에 모두들 그녀가 이후에 파륜의 안주인이 될 거라 의심치 않았다. 그러나 역시 뚜껑은 열어봐야 아는 일이었다.

"그분은 이번에 전통 찻집을 개업하면서 파륜의 본가에서 나오셨답니다."

송미의 대답에 마조와 진은 그럴 줄 알았다는 듯 동시에 고개를 끄덕였다. 파륜의 회장이 자신의 여자를 버렸다는 것에 대한 당연함이 아닌, 그녀가 전통 찻집의 주인이 되었다는 것에서 오는 공감이었다. 그녀에게 대접받았던 쌍화차가 가끔 생각나서 없는 일이라도 만들어서 파륜으로 찾아가 볼까도 진지하게 고민했던 진의 입장에선 정말 반가운 소식이었다.

"그런데 오늘은 무슨 일로 오셨습니까?"

작업용으로 쓰고 있는 테이블에 기대선 송미는 이마로 흘러내린 머리칼을 뒤로 넘기며 다시 한 번 마조에게 물었다. 최근에 무슨 일이 터졌나 하고 반추해 보았지만 딱히 짚이는 건 없었다. 이 바닥도 이제는 워낙에 드러나 있기에 이곳에서 '약' 으로 쓸 만한 약재를 찾는 이들도 근래엔 없는 편이었다.

"3년 전이었던가. 꽤나 재미난 환각제가 나왔다고 했었지? 음독한 사람에게 조작된 환상을 보여줄 수 있는."

마조의 물음에 송미는 미간을 찌푸리며 고개를 끄덕였다. 짧은 시간이었지만 시중에 나왔다가 사라진 약이 하나 있었다. 효과가 특이해서 구해다가 성분을 조사해 보았지만 그 역시 제조 과정을 알아내는 데 실패한 뼈아픈 경험이 있는 약이었다.

그 후로 더 이상의 재등장이 없었기에 점차 잊히고 말았다. 하지만 꽤나 수고를 들여 만든 티가 났음에도 불구하고 제조차나 유통 과정이 미지로 남아 많은 수수께끼를 만들어냈던 게 생각이 났다.

"있긴 있었죠. 하지만 그게 이제 와서 무슨 문제가 되나요? 그게 처음 나왔을 때도 효과가 특이해서 화제가 되기는 했지만 딱히 중독을 일으키는 게 아니라서 이제 와 따질 만한 가치는 없다고 보는데요."

"가치가 있는지 없는지는 우리가 판단할 일이고, 그것에 취했을 때 옆에서 누군가 말을 하면 그것들이 그대로 눈앞에 보인다고 했던가? 환상처럼."

아무리 '그곳'이라고 해도 조직으로 흘러간 것도 아니고 문제가 되기도 전에 시장에서 사라져 버린 약에 대한 정보가 있을 리가 없다. 그래서 마조와 진이 알고 있는 것이라고 해봤자 단편적인, 그야말로 이러이러한 약이 짧은 시간 나타났다 사라졌다란 소문 이상의 것은 없었다.

"그냥 보이는 게 아니라 마치 자신이 그 일을 직접 당하는 것 같은 착각을 일으킨다고 하는 게 맞을 것 같네요. 가령 누군가 '너는 지금 말을 타고 사막을 달리고 있다'라고 한다면 정말 찌는 듯한 더위를 느끼면서 자신이 광활한 사막 위에 말을 타고 있다고 그대로 믿어버리고 맙니다. 보통의 환각제들이 자신이 보고 싶은 것들을 보게 해주는 반면, 그건 누군가에 의해 만들어진 환상에 강제로 끌려간다고나 할까요. 약에 취해 있을 때 옆에 있는 이가 어떤 말을 하느냐에 따라 지옥과 천국을 왔다 갔다 할 수 있는 약입니다. 약효가 떨어지면 약간의 탈수 증상 이외에는 별다른 부작용은 없던 것으로 알고 있습니다."

송미의 설명에 마조와 진은 서로를 쳐다보며 눈살을 찌푸렸다. 어떻게 이용하느냐에 따라 굉장히 위험한 물건이 될 수도 있는 것이었다. 그런 것이 아무런 문제도 일으키지 않고 조용히 사라졌다는 게 더 수상한 일이었다. 따질 만한 가치가 없다는 송미의 말은 어폐가 있었다.

"그런 게 가치가 없다고?"

"사라졌으니까요. 더 이상 존재하지 않는 것에 무슨 의미가 있습니까. 아무것도 남기지 않고 사라진 것들에 대해선 향수조차 남아 있을 수가 없죠."

마조를 바라보며 이야기하던 송미는 동의를 구하듯 싱긋 웃어 보였다. 그러다 문득 생각났는지 손바닥을 마주치며 두 사람에게 물었다.

"아차, 오랜만에 오셨는데 아무 대접도 하지 않았군요. 차는 뭐로 할까요. 홍차, 쟈스민, 둥글레, 그리고 오늘은 특별히 쌍화차도 가능합니다."

"그렇다고 손까지 들면서 쌍화차를 외치고 싶든?"

"사람은 어느 때고 솔직해야 해. 암, 그렇고 말고. 자기도 맛있게 마신 주제에 꼭 나중에 나만 탓해."

"그럼 마시라고 주는 거 그냥 버려?"

무엇을 마셨다는 결과는 같지만 그걸 이끌어내기 위해 취한 진의 행동이 '그곳'의 요원답지 못하게 참으로 빈티난다. 꼭 품위를 유지해야 할 만큼 '그곳'의 요원이란 게 대단한 것은 아니지만 식탐에 빠진 추한 파트너의 모습에 솔직히 창피했다.

"괜히 파륜의 김 회장 이야기가 나와 가지고. 그런데 우리 언제 한번 그 찻집에 꼭 가보……."

"후우, 어째 내 주위에는 제대로 된 인간 하나가 없을까."

하루 24시간 거의 붙어 다닌다는 게 하나는 의사소통이 불가능한 짐승 한 마리와 주섭거리에 빠진 파트너. 이쯤 되면 심각하게 자신의 인덕을 의심해 볼 만한 소지가 충분했다.

"어차피 너도 제대로 된 인간은 아니… 아, 그러니까 그 약이 사라진 시점부터 시작하자 이거지? 확실하게 조직으론 흘러가진 않았고, 그 약의 제조자가 갑자기 죽은 게 아니라면 분명 어던가에서 잘 써먹고 있을 거야. 힘들게 만든 걸 그냥 버릴 녀석들이 아니잖아, 그쪽 사람들이.”

너부터 인간이 되라는 진리를 읍소하려던 진은 아직 인간이 덜 된 자의 눈초리 한 방에 그대로 시선을 피해 말을 돌려 버렸다. 나이는 그저 숫자일 뿐이란 말이 이때처럼 공감이 갈 때가 없었다.

진이 마조보다 세 살이나 연장자이지만 두 사람 사이에서 그 차이는 아무런 영향력을 발휘하지 못했다. 길거리의 가로수 세 그루, 나란히 주차된 자동차 세 대, 테이크아웃으로 주문하는 카페라떼 석 잔처럼 마조에게 있어 진의 나이는 몇 개인지 확인하기 위해 하나둘 세어보는 숫자에 지나지 않았다.

진이 끝까지 나이를 들먹이며 대접받고 싶어한다면 그렇게 해주기는 할 거다. 다만 그에 맞는 나잇값을 한다면 말이다. 그럴 자신이 없었기에 나이로 마조에게 우위를 점한다는 걸 포기한 지 오래인 진이었다. 즉, 길 때는 확실하게 길 줄 알았다.

“어떻게 생각해?”

진이 묻자 마조는 손가락으로 운전대를 툭툭 쳤다.

“송미 씨의 말대로라면 그 약은 유사 마약으로서는 분명 쓸모는 없어. 중독이 되지 않아 금단증상이 생기지 않는다면 중독자도 생기지 않을 테니까. 돈이 되지 않은 물건이란 건 맞지만 여러 모로 쓸모는 있겠지. 그런데 이상하지 않아?”

“뭐가?”

“단체든 개인이든 새로운 약을 만들기란 쉽지 않아. 게다가 그런 특별한 기능을 가진 거라면 투자비만도 만만치 않았겠지.

그런 것을 잠깐 시중에 맛만 보이고 거둬 버렸어, 본전도 뽑기 전에."

마조의 의문에 진도 고개를 끄덕였다. 실패한 거라면 모를까, 아니, 유사 마약을 만들려다 실패해서 그런 게 나왔다 쳐도 그외의 용도로는 꽤나 쓸 만한 약이었다. 투자했던 노력과 돈을 생각한다면 어떻게든 유통을 시켰을 것이다.

"그 말은 본전을 뽑을 곳이 따로 있었다는 이야기겠지, 시장에 내놓는 것보다 더 많이 벌 수 있는."

"약이 필요한 곳에서 거래를 제안받았든지 아니면 처음부터 '어떠한 목적' 을 위해 만들었던 것일 수도 있고."

"만약 후자라면 잠깐 시장에 풀렸던 것은 임상 실험이었단 이야기가 되겠군, 약의 효능이 어떤지 대중을 대상으로 확실하게 시험하자는."

중요한 것은 그만한 투자를 하고도 남는 장사가 되냐는 것이다.

"너라면 그걸 어디에다가 사용할래?"

"이것저것 써먹을 곳은 많겠지만 역시… 교주가 돼서 현금을 거둬들이는 것만큼 돈이 되는 건 없겠지."

영적 지도자인 교주에게만 통하는 이야기겠지만, 광신도들만큼 이용해 먹기 쉬운 상대는 없다. 신과 신의 대리인인 교주에게 몸이든 돈이든 바치지 못해 안달인 게 착한 신자란 이름의 그들이다. 그리고 광신도의 양산은 의외로 쉽다. 신에게 매달리면서 얻고자 하는 것을 얻을 수 있는 약간의 희망만 보여주면 된다, 신의 이름으로.

"3년 전부터 부쩍 교세가 올라가거나 주목받은 곳은 네 곳. 하지만 이미 3국이 조사한 바에 의하면 이번 사건에는 모두 무혐의야. 다른 한 곳은 주목할 필요도 없는 정말 찌질한 사이비였고."

이미 2국과 3국에 의해 작성된 보고서를 샅샅이 외우고 있던 마조의 대답에 진은 옅은 한숨을 내쉬며 의자 시트에 주르르 흘러내리듯 몸을 기댔다. 하긴 뭔가 수상한 것이 있었다면 1국 요원인 마조와 진에게까지 사건이 오지는 않았을 거다. 두 사람이 해야만 하는 것은 숨어 있는 사각지대를 찾는 일이었다.

"그 약이 광신도들의 성수로 사용되고 있다는 전제를 둔다면 신도를 모으기는 편했을 거야. 하지만 전도도 하지 않고 신도를 모으기는 힘들어. 어떤 형식으로든 전도를 했을 건데, 그렇다면 3국에 걸리지 않았을 리가 없어. 그 말은 교세가 아직 자리 잡지 못했든지 전도를 할 필요가 없다거나, 하고 있는데 3국에서조차 감을 잡지 못할 정도로 은밀하다는 뜻인데……."

뒷말을 흐린 마조는 시선만 진에게 돌린 채로 묻듯이 턱을 살짝 추켜올렸다. 다음 추리는 네가 이어서 한번 해보란 뜻이었다.

"J네 일가 사건은 이제 겨우 시작인 곳에서 저지른 일은 아니야. 시선을 끌기 위해 이슈 거리를 만들려고 할 수 있지만 그러기에는 이 사건이 너무 커. 광고도 할 수 없는 이슈 거리는 만들어봤자지. 오히려 응집력과 신앙심이 강해서 자기들끼리 저질러 놓고 만족해하는 꼴통 집단일 가능성이 높아. 아마 자기들끼리 제물을 올렸다며 으쓱해서 축제를 벌였을지도 모르지. 2국과 3국도 알아내기 힘들 정도로 비밀 유지가 잘된다면 의외로 신도 수가 적을지도 몰라. 그리고 신자가 적어도 잘 굴러갈 정도로 재정이 좋다면…….”

잠시 마조와 진의 시선이 부딪치다가 조용히 앞을 바라보며 동시에 외쳤다.

“역시 상류층이겠지.”

“역시 돈 많은 것들이…….”

둘의 표현은 달랐지만 의미는 같았다. 일반 서민이 아닌 상류층이 신도들이라면 철저한 비밀 유지가 가능하다. 전도를 위해 길거리에 나갈 필요도 없고 악착같이 신자들을 늘리기 위해 무리하게 움직이지도 않는다. 유치한 이슈 거리를 만들어 선전할 필요도 없다. 신도 수가 적다고 해서 재정적으로 어려운 점도 없을 것이다. 소수 정예라지만 주머니가 푸짐한 신도들에게 나오는 꿀물은 그 어느 것보다 풍성하고 달디달 것이다.

“어디서부터 파볼까.”

“환상에 넘어가기 쉽다, 잔인하다, 돈 아까울 줄 모른다, 시간이 남아돈다, 종교에 매달리며 어리광을 피울 정도로 아쉬운 무언가가 있다면 역시… 어린애들이겠지.”

마조의 말에 진이 고개를 끄덕이며 동조했다.

“머리는 안 되고, 기대는 크고, 형제 중에 뛰어난 기재가 있어서 만날 비교당하고, 마약이나 찾으면서 남 탓이나 하는 녀석들?”

“아쉽게도 일단은 그런 아이들이 일 순위겠지. 어느 집안이나 모난 돌은 하나라도 있게 마련이니까.”

마조는 고소를 날리며 차의 시동을 걸었다. 상류층 자제들 중에는 제대로 된 녀석들만큼이나 인생을 막사는 하류들도 많았다. 그 어느 곳보다 적자생존의 법칙이 철저한 곳이 그쪽 세상이다. 능력이나 자질이 따라주지 않아 집안의 기대에 미치지 못하면 결국 가정 내에서도 도태되게 마련이다.

남아도는 건 돈과 시간으로, 환락에 빠지기 가장 좋은 조건을 가졌기에 길을 잘못 들어선 상류층의 낙오자들은 의외로 많다. 특히 송미가 말했던 약의 경우라면 그 유혹에서 쉽게 벗어나긴 어려울 것이다. 바라는 것이 많기에 보여주는 환상에 빠지기도 쉬운 그들의 입장을 생각한다면.

"그런데 너, 그쪽에 아는 사람들 있어?"

첫날부터 수확이 커서 오늘의 수사는 여기서 끝내고 이만 돌아가기 위해 운전 중이던 마조에게 진이 불안한 목소리로 물었다. 1국의 수사 대상이 정치인과 조직 쪽이라지만 마조와 진이 담당하는 쪽은 대개가 후자였다. 정치인 관련 사건을 맡아본 것은 손에 꼽을 정도로 적었다. 즉, 그렇다 할 상류층 인사들의 자제에 대해 아는 게 없다는 뜻이었다. 혹여 정치계의 망나니 자제들의 리스트를 뽑는다고 해도 경제계의 망나니들에 대해서는 막막했다. 하나하나 조사하고 다니려면 그게 또 얼마인가.

"몇 명 아는 사람들이 있지만 모두가 잘난 녀석들이라서."

소위 상류층이라 불러도 되는 사람들을 몇 알고는 있었지만 마조가 아는 선에서 그들은 모두 성공한 경우였다. 패배감으로 약에 찌들어 살 이유도 없었고 무엇보다 향락에 빠져 지낼 시간조차 없이 바쁘게 사는 인종들이었다. 조사 대상에서 예외였다.

"꼭 알아도 지 같은 녀석들하고만 친하지."

"친한 사이는 아니야. 그저 어렸을 때 알고 지내던 친분이고 지금은 연락도 안 해."

"그게 그거지. 딱 상상이 된다."

어린애 주제에 검은 정장을 차려입고 조금의 빈틈도 없이 서늘한 눈으로 서로를 쳐다보며 대화 같지도 않은 말들을 주고받으며 의무적으로 친분을 쌓았을 어린애들. 그 속에서 조금의 어색함도 없이 앉아 있었을 마조가 너무도 선해서 진은 쓴웃음을 지을 수밖에 없었다.

평범한 가정에서 너무도 평범하게 자라왔던 진과는 달리 마조는 출생부터 달랐다. 하지만 조금도 부럽지 않은 건 현재 자신의 옆에 앉아 있는 이 건조한 남자의 모습 때문일 것이다. 분명 곁에서 보자면 마조는 상식적이고 정상적이며 바람직한 성격과 외모를 지닌 남자이다.

반면 진은 비정상적이며 비상식적이고 무모하고 무식한 건달패의 전형으로 보일 정도였다. 누구라도 마조를 보면 가정교육 잘 받은, 좋은 집안에서 훌륭하게 자란 청년이라고 입에 침이 마르도록 칭찬했고 딸 가진 부모들은 사윗감으로 군침을 삼켰다.

무엇 하나 부족한 게 없어 보일 정도로 완벽한 마조였다. 하지만 겉으로 드러나는 그 완벽함을 어떻게 쌓아왔는지를 아는 진이 보기엔 그것은 불안한 환상이었다. 완벽하지 못한 인간이 완벽해 보이기 위해 노력했던 시간 동안 죽여야만 했던 '자신'이 너무 많아서 현재 마조는 오히려 불완전한 상태였다. 온전한

자신을 찾지 못해 부서진 조각인 채로 있어야 하는 가련한 존재
처럼.

그래도 다행인 것은 하루가 다르게 비워진 부분들을 채워 나
간다는 것이다. 진이 처음 마조를 만났을 당시 그는 완벽함 그
자체였다. 절도있고 이성적이며 매너있는, 마치 영국의 혈통 깊
은 귀족과 마주하는 것 같아 괜히 긴장이 될 정도였다. 하지만
뭔가 비어 있었다. 잘 치장해 놓은 마네킹을 보는 듯해서 손으
로 톡톡 두들기면 텅 비어 있는 소리가 안에서 울릴 것처럼 인
간미가 없었다.

그러던 그가 언젠가부터 인상을 구길 줄 알더니 자연스럽게
'ㅆ'이 들어간 욕을 하게 되었다. 화를 낼 줄 알게 되고 폭력을
아무렇지도 않게 행사할 수 있는 넉넉한 사람이 되었다. 물론,
대다수의 사람들은 이런 마조의 변화에 안타까워하며 가장 가
까운 곳에 있던 진을 탓하기도 했다. 마조의 변화를 넉넉하다고
표현하는 것은 오로지 진 하나뿐. 모두들 그것을 오염이라 불렀
다. 우아하고 고상한 마조가 속물과 붙어 다니더니 끝내 더럽혀
졌다는 뜻이다.

그러나 진이 보기에 그것은 오염도 변질도 아닌 마조가 자신
을 찾아가는 과정이었다. 사람들 눈에는 완벽과는 점점 멀어져
가는 모습이겠지만 오히려 진정한 의미에서 완벽해져 가는 과
정이라 자신할 수 있었다. 더불어 그 모든 것이 자신의 노력과
의지에 의한 아름다운 결과라 자부하는 진은 흐뭇한 미소를 지
으며 혼자서 고개를 주억거렸다.

아직 세상 사람들이 잘 몰라서 오해하는 것일 뿐, 자신은 마

조라는 한 인간에게 굉장히 좋은 일을 하고 있는 것이다. 그런 의미에서 J도 자못 기대가 되는 인물이었다. 마조가 진에게서 속물적인 넉넉함을 배웠다면 마냥 좋다고 달라붙는 J에게선 무엇을 얻을까.

"똑같이 수준 이하의 동물이 될지도……."

"무슨 동물?"

작은 소리로 중얼거렸지만 언뜻 주워들은 마조가 운전 중에 진을 쳐다보며 되물었다. 그러자 진은 손바닥으로 마조의 얼굴을 밀어 앞을 보게 했다.

"운전이나 계속해. 그리고 우리에게 도움이 될 종교에 귀의한 성스런 망나니 리스트를 어디서 구할지나 생각해 보라고."

"일단 능에게 부탁하면 바로 나올걸."

우선 믿을 사람이라곤 1국 내에서도 정보 덩어리라 불리는 능이었다.

"그래 봤자 정계나 조직 쪽일 거 아니야. 아무래도 성격상 경제계 쪽 아이들이 더 많을 것 같은데."

조직 쪽 아이들은 어렸을 때부터 험한 꼴을 보고 자라기 때문에 새삼 종교에 의지하고픈 정서적 나약함이 부족했다. 나약한 종자 자체가 살아남기 힘든 동네라 도태된 자식은 버려신다.

여전히 누구누구의 자식이란 꼬리는 따라다니겠지만 경제적인 지원은 생각할 수가 없었다. 아예 조직을 나와 자기 힘으로 평범하게 실아가든 그러지 않으면 밑바닥에서부터 차근차근 기어올라 가야만 한다. 그 과정에서 죽어나간다고 해서 버린 자식을 위해 눈물 흘리는 부모는 그 세계에선 없었다.

그랬기에 조직 쪽 아이들이 몽환약에 빠져 종교 따윌 믿을 일은 거의 없었다. 생사가 칼끝에 걸려 있는데 그럴 여유 자체가 있을 턱이 없다.

반면 정계 쪽 아이들의 경우에는 조직과 비슷하면서도 약간 미묘한 차이가 있었다. 어디에나 잘난 자식이 있는가 하면 못난 자식이 있게 마련이다. 그리고 정계 인사들의 경우 못난 자식들에 대한 처우가 거의 조직과 비슷할 정도로 냉정했다. 조직처럼 경제적인 지원을 아예 끊어버린다거나 살해당해 길거리에 널브려져 있어도 눈 하나 깜작하지 않는 정도는 아니지만, 못난 자식이 밖에서 마음대로 돌아다니는 꼴은 절대 보지 못했다.

물론 미우나 고우나 자신의 피를 이은 자식이란 점에서 실수를 하든 방탕아로 굴러다니든 무조건 감싸기만 하던 시절도 있었다. 귀한 자식 손끝 하나 다칠까 봐 벌벌거리면서 뒤에서 봐주기에 바빴다. 그러나 정부와 의회, 그리고 공무원 집단에 대한 감시가 강화되고 언론 매체가 다양해지면서 못난 자식으로 인해 밥줄이 끊기는 경우가 비일비재해지자 그들 내부에서 자성의 움직임이 생겨나기 시작했다.

자성이라고 하니 웃기는 감도 적잖게 있지만, 결론은 썩은 떡잎은 과감하게 버리자는 것이다. 약을 주고 햇볕을 쬐어주고 바람을 막아준다고 해서 썩은 잎이 다시 살아나기란 어려운 일이었다. 그런 것들 때문에 명성에 먹칠하고 가문에 흠을 만들어 될 성싶은 다른 떡잎까지 썩은 잎사귀 취급받게 만들 수는 없었던 것이다.

그래서 그들이 내린 결론이 못난 떡잎은 조용히 가지치기를 해서 특별 관리를 하자는 것이다. 특별관리라지만 특별한 것은 없었다. 아예 집에 가둬둔다거나 해외로 보내서 다시는 이 나라로 못 돌아오게 한다거나, 지원에 한계를 둬서 행동에 제약을 두거나, 감시를 붙인 채로 지방에 보내서 조용히 살게 만드는 것 정도이다. 최대한 모질지 않고 시끄럽지 않으면서 자신의 영역에서 치워 버리는 방법들을 택한 것이다. 그랬기에 정계나 조직 쪽의 문제아들이 종교에 빠져 돈을 펑펑 쓰는 경우는 극히 드물다고 할 수 있었다.

반면 경제계의 경우, 위의 두 집단에 비해 자식들에게는 너그러운 편이었다. 문제를 일으키면 돈으로 해결하면 된다. 그로 인해 발생되는 도덕적인 굴레가 그들의 일에 크게 방해되는 일도 적었다. 자식이 커다란 사업체를 경영할 능력이 없으면 건물 몇 개 떼어주며 굶지 않게 만들어주는 자상함도 있었다. 돈 때문에 자식이 난처한 일을 겪게는 만들지 않는다는 뜻이다.

그랬기에 아무래도 경제계 쪽 자제들을 먼저 조사해 보는 게 시간을 절약하는 일이었다.

"이러다가 4국 도움을 받아야 되는 거 아니야? 하하하… 하… 히……"

처음엔 분명히 웃자고 한 말이었다. 마조와 함께 웃으면서 '도움받을 일이 있으면 받아야지'라고 너스레를 떨었다. 설마 그럴 일이 진짜 생기기야 하겠냐는 뜻에서 한 말이었고 그렇기에 웃으려고 했다. 그런네 입 밖으로 꺼내놓으니 그게 유일한 해결책처럼 보인 것이다. 물론 시간을 들이자면 다른 길도 분명히 있다. 하지만 진이 말한 것이 최소한 가장 시간을 절약하면서 쉽게 일을 해결하는 방안이었다.

"4국……."

덩달아 마조의 입에서 신음 비슷한 음산한 목소리가 흘러나오면서 차 동체가 심하게 흔들렸다. 운전을 하던 마조의 손에서 순간 힘이 빠져나간 것이다. 잠시 비틀비틀 위험한 질주를 하던 마조는 도로와 타이어에 마찰이 일어나 불꽃이 튈 정도로 급하게 브레이크를 밟고 나서야 간신히 길가에다가 차를 정차할 수 있었다.

"왜 하필 4국이야!"

"안 해도 돼, 안 해도. 그냥 해본 소리니까 진정해. 까짓 시간 좀 투자하고 우리가 발품 좀 들이면 4국의 도움 따위……."

농담은 농담으로 받아달라는 뜻에서 진이 고개까지 저으며 우리끼리 잘해보자는 의미의 말들을 늘어놓았지만 그럴수록 두 사람은 더욱 암담해질 뿐이었다. 분명 4국에 도움을 요청하면 문제는 바로 해결이 된다. 그것이 너무도 유혹적이라 마조와 진은 도저히 그냥 무시할 수만은 없었다. 시간과 발품, '까짓' 이란 말로 가볍게 무시하고 넘어가기엔 두 사람은 길을 돌아가는 것을 극도로 싫어했다. 지름길을 놔두고 돌아가는 것이야말로 어리석음의 표본이었고 시간낭비는 두말할 것도 없었다.

"받아야겠지."

마조의 힘없는 중얼거림이 두 사람의 운명을 결정하고 말았다.

조용히 운전대에 얼굴을 묻는 마조와 그 옆자리에 두 손으로 머리를 감싼 진의 모습이 검은 하늘 아래 유유히 떠도는 회색

구름처럼 처량했다. 실로 이 순간만큼은 자연과 하나 되는 물아일체, 자연합일을 보여주는 두 사람이었지만 그리 대단해 보이는 건 아니었다.

이왕이면 대자연의 고고한 숨결이 느껴지는 대상과 합체가 될 것이지 하필 처량하게 혼자 흘러 다니는 구름 조각에 동화될 것은 또 뭔가. 어떤 단어를 끌어와도 그저 불쌍하고 맥없이 보일 뿐이다.

지금 그들은 단지 과도한 직장 내 스트레스에 찌들어 있는 공무원에 불과했다. 담배 한 대가 절실히 그리웠지만 유감스럽게도 주머니엔 빈 담뱃갑과 화력 좋은 라이터밖에 없었다.

CHAPTER 05
미스터리한 그들

4층에는 4국이 있다.

1국이 2층에 있고 3층에 2국이 있다면 자연 4층에는 3국이 있게 마련이었다. 꼭 그래야만 한다는 법은 없지만 보통 그러는게 상식이었다. 하지만 언제나 예외는 있는 법. 자연스럽다거나 일반론적인 사례를 떠나서 '그곳'에서는 언제나 4국이 4층을 차지한다는 불문율 비슷한 것이 있었다.

6년 전에 있었던 불미스러운 사건으로 인해 '그곳'의 본관이 이 호젓한 변두리로 옮겨오기 전에도 1국이 10층에, 2국은 11층에 있었음에도 4국만은 외따로 떨어진 4층에 있었다.

특별한 사연이 있는지, 아니면 4국의 유난한 고집으로 인한 것인지는 모르겠지만 그들이 한 번도 4층을 떠나본 적이 없었다는 건 확실한 사실이다. 그 이유에 대해선 정확한 사유가 밝혀

지지 않아 그들이 왜 4층만을 고집하는가에 대해서는 말이 많지만 말만 많을 뿐 어느 것도 정확한 것은 없었다.

근거없이 말초적이고 자극적인 이야기들은 끊임없이 나돌았지만 어느 것도 진실은 아니었고 또한 어느 것도 거짓이 아니었다. 딱 부러지게 사실 여부를 확인해 줄 이가 없었기에 난무하는 소문의 진실성을 찾을 수가 없다는 게 그 이유였다. 그중 어느 게 진실이고 거짓인지 아무도 모르기 때문이다. 그러기에 들끓는 호기심에 온몸이 근질근질해서 귀를 쫑긋 세워보지만 정작 누구 하나 나서서 4국의 진실을 캐내려는 이는 없었다.

호기심의 대상이 4국이라면 결정적인 순간 모두들 고개를 돌리고 말았기 때문이다. 아무리 열정적인 호기심이라도 그 대상인 4국을 파헤쳐야만 하는 의무가 주어진다면 놀랍게도 미적지근한 관심 이하로 떨어져 버리는 것이다. 물론 진실을 알고자 하는 그들의 마음은 여전히 뜨겁고 열정적이었다. 하지만 적어도 겉으로는, 언제 어느 때고 눈치없이 삐죽삐죽 튀어나오려는 호기심을 손으로 꾹꾹 눌러대며 '무관심의 가면'을 얼굴에 써야만 했다.

4국에 대해 궁금증을 가지지 마라.

이 현명하고 자상한 경고문은 '그곳'에 들어온 신참들이 선배들에게 제일 먼저 듣는 격언 중의 하나였다. 그럼에도 불구하고 혈기 넘치고 세상에 무서울 게 없는 하룻강아지들은 처음엔 4국에 뭐 특별한 것이라도 있냐고 코웃음을 치며 무시를 한다.

약간의 호기심과 선배들의 뼈 있는 충고를 무시하는 것을 굳이 숨기려 하지 않았다.

그러다 '그곳'의 시스템에 대해 알아가고 4국에 대해 몸으로 직접 겪어가면서 저절로 깨닫게 된다. 자신이 4국에 배정받지 않는 이상 그곳에 대한 의문과 호기심은 버리는 게 낫다고, 아예 처음부터 관심 자체를 가지지 않는 게 서로에게 유익하다는 걸 말이다.

4국은 그냥 모르는 척 그런 곳이 있었나 하고 잊고 살아가는 게 정신건강에 좋은 곳이었다. 알량한 호기심을 채워봤자 자신에게 돌아오는 것은 뒤통수에서 느껴지는 누군지 모르는 이의 감시와 말로 형용할 수 없는 온갖 유치한 괴롭힘밖에 없었다.

물론 뒤에서 느껴지는 감시의 눈초리와 성인으로선 어이가 없을 정도로 유치한 괴롭힘의 주도자가 4국이라는 근거는 없다. 그 행사가 어찌나 은밀하고 재빠른지 누구인지 잡기도 전에 상대는 이미 자리를 뜨기 때문에 콕 집어서 4국을 의심할 증거가 없기 때문이다. 하지만 먹어봐야 감인지 곶감인지 아는 게 아니다.

꼭 4국에 대해 알아보려고만 하면 생기는 불미스럽다기보다는 짜증나는 일련의 사건들이 무얼 의미하는지 모르는 사람은 '그곳'엔 없었다.

책상 서랍에서 부두교의 저주 인형을 발견한다거나, 먼지를 이용해 자동차에 조잡스런 낙서를 끼적이는 짓 따위, 유치원생이었을 때도 당해본 적이 없는 일이다.

거기에 더해서 가장 불쾌한 것은 화장실에까지 따라오는 누군가의 시선이다. 인간으로서 가장 은밀하게 욕구를 해소하고 싶은 순간까지 어딘가 보이지 않는 곳에 숨어서 노골적으로 감시를 해대면 누구라도 배기기 힘들 것이다.

애당초 감시당한다는 것을 모른다면 차라리 괜찮겠지만 등 뒤에서 느껴지는 시선의 감은 너무도 노골적이었다. 마치 나 여기에 있으니 알아달라는 듯 뻔뻔하게 핥아 내리는 시선이 끔찍하기도 했다. 그렇다고 감시자를 잡아낼 수도 없었다. 그들의 능력으로는 누군가 자신을 보고 있다는 것을 깨닫는 것에서 끝이었다. 감시자가 어디에 있는지, 그가 누구인지 알아낼 수 있었다면 애초에 4국이 '그곳' 의 미스터리로 남아 있지도 않았을 것이다.

이쯤 되면 저도 모르게 공중을 향해 두 손을 들고 항복 선언을 하고 만다. 4국에 대해 알고 싶었지, 그들과 싸우고 싶은 마음은 없기 때문이다. 이런 식으로 나가다간 진심으로 화가 날 수가 있었기에 알아서 자제하고 포기하는 걸 선택하는 것이다. 같은 '그곳' 의 직원으로서 서로 감정 상해봤자 좋을 건 없으니까.

4국 역시 유치한 장난으로 주의만 줄 뿐 진심으로 악의가 있어서 하는 짓이 아님을 모르는 이도 없었다. 어쩌면 자기들끼리 조용히 살겠다는데 왜 벌집을 건드리냐는 4국 나름의 애교일지도 모른다.

물론 이 유치한 애교 짓 때문에 그들이 특별한 것은 아니었다.

국이 다르다고 해도 모두가 '그곳' 에 소속되어 있다는 점은

달라지지 않는다. 국에 따른 서열이나 우월감은 존재하지 않는
다. 또한 특정한 국을 무시하거나 따돌리는 악취미도 없었다.
그럼에도 왜 4국만은 다른가 하면 그건 모두 한 명의 양치기와
그가 이끄는 12사도 때문이었다.

4층에만 터를 잡는 4국은 우연인지 몰라도 언제나 13이라는
수를 유지했다.

여기에서 13이란 수는 4국에 소속된 열두 명의 요원과 국장
을 일컫는 숫자였다. 일을 하다 보면 기타 여러 일로 사망사고
나 개인적인 사정으로 그만두는 자가 있게 마련이다. 그래서 각
국에 소속된 요원들의 수는 항상 일정하지 않았다. 더욱이 각
국에는 요원들만 있는 게 아니었다. 그들을 제외하고 각종 업무
를 도맡아하는 사무직원들이 또 따로 있었다. 거기에다가 연수
가 끝나고 국에 배정받아 수습 기간 중인 임시 요원들까지 더한
다면 각 국에 소속된 이들의 수는 요원들을 빼더라도 제법 많다
고 볼 수 있다.

그런데도 4국은 언제나 열세 명이었다. 잡무를 도맡아하는
사무직원도, 일을 배우는 수습 요원들도 없었다. 오로지 열세
명만으로 이루어진 그들이 4국의 모든 일들을 도맡아 이끌어가
고 있었던 것이다. 그 많은 잡다한 일들을 사무직원 없이 국장
을 뺀 열두 명의 요원이 모두 알아서 해나가고 있다는 건 대단
한 일이었다. 굉장히 유능하다고 해야 할지, 사서 고생한다 해
야 할지 평가기 모호해지는 부분이었다.

하지만 4국 요원들의 유능함에 대한 평가에 앞서 무엇보다
궁금한 것은 바로 밑에서 일을 배우는 임시 요원도 없으면서 대

체 빈자리가 생길 때마다 어디서 인원을 충당하는가에 대한 의문이었다.

한 명에게 사고가 나서 결원이 생기면 어디서 충당했는지 모를 인물이 그 자리를 채워 항시 13이라는 수를 유지했다. 더 이상의 감원이나 증감없이 그 숫자를 계속 유지해 나가고 있었던 것이다. 그것도 '그곳'의 창시 이래 줄곧 변함이 없이 말이다.

요원은 아무나 데려와서 바로 일을 시킬 수 있는 자리가 아니었다. 게다가 각 국마다 하는 일의 성격과 수사하는 방식이 달라서 그것들을 배우고 익숙해지는 것도 보통 일이 아니었다. 6개월의 연수가 끝나면 신참은 각 국으로 발령을 받아 2~3년의 수습 기간을 거쳐야 비로소 조금 쓸 만하다는 소릴 듣고 국장의 인정에 따라 정식 요원으로 승인을 받게 된다. 그런데 4국의 경우 그런 일련의 과정 없이 바로 보결을 충당하는 것이다. 어디서 구하는지조차 알려진 바가 없는 상태에서 말이다.

빈자리가 생기면 어디의 누구인지도 알려지지 않은 이를 바로 요원으로 써먹으니 터무니없는 짓인지 대단한 일인지 갈피를 잡을 수가 없었던 것이다.

그래서인지 언제부터인가 4국의 국장을 뺀 열두 명 요원을 12사도라고 부르기 시작했다. 뭔가 있어 보이는 미스터리한 그들에게 그보다 그럴싸한 별명은 없다고 다른 국 사람들은 자기들이 지어놓고도 너무도 흐뭇해서 자축까지 했다는 소문이 있을 정도였다. 물론 4국에 대한 수상한 점은 여기에서 끝나는 게 아니었다. 겨우 이 정도 가지고 4국이 경원해 마지않는 미스터리한 그들이 되지는 않았을 터이다.

각 국의 요원들은 이름과 얼굴이 서로에게 공개되어 있는 상태였다. 같은 국이 아니더라도 대충 이름과 얼굴 정도는 모두 알고 있는 사이라 복도에서 우연히 마주치더라도 고개를 숙여 인사를 할 정도의 친밀함도 있었다. 적어도 이름을 들으면 몇 국의 누구라는 정보가 서로에게 입력이 된 상태였다. 그런데 유독 4국은 국장을 제외한 요원들에 대한 정보는 거의, 아니, 아예 없다시피 한 게 현실이었다.

물론 공조수사로 인해 몇몇은 얼굴과 이름이 공개되기도 했지만 그것은 함께 일을 했던 다른 국의 요원들에게만 속한 행운이었다. 일이 아니라면 절대 만날 수 없는 게 바로 4국의 요원들이었던 것이다.

공개된 것도 사실은 4국의 요원들과 한 번이라도 공조수사를 함께했던 이들이 모여 합심해서 만든 몽타주로 인해 알려진 그들의 이름과 얼굴, 그리고 성격이 다였다.

그나마도 지금까지 겨우 국장을 제외한 다섯 명밖에 알아내지 못한 형편이었다. 아무리 시간이 지나도 그 이상은 드러나지 않았다. 공조수사가 있을 때마다 나타나는 4국의 요원들이 항상 그 다섯 중에 하나였던 것이다. 그들은 4국에서 공조수사만 전문으로 맡아서 하는 요원들이었다. 그리고 그 다섯 중에서도 현재까지 일하고 있다고 보장할 수 있는 이도 불과 세 명밖에 없었다. 나머지 두 명은 몇 년째 얼굴을 드러낸 적이 없기에 확신할 수가 없는 입장이었다.

'그곳'에서 일하는 이들은 사무직이든 요원이든 누구나 목에 이름표를 걸고 다녔다. 어디 소속이며 나이와 이름이 적힌 이름표를 보면 상대의 소속을 쉽게 알 수 있게 말이다. 그런데도 지금껏 복도나 구내식당에서 4국 소속이라 적힌 이름표를 본 이는 아무도 없었다. 다른 국 행세를 하고 다니는 낯설거나 수상한 자가 목격되었다는 소문도 없다. 당연히 얼굴과 이름이 알려진 다섯 명 중에 하나라도 우연히 조우했다는 이야기 역시 거짓말으로라도 떠돈 적이 없었다.

다른 것은 다 떠나서 외부에 나가지 않고 본부 건물에 남아 있을 4국 요원들이 점심과 저녁은 어디서 해결하는지가 가장 궁금하다는 이들이 있을 정도이니 말은 다 한 셈이다. 덕분에 4국만이 이용하는 제4차원의 공간이 따로 있는 게 의심스러워 괜히 벽에다가 청진기를 대보는 이들까지 있을 정도였다.

때문에 연예인도 아닌 주제에 자기들이 무슨 신비주의 전략이냐고 비아냥거리는 멋 모르는 신참들이 매년 꼭 한둘은 나왔다. 그리고 여지없이 그들은 다음날 장문의 경고문을 받아야만 했다.

그들이 받은 길고 긴 문장을 간단히 요약해 보면, 당신 그러면 재미없다는 식의 4국 특유의 애교 어린 저주문 비슷한 것이었다. 물론 몇 년차의 입장에서야 그 시시콜콜하고 길기만 한 장문의 글을 애교 어리다 표현할 수 있겠지만 아직 아무것도 모르는 신참들은 웃으며 그냥 넘어갈 수가 없었다.

사람과 사람 사이를 이간질시키는 간특한 재주는 4국이 가진 뛰어난 특기 중의 하나였던 것이다.

'난 그 말을 너에게밖에 말한 적이 없어.'

어리석고 경솔한 신참이라고 해도 선배들에게 들은 게 있었기에 4국에 대한 바람직하지 못한 표현이 들어간 말을 무턱대고 대중 앞에서 하는 경우는 드물었다. 그렇게 눈치없고 미련하다면 애초에 '그곳'에 들어가지도 못했다.

그래서 분명 소수, 혹은 믿을 수 있는 한 명에게만 했을 그 말이 4국의 귀에 들어갔다면 당연히 상대를 의심하는 것은 자연스런 일이었다. 급기야 4국의 스파이다, 혹은 4국의 숨은 요원이라는 소리까지 나오며 한랭전선이 싸하게 내려올 때까지 상황이 흘러간다. 한랭전선의 맹활약 중에도 얼굴만은 점점 타올라 쌍욕이 나오게 될 쯤에 그들은 다시 4국에게서 보낸 공문을 받았다.

XX는 우리 4국과 아무런 연관이 없음을 밝혀 드립니다. 소음이 4층까지 울려서 시끄러워 일을 할 수가 없습니다. 자중들 하십시오.

특별히 신경 쓴 방음 처리로 화장실을 제외한 층계 소음을 거의 완벽히 잡았다고 자부하는 '그곳'의 본관에서 싸우는 소리가 다른 층에까지 울릴 리가 없었다. 옆에서 지켜보지 않았다면 싸움이 최고조에 이르는 적절할 부분에서 중재에 나설 순 절대 없을 것이다. 내내 감시당하고 있었다는 쑬끄러움이 여실히 드러나는 순간이다. 결국은 기분 나쁜 뒤끝만 잔뜩 남긴 채로 푸시시 꺼져 버린 호기심을 주머니에 집어넣기만 바쁜 하룻강아지들인 것이다.

여러 모로 사람 찜찜하게 만드는 미스터리한 그뜰에 대한 의

문점이 어디 이뿐이랴. 그들에 대해 이야기하자면 한도 끝도 없
는 게, 사람을 하릴없는 수다쟁이로 만드는 묘한 능력을 가지고
있다는 점도 감탄할 수밖에 없는 덕목이었다.

　4층에 우연히 일이 있어 찾아갈 경우 방문자를 처음 맞이하
는 것은 텅 빈 복도와 복도에 울리는 자신의 발자국 소리였다.
그럼에도 목 뒤로 느껴지는 시선들. 이로써 4국에도 사람이 있
다는 것을 확신하지만 그래 봤자이다.

　황량할 정도로 조용한 곳에서 멍하니 서 있으면 스스로 열
리는 문 하나가 있었다. 깨끗한 테이블 하나만 있는 그 방의 용
도는 ‘그곳’에서는 너무도 유명했다. 전달해야 하는 서류, 혹
은 4국에 용건을 적은 쪽지가 있으면 그곳에다가 놓고 가라는
나름의 배려였던 것이다. 4국의 그들을 만나지 않고도 일이 순
조롭게 이어나갈 수 있는 이유가 거기에 있었다.

　그 과정에서 지나가는 4국의 요원 하나 구경할 수 없음은 말
할 필요가 없다. 오히려 저절로 열리고 닫히는 사무실의 문과
걸음을 뗄 때마다 복도에 울리는 자신의 발걸음 소리 때문에 모
두가 우연이라도 4국이 있는 4층에 가는 걸 꺼려 했다. 돈을 주
고 귀신의 집에 들어가는 거야 그건 어디까지나 놀이라는 마음
의 준비로 무장한 후의 일이다. 극기 체험 프로그램에 속한 담
력 테스트도 아니고 직장에서까지 칙칙한 공포에 빠지고 싶은
마음이 없는 게 사람의 당연한 심리다.

　그래서인지 3층에서 5층으로 가거나, 그 반대의 경우에도 사
람들은 언제부터인가 엘리베이터를 이용하며 4층을 경유하는
중앙 계단을 이용하지 않게 되었다. 그로 인해 4국은 더욱 불가

사의하고 수상하며 찜찜한 곳이 되어가고 있었다. 거기에 분위기를 더한 4국과 관련한 괴소문 중에서 꼭 빠지지 않는 게, 4층 청소를 전담하는 미화원인 이미하 여사의 이야기가 있었다.

사람이란 눈으로 확실하게 보이는 것이 있으면 더욱 분명하게 깨닫는다. 그리고 4국과 얽혀진 그녀의 이야기는 언제나 뜬구름 잡기 식으로 모호하고 애매한 두려움에 형태를 잡아주었다.

이미하 여사는 원래 3국의 전담 미화원이었요. 서로 개별적으로 냉랭하게 노는 1국과 눈빛으로 모든 것을 말하는 2국과는 달리, 3국은 서로 가족 같은 환경에 언제나 화기애애한 분위기를 가진 곳이었다. 그리고 그 분위기는 일반 사무직원이나 미화원에게도 이어졌고, 그중 이미하 여사는 5층 식구들을 친자식같이 챙겨주는 자상함을 지니고 있는 분이었다.

그러나 작년 3월, 이미하 여사는 5층 식구들과 아쉬운 이별을 하며 4층으로 발령 나는 아픔을 겪어야만 했다. 원래 4층에는 전담 미화원 대신 무인 청소 로봇만이 있는 상태였다. 하지만 4국의 국장이 더 이상 무인 로봇만으론 청결한 상태를 유지할 수 없다며 전담 미화원을 요청하는 바람에 그녀가 선택된 것이다. 누구보다 성격 좋은 그녀라면 4국에서도 나름대로 잘 적응할 거라는 판단에서였다.

그녀가 5층의 청소를 마지막으로 하던 날, 모두의 눈에 작은 이슬이 맺히며 소박한 송별식으로 석별의 정을 나누었다고 한다. 그리고 마지막으로 그녀는 '자주 놀러 올게요' 라는 말을 남기며 4층으로 내려갔다.

그리고 1년이 조금 더 지난 현재, 이미하 여사는 많은 것이 달라져 있었다. 요원들과 직원들을 항상 자상한 눈으로 바라보던 따뜻한 눈길은 차분히 가라앉아 있었고, 누구와도 서슴없이 대화하며 친분을 나누던 친화력과 화통함은 어디로 사라지고 조금은 서늘하고 냉철해 보이는 얼굴이 그 자리를 대신하고 있었다.

어디에 있든지 존재감이 드러나던 아줌마 특유의 걸걸함도 더 이상 찾아볼 수 없게 되었다. 대신에 무리 지어 있는 미화원들 뒤에서 항상 무엇인가를 조용히 쓰면서 간간이 그들을 관찰하는 예리한 눈빛만이 남아 있을 뿐이었다.

이미하 여사가 4국으로 간 지 3개월이 지나던 어느 날의 이야기다. 그날 5층에 급한 볼일이 있었던 1국의 요원인 박후는 하필 엘리베이터가 고장이 난 바람에 어쩔 수 없이 계단을 이용할 수밖에 없었다고 한다.

그리고 5층으로 이어진 계단참에서 4층의 창가에 서 있는 이미하 여사를 우연히 목격하게 되었다. 그녀는 오른손에 밀걸레를 들고 무심한 얼굴로 창밖을 내다보며 무엇인가를 깊이 생각하고 있었는데 역광으로 비치는 햇살에 박후는 저도 모르게 눈살을 찌푸려야만 했다. 그러나 요원 특유의 관찰력으로 그는 놓치지 않았다. 마치 일문의 장로와 같은 처연함과 정결함을 내뿜는 바람에 숙연함마저 들게 만들던 이미하 여사의 뒷모습을.

그래서 바삐 뛰어가던 박후는 숨소리를 죽이고 발걸음을 조심하며 천천히 5층으로 올라가야만 했단다. 정 많고 소탈하면서 꾸밈없이 밝던 이미하 여사의 모습은 온데간데없고, 근접할 수 없는 위엄을 느꼈던 것이다.

5층 식구들은 박후에게서 이미하 여사의 너무도 달라진 모습을 전해 듣고 나서야 자신들이 그동안 얼마나 무심했는지 깨달았다. 4층이 어떤 곳인데 그녀가 잘 지냈을 리 없었던 것이다. 아무리 그녀라도 힘들었을 텐데 그녀의 근무지가 4층이라는 이유로 먼저 찾아가 보지 못한 자신들의 무심함을 꾸짖으며 마침 1층에 있는 미화원 휴게실에서 쉬고 있던 이미하 여사를 찾아갔다.

그들은 왜 그동안 5층에 놀러 오지 않았는지, 4국의 사도들이 그녀를 괴롭히지나 않는지를 물어보았다. 구구절절 그녀에 대한 근심 어린 걱정과 애정이 흘러나왔다. 그러나 이미하 여사는 그저 웃을 뿐 아무런 대답도 하지 않았다고 한다. 어딘가 초연하고 허탈해 보이는 그녀의 미소는 모든 것을 초월한 것이었다. 그리고 더 이상 날 곤란하게 만들지 말라는 듯 그녀는 조용히 등을 보이며 돌아앉아 버렸다.

분명 그것은 3국 요원들이 알던 이미하 여사의 모습이 아니었다. 그녀라면 이쯤에서 걸걸하게 웃으며 그들의 등을 두들기며 이랬어야만 했다.

"4국? 그 애들 별거 아니야. 4국은 이미 내가 꽉 잡았다고. 내가 손짓만 하면 분리수거는 적적이고, 책상에 볼펜 똥 묻히는 것은 물론 다리 올려놓는 건 꿈도 못 꾼다니까. 짜식들이 내 새끼들처럼 어찌나 귀여운지. 하하하!"

물론 그녀가 4국을 상대로 이러한 광오한 소릴 할 거란 기대는 하지 않았지만 호탕한 그녀의 성품이라면 허풍으로라도 이랬을 터이다. 세상을 초연한 듯 비웃듯이 웃는 미소 따위 절대 그녀와 어울리는 게 아니었다.

이에 3국에서도 성격 급하기로 유명한 세 명이 극구 말리는 동료들의 손을 뿌리치고 4국으로 쳐들어가는 사태가 생기고야 말았다. 정 주고 몇 년을 함께했던 이미하 여사의 변화에 분노하면서 말이다.

"대체 그놈들, 미하 아줌마께 무슨 짓을 했기에……."

"절대로 가만 안 둬!"

"그 자상하던 아줌마가……. 분명 그 녀석들, 맘씨 좋은 그분을 잡아다 세뇌를 시켰을지 몰라. 아님 협박을 했겠지. 4국의 비밀을 유지하라는 둥, 안 그럼 재미없을 거라며 부두인형을 쓰레받기에다가 묶어놓았을 게 분명해. 죽일… 노옴들."

흥분에 휩싸인 그들을 막을 수 있는 자는 아무도 없었다. 그러나 그들이 도착한 4층은 언제나 그렇듯 텅 비어 있었다.

하지만 그날의 4층은 다른 날과는 사뭇 같은 듯 다른 분위기를 자아내고 있었다. 4층에 들어서면 모습은 드러내지 않지만 언제나 등 뒤에서 따라붙던 시선이 없었다. 흡사 몇 년은 사람이 드나든 적이 없는 버려진 도시와 같은 느낌이 들 정도로 을씨년스러웠다. 그뿐 아니라 4층에 들어서면 저절로 열리는 예의 그 문도 꾹 잠긴 채로 열리지 않았다. 철저하게 무시당한 듯 어느 것 하나 그들을 향해 반응을 보이는 존재가 없었다.

한때 유행했다는 서부영화의 한 장면처럼 바람 한 점 휑하니 불고 지나간 자리에 비장한 표정으로 서 있는 세 남자의 모습은 봐줄 만했다. 하지만 유감스럽게도 그들의 결투 대상은 어디에도 보이지 않았다. 상대해 줄 이가 없으니 아무리 그럴싸해 보인들 결국에는 개폼이었다.

바람이 지나고 난 자리에 흙먼지만 잔뜩 뒤집어쓴, 딱 그 꼴이었다. 멋쩍은 분위기에 헛기침 몇 번, 두리번거리며 나타나지 않는 누군가를 찾는 시선, 괜히 이마를 만지작거리며 이게 아닌데, 라고 중얼거리는 혼잣말. 결투도 신청하지 못한 채 돌아서는 황야의 무법자들의 뒷모습은 초라하기만 했다.

그 후로 몇 번을 무작위로 예고없이 4층으로 쳐들어갔건만 결과는 항상 같았다. 그들이 던지는 결투 장갑을 얼굴에 맞아줄 착한 4국의 사도는 끝끝내 나타나지 않았던 것이다. 언제나 조용히 방문자들을 반기던 사무실조차 문고리를 꽁꽁 잠근 채로 그들을 무시했다.

허탈함이 자존심으로 변해 계속된 결투 신청을 멈추지 못할 즈음, 드디어 안개처럼 그들의 뒤로 다가와 어깨를 잡는 이가 있었다. 하지만 기대와는 달리 세 사람을 붙잡은 건 그들의 결투를 받아들일 4국의 사도가 아닌 이미하 여사였다.

언제나 3국 사람들에게는 그지없이 자상하기만 하던 그녀가 살포시 미간을 찌푸리며 고개를 젓는 행동은 그들에겐 상당한 충격이었다. 그들을 보는 이미하 여사의 시선 역시 곱지 않았다. 왜 어여쁜 우리 4국 아이를 괴롭히느냐는 힐책이 이려 있었던 것이다. 당신이 그럴 줄은 몰랐다는 배신감에 '왜?' 라고 묻자 더 이상 4국을 난처하게 만들지 말라는 대답이 돌아왔다.

이쯤 되면 그녀를 위한다고 나선 게 무색할 정도로 썰렁한 반응이었다. 당사자가 싫다고 도움을 거절하는 데야 더 이상 나설

명분도 없었다. 자연 찍소리도 못하고 5층으로 올라가는 열혈
남아들의 어깨에 힘이 빠질 수밖에 없었다. 하지만 웃긴 것은
그게 아니었다.

사실 말을 안 해서 그렇지 4층에 계속 들락거린다는 것 자체
에 적잖은 심리적 부담감을 가지고 있었던 그들은 그녀의 거부
가 내심 반가운 모순적인 감정을 느끼고 만 것이다.

더는 3국을 위하는 이미하가 아니었으며 3국 사람들 역시 껄
끄러운 4국에 반하면서까지 그녀를 위하기엔 이미 소속감이 무
뎌진 상태였다. 그녀가 미스터리하게 변해가는 것은 결국 4국에
속한 사람으로서 그에 맞는 당연한 결과였으며 이에 대해 3국이
책임을 운운할 권리는 없었던 것이다.

물론 이미하 여사는 인력관리실의 미화부에 소속되어 있었기
에 사실상 4국의 사람이라 할 수는 없었다. 하지만 단지 미스터
리한 그들과 조금이라도 가까이 한다는 것만으로도 사람이 그
리 변한다는 점에서 4국에 대한 껄끄러운 부담감을 이야기할 때
마다 항상 거론되는 인물이 되고 말았다.

이에 아랑곳없이 오늘도 그녀는 묵묵히 4층을 청소하고 1층
휴게실에 앉아서 그곳을 드나드는 미화원들을 조용히 지켜보면
서 수첩에다가 무언가를 적고 있었다.

“아직 4국에선 아무런 연락이 없고?”

“요청서를 넣은 지 일주일이 지났는데 여태 조용한 것을 보
면 아마 마무리까지 다 해서 우리에게 넘겨줄 생각인가 보지.”

진의 물음에 마조는 피곤한 눈꺼풀을 매만지며 대답했다. 능

에게서 얻은 자료로 이곳저곳을 뒤지고 다녔지만 여태껏 아무런 소득도 얻지 못한 상태였다. 정기적으로 수상한 모임을 가지는 이들의 뒤를 쫓다가 못 볼 것을 많이 본 탓인지 눈에 피곤만 잔뜩 들고 말았다. 예상했던 것처럼 그들의 조사 대상들에게는 건질 게 하나도 없었다.

1국의 조사 대상인 정계와 조직 쪽의 낙오자들은 처음의 기대를 버리지 않고 방탕한 생활을 하거나 무력한 삶을 살고 있었지만, 다른 곳에 펑펑 쏟아부을 정도로 극에 다른 사치스런 생활을 할 여유는 없는 불쌍한 자들이었다. 물론 일반 서민의 유흥 생활과 비교하면 불쌍하다는 표현은 어폐가 있다. 그러나 비교 대상을 위쪽으로 잡아본다면 분명 불쌍하다는 게 맞을 거다. 태어났을 때는 당연하다는 듯이 받았던 것들을 이제는 구걸해야만 가까스로 맛볼 수 있다는 것은 확실히 서러운 일이었다. 그것이 비록 누구에게도 동정을 받지 못한다 하더라도 말이다.

"그럼 우리야 편해서 좋지만 설마… 직접 올까?"

손가락을 꼼지락거리던 진이 초조한 내색을 숨기지 못했다. 수사 요청서를 넣은 건 좋지만 그 결과물을 가지고 4국 요원이 직접 찾아오는 건 절대 사양이었다. 3년 전에 딱 한 번 4국과 공조수사를 했던 경험이 사람 좋아하는 진마저 질리게 만들었던 것이다.

"오면 또 어때. 지은 죄도 없는데 지레 떨지 마. 보기 흉해."

"하지만 아무래도 4국은… 껄끄러워."

마조는 진과는 대조적으로 무덤덤한 표정이었지만 4국이 껄끄럽다는 것에는 동의를 하는지 조용히 고개를 끄덕였다.

무섭다거나 싫은 건 아니었다. 그렇다고 악감정이나 불만 같은 게 있는 것도 아니었다. 단 한 번뿐이었지만 4국과의 공조수사는 꽤나 만족스럽고 깔끔했었다. 어수선하기 그지없는 진보다는 차라리 그쪽이 더 낫다는 생각마저 들 정도로 일에 있어서는 아무런 불만이 없다. 인간적으로도 그다지 나쁜 상대가 아니었고.

다만 그럼에도 불구하고 껄끄럽고 거북했다.

3년 전, 함께 일했던 4국의 요원은 탁현이란 사람이었다. 4국의 알려진 요원 중의 하나로 처음 만나는 자리임에도 얼굴은 낯이 익어 어색하지는 않았다. 이미 알고 있었던 탁현의 2대 8 가르마와 조금씩 디자인이 다름에도 불구하고 입고 다녔던 모든 옷이 온통 회색이라 언제나 단벌신사라 착각하게 만든다는 옷차림까지 이미 알고 있었다.

상대에 대해 어느 정도 알고 있다는 것은 첫 만남을 자연스럽게 이끌어갈 수 있다는 이점이 있어서 좋다. 그래서인지 마조와 진이 처음 탁현을 만났을 때 그들의 만남은 다행스럽게도 거북한 점 없이 매끄럽고 무난했다. 그러나 얼마 지나지 않아 둘은 어색함이 전혀 없는 탁현과의 대화에 묘한 기시감을 느껴야만 했다. 문제는 탁현과의 첫 만남이 너무도 자연스럽고 편하다는 것이었다.

이내 둘은 어렵지 않게 그 이유를 깨달았다. 그들이 알고 있던 몇 가지 정보 덕분에 탁현을 친숙하게 느꼈던 것과 마찬가지로 상대는 그 이상으로 마조와 진에 대해 너무 많은 것을 알고 있었던 것이다. 취향과 입맛은 물론 취미와 버릇까지. 그들이

고작 탁현의 외모와 차분하고 야무진 성격이지만 흥분하면 전국 팔도 사투리가 무작위로 쏟아져 나오는 다혈질이라는 것 이외에 아무런 사전 지식이 없다는 것과 꽤나 대조되는 상황이었다. 솔직히 말하면 불쾌하고 거북했다.

"꼭 저희에 대해 미리 사전 조사라도 한 것처럼 잘 아시는군요."

자신들이 흥미와 호감을 보일 소재들을 쭉 내보이며 대화를 유도하는 탁현을 보고 마조가 억지웃음을 지으며 말했다. 감사국의 내사과에서 정보를 요청할 정도로 4국이 '그곳'의 요원들을 감시하는 정도가 치밀하고 용의주도하다는 건 이미 비밀도 아니었다. 때문에 자신들에 대한 탁현의 해박한 지식에 절로 입맛이 쓸 수밖에 없었다. 예나 지금이나 딱히 감시당하고 있단 느낌을 받은 적이 없다는 걸 감안하면 더욱 그랬다.

"사전 조사라니 괜히 거창하게 들리는데, 사실 별거 아닙니다. 그냥 같이 일할 상대에 대해 어느 정도 알고 있는 건 일하는 동안 서로 부딪치지 말자는 저희 4국 나름의 노력이라고 생각해 주세요."

"그러니까 그 노력의 바탕이 어디서 온다는 겁니까?"

성중하지만 약간은 가시가 박힌 마조의 질문에 탁현은 배시시 웃으며 대답했다.

"저희 4국은 언제나 동료들에게 많은 관심을 가지고 있습니다."

"관심이 아니라 감시겠지요."

"기분 나쁘십니까?"

이 양반, 굳이 반박하지도 않고 눈 댕그랗게 뜨고 묻는다.

"반대 입장이라면 저희 기분을 이해하실 수 있을 겁니다."

감시당했다는 것보다 당하고도 알아채지 못한 것이 더 자존심이 상했다. 말로만 들었던 4국만의 특별 전용 4차원 공간이 따로 있지 않고서야 자신들의 사소한 버릇까지 상대에게 정보로 내줄 만큼 허술했다고 인정하고 싶지 않았다.

"반대 입장이라……. 글쎄요, 그 비슷한 일도 없었고 또 앞으로도 그런 일은 절대 없을 거라 솔직히 전 두 분의 기분을 잘 모르겠습니다. 하지만 저희는 객관적인 입장에서 상대의 정보를 이용해 가장 좋은 환경에서 친분을 쌓아가며 함께 일을 합니다. 어설픈 추측으로 인해 자칫 일어날 수 있는 불필요한 감정적인 대립을 막기 위해서 말입니다. 사람은 사소한 것에서 틀어지게 마련이니까요."

"하지만 지금과 같은 경우가 있지 않습니까. 잠시나마 자신이 감시 대상이 되었다는 걸 안다면 기분 좋아할 사람은 없지요. 이것 역시 불필요한 감정적인 대립 아닙니까? 처음 만나는 사람이 자신에 대해 너무 많은 걸 안다면. 그것도 자신이 모르는 사이에 감시당한 결과라면 가히 좋은 기분은 아닙니다. 아, 이런 기분은 모른다고 하셨죠? 그럼 이해 못할 수도 있겠군요."

탁현의 말도 틀린 말은 아니지만 사소한 일로 불필요한 대립이 일어나기도 전에 이런 식으로 감정을 불쾌하게 만든다면 결국 하릴없는 짓거리일 뿐이다.

"역시 제가 너무 표를 낸 것이 문제였군요."

“……?”

“여태껏 함께 일했던 분들이 이유없이 저희 4국을 너무 경계하는 것 같아서 이번에는 좀 과하게 두 분에 대해 아는 척을 했습니다. 그러면 좀 더 서로에게 친밀해질까 해서요. 그런데 그게 아니었던 것 같군요. 오히려 이리 불쾌해할 줄은 몰랐습니다. 시정하겠습니다. 때론 알아도 모른 척 그냥 지나가야 하는 것도 있다는 걸 오늘 알았습니다. 좋은 가르침 고맙습니다.”

어떤 의미에선 전혀 말이 통하지 않은 상대였다. 4국의 특별 전용 4차원 공간은 그들의 머릿속에도 존재하는 듯했다. 자신들의 원리에 의해 돌아가는 세상에서 다른 이의 조언은 제 입맛대로 바꿔 버렸다. 그런 의미에서 보자면 탁현과 4국의 방식을 두고 마조가 뭐라 할 만큼 당당한 입장은 아니었다.

형식의 차이는 어디에나 존재한다. 자신들이 4국의 방식이 마음에 들지 않는 만큼 상대 역시 1국의 일 처리가 마음에 안 드는 경우는 비일비재했다. 그 일로 다툼이 있다고 해서 1국이, 마조와 진이 자신들의 방식을 고친 적은 한 번도 없었다.

싫으면 당하기 전에 막는 게 최선이었다. 하지만 유감스럽게도 마조와 진은 은밀한 4국 요원들의 행사를 잡아낼 수 없었다. 그들이 자신들의 존재감을 드러내 보일 때도 감만 잡을 뿐 정확하게 그 위치를 찾아내지 못하는데 작정하고 덤비면 속수무책일 수밖에 없었다.

그래서 4국과 얽히는 게 껄끄러웠다. 또 함께 일을 한다는 명목하에 자신들도 모르는 사이에 관찰 아닌 감시를 받을 수 있다는 가능성에서.

또한 묘하게 사람을 관찰하는 듯 쳐다보는 시선도 반갑지 않았다. 그들이 보고 느낀 점들이 내사과로 넘어갈 수 있다는 점에서 더욱 그랬다. 우스갯소리로 내사과를 먹여살리는 건 4국이란 말이 있다. 반면 내사과와 4국이 모종의 거래를 한다는 소문도 있었다. 이 주장을 더욱 뒷받침 하는 것이 근 10년 이래로 4국 요원이 감사국에 걸려 파면, 혹은 문책을 당한 일이 한 건도 없었다는 게 바로 그것이다. 자기들도 사람인데 실수 하나 없을까. 그런데 유감스럽게도 지금까지 그들은 사람이 아니었다.

여러 모로 수상한 게 한둘이 아닌 4국이었다.

"제발 오지 마라. 제발 오지 마라."

진이 마침 손에 쥐고 있던 서류들을 둘둘 말아 두 손으로 꼭 잡고는 위아래로 흔들며 주문이라도 외듯 중얼거렸다. 언젠간 꼭 오긴 와야겠지만 자료만 내던지고 그냥 가버리기를 바라는 마음의 간절함이 그만큼 컸다.

"J, 너도 같이 빌어! 제발 4국 아저씨나 아줌마는 오지 마라고. 아니, 왔다가 빨리 가버리라고."

"이잉."

혼자 하는 건 효력이 없다고 생각했는지 진은 소파에 앉아서 얌전히 딸기우유를 마시는 J를 흔들며 동참을 요구했다. 그러나 가벼운 거절의 말을 던지며 그쪽으로는 신경도 쓰지 않는 J 때문에 내민 손만 민망해지고 말았다.

그도 그럴 것이, 요즘 들어 그들의 밤나들이가 계속됨에 따라 매일 수면제를 복용해서인지 J의 신경은 꽤나 날카로워진 상태였다. 건강상의 문제라기보다는 정서적으로 무언가 이상한 점을 깨닫고 그것에 불만을 품고 있는 것으로 보인다는 정보실의 견해가 있었다.

동물적인 육감이든 점점 머리 상태가 좋아지는 결과인지는 아직 불분명하나, 주위 상황이 자신의 의지대로 돌아가지 않음을 눈치채고 화를 내고 있다는 것이다. 그 결과로 요 며칠 J는 입을 부루퉁한 채로 그렇게나 좋아하는 마조를 봐도 입술을 삐죽이는 게 먼저다.

"불만있으면 말로 해."

"웅!"

"네가 동물이냐, 아님 말도 못하고 기어 다니는 유아야? 후자라면 귀엽기라도 하지. 하고 싶은 말이 있으면 또박또박 바른 말로 네 의사를 밝혀. 그럼 적어도 들어는 줄 테니까."

며칠째 도끼눈을 하고는 이유도 없이 째려보는 J를 참다못한 마조가 결국 날이 선 목소리로 나지막이 말했다. 밤에 잠을 제대로 자지 못해 그렇지 않아도 피곤한 가운데 J의 불만이 여실한 눈동자와 마주하는 건 마조로서도 유쾌하지만은 않았다.

하지만 이게 누구 때문에 하는 고생인데 하는 생각은 들지 않았다. 어차피 일이었고 J에 관한 것도 일이었다. 워커홀릭이 일거리가 마음에 안 든다고 해서 그 대상에게 불만을 가질 리가 없다.

그러나 직업의식이 투철한 마조는 정신연령이 낮은 아이의 어리광을 그냥 받아줄 만큼 너그럽지는 못했다. 마냥 오냐오냐 대하는 것도 성미에 맞지 않았다. 게다가 뭔가 불만을 품고 그것을 표현하는 것은 좋은 징조였다. 처음이라 할 수 있는 마조를 향한 J의 부정적인 심리를 자극하는 것도 나쁘지 않을 것이다. 지렁이도 밟으면 꿈틀거리는데 그보다 고등한 동물이라면 당연히 지금보다는 더 나은 반응을 보여야 한다.

"아, 아아익! 우아웅."

"얘 뭐라고 하는 거야?"

"아이 아빠도 못 알아듣는 걸 내가 어떻게 알아."

"요즘 곧잘 어울리던 것 같더니 그동안 뭘 했냐?"

"너는 매일 개 산책시킨다고 해서 개랑 말이 통하든?"

신랄한 진의 대답에 마조는 개를 키워본 적이 없어서 모르겠다고 말하려다가 그만뒀다. 동물이든 사람이든 친하게 되면 감정적인 교감이 형성되면서 눈빛만으로도 서로 통한다는 말에 살짝 기대를 걸어보았는데 아니었던 모양이다.

며칠 전에 1국의 유일한 아이 엄마인 목하가 J를 보고 지나가듯 종이 공작이라도 시켜보지 그러냐는 조언을 해주었다. 손을 많을 움직이는 게 지능 발달에 좋다는 이유에서다. 그 소릴 듣자마자 진이 바로 종이 공작교본을 사가지고 왔다. 주로 저녁에 돌아다니다 보니 낮에는 잠깐씩 눈을 붙이는 거 이외에 그다지 할 일이 없는 상태라 진으로서는 놀 건수가 생겼다 싶은 것이다.

그래서 종일 소파에 앉아서 가끔 딸기우유나 홀짝대며 마조만 쳐다보는 J의 옆에 달라붙어서 종이 공작을 열렬하게 권하는 진이었다. 하지만 언제나 그랬듯 철저히 무시당하자 치매 방지란 명목을 대며 정작 진 본인이 종이 공작에 빠져 살았다. 그래도 말을 거는 횟수나 함께 붙어 있으며 아옹다옹 부대끼는 게 어쩌면 마조보다도 J와 더 친해 보였다. 그런데 아쉽게도 진과 J는 아직 그렇게까지 통하는 사이는 아니었던 거다. 동물적인 면이 서로 통할 줄 알았건만. 그러고 보니 자신조차 오랜 시간 같이 일해온 진과도 안 되는 걸 너무 많은 걸 바란 듯싶었다.

"아디 아유!"

"영어하니? 아님 아랍어?"

"아디유."

커다란 눈동자를 굴리며 뭔가 말을 하던 J는 마조가 계속 알아듣지 못하자 답답한지 자기 가슴을 주먹으로 쾅쾅 쳤다. 그래도 마조가 너 뭐 하는 짓이냐는 시선을 거두지 않자 이제는 서글픈지 입술을 삐죽이며 오른손에 들고 있던 딸기우유 팩을 엄지손톱으로 쓱쓱 긁어댔다.

"하아……."

이제는 한숨까지 내쉬며 고개를 돌려 버린 J는 분명 처음과 비교해 많이 진화한 모습을 보여주고 있었다. 마조에 대한 맹목적인 관심과 그에 대해 오로지 '좋다'란 감정밖에 없었던 J가 이제는 '싫다'와 '아쉬움', '답답함' 등등의 감정을 온몸으로 표현할 수 있게 된 것이다. 그러나 감정 표현에 과도한 에너지를 소비한 J는 옆으로 스르륵 기울 듯 쓰러지면서 소파의 팔길이에 머리를 기댔다.

지금 이 순간에는 마조의 얼굴도 보기 싫은지 슬쩍 고개를 위로 꺾으며 대신 그의 책상을 쳐다봤다. 뭔지 모를 하얀 종이가 가득 쌓여 있는 마조의 책상은 색색의 종이로 만든 재미난 것들로 가득한 진의 책상과는 많이 달랐다.

분명 심정적으로는 진의 책상 위에 있는 것들에 흥미가 동했지만 강한 결단력으로 그것들에 대한 관심을 끊었다. 나름 마조에 대한 의리를 지켰다며 스스로 뿌듯해하던 J에게 무언가 이상한 게 보인 것은 그때였다.

책상 주위에 뭔가 스륵스륵 지나가는 듯하더니 순간 생전 처음 본 남자가 나타나 책상 위에다가 한 뭉치의 종이를 내려놓는 게 보였던 것이다. 동그란 눈을 크게 뜨며 자리에서 벌떡 일어나자 정체불명의 남자도 고개를 들어 J를 바라봤다.

미추의 개념이 없었기에 J에게 남자의 얼굴이 잘생겼는지 못생겼는지에 대한 판단을 내릴 기준은 없었다. 단지 눈이 마주치는 아주 짧은 순간 살포시 웃으며 검지를 입술에 갖다 대는 남자가 조금은 괜찮게 보이기도 했다. 이곳에서 종종 보는 나이든 아저씨들처럼 남자 역시 이마가 굉장히 넓었다. 그것 때문에 남자가 그 아저씨들처럼 나이가 많은 것인지 젊은 것인지는 가늠하기 어려웠다. 다만 얼굴만은 마조와 진보다 더 어리고 탱탱해 보이는 것은 분명했다.

낯선 이의 등장에 J는 무의식중에 팔로 눈을 비볐다. 항상 이 방으로 들어오는 사람들은 똑똑 문을 두들긴 다음에 마조의 허락이 떨어진 후에야 들어오곤 했다. 하지만 J는 똑똑 소리도 못 들었고, 들어오라는 마조의 듣기 좋은 목소리도 듣지 못했다.

이거 혹시 근래 J의 고민거리가 되는 마조의 집에 사는 그 정체불명의 꼬마처럼 저 남자도 자신의 눈에만 보이는 게 아닌지 걱정이 되었다. 그래서 J는 얼른 눈을 비비고 다시 두 눈에 힘을 주고 앞을 뚫어지게 노려봤다.

하지만 언제나 똑같은 자리를 차지하고 J를 보면서 항상 기분 나쁘게 웃던 꼬마와는 달리 남자는 어느 순간 사라지고 없었다. 꼬마처럼 사라지지 않는 존재가 아니라서 일단 안심은 되었지만 기분이 나쁘다는 점에서는 꼬마와 같았다. 설마 저 남자도 다시 나타나서 꼬마처럼 이곳에 터를 잡는 건 아닌가 싶어서. 집에서는 꼬마, 이곳에서는 어른 남자와 대결해야 하는 건가 잠시 심각해지는 J였다.

"으으음……."

눕는가 싶더니 벌떡 일어나 팔로 눈을 비비며 어느 한곳을 뚫어지게 노려보는 J의 눈빛에 점점 살기가 어리자 마조도 시선을 쫓아 같은 곳을 바라봤다. 자신의 책상 쪽을 보는 것 같은데 그곳에 J의 시선을 잡을 만한 것이 있나 살펴보던 마조는 못 보던 서류철이 책상 위에 있는 것을 발견하고는 대번에 눈살을 찌푸리고 말았다. 한 걸음에 달려가 살펴보니 아니나 다를까, 4국에서 보낸 보고서다.

"진, 너는 봤냐?"

"뭘?"

종이 공작에 빠져 있던 진은 왠지 살벌한 마조의 목소리에 무슨 소리냐는 투로 고개를 들어 되물었다. 그러다 마조의 표정이 심상치 않자 언제 안일하게 퍼져 있었냐 싶게 재빠른 동작으로 파트너 곁으로 다가갔다. 그리고 이내 미조의 손에 들린 서류를 보고는 같은 표정이 되고 말았다.

　요청하신 건에 대한 보고서입니다. 두 국이 함께 공조할 만큼의 내용은 아니라 4국 선에서 조사를 마무리하고 보고를 드립니다. 응당 직접 찾아뵙고 드려야 하겠지만 왠지 저희 4국에 대해 꺼려 하시는 것 같아 조용히 놓고 갑니다.

　보고서 위에 놓인 메모에는 짧은 내용이었지만 나 조금 섭섭해요, 하는 서운함이 짙게 깔려 있었다. 이건 위험한 징조다.

　"이래서 4국인… 거야."

　4국은 자기들 나름으로는 항상 사람들과 좋은 관계 개선을 위해 노력하려는 듯하지만 언제나 엇박자였다. 진정 사람들이 원하는 게 무언지 모른다. 하지만 어디서 초조한 마음으로 자신들의 반응을 지켜보고 있을지도 모르기에 정작 마음속 말은 조심스레 안으로 삼키는 마조였다.

　"항상 고마워."

　"그, 그렇지……."

　얼굴은 소태 씹는 표정들을 하고선 입으로는 딴말을 하는 것은 다소 비겁한 행동이었지만 과정이야 어쨌든 그건 현명한 짓이었다. 멀지 않은 곳에서 두 사람을 지켜보던 대머리총각은 매우 흡족한 마음에 가벼운 발걸음으로 4국에 돌아가 일을 무사히 마치고 왔다며 선배들에게 자랑했기 때문이다.

　이제 들어온 지 얼마 안 돼서 4국에서는 귀여운 막내인 대머리총각이 기뻐하는 모습에 나머지 사도들은 모두 자신의 일처럼 기뻐해 주었다. 이로써 내사과로 넘어가는 마조와 진의 평가에 좋은 문구가 쓰일지 누가 알겠는가.

　"꼭 이런 식으로 일을 해야 해?"

　외관을 보더라도 보통의 평범함과는 거리가 있어 보이는 고급 레스토랑의 전용 주차장에 차를 주차하기는 했지만, 정작 내릴 생각이 없던 마조는 차 문을 열고 나가려는 진을 막으며 말했다.

　"여기까지 와서 왜 이래?"

　"다시 한 번 생각해 봐. 우리가, 아니, 4국이 헛다리 짚은 것일 수도 있잖아. 그리고 무엇보다 우리의 가정 역시 그리 신빙성있는 건 아니잖아? 그냥 도리없으니 막무가내로 밀고 갈 수밖에 없는 상황이라는 건 알지만 이건 아니라고 봐."

　어느새 다가와 차 문이 열리기를 기다리는 주차 직원을 의식한 마조는 최대한 조용한 목소리로 진을 설득하려 했다.

　"마조, 이성을 차려! 1%의 가능성, 아니, 0.0000001%라도 수상한 점이 있으면 그게 아무리 무모한 미친 짓이라도 덤비는 게 우리 일이잖아."

　"이성을 되찾을 사람은 바로 너야. 상대는 내가 아는 사람이라고. 이런 식으로 접근했다가 일이 잘못되면."

　그게 뭐 망신이냐는 말은 굳이 하지 않았다. 그런 말 해봤자 진의 질 낮은 장난을 더 부추길 거라는 건 너무도 잘 아니까.

　"너도 알다시피 '사회'에서 알게 된 사람이 일과 얽히면 신중해야 한다는 것쯤은 상식이잖아. 게다가 상대는 내가 그곳 출신이라는 것도 몰라. 자칫 우리 예상이 틀리기라도 한다면 그 뒷일을 감당할 사람은 네가 아니라 바로 나 혼자라고."

"그럼 여기까지 와서 포기해? 단지 상대가 열두 살 이후로는 만나지 않았던, 그럭저럭 알고 지냈던 녀석이라는 것 하나 때문에 아무것도 하지 않고 우리 일을 포기하자는 거야? 아무래도 우리가 잘못 짚은 것 같으니 댁은 무혐의야, 라고?"

진은 몸에 착 달라붙은 고급 소재의 양복을 손바닥으로 쓱 훑어 내리며 빈정거렸다. 언제나 일을 우선시하는 마조를 알기에 설득하는 거야 쉬운 일이라고 자신하는 태도다. 아무리 싫어도 마조는 따를 수밖에 없을 것이다. 이보다 최선의 방법은 없을 테니까. 그러나 일이 잘못된다면 마조에게는 망신도 이런 망신이 없을 정도의 데미지가 따를 것도 안다.

하지만 어차피 진의 입장에선 잃을 게 하나도 없는 모험이었다. 그러기에 거리낌도 없었고 무식할 정도로 무모할 수 있었다. 순간 저런 것의 농간에 빠져서 이 자리까지 온 자신에 대한 혐오로 마조는 제 가슴을 쥐어뜯고 싶었다.

며칠 전의 보고서 하나가 사람의 운명을 이렇게 갈라놓았다.

4국이 보내준 보고서에는 수상한 소모임에 관한 자료가 있었다. 하지만 그걸 읽은 마조는 순간 믿지 못하겠다는 표정으로 몇 번이나 같은 부분을 읽어 내려갔다.

박건하.

아는 이름이었다. 같은 이름이야 얼마든지 있지만 그 뒤에 나열된 프로필과 동일한 주인은 마조가 아는 한 단 한 명뿐이었다.

“이럴 녀석이 아닌데…….”

박건하는 건연물산의 둘째 아들로 마조가 어릴 때 어울렸던 멤버 중 하나였다. 같이 어울렸던 대부분이 두어 살이 많았던 관계로 나이가 동갑이었던 둘의 관계는 다른 이들과 비교하면 제법 친했다고도 할 수 있는 그런 사이였다. 그마저도 열두 살에 마조가 어머니를 따라 영국으로 간 이후로 끊어졌지만.

그랬기에 마조가 기억하는 건 열두 살까지의 박건하였다. 어린아이의 눈에 보이는 또래아이에 대한 감상에 얼마만큼의 신빙성이 있는지는 장담할 수가 없다. 게다가 그의 기억 사이에 존재하는 15년이란 시간이 박건하에게 어떤 작용을 시켰는지도 마조는 모른다. 그럼에도 불구하고 마조는 박건하란 사람에 대해 적어도 장담할 수 있는 것이 있었다.

그는 바르고 정직했다. 더불어 엄청난 자존심을 소유한 인물이었다.

자칫하면 오만하고 끝 간 데 없이 강한 성격이 될 수 있었을 정도로 어릴 때부터 자신에 대한, 그리고 가족에 대한 엄청난 책임감과 자부심을 가지고 있었다. 또한 그것을 깨트리는 어떠한 불순함조차 참기 어려워했다. 그렇기에 자신과 사회가 권장하는 도덕적인 관념과 기준을 철저히 지키는 데 별 어려움이나 부담감을 느끼지도 않았다. 덕분에 자신의 기준에 의한 의무를 마조에게까지 권유하는 바람에 꽤나 번거로워했던 기억이 있을 정도였다.

그런 아이가 이제는 약에 찌든 사이비 종교 집단으로 추정되는 단체를 이끌어가는 인물로 의심을 받고 있었다.

열두 살이 그래 봤자 어린애지. 크면서 변하는 게 사람이란 말이 있지만 기본이란 것은 그리 쉽게 변하는 게 아니었다. 게다가 직접 만나지는 않았지만 누나에 의해 전해 들은 그의 소식에 의하면 어릴 때와 그리 달라진 게 없다는 것이다. 여전히 도덕적이고 자존심 강한 도련님이었다. 부친은 여전히 건재했고 형보다 더 뛰어난 수완과 능력으로 후계자로 주목받고 있다는 건 몇몇 경제지만 읽어도 알 수 있다.

하지만 그가 정기적, 혹은 무작위로 자주 만나는 이들의 구성과 그들의 자금을 추적하는 과정에서 알게 된 상황들을 보면 의심스러운 게 한둘이 아니었다. 결코 무시할 수 없는 거금이 박건하에게 흘러갔고, 그것이 또 알 수 없는 제3자에게로 갔다. 사업상의 거래가 있었던 것도 아니다. 그리고 자신에게 들어온 자금을 개인적인 용도로 쓰거나 오래 가지고 있지도 않았다.

박건하란 뜻밖의 인물이 섞인 것은 의외이지만 우연인지 운인지 일단은 마조와 진의 추리와 딱딱 맞아떨어지는 정황들이었다. 확실하게 사이비 종교 단체라고는 단정할 수는 없겠지만 매주 목요일 저녁마다 정기적으로 동일한 장소에 모이는 것과 거액의 자금이 일방적으로 한쪽으로만 움직인다는 것은 분명 수상한 일이었다.

"박건하에게서 빠져나간 자금은 모두 양승이란 자에게 갔어. 그리고 양승은 그것들을 해외로 빼돌렸고. 그럼 박건하는 중간책 아니면 다른 이들처럼 이용당하고 있다는 가능성이 큰데."

"남에게 이용당할 녀석은 아니야."

"자기가 똑똑하다고 자만하는 사람일수록 철저하게 속아 넘어가기 쉽지."

"게다가 그 녀석 집안은 모두 독실한 기독교였어."

"혼자 개종했나 보지."

"우리가 추리했던 것처럼 종교가 아닐 수도 있다는 거야."

정기적인 모임과 자금의 흐름만을 가지고 사이비 종교와 관련되었다고 단정할 수는 없는 문제였다. 그리고 아직까지 송미가 말했던 문제의 약과 관계되었다는 근거는 없다. 그렇다고 아니라는 증거 역시 없기에 답답한 상황이라는 것은 마찬가지였다.

"게다가 4국조차 잠입에 실패했다는 것이 보통내기들이 아니라는 거야. 교육받은 우리도 4국의 사도들을 잡아내지 못하잖아. 그런데 그네들이 모임을 가지는 저택에 잠입하려던 사도가 하마터면 잡힐 뻔했어. 반면 박건하에게는 쉽게 접근할 수 있었다는 것은 저택을 지키는 자들이 박건하까지는 보호하지 않는다는 이야기겠지. 그것은 네 말처럼 그가 이용당하고 있다는 가능성이 높다는 소리야. 천하의 박건하를 이용하고 사도들의 움직임을 잡아낼 수 있는 자들이 고작 사이비 종교만 운용하고 있을까? 무엇보다 양승이란 사람은 그것이 진짜 이름인지도 분명하지 않을 정도로 그의 뒤를 캐낼 수 없었다는 게 말이 돼?"

4국의 사도가 잠입에 실패했다. 결코 좌시할 문제가 아니었다. 겨우 사이비 종교 단체를 운영하고 있는 이들에게 그런 능력이 있다는 것부터가 심상치 않다. 어쩌면 자금을 모으기 위한 수단의 하나거나 돈세탁을 위한 하부 조직일 가능성이 높다는 이야기다. 즉, 종교성을 가졌든 아니든 간에 박건하가 주도하는 듯 보이는 모임이 양승, 혹은 그 상관에게는 일차적인 목적을 위한 이차적인 수단에 불과할 수 있다는 것이다.

그리고 지금 마조와 진이 쫓고 있는 것은 광적인 신도들에 의해 살해당했을 수도 있는 J일가 살인 사건의 범인이었다. 이 둘 사이에 무슨 연관성이 있는지는 아직 아무도 모른다.

"어쩌면 이것은 우리 사건과 연관이 없을 수도 있어."

"하지만 연관이 없다는 근거도 없지."

명확하게 정해진 수사 방향이 없는 이상, 마조와 진은 이것저것 복잡하게 따질 여유가 없었다. 적어도 무언가 수사를 진행하고 있다는 증거를 국장에게 내보여야만 했다. 거기에 수확이 있다면 다행이겠지만 없다고 해도 다른 일로 한 건 처리한다면 그다지 나쁜 결과는 아니었다.

진은 박건하의 일이 굳이 J일가 살인 사건과 관련이 없다고 해도 수상한 점을 발견한 이상 무시할 수만은 없다는 입장이었다. 그리고 그것은 마조 역시 마찬가지였다.

"그럼 일단 닥치고 덤벼보기로 하자."

"그런데 양승이란 자에게 접근하려면 역시 박건하를 건넌 다음에야 가능하겠지? 너, 이 녀석하고 많이 친하냐?"

"어릴 때의 친분 이상은 없어. 열두 살 이후로 만난 적도 없고."

"그래도 나보다는 낫잖아. 게다가 넌 돈도 많고."

보고서에 따르면 박건하가 접촉하는 이들은 처음 마조와 진이 추리했던 것처럼 집에서 내놓은 망나니들이지만 경제적으로는 넉넉하다 못해 넘치는 이들이었다. 그리고 개중에는 제법 잘

나가는 엘리트들도 끼어 있었는데 모두가 박건하와 개인적으로나마 약간의 친분이 있는 이들이었다.

"약간의 친분을 이용해서 접근해 봐."

현재로선 사도들조차 잠입을 실패했다는 문제의 저택에 당당히 들어가려면 박건하를 거치는 방법 외에는 없었다.

"무슨 방법으로?"

친분이라고 해봤자 이미 강산이 한 번 변하고도 넘은 인연이다. 상대는 마조가 영국에서 돌아왔다는 사실도 모를 가능성이 컸다. 게다가 그사이 훌쩍 자라 버린 마조의 얼굴을 그가 알아볼 것인가도 문제였다. 나름대로 경계심을 갖고 있을 텐데 무작정 아는 척하며 먼저 다가가면 오히려 그쪽에서 먼저 경계할 수도 있었다.

또 알아본다고 해도 오랜 시간 교분이 없었던 마조를 문제의 저택으로 데려갈 리도 만무했다. 다행히 마조가 경제적으로 넉넉하다는 것은 박건하도 잘 아는 사실이다. 그것 하나만은 훌륭한 미끼였다. 그러나 박건하 주위에 돈 많은 사람은 넘쳐났다. 그렇다고 해서 그 모두를 저택에 데려가지는 않았다. 무언가 그들에게 저택의 출입을 허락한 요건과 믿음이 있었을 것이다. 우선은 그것을 찾아내야만 했다.

"그런데 이 사람이 양승이야?"

진은 박건하를 조사하다가 함께 찍힌 양승의 사진을 보며 잠시 고개를 갸웃거렸다.

"이거 여자야, 남자야?"

양승은 작고 갸름한 얼굴이 무척이나 아름다운 사람이었다.

가느다란 속 쌍꺼풀을 가졌지만 커다란 눈에 또렷한 검은 눈동자가 한눈에 시선을 끌어모았다. 크지도 작지도 않은 볼륨감있는 선명한 입술과 곧은 콧대와 높으면서 날카롭지 않는 콧망울 등, 전체적으로 보기 좋고 매력적인 조화를 이룬 얼굴이면서 굉장히 중성적이었다. 얼굴만으로는 도저히 성별을 구별하기 어려웠다.

머리 모양은 귀를 덮을 정도의 짧은 커트인데다가 머리칼이 가늘고 결이 고와서 그런지 잘못하면 기름진 머리로 오해받을 수 있을 정도로 착 가라앉아 있었다. 그러나 그것이 양승에게는 꽤나 어울렸다. 당연히 머리카락이 짧다, 길다는 것으로 성별을 확인할 수는 없었다.

180㎝가 조금 안 되는 키에 가늘고 마른 몸매도 문제를 애매하게 만들었다. 요즘은 여성도 180㎝가 넘는 경우가 심심치 않게 있었다. 더구나 양승은 뭐랄까, 남성적이면서 여성스러운 두 가지 분위기를 모두 가지고 있었다. 복장도 검은 정장에 분홍색 넥타이를 매고 있지만 유니섹스에 편승해서 보자면 성별 판별에는 아무런 도움이 되지 않았다.

"목젖이 없으니 여자 아닐까?"

한참 양승의 사진을 보던 마조가 결론을 내듯 말하자 진은 고개를 저었다.

"J도 목젖은 없지만 남자애잖아."

말똥말똥 눈을 깜박이고 있는 J를 잠시 쳐다보던 마조는 곧 수긍한다는 의미로 고개를 끄덕였다. 순간 이유는 모르겠지만 J는 울컥 기분이 상하고 말았다.

"실물을 봐야 알겠지만 사진 상으로는 J처럼 중성적인 느낌
이 강한 사람이겠지."

"하지만 아무리 사진이고 중성적이라고 해도 대개는 한눈에
아, 이 사람은 여자다, 아니면 남자라는 느낌이 있잖아. J도 중성
적이지만 첫눈에 봐도 남자라는 걸 알 수 있는데 이 사람은 아
무리 봐도 모르겠단 말이지."

진이 양승과 J를 비교하며 말하자 마조도 하긴 그렇다고 작게
중얼거렸다. J도 만만치 않게 예쁘장한 얼굴과 작은 몸집을 가
져서 중성적인 느낌이 강하지만 한 번도 남자가 아니라고 의심
해 본 적이 없었다.

두 남자의 대화를 가만히 듣고 있던 J는 이상하게 점점 기분
이 나빠졌다. 둘의 이야기가 무언지는 몰랐다. 자신을 두고 뭐
라 하는 것 같은데 그것이 무슨 의미를 뜻하는지 알 정도는 아
니었다. 그런데 이상하게도 굉장히 불쾌하고 기분 나빴다. 그리
고 손에 들고 있던 딸기우유 팩이 일그러지는 것은 순간이었다.

어린 소녀의 가슴에 비수를 꽂았다는 것도 모른 두 남자는 열
심히 박건하에게 접근할 건수를 찾기에 바빠서 미처 유감스럽
게도 그걸 알지 못했다.

"그런데 양승을 바라보는 박건하의 눈빛이 심상치 않지?"

"심상치 않은 게 아니라 이 정도면……."

"사랑에 빠진 거야."

진은 판정을 내리듯 주먹으로 가볍게 책상을 두들겼다. 만약
박건하가 양승에게 빠져 있다면 그가 이용당하고 있다는 것이
조금은 납득이 갔다. 바른 성품인만큼 자신의 감정에도 정직한

사람이었다. 이런 사람들이 의외로 일편단심에 맹목적이고 적극적으로 행동하는 경우가 많았다. 사람의 감정을 사진만으로 추측하는 건 정확한 게 아니었지만 4국이 보낸 보고서에도 양승에 대한 박건하의 감정이 관심이나 단순한 호감 그 이상으로 보인다고 쓰여 있었다.

"그럼 이 시점에서 중요한 것은 박건하가 양승에 대해 알면서도 따라주는 것인지, 모르고 그냥 당하고 있는 것인지 아는 게 우선이겠군."

박건하와 양승이 함께 찍힌 사진을 높이 들어 올려다보던 마조는 심드렁하게 말했다.

사랑에 빠진 박건하라……. 어릴 적 인연을 용의선상에 두고 조사한다는 것이 마냥 기분이 좋지만은 않았다. 차라리 나쁜 기억을 가진 상대라면 좋았을 거란 생각에 쓰게 웃었다.

"아니지, 아니야! 중요한 것은 네가 박건하에게 접근하는 게 우선이지."

"그러니까 무슨 수로?"

"그야 동병상련의 기분을 느끼게 하는 거야. 아무리 오랫동안 만나지 않던 사이래도 자기와 같은 처지라면 왠지 정겹지 않겠어? 아무래도 이건 박건하 혼자만의 짝사랑 같으니까 너도 비슷한 상황이란 걸 알면 배로 반가울 거다."

"아예 소설을 써라."

혀를 끌끌 차며 진의 의견을 묵살하려던 마조는 그래도 마지막으로 다시 한 번 사진을 보았다. 냉랭한 양승의 표정과는 대조적으로 뭐가 그리 좋은지 활짝 웃고 있는 박건하의 얼굴에서 그의 감정이 잡힐 듯 선하다. 양승과 함께 찍힌 사진은 겨우 세 장밖에 없었지만 다른 이와 있을 때와는 확연히 다른 무언가가 분명 있었다. 그것이 사랑이든 아니면 속내를 감추고 속이기 위한 술수이든 박건하에게 있어 양승이 특별한 존재임은 바보라도 확신할 수 있었다.

"박건하가 사랑이라⋯⋯."

어린 시절 창가에 걸터앉아 종이비행기를 날린 적이 있다.

어른들의 모임에 따라갔다가 자신과 비슷한 처지의 또래들과 뭉쳐 노는 것도 귀찮아서 집 안으로 들어가 3층의 아무 방이나 들어갔었다. 당시 중학교 과정의 문제집들로 가득했던 것으로 봐선 집주인의 딸이 공부방으로 사용하는 곳인 듯했다.

딱히 마조의 시선을 끈 것은 없었다. 그래서 창문을 열고 창턱에 걸터앉아 뒤뜰의 경치를 구경하다가 올려본 푸른 하늘에 구름이 보이지 않는 게 이상하게 눈에 거슬렸다. 깃털 같은 조각구름조차 없는 푸른 하늘이 불완전해 보인다는 것은 혼자만의 궤변일지 모른다. 그렇더라도 싫은 건 싫은 것이다.

무슨 생각이었는지 모른다. 남의 물건에 손을 대는 취미 따윈 전혀 없음에도 주인의 허락 없이 연습장에서 종이 한 장을 뜯어내서 비행기를 만들었다. 그리고 여봐란 듯이 새파란 하늘에 날려 보냈다. 그것이 하늘 높이 날아가 구름이 될 수 없음에도.

역시나 어린애의 약한 팔 힘으로 날려 보낸 종이비행기는 공중으로 비실비실 날아오르다가 볼썽사납게 바닥으로 추락하고 말았다. 마조는 하늘과는 다른 푸름으로 싱싱하게 살아 있는 잔디밭 위에 떨어진 비행기를 한참이나 노려보았다. 제 역할도 못하고 땅에 추락한 종이비행기의 모습이 초라해야 하는데 그렇지 않아서 왠지 약이 올랐다. 그러나 굳이 내려가서 줍지는 않았다. 대신 연습장 한 권을 모두 종이비행기로 만들어 하늘에다가 한꺼번에 뿌렸다.

구름을 대신할 목적으로 만들어진 그 하얀 것들은 제각기 다른 모양새로 바람에 나부끼다가 눈처럼 이내 땅 위로 내려앉았다.

세상에 무언가를 대신할 수 있는 다른 어떤 것은 존재하지 않는다. 다 같은 하얀색이라 해도 종이가 구름이 될 수는 없다. 하늘을 날 수 있다고 해도 그것은 잠시뿐이다. 비를 내릴 수 있는 구름과는 다르게 종이로 만든 대체물은 비를 맞으면 추락해 추하게 변한다. 대신이라 생각한다는 것 자체가 어불성설이었다.

볼품없이 추락하는 종이비행기에 약 올라할 게 아니라 절대 불가능한 것을 꿈꾼 자신의 어리석음을 비웃어야 했다.

종이비행기로 가득한 뒤뜰에 박건하가 등장한 것은 그때였다. 잔디 위에 어지러이 널려 있는 것들을 잠시 바라보던 그는 주위를 둘러보다가 오래지 않아 창문에 걸터앉아 있는 마조를 발견했다. 뒤뜰을 어지럽힌 주범을 바로 눈치챈 박건하는 살짝 이마를 찌푸리더니 바닥에 떨어져 있는 종이비행기들을 하나씩 줍기 시작했다. 꽤 많은 수였는데도 그 작은 손에 모두 담고는 총총걸음으로 시선 밖으로 사라지더니 몇 분 지나지 않아 마조가 머물러 있던 방문이 열리면서 종이비행기를 가슴에 한 아름 품은 박건하가 들이닥쳤다.

방 안으로 들어온 박건하는 들고 있던 종이비행기 모두를 마조를 향해 내던졌다. 하지만 때마침 창문을 통해 불어오던 바람이 방 안으로 들어오면서 종이비행기들은 마조가 아닌 박건하를 스쳐 지나, 열어둔 문 뒤의 복도로 날아가 버렸다. 눈치없는 바람의 장난치고는 제법 그럴싸한 장면을 연출했다.

의도와는 다르게 마조가 아닌 자신의 주변에 더 많은 종이비행기가 깔린 것을 보며 박건하는 인상을 찌푸리면서도 애초의 목적을 잊지 않았다.

"쓰레기는 쓰레기통에 버려."

"그래서?"

"스, 쓰레기통에 버리라고."

마조의 뻔뻔한 반응은 예상하지 못했는지 당황한 어조로 말까지 더듬은 박건하는 발치의 종이비행기들을 발끝으로 툭툭 건들며 훈계를 늘어놓았다.

"그것들, 쓰레기 아니야. 종이비행기야."

"땅에 떨어진 순간 이것들은 쓰레기가 됐어."

"네가 쓰레기로 취급했기 때문에 쓰레기가 됐지. 그전에는 분명 종이비행기였어."

"하늘은 날지 못하는 건 비행기가 아니야."

"다시 날리면 날 수 있어."

마조의 반박에 박건하는 순간 무슨 말로 받아쳐야 하는지 곰곰이 생각하는 듯했다. 그러다 회심의 미소를 지으며 마조에게 따졌다.

"너, 다시 날릴 생각도 없었잖아."

"그걸 네가 어떻게 알아?"

"그, 그거야……."

"네가 아니라도 곧 내려가서 가져오려고 했어. 내가 열심히 만든 것들이니까. 쓰레기처럼 버릴 리가 없잖아? 넌 주인의 허락도 없이 남의 것을 줍고 아무렇게나 뿌려 버린 거야, 쓰레기처럼."

어린애가 어린애일 수밖에 없는 이유는 작기 때문이다. 키도 작고, 생각도 작고, 마음도 작고, 보이는 것도 작다. 그렇지 않아도 작은 가슴에 오기를 담으면 더욱 작아질 수밖에 없다. 그런데도 거짓말은 어디에 숨어 있었는지 술술 잘도 나온다.

"그, 그렇다면 사과할게……."

"당연하지. 그리고 그것들은 네가 주웠으니 이제부터 네 거야."

"뭐?"

"주운 사람이 임자란 말이 있잖아. 너 가져."

작다고 해서 그게 꼭 어리석다는 걸 의미하는 건 아니다. 아주 가볍게 쓰레기들을 처리한 마조는 가벼운 마음과 걸음으로 그 방을 나와 버렸다. 그리고 나중에 들은 이야기로 박건하는 한 권의 연습장으로 만든 종이비행기를 모두 주워서 쓰레기통에다가 얌전히 버렸다고 한다. 그냥 두고 아무렇지 않게 사라져 버리기엔 박건하는 너무도 성실했던 것이다.

사뭇 어른이 되어버린 박건하가 과연 그때처럼 지금도 쓰레기에 대한 정의를 내리듯 명확하게 자신의 감정을 분리수거할

수 있을지가 궁금했다. 그리고 성실하게 그것들을 쓰레기통에
버릴 수 있는가도.

"그래, 박건하가 사랑에 빠졌다고 가정하자. 그런데 동병상
련을 일으키자면 나도 상대가 있어야 할 거 아니야. 무턱대고
오랜만에 만난 녀석에게 짝사랑하는 사람이 있다고 신세한탄을
할 수는 없잖아. 적나라한 실제 상황을 보여주는 게 백 마디 말
보다 좋지. 그럼 누가 좋을까? 우리 국에 그런 역을 맡길 만한
인물이… 솔직히 없잖아."

아무리 가짜라도 좀 그럴싸한 상대가 아니라면 절대로 짝사
랑하는 사람이라고 내보일 수가 없었다. 그래서 몇 명 있지도
않은 1국의 여자 요원들을 하나씩 떠올리며 머릿속에서 붉은 줄
을 쫙쫙 긋는 마조였다.

"있잖아."

"누구?"

"너 설마 파트너를 버릴 작정이냐?"

"……."

잠시 할 말을 잃고 멍하니 진을 쳐다보던 마조는 순간 피식
웃으며 고개를 돌려 버렸다. 농담이라도 너무 질이 낮았다.

"이번에는 좀 진했다. 비록 비웃음밖에 끌어내지 못했시만
그럭저럭 웃기기는 했어."

"무슨 소리야. 아직 양승이 여자인지 남자인지 모르는 단계
잖아. 만약 양승이 남지라면 박건하는 너한테 진한 동지애를 느
낄 거고, 여자더라도 결코 이루어질 수 없는 너의 사랑을 동정
하며 안타까워하다가 널 끌어들일지도 모르는 일이잖아."

그러나 진은 굉장히 진지했다. 진지하다 못해 개기름으로 반지르르한 얼굴에서 광채가 나올 정도였다. 이제 종이 공작에 대한 흥미는 날아가고 새로운 장난감을 발견한 광견의 눈빛이 무서울 지경이었다.

"네가 진짜로 미쳤구나."

"무슨 소리야. 우린 파트너잖아. 언제나 하나란 뜻이지."

차라리 진이 'We are the world'를 외쳤다면 이렇게 역겹지는 않았을 것이다. 범세계적인 숭고한 정신 때문이 아니라 당하는 사람이 자신만이 아니라는 안도감에서다. 그러나 방금 진이 말한 '우리'는 두 사람만이 포함된 아주 작은 규모의 우리였다. 확실하게 비위가 상하는 단어였다. 특히 그것이 내포하는 의미를 보자면 더욱더.

"차라리 죽……."

마조가 소름에 겨운 말을 끝까지 토해내기도 전에 먼저 행동으로 나선 존재가 있었다. 아까부터 심적으로 굉장히 불편했던 J는 이제는 결정적으로 기분이 완전히 상하고 말았다. 당연히 이유는 모른다. 무조건 싫었다. 그리고 머릿속 어딘가에서 외치는 소리에 몸을 맡기고 행동으로 그대로 옮겼다.

저놈은 가만히 둬서는 안 되는 놈이다.

너무도 가벼운 몸집이었기에 소파 위에서 몇 번 몸을 뛰어 탄력을 받은 J는 그대로 진의 뒤통수를 발등으로 가격해 버렸다. 그와 함께 여태 손에 꼭 쥐고 있던 딸기우유 팩에서 먹다 남은 우유가 흘러 공중에 뿌려졌다.

J의 폭력은 분홍빛이 도는 달콤함이었다, 적어도 마조에게는.

"끄아아악!"

마침 마조와 진의 사무실 밖을 지나던 오린은 갑자기 들리는 돼지 멱따는 소리에 살래살래 고개를 저었다. 너무도 평범하고 정상적이며 상식적인 그가 보기에 마조와 진은 대체 무슨 생각을 하고 사는지 모를 이상한 사람들이었다.

오늘 하루도 '그곳' 에서의 생활이 고단했던 수습생 오린에게 있어 1국 자체는 이상한 우주인 집단과도 같았다.

CHAPTER 06
달콤한 연인들

각본은 굉장히 단순하고 유치한 내용으로 단시간에 짜여졌
다.

박건하에게 접근해 동병상련이든 동정심이든, 무엇이라도 짜
내기 위해 필요한 배우는 다행히 두 명이면 충분했다. 짝사랑에
빠져 실연의 늪을 헤매는 불쌍한 '모 군' 과 도도하고 잘났으며
무엇 하나 부족할 게 없다 보니 너무 자기애가 강해서 타인의
마음을 이해하고 받아들이는 것에 인색한 '잘났군' 이렇게 두
사람. 모두가 진의 설정이었다.

"다 좋아. 다 좋은데 왜 네가 '잘났군' 이지?"

"당연히 도도하고 잘났으니까."

"네 어디기?"

"온몸에서 흘러넘치는 게 보이잖아. 짜줄까?"

　진은 두 손으로 목 아래에서부터 팔이 닿는 부분까지 자신의
몸을 쓸어 넘기다 옷자락을 쥐어짜는 흉내를 냈다.

　"이거 먹고 정신이나 차려. 듣는 내가 다 창피하다."

　자화자찬을 외치며 온몸으로 느끼는 진에게 마조는 자신의
책상 서랍에 들어 있던 한약 봉지 하나를 던졌다. J와 함께 산
이후로 왠지 정신이 산만하고 가슴이 불안하게 뛰는 게 이건 아
니다 싶어서 누나에게 진정제로 효력이 있는 약을 부탁했었다.
약의 쓴맛은 싫어하지만 일단 몸에 좋은 것은 열심히 챙겨 먹는
다. 덕분에 마음의 안정을 되찾고 있던 그는 진심으로 자신의
파트너 역시 제정신을 찾기를 바랐다. 그렇기만 한다면 약 한
봉지가 문제겠는가.

　"왠지 피부가 반들반들해진 것 같아."

　먹자마자 효과가 드러나는 약은 드물다. 하물며 마조의 누나
가 그런 명의도 아닐뿐더러 그가 준 약은 잘해봤자 심신 안정
효과 이상은 아니었다. 그런데 진은 봉지에 든 한약을 쭉쭉 빨
아 먹은 것도 모자라서 몇 방울 남은 것을 손바닥에 받아 뺨에
톡톡 두들기며 금세 피부가 좋아졌다고 황홀해했다. 마조는 그
런 진을 외면하며 작게 중얼거렸다.

　"내가 불쌍하다."

　저런 걸 어디 내놓고 파트너라고 보여주는 건 분명 망신스런
일이었다. 그런 마당에 예전에 조금 알고 지내던 이에게 진을
자신이 일방통행으로 쫓아다니는 사람이라고 오해하게 만들어
야만 한다. 모 군과 잘났군 역할을 모두 남자가 해야 한다는 아
찔함보다 자신의 미적 취향과 수준을 박건하가 어떻게 생각할

지가 더 걱정이고 심란했다. 충분히 자신에게 동정을 느낄 만한 상황이었다.

"차라리 내가 잘났군을 하면 안 될까?"

"니 주제에 어떻게 잘났군을 하겠다고. 나 정도는 돼야지."

은근히 운을 떼보는 마조를 비웃으며 진은 코웃음을 쳤다. 누가 뭐래도 제 잘난 맛에 사는 것만큼 맛난 것은 없었고, 진은 의외로 미식가였다.

"아님 다른 요원에게 부탁하는 건? 아무래도 잘났군이 남자라는 건 현실성도 없고 나와도 맞지 않는 설정이야. 게다가 우리 1국에도 여자 요원은 몇 되잖아."

차라리 40대 초반의 목하가 진보다는 더 낫다는 게 마조의 입장이었다. 그러나 결연한 표정으로 묻는 그에게 진은 검지를 까딱거리며 뭘 모른다는 듯 말했다.

"넌 진정한 사랑을 해보지 않아서 몰라. 이룰 수 없는 사랑만큼 애절하고 애틋한 게 없는데 그걸 알아주는 사람은 별로 없단 말이지. 자기 마음은 찢어지는데 사람들은 그까짓 것으로 죽지 않는다고 시시하게 치부할 때마다 얼마나 화가 나는지 알아? 뭔가 마이너하고 쉽게 이해되지 않을수록 이해받기를 원하고 인정받고 싶은 게 사람이야. 특히 그게 짝사랑일 때는! 그래서 사람들은 자기와 같은 처지의 동지를 만나게 되면 마음의 경계를 한풀 꺼뜨리게 되지."

말을 하다가 과거의 일이 떠오르는지 짝사랑을 언급할 때의 진은 거의 울상이었나. 손가락으로 눈가를 톡톡 찍기까지 했다. 마조도 그 마음은 잘 안다. 진이 실연이라는 것을 당하고 장장 1년을 사람 행세를 못하고 시들어가는 걸 그 옆에서 지켜본 적이 있기에 더욱. 그러기에 경험을 바탕으로 한 진의 주장을 마냥 무시할 수만은 없다는 것도 안다. 하나 진을 상대로 그런 감정을 끌어내는 연기를 하기에 마조의 연기력이 너무 미천하다. 아마 박건하도 동조하지 못할 게 분명했다. 막상 진을 본다면 말이다. 무엇보다 진 본인도 자기가 마이너인 걸 알 정도인데.

"자신과 비슷한 처지의 동료라 생각하면 꽉 아문 문도 저절로 열리게 마련이야. 난 네가 그 정도의 연기력과 참을성은 있을 거라 확신한다."

"이런 마이너하고 그로테스크한 조합이 과연 동질감을 느끼게 할 수 있을까?"

오히려 박건하가 미적인 우월감에 마조를 무시하지 않는다면 다행일지도 모른다.

"괜찮아. 여자인지 남자인지도 모를 양승이란 것에 빠져 있는 박건하의 감정도 마이너하고 그로테스크하니까."

"그래도 그쪽은 얼굴이라도 되지."

"내가 어때서!"

진은 버럭 화를 내며 한약을 바른 얼굴을 두 손으로 살포시 감쌌다.

"유독 '잘났군' 역할에 집착하는 것 같다?"

"내 순수함을 의심하지 마. 난 저기 구석에 있는 J보다 더 아름답게 빛나는 순수 덩어리니까."

유려한 동작으로 두 손을 가슴 위로 교차시킨 진은 두 눈을 유난히 부담스럽게 반짝반짝 깜박였다.

"카아악! 으웩!"

아끼는 딸기우유를 흩뿌려 가면서 진에게 폭력을 행사하고 나서, 그것도 노동이라고 소파에 늘어져서 헉헉거리고 있던 J가 그 순간 갑자기 캑캑거리며 헛구역질을 해댔다. 물론 진의 말과 행동에 자극을 받아 그런 건 아니었다. 이단옆차기라는 나름 과도한 신체 활동으로 인해 위가 잠시 울렁거린 것뿐이었다. 이 순간 J의 의도는 진짜 순수했다.

하지만 너무 시기적절해서 마조는 저도 모르게 J의 머리를 쓰다듬어 줬다, 이것이 기른 보람이 있게 가끔은 예쁜 짓도 하는구나 하는 심정으로. 문제는 상황과 자신의 행동에 대한 사람들의 심리와 이해관계를 알 리 없는 J는 그저 헛구역질을 했던 자신의 행동에 마조가 좋아하는 것으로 이해하고 말았다는 게 문제다.

덕분에 남은 하루 내내 억지로 쥐어짜듯 캑캑거리며 헛구역질을 해댄 바람에 결국 J는 오랜만에 집에 돌아와 무릎 꿇고 앉아 두 손을 들고 30분 동안 벌을 받아야만 했다. 그러는 동안 J는 거실 한쪽에 있는 일인용 소파에 거만하게 앉아 있던 소년이 흘리는 비웃음을 참고 견뎌야만 했다.

소년은 언제나 저런 식이었다.

J가 처음 이 집에 왔을 때부터 피식거리며 웃을 뿐 아무 말 없이 그저 바라만 보았다. 거만하고 기분 나쁜 우월감이 가득 섞인 표정으로. 그 순간 J는 알았다. 저 녀석은 적이다. 오늘도 소년은 J를 향해 비우호적인 웃음을 날리며 어린 소녀의 가슴을 뭉그러뜨렸

다. 비록 외형적으로는 뭉그러질 가슴이 전혀 없는 J였지만 말이다.

그런 소년의 만행을 마조에게 고자질하고 싶었지만 유감스럽게도 그는 보이지 않는 듯했다. J는 억울함을 참지 못하고 손으로 소년을 가리키다가 제대로 벌을 서지 않는다고 야단만 맞았다. 소년은 보이지 않는지 오직 J만을 보고, J에게만 말을 걸었다. 얼마 지나지 않아 자신과 소년과의 차이를 깨달은 J의 입에 순간 통쾌한 미소가 어렸다.

보이지도 않는 주제에.

아무리 소년이 J를 비웃어봤자 그는 보이지 않는 존재였다. 보이지 않는 것들은 없는 것과 마찬가지였다. 물론 이런 고차원적인 생각을 J가 머리로 할 리는 없다. 다만 체계적이고 논리적으로 표현하지 못할 뿐 강한 본능으로 그걸 깨닫고 이해를 해버린 것이다.

J는 일부러 자신을 비웃던 소년의 미소를 흉내 내며 똑같이 갚아주었다.

"웃어? 너 지금 날 비웃는 거냐? 장족의 발전이지만 당하는 입장에선 과히 유쾌하지만은 않는구나. 손 똑바로 들지 못해."

그러나 유감스럽게도 마조의 눈에는 소년이 보이지 않았고 그 존재조차 모르고 있었다. 당연히 재수없어 보이는 J의 미소가 향한 곳은 마조일 수밖에 없었다. 그리고 J가 소년을 흉내 내서 똑같이 만들어낸 미소는 왠지 사람을 울컥하게 만드는 묘한 구석이 있었다.

마조의 뒤편에 버젓이 앉아 있는 '존재하지 않는 소년' 이 J에게 가소롭다는 듯 혀를 차는 소리가 들렸다.

인상을 찌푸리며 J에게 등을 보이고 방으로 들어가 버린 마조와 자신이 실수한 것은 아는지 울상이 되어버린 J를 보며 소년은 웃었다. 그것은 재미난 장난감을 발견한 해맑은 어린아이의, 너무 순수해서 도리어 잔인해 보이는 미소와 많이 닮아 있었다.

진의 유치 발랄한 시나리오에 의해 두 사람은 바로 다음날부터 작전에 착수하기 시작했다. 그런데 그 준비 과정에서 마조는 진이 왜 그토록 '잘났군'에 목을 매달았는지 깨달을 수 있었다.

"아무래도 돈이 많이 있어 보여야겠지?"

당연했다. 박건하가 비밀스런 모임을 가지는 자신의 저택으로 데려가는 이들은 하나같이 있는 집 자제들, 혹은 그 본인이었다. 그 점에서 마조는 걱정하지 않아도 된다.

"괜찮아. 집안 내력이야 서로 잘 아니까. 박건하 입장에선 나 정도는 좋은 먹잇감으로 보일걸."

"너야 괜찮지만 난 아니잖아. 이렇게 없어 보이는 차림을 하고 있으면 분명 날 업신여길 거야."

"넌 얼굴도 없이 보여."

"대신 도도하고 잘난 얼굴이지."

엄지와 검지로 'ㄴ'을 만들어 턱을 괸 진이 마르고 거친 얼굴이 돋보이는 상큼한 표정으로 웃었다. 그러나 이내 시무룩해져서는 작게 중얼거린다.

"나도 좋은 옷만 입으면 너처럼 돋보일 거야. 아마도 널 박건 하 앞에서 창피하게 만들 정도로 초라한 몰골은 아닐 테지. 내가 뭔가 있어 보여야지 너도 있어 보이는 녀석을 미치게 좋아하는, 그래도 뇌세포는 살아 있다고 볼 거 아냐."

"사람의 품격은 옷에서 나오는 게 아니야. 넌 지금 이대로가 마이너하고 그로테스크해서 좋아. 이왕 무너지기로 한 거, 많은 기대는 하지 않기로 했다."

"마음속 소리를 외면하지 마. 이런 내가 넌 창피하잖아. 창피하지?"

"당연히 창피해."

부정할 마음은 없었다.

"창피함의 정도를 낮출 수 있는 길이 있는데 왜 스스로를 자학하니."

악마의 속삭임은 언제나 달콤하다. 무엇보다 그 유혹을 뿌리치기에 마조는 적당히 속되고, 충분할 정도로 가진 게 많은 남자였다. 당연히 잃을 것도 많았기에 연연해하는 부분 역시, 기대하지 않는다는 말과는 다르게 있었다. 마음속에서 타협을 이끌어내는 건 쉽고 짧았다. 마조히스트가 아닌 이상 자학은 즐길 대상이 아니었다.

"역시 우리 마조 씨는 속물이네."

마조가 작게 고개를 끄덕이는 것을 보고 진이 입꼬리를 사악하게 말아 올리며 속삭였다. 비난하는 투는 아니었다. 남을 비난하기에 앞서 자신 역시 못지않은 속물이었기에. 오히려 그것은 뜨거운 동지애를 느끼게 하는 암호와도 같았다. 그래서 마조도 굳이 자신이 속물이라는 걸 부인하지는 않았다.

그와 함께 스스로 속물이라는 것을 숨길 마음도, 부끄러운 기색도 없는 진은 파트너의 속물근성을 이용해 마음껏 자신의 물욕을 채웠다. 귀여운 여인처럼 말이다.

지금 이 순간, 진의 배경 음악은 더도 말고 덜도 말고 필히 'Pretty Woman' 이어야만 했다.

고전이 된 것 중에, 매춘부가 남자 하나 잘 만나서 팔자를 폈다는 내용의 영화를 근래에 다시 리메이크해서 크게 흥행한 것이 있었다. 그 영화와 동명의 주제곡 역시 함께 리메이크되어 사람들에게 좋은 반응을 일으키고 있었기에 마조도 잘 알고 있는 영화와 노래였다.

그랬기에 두 손 가득히 쇼핑백을 들고 발끝으로 사뿐사뿐 걷는 진의 모습이 영화 속 한 장면과 오버랩되고 말았다. 슬픈 것은 전혀 사랑스럽지 않은 존재가 아름다웠던 여배우를 대신했다는 것과 아무것도 모르면서 옆에서 똑같이 진을 따라 하는 J였다. 절대 영화처럼 아름답거나 상큼하지 않는 장면들이다.

진의 말대로 부유해 보이기 위해서는 외관부터 신경을 쓸 수밖에 없었다. 그리고 가장 손쉽게 부티 나는 방법은 명품을 길치는 것이었다. 속성법으론 이만한 것이 없다. 절대 스스로에게 품격이 나올 인간이 아니니 겉만이라도 잘 꾸며야 했다. 작전 도중에 조금이라도 낯을 세우기 위해 마조가 데려간 곳을 보자마자 진의 눈동자에 광채가 흘렀다. 어찌 보면 광기에 더 가까웠지만 그건 모른 척해두자.

“이, 이곳은……."

그도 그럴 것이, 마조가 데려간 곳은 얼마 전에 J의 물품을 사러 갔다가 안에도 들어가 보지 못하고 쫓겨난 곳이었던 거다. 사실 쫓겨난 것도 아니었다. 예약자가 아니면 문도 열어주지 않는 곳이라 철저히 무시당했을 뿐이다.

마조도 예약을 하지 않은 것은 진과 사정이 같았지만 결과는 너무도 달랐다. 그의 얼굴을 보자마자 매장의 매니저는 조금의 주저도 없이 바로 문을 열어주었던 것이다, 화사한 영업용 미소와 함께.

마조는 몸에 걸치고 있는 모든 것을 명품이라는 것들을 애용하고는 있지만 특별히 좋아하는 브랜드는 없었다. 사람들이 소위 명품이라고 부르는 것들에 대한 집착도 없다. 좋은 물건을 사서 유용하게 쓰면 좋고 그렇지 않으면 앞으로 그 제품은 다시 사지 않으면 되는 일이다. 비싸다고 해서 무조건 명품이 되는 것은 아니다. 단지 유명하고 비싸다고 해서 명품이라고 부르는 것도 우습다. 다만 그것들이 자신의 취향에 맞으니 문제였다. 취향에 맞는데다가 잘 어울리기까지 하니 구매하지 않을 도리가 없다. 장사치 입장에서야 자주 찾아와서 돈을 왕창 쓰고 가는 마조를 마다할 이유가 없다. 그들에게 있어 마조는 매너 좋고 돈도 많은 우아한 봉이었다.

당연히 그가 나타나자 예약의 유무와 상관없이 바로 환대를 받는 이유다. 요즘 같은 불경기에 원칙 따져 가며 장사하기란 참 어렵다.

그의 뒤를 따라 들어오는 구질구질한 차림에 수염이 듬성한

키만 큰 남자와 예쁘장한 미소년에 잠시 눈길이 머물었지만 그뿐이었다. 척 봐도 물주는 마조다. 하지만 잠시 후 그들을 경악하게 만든 건 물주의 지갑을 열게 만드는 구질구질한 동행인의 작태였다.

"이것하고, 이것도……. 이건 J한테 어울리겠다. 흐응, 그런데 왠지 싸구려처럼 보이네."

"그럼 다른 곳으로 가고."

영화의 주인공은 진만이 아니었다. 영화 속 남자 주인공처럼 고객을 위해 준비된 패브릭 소파에 나른하게 앉아 있던 마조는 거만하게 옷을 고르는 진과 장단을 맞췄다. 파트너 생활도 어언 수년, 허투루 해먹은 게 아니다.

"그럴까? 그래도 구경한 것은 사야지, 몇 푼 되지도 않는 거. 마음에는 안 들지만 집에서 입기에는 그럭저럭 괜찮아 보인다."

입어보지도 않고 자신과 J의 옷을 두어 벌씩 고른 후 진은 어깨를 으쓱하며 별 볼일 없다는 듯 손을 털었다. 명품매장의 매니저로서 자부심이 대단한 입장에선 굉장히 자존심 상하는 언사였다.

"고객님의 취향에 맞지 않으신다면 굳이 구입하지 않으셔도 됩니다. 옷이란 아무리 좋아도 입는 사람의 마음에 들지 않으면 빛이 나지 않는 법이죠."

하지만 오랜 경력과 서비스 정신으로 무장한 그녀는 영업용 미소를 조금도 흩뜨리지 않은 채로 진에게 우아하게 대항했다. 거기에 앞서 조용히 거부의 의사도 내비쳤다. 고객만 물건을 선택할 권리가 있는 것이 아니다. 판매자 역시 여유가 있다면 고객을 가리는 게 좋았다. 질 낮은 고객은 상품의 질을 떨어뜨린다고 생각하는 판매자라면 말이다. 그러나 무시하기엔 너무 큰 고객과 함께 온 손님의 경우, 아무리 까다로운 판매자라도 손님을 고를 수 있는 선택 폭은 좁았다. 뭐라 해도 결국 장사치의 입장이란 것에서 크게 달라지지 않기 때문이다.

매니저에게 있어 마조는 완전 소중한 VIP고객이었고, 그를 따라 들어온 떨거지는 미워도 소중한 고객의 옵션이었다.

"집에서 입기에는 좋아 보이는데."

댁한테 안 팔아도 우리 괜찮아요, 하는 고고한 분위기를 내뿜던 매니저의 우아한 얼굴에 순식간 금이 그어졌다. 한발 앞서서 마조는 진과 J의 옷을 몇 벌 더 고르고는 매니저에게도 들리게 진에게 말을 했다.

"집에서 입을 것은 이것이면 됐고, 외출복은 다른 곳에서 사자. 이곳보다 더 좋은 곳 알고 있어."

대충 이런 식으로 말이다. 물론 구입한 것은 J의 것이 더 많았다. J의 것을 다섯 벌 사면 진의 것은 한두 벌 살까 말까다. J야 부잣집 도련님이었기에 얼마를 쓰든 구애가 없다. 그러나 진이 구입한 것들은 모두 마조의 지갑에서 나온 것으로 값을 치렀다. 거액의 영수증이 딸린 수사비를 요청했다가 감사를 받는 것보다는 낫기 때문이다.

그런 주제에 신이 난 것은 진이었다. 생색을 내는 것도, 잘난 체를 하며 저번에 받은 모욕에 대한 한을 풀어내는 것도 진이었다. 그걸 알면서도 마조는 적당히 진의 비위를 맞춰주었다. 다시 안 봐도 상관이 없는 사람보다는 그래도 함께 일하는 파트너의 기분이 더 중요한 게 사실이다. 그리고 무엇보다 이것도 하다 보니 꽤나 재미가 있었다.

영화 속 남자 주인공이 하릴없이 여자에게 돈을 썼던 게 아니다. 쇼핑 자체는 귀찮지만 해주면 해주는 대로 기분이 좋아 헤벌쭉 입이 찢어지는 진과 J를 대동하며 느끼는 묘한 짜릿함에 기분이 좋았다. 정승처럼 벌어서 정승처럼 쓰는 돈의 미학은 속물근성의 최고봉이었던 것이다.

헤어숍에 데려가 머리를 손질하고 인상이 구질해 보이던 주 원인인 수염도 깔끔하게 정리한 진의 외모는 그럭저럭 봐줄 만은 했다. 언제 빨았는지 모를, 절대 청색이 아닌 청바지와 빈티지 패션을 지향하는 상의를 벗어던지고 마조가 사준 옷으로 구색을 맞추니 원래의 없어 보이는 인상보다는 나아 보였다. 진이 그렇게나 억척스럽게 '잘났군'을 강조했던 이유였다. 공짜가 무서운 건 사람이 점점 뻔뻔해진다는 것이다. 더 줘, 더 줘, 아무리 외쳐도 진의 얼굴이 붉혀질 날은 절대 오지 않을 거다.

무엇보다 이것으로 진은 일주일 후에 있을 사촌의 결혼식을 위해 양복을 사지 않아도 되었다. 꼭 제대로 된 양복 하나 구입하라고 부모님께 받은 수표는 자연스럽게 그의 붉은새 커다란 복돼지 안으로 들어갔다. 아직 절반도 채워지지 않은 허한 뱃속 때문인지 돼지를 잡는 날은 모호했지만 마냥 행복하기만 한 뻔뻔한 청년, 진이었다.

진은 자신이 화수분 하나를 주운 기분이었다.

'Jour heureux'은 박건하가 자주 애용하는 프랑스 전문 레스토랑이었다.

마조와 진은 그가 오지 않는 날과 시간을 피해 몇 번인가 그곳을 일부러 찾아갔다. 박건하가 고정으로 앉는 테이블 옆 좌석을 예약하고 테이블 담당 웨이터에게 후한 팁을 줌으로써 종업원에게 자연스럽게 낯을 익혀두었다. 그리고 대망의 D—day가 도래했다.

금요일 저녁, 박건하가 양승과의 저녁 식사를 위해 'Jour heureux'에 예약을 해둔 날이었다. 박건하보다 십여 분 늦게 예약한 자리에 우아하게 나타나 그의 시선을 끌면 되는 일이었다. 그런데 막상 시간이 되자 마조는 망설이며 차에서 내리지 않고 버텼다. 오히려 진을 붙잡으며 작전을 바꿔보자는 그답지 않은 약한 모습까지 보였다. 매일 수십 번, 이건 아니라고 왔다 갔다 하던 마음이 일을 목전에 두고 빵 터진 게 꼭 그의 탓만은 아닐 것이다.

"내가 미쳤던 거야."

지금까지 마조가 '그곳'의 일을 하면서 개인적으로 아는 사람과 얽힌 적은 한 번도 없었다. 인간관계의 폭이 넓거나 깊지도 않았거니와 그의 담당 분야가 그가 속했던 사회와는 조금 거리가 있기에 가능한 일이었다. 덕분에 그를 아는 대부분의 사람들은 아직도 마조가 영국에 있는 것으로 알고 있었다. 누이를 제외하고 친가와는 왕래가 거의 없는 상태라 더욱 그랬다.

그래서 이번에 박건하를 만나게 되면 삽시간에 그쪽에 마조의 귀향에 대해 알려지는 것은 순간일 터였다. 거기에 일이 잘못되면 이건 완전히 돌아온 탕아보다 못한 변태에, 눈까지 굉장히 낮은 놈 취급을 받기 딱 좋은 상황이었다. 이런 식의 귀환은 절대 사절이었다.

"J를 생각해. 이번 사건이 저주 같은 비현실적인 게 아닌 인간의 탐욕에 의해 일어난 비극적인 일이라는 것을 알게 된다면 그 녀석 친척들도 J를 다시 받아줄 거다. 그게 무얼 의미하는지는 너도 알지? 넌 자유라는 거지. 그 스토커 같은 녀석한테서 말이야. 스토커가 뭐니, 미저리지."

또다시 악마의 유혹이 시작됐다. 귀가 얇은 것도 아닌데 마조는 진의 감언이설에는 약한 면모가 있었다. 이상하게 계속 듣고 있으면 진의 말이 꼭 맞는 것 같았다. 사람이 말발이 좋은 건지, 이성이고 논리고 다 떠나서 진의 말대로 따르면 일이 해결될 것만 같은 묘한 기대감이 생겨 듣지 않고는 배길 수가 없다.

"모로 가도 목적지만 정확하게 도착하면 되는 거 아니겠어? 내 동물적인 육감이 말해주고 있다고. 이번 일은 내 직감이 맞아. 만약 그렇다면 박건하도 니에 대한 소문을 내고 다닐 처지가 아니란 거지. 오히려 너에 대해 숨겨줄걸."

진득하게 달라붙는 진의 목소리에 마조는 얕은 한숨을 내쉬었다. 생각해 보니 여기서 포기하면 지금까지 투자한 게 조금 아깝기도 하다. 무엇보다 친가나 어릴 적 알고 지내던 인연들을 자신이 신경 쓸 이유가 없었다. 그들에게 무슨 소리를 듣든, 어떤 취급을 당하든 무에 상관일까. 현 시점에서 중요한 것은 개인의 자존심과 체면이 아닌 사건의 조속한 해결이었다. 순식간에 워커홀릭 모드로 돌변하는 마조였다.

"나가자."

"잘 생각했어."

진이 어깨를 툭툭 치자 손바닥에 닿는 부분이 거대한 바위라도 매단 듯 무거워졌다. 사회생활, 특히 직장생활의 비애와 공무원으로서의 의무감을 오늘만큼 절실히 느낀 적은 결단코 없을 것이다.

대리석이 깔린 레스토랑 입구에 들어서자 낯익은 웨이터가 반갑게 그들을 맞이했다. 미리 예약해 놓은 자리에 앉아 요리를 기다리며 마조는 진과 짜놓은 시나리오에 맞춰 대화를 나누기 시작했다.

"완전히 이곳에 정착하기로 한 거야?"

"그럴 예정이야. 너는?"

"글쎄……."

확실한 대답을 피하는 척하며 마조는 진에게만 머물러 있던 시선을 돌려 무의미하게 주위를 둘러보았다. 그러다 문득 자신을 보고 있는 박건하와 눈이 마주쳤다.

마조가 홀로 들어섰을 때 우연히 그를 목격한 박건하는 첫눈에 상대가 누구인지 알아보았다. 거의 15년이란 시간이 흘렀음에도 박건하는 마조를 똑똑히 기억하고 있었다. 그도 그럴 게, 어릴 때와 별로 변하지 않은 마조의 외모와 분위기가 한몫했던 것이다.

두 사람의 시선이 엉키자 박건하가 두 눈을 크게 뜨며 아는 체를 했다. 그러자 박건하의 앞에 앉아 있던 양승이 그의 시선을 따라 자연스럽게 고개를 옆으로 돌렸다.

사진이 아닌 양승의 실물을 처음 보는 순간이었다. 남색 바탕에 검은 스프라이트의 정장을 입고 은회색 셔츠와 같은 색의 타이를 맨 양승은 실제로 봐도 선뜻 성별을 구별하기 힘든 외모였다.

여자여도 좋고 남자라도 전혀 상관없을 정도로 아름다운 얼굴이었다. 하얗지만 창백해 보이지 않는 깨끗하고 고운 피부에, 그린 듯 보기 좋은 붉은 입술이 매혹적이었다. 총명해 보이는 눈매와 긴 속눈썹 아래 보이는 맑은 눈동자 하며, 무엇 하나 빠질 것 없이 빼어난 미모였다. 억지로 성별을 나눠서 규정지을 의미를 찾기 어려웠다. 양승은 성별을 떠나 그 자체만으로 아름답고 매력적인 인물이었다. 외모만으로 따진다면 말이다.

박건하가 반응을 보이는 인물이 있어 호기심에 고개를 돌린 양승은 마조를 보자 찰나지만 분명 눈에 이채를 띠었다. 마치 마조가 누군지 알고 있다는 표정으로 슬며시 입꼬리를 올리며 웃기까지 했다. 하지만 그야말로 순간이라 마주 보고 있던 마조마저 긴가민가할 정도로 짧은 순간 지나갔다.

언제 흥미를 보였냐는 듯 양승은 곧 시큰둥한 얼굴로 마조를 외면해 버렸다. 박건하만이 기억 속 저편에 남아 있는 어린아이를 지금의 마조에게서 찾기에 여념이 없었다. 그 시선에는 당신이 내가 아는 그 마조가 맞다는 확신을 받고 싶어하는 마음이 담겨 있었다. 마조가 조금이라도 그를 기억하는 티를 내보이면 당장에라도 자리에서 일어나 악수를 건넬 기색이었다. 마조를 전혀 기억하지 못하는 것보다는 좋은 현상이었지만 아직은 원하는 때가 아니었다.

반가운 내색마저 비치는 박건하를 싸늘하게 외면하고 앞에 앉아 있는 진을 다시 쳐다보았다. 그리고 아주 자연스럽게 파트너를 향해 미소를 지었다. 우선은 성공이다 싶어서 다행이란 의미가 내포된 것이지만 어릴 적 마조의 성정을 어느 정도 알고 있던 박건하로선 놀랄 수밖에 없었다.

오랜 시간을 알아온 사이는 아니지만 그가 아는 차분하고 이성적이지만 정감이라고는 전혀 찾아볼 수 없었던 어린 마조와는 너무도 다른 모습이었기 때문이다. 순간 자신이 사람을 잘못 보았나 싶었다. 더욱이 마조 측이 내내 자신을 무시하자 박건하도 이내 관심을 끊고 양승을 보며 멋쩍게 웃어 보였다.

한동안은 주문한 요리들을 먹으며 양 테이블에선 각자의 이야기에 집중하는 시간을 가졌다. 그리고 드디어 마조와 진은 작전을 개시했다.

"많이 고민했는데 이거… 받아주지 않겠어?"

마조가 작은 보라색 벨벳 상자를 진에게 내밀었다. 반지가 들어 있는 전형적인 사이즈의 보석함이었다. 장황한 설명이 없어도 누가 봐도 대충 사정을 알 수 있는 그림이다.

"네가 결국 미쳤구나."

냉랭한 진의 대답에 마조는 이게 연기라는 걸 알면서도 절로 울컥 치밀어 오르는 것을 애써 참아야만 했다. 이 순간 속으로

희열에 부들부들 떨며 좋아하고 있을 진의 새까만 양심이 눈앞에 아른거렸다.

"여진… 내 마음은… 지, 진심이야. 진지하게……."

마음에도 없는 소리는 많이 해보았다. 그러나 이처럼 비위 상하는 거짓고백은 해본 적이 없기에 마조는 말을 더듬고 말았다. 그것이 오히려 더 절실하고 애틋하게 들려서 악어의 눈물만큼 슬픈 마조였다.

진이 달콤한 화이트 와인을 얼굴에 끼얹는 바람에 애절한 마조의 대사는 그것으로 끝이었다.

"이제 우리 더 이상 만나지 말자. 난 이런 관계는 힘들고 귀찮아서 싫다."

진은 냅킨을 우아하게 테이블에 내던지며 냉정한 이별의 대사를 던지고 사라져 버렸다. 레스토랑을 나가는 그의 얼굴이 비통해 보이는 것은 먹다 남기고 떠나야만 하는 연어에게 안녕을 고하는 게 슬펐기 때문이다. 안녕, 내 연어로 시작하는 애련가 따위를 흥얼거리며 사라지는 진의 무대는 우선 이것으로 일단락되었다.

이제부터 연어만도 못한 존재가 되어버린 마조의 연기력만이 일의 승패를 좌우할 터였다.

머리카락과 얼굴을 타고 뚝뚝 흘러내리는 와인이 손등에 떨어질 때까지 가만히 있던 마조는 아주 천천히 자리에서 일어났다. 어느새 벨벳 상자를 움켜쥔 손이 부들부들 떨리는 것은 당연히 쪽이 팔리기 때문이었다.

레스토랑 안의 손님들은 물론 종업원들까지 마조에게서 노골적인 호기심을 거두지 못하는 마당에 멀쩡하다면 오히려 더 이상하다. 마조와 진의 잘 짜인 연극을 정확히 보지도 못한 이들마저 그들의 근처에 있는 사람들에게 설명을 들으며 고개를 끄덕이는 게 보였다.

이 안의 모든 사람들에겐 이를 사리문 마조가 방금 막 당한 실연에 애통해하는 것으로만 보였다. 세상의 인식이 아무리 너그러워져도 동성애는 현실적으로 많은 어려움이 따른다. 사람들이 받아들이는 이해의 깊이도 서로 다르다. 이곳저곳에서 수군거리는 소리에는 잘생긴 마조가 아깝다는 평에서 멀쩡한 남자가 뭐가 아쉬워서 같은 남자를, 이라는 비난이 있는가 하면 괜히 자기 일처럼 안타까워하는 부류도 있었다.

마조는 웨이터가 내미는 하얀 광목의 냅킨을 받으며 최대한 무뚝뚝한 목소리로 물었다.

"화장실."

웨이터가 안내한 화장실로 들어간 마조는 냅킨으로 대충 머리카락과 얼굴에 묻은 와인을 닦아냈다. 지금 같아서는 두 번 다시 이곳에는 오지 못할 것이다. 제법 마음에 드는 곳이라 개나리 꽃가루만큼 안타까움이 일었다.

"사마조, 사마조 맞지?"

마조가 세면대에서 종이 타월에 물을 묻히고 있을 때 뒤에서 그를 부르는 소리가 났다. 근 10년에 가까운 시간 마조로만 불렸던 관계로 성까지 함께 불리니 순간 그게 자신의 이름인가 싶을 정도로 어색하다. 처음엔 어디서 많이 들었는데 저게 누구 이름인가 고개를 갸웃거릴 뻔했다. 덕분에 무시하려던 것이 아니었음에도 그 이름에 반응한 것이 조금 늦었다. 마조는 슬쩍 고개를 들어 거울을 통해 박건하를 노려보면서 천천히 입을 뗐다.

"누구더라?"

"나 기억 안 나? 박건하. 건연의 둘째."

"아아, 박건하?"

알면서도 이제야 기억이 났다는 표정으로 아는 체를 하자 박건하가 피식 웃는다. 현재 좋은 꼴이 아닌 마조로서는 그 웃음이 비웃음 같아서 인상을 구기고 말았다. 마조가 기분 나빠한다는 걸 모르지도 않을 텐데 박건하는 오랜만의 재회를 순수하게 기뻐하듯 태연히 말을 걸었다.

"언제 돌아온 거야? 들어왔다는 소식은 듣지 못했는데."

"얼마 전에."

"지금껏 네가 돌아왔다는 소리가 지나가는 바람으로도 없어서 난 네가 다시는 이곳으로 돌아오지 않을 생각인 줄 알았다."

"나도 그러려고 했지. 그런데 인생이란 게 뜻대로 되지 않을 때가 있어서 말이야."

"의외네."

"의외성이 있어서 인생은 살맛이 나는 거 아니었던가?"

물을 묻힌 종이 타월로 다시 얼굴을 닦으며 마조는 심드렁히 대답하면서 더 이상 대화를 나누고 싶지 않다는 의중을 눈빛에 담아 박건하를 보았다. 하지만 다행스럽게도 그 바람은 무시당하고 말았다.

"그런데 아까 그 사람하고는……."

"더 이상 아무 말도 하지 마."

"민감한 문제인 건가?"

"사생활이다. 남의 사생활에 저급한 호기심을 내보이는 짓은 삼가줬으면 좋겠군, 바른 소년 박건하."

"어릴 적 별명 불러봤자 서로 좋은 거 하나도 없지 않나, 세바스찬 백작."

어린 나이에도 행동거지가 뚝 부러지고 완벽했던 마조이다. 덕분에 당시 인기 있던 개그 프로에서 혈통 좋은 귀족이라며 한 개그맨이 거만하지만 우스꽝스럽게 연기했던 캐릭터인 '세바스찬 백작'은 그대로 마조의 별명이 되고 말았다. 좋은 의미가 결코 아니었기에 마조는 세바스찬 백작이라고 불리는 걸 못마땅해했다. 그리고 자신의 별명을 싫어하기는 박건하도 마찬가지였던 모양이다.

"오늘은 왠지 일진이 안 좋은 것 같군."

옛날 세바스찬 백작이라 불리던 시절의 거만하고 쌀쌀맞은 모습으로 돌아간 마조는 손을 씻으면서 박건하에게 들릴 정도로 중얼거렸다. 그러나 재회를 반기지 않는 마조와 대조적으로 박건하는 무척이나 기분이 좋아 보였다.

"난 오랜만에 친구를 만나서 일진이 좋구나 했는데 섭섭하네."

"친구?"

"그럼 아니야?"

"뭐, 지나가는 개한테도 어이, 친구라고 부를 순 있으니까."

"개가 되고 싶어?"

“네 친구가 되느니 개가 되는 게 더 나을 수도.”

손에 묻은 물방울을 탁탁 털어내며 마조는 무심히 대답했다.

“우리 사이가 그렇게 나빴었나? 난 나쁜 기억은 없는 것 같은데 넌 아닌가 보군.”

“나쁜 것도 없지만 좋은 것도 없었어. 친구라고 하기엔 우리 사이에 존재하는 감정들이 너무 단편적이라고 생각하지 않아? 난 친구라는 말, 아무에게나 쓰지 않아.”

“난 너처럼 복잡하게 생각하지 않아. 내 기억은 그 당시가 참 재미있고 좋았다고 말하고, 그것만으로도 난 널 친구라 부르기에 충분하다고 생각해.”

마조는 속으로 성격도 좋다고 투덜거렸다. 그 역시 박건하에 대해 나쁜 기억은 없었다. 그저 성격만 좋은 게 아니라 똑똑하면서 야무진 구석이 있던 녀석이라 오히려 그럭저럭 성격이 맞는 편이었다. 그렇지 않았다면 또래가 그 하나뿐이었다고 해도 상대하지 않았을 것이다. 이런 입장만 아니었다면 반색하며 반가워하지는 않더라도 먼저 손을 내밀어 악수를 청할 정도의 호감은 가지고 있었다.

그러나 현재 마조는 근무 중이었다. 공과 사는 분명히 해야지. 이래서 공무원은 피곤하다. 아니, 이게 바로 모든 직장인의 비애일 것이다.

“일행이 있지 않았던가? 혼자 두는 건 예의가 아니지.”

“아아, 이해해 줄 거야.”

“너그러운 사람인가 보군.”

"음, 뭐, 그렇지……."

마조가 일행을 언급하자 박건하는 절제도 모르고 마냥 웃으며 양승에 대한 개인적인 감정을 감추지 못했다. 그러나 너그럽냐는 말에는 선뜻 긍정하지 못하고 말끝을 얼버무렸다. 이는 양승은 좋아하지만 그의 단점을 못 알아볼 정도는 아니라고 해석할 수 있었다. 단점까지 허용한 애정인지, 아니면 심각할 정도로 깊은 애정은 아니라는 뜻인지, 중요한 부분이지만 일단 판단은 유보할 문제였다.

"가서 식사나 마저 해라."

"그래도 이렇게 만났는데 악수라도 하자. 그 정도는 하는 게 정리잖아."

성격 좋은 박건하가 먼저 손을 내밀었다. 그러나 마조는 악수를 청하는 따뜻한 손을 가볍게 밀어내며 대신 화장실의 차가운 문고리를 잡았다.

"화장실에서의 해후라니… 넌 비위도 좋다."

낯을 세울 처지가 아님에도, 오늘 보았던 일을 비밀로 해달라고 부탁해도 모자랄 판국에 마조는 내내 박건하를 무시하고 박대했다. 자신의 처지는 걱정도 하지 않는 저 당당함이 세바스찬 백작이라 불리던 소년 본연의 모습이라는 걸 박건하는 알고 있었다. 그러기에 어이가 없어 혀를 차거나 네까짓 게 뭐가 잘났냐는 비웃음은 나오지 않았다. 그가 알고 있는 마조는 원래가 이런 사람이었던 것이다. 어린 나이에도 굉장히 재수없는 성격이었음에도 그게 꼭 싫지만은 않았고, 지금도 거슬리지 않는 걸 보면 본인 성격도 만만치 않은 박건하였다.

“그래도 나는 반가웠다. 정말.”

비록 마조의 등을 보며 중얼거린 혼잣말에 불과했지만 굳이 상대가 자신의 진심을 알아주기를 바라는 기대는 없었다. 알아 줘도 그만, 아니래도 상관은 없다. 어차피 그만큼의 거리가 자신과 마조와의 관계라는 것을 박건하 역시 알고 있었다.

계획대로 무사히 레스토랑을 나온 마조는 한시라도 빨리 이곳에서 떠나고 싶었다. 옷에 배인 달콤한 와인 향에도 기분은 점점 나빠지고 있었다. 평소에 즐겨 마시던 것인데 앞으로는 그러지 못할 것 같았다. 훌륭한 파트너 덕분에 즐거움 하나가 또 사라지고 말았다.

그런데 엎친 데 덮친 꼴로 주차장에 와보니 유일한 도피구마저 사라지고 없었다.

호박으로 돌아가 버린 마차를 보았을 때 신데렐라의 심정이 이랬을까. 버젓이 주차되어 있어야 할 차가 보이지 않으니 어쩌면 그녀보다 더 황당한 처지일지도 모른다. 신데렐라는 호박과 생쥐들이라도 남았지, 마조에게는 지금 아무것도 남은 게 없었다.

“동행 분이 먼저 일이 생겨 가신다면서 키를 달라기에 드렸는데요. 분명 같은 일행이시라 전 아무 의심 없이…….”

마조에게 차키를 받아 대신 주차를 하고 열쇠를 보관하고 있던 주차 직원은 마조 일행을 똑똑히 기억하고 있었다. 최근 자주 찾아오는데다 팁도 아낌없이 주는 터라 노력하지 않아도 자연스레 얼굴을 익히게 되었다. 평소에도 두 사람 사이가 각별해 보여서 진이 차키를 요구하자 아무 의심 없이 건네주었던 것이다. 그런데 나중에서야 차 주인이 키를 찾으니 순간 긴장이 돼서 이 상황을 어떻게 모면해야 할지 머리를 싸매야만 했다. 잘못하면 일자리도 잃고 값비싼 차를 배상해야만 할 처지에 놓인 것이다.

"아니, 됐습니다."

다행히도 마조가 손을 들어 별일없다는 식으로 말을 하자 직원의 입에서 절로 안도의 한숨이 흘러나왔다. 진이 오늘만도 사람을 여럿 잡는다. 심정적으론 도난신고라도 해버리고 싶었지만 인생이 불쌍해서 관두기로 했다. 물론 가장 불쌍한 것은 지지리 파트너 운도 없는 마조 자신의 처량한 신세다. 파토난 파트너와의 결말이 절도죄와 고소라면 몇 년은 회자될 웃음거리가 될 것은 자명할 테니 말이다.

"우린 조직 개편 안 하나."

절대 가망이 없다는 걸 알면서도 개편하는 김에 1국의 파트너 제도도 폐지되기를 살짝 바라는 마조였다. '그곳'에서 파트너 제도가 있는 국은 1국이 유일한 상태였다. 남들도 안 하는 거 왜 우리만 해야 하는지 조금 억울하기도 했다.

휘황찬란하게 뜬 달을 바라보며 마조는 어디서 용하다는 정화수라도 구해볼까 진지하게 고민해 보았다.

"아, 씨발……."

비나이다, 비나이다 따위 통했다면 굴착기로 땅이라도 파서 정화수든 뭐든 구해서 빌어봤을 거다. 그뿐인가. 무속인들이 자주 찾아간다는 산에 올라가 초에 불 켜고 부채춤도 췄을 것이다. 하지만 유감스럽게도 마조에게 판타지적인 순수성이라고는 쥐뿔에 붙은 비듬만큼도 남아 있지 않았다. 만약 소원이 이뤄진 다면 그건…….

"꿈."

*   *   *

마조와의 뜻밖의 재회는 박건하에게 의외로 기분 좋은 감상을 품게 했다. 키는 훌쩍 커버렸지만 의외로 많이 변하지 않은 마조를 만나니 옛 기억들이 새록새록 떠올랐다. 이제 와서 보면 피식거리며 한번 웃고 말 일들이 대부분인데 그때는 진짜 심각할 정도로 고민하고 걱정한 적이 많았다.

동갑이었지만 왠지 그 시절의 마조는 자신보다 어른처럼 느껴졌다. 그것 때문에 질투도 하고 괜히 환심을 사보려고 옆에서 어슬렁거려 보기도 했다. 물론 가끔은 소소한 의견 충돌로 약간의 다툼 비슷한 것도 있었고, 그럴 때면 대부분, 아니, 항상 박건하가 지고 말았다. 그것에 대해 나쁜 감정이 남아 있는 건 아니었다. 그러기엔 마조는 언제나 완벽했고 박건하가 그리던 이상 그 자체였다.

마조는 모르겠지만 그가 보친을 따라 영국으로 떠났을 때 정말 많이 서운하고 쓸쓸하기도 했다. 적어도 그때는 자신과 마조가 친구라고 생각했다. 그래서 오랜 시간의 간격에도 불구하고 대번에 마조를 알아봤는지 모르겠다.

툴툴거렸지만 마조 역시 자신을 기억하고 있었다는 것에 조금은 흐뭇하기도 했다. 짧은 대화 중에 나눈 것이 비록 까칠한 인신공격이 대부분이었지만, 그것도 마조의 지적대로 화장실에서의 아름답지 못한 재회라지만 박건하에게는 충분히 애상에젖을 만큼의 만남이었다. 예전 같은 호감과 동경은 없지만 그래도 내심 반가웠던 건 사실이다.

잠시 화장실 갔다 온다며 떠난 박건하가 돌아와 자리에 앉자양승은 묘한 미소를 지으며 그를 맞았다.

"재미난 일이라도 있으셨나 봐요. 표정이 좋아 보입니다."

양승은 목소리조차 성별을 가늠하기 어려운 중성적인 매력을풍기고 있었다. 여자라고 하기에는 굵고 남자라기에는 톤이 높은 목소리는 누구에게라도 호감을 불러일으킬 만큼 매혹적이었다. 전설적인 카스트라토인 파리넬리의 목소리가 이러지 않았을까 하는 상상도 꼭 억지만은 아니었다. 그만큼 아름다운 외모에 걸맞은 매혹적인 목소리인 것이다.

뿐만 아니라 특출한 외모에 버금가는 특이한 성격과 함께 비밀도 많은 사람이었다. 알고 지낸 지 1년여가 지났음에도 박건하는 양승에 대해 아는 게 극히 없었다. 사람이 서로 만나 가장먼저 알게 되는 나이는 물론 그가 여자인지 남자인지 성별조차몰랐다. 박건하가 양승에 대해 아는 것이라곤 그가 그리 좋은사람은 아니라는 거 하나뿐이다.

그럼에도 불구하고, 그럼에도 어쩔 수 없이 끊어낼 수 없는관계란 이런 것일 거다.

"우연히 친구를 만났습니다."

단지 작은 관심을 보여주었다는 것 하나만으로도 이리 좋아행복에 겨운 듯 절로 미소가 지어지는데 싫다고 도망갈 수 있을 리가 없다.

"아아, 저기에 앉아 있던 분?"

"……네."

양승이 아까 시선을 끌었던 두 남자가 떠난 자리를 가리키며 묻자 박건하는 쓰게 웃으며 고개를 끄덕였다.

"친구 분 취향이 참 독특하더군요."

"그렇게 눈이 낮은 친구는 아니었는데……."

아닌 말로 마조가 남자와 사귀든 하다못해 원조교제라는 금단의 영역에 들어섰다 해도 박건하에게 미칠 해는 없다. 저속한 가십거리에 즐거워하면 했지 손해 볼 건 없다. 게다가 연애와 성적인 취향이야 개개인의 문제인데다가 박건하 본인이 타인에게 시시비비를 따질 입장도 아니었기에 그저 멋쩍게 웃으며 고개만 끄덕이면 된다.

하나 양승이 마조의 취향을 운운하자 괜스레 자신이 더 창피해지는 박건하였다. 확실히 마조의 상대였던 남자는 좋은 말로도 괜찮다 말하긴 좀 애매한 상대였다. 입성은 그럭저럭 좋아 보였지만 비실거리며 웃을 때마다 야비해 보이는 게 저도 모르게 한 대 때리고 싶은 얼굴이었다.

외모의 미추를 떠나 건들거리는 인상 하며 한눈에 봐도 경망스런 행농거지가 양아치 같은 분위기가 물씬 풍겼다. 온몸에 보석을 치렁치렁 달고 거드름을 피우는 노예상인 같은 경박한 속물로도 보였다. 또 어찌 보면 날카롭게 추켜 올라간 눈매가 꼭 마피아의 중간 보스 같기도 했다. 가히 모범적이지 못한 면으로 골고루 다양한 모습을 가지고 있는 남자였다. 그런 남자가 좋다

고 반지를 건네던 친구를 쉽게 남에게 소개하거나 자랑하기엔
왠지 자신의 격마저 떨어지는 느낌이 든다. 특히나 상대가 마음
에 두고 있는 사람이라면 더욱더.

"아니요. 그런 취향을 말한 게 아닙니다."

박건하의 말에 자신이 뜻을 잘못 전달한 것 같다며 양승은 슬
쩍 웃음기를 머금으며 고개를 저었다.

"내가 말한 취향이라는 것은 상대 때문이 아니라 마조 그분
의 성격을 말한 겁니다. 분명 얼굴에 싫어 죽겠다는 표정이 역
력한데도 끝까지 하는 걸 보면 은근히 매저 경향이 있는 게 아
닌가 싶어서요."

"무슨 말인지……. 아니, 그보다 내가 마조의 이름을 언제 말
했던가요?"

싫다는 건 뭐고 매저 경향은 뭔지. 박건하는 양승의 말이 무
슨 뜻인지 하나도 이해할 없었다. 오히려 좀 전에 노예상인, 혹
은 마피아의 중간 보스 같던 양아치를 쳐다보는 마조의 눈빛이
너무 애절해 절로 짠해 보였던 그다. 왠지 자신의 처지와 비슷
해 보여 동질감이 생길 정도로 말이다. 굳이 화장실까지 쫓아가
서 아는 척을 했던 이유다. 적어도 박건하를 보고 인상을 구기
기 전까지 마조의 얼굴엔 안타까움은 있어도 싫어 죽겠다는 표
정은 없었다. 무엇보다 자신은 사마조를 가리켜 친구라 칭했을
뿐 그의 이름을 말한 적이 없다.

"혹시 사마조를… 그에 대해 알고 있었습니까?"

양승에게 말하는 박건하의 목소리에 긴장이 묻어났다. 지금
까지 양승이 벌여놓은 일을 보자면 사마조에 대한 그의 관심을

허투루 넘어갈 수 없는 부분이었다. 양승이 진행하는 일의 과정에서 한 번쯤은 거론되었을 이가 바로 사마조의 부친이었을 테니 말이다. 비록 조사 과정에서 비빌 구석이 전혀 없음을 알고 계획은 접었겠지만 그 자식들에 대한 조사를 안 했을 리가 없다. 그렇다면 사마조의 얼굴과 이름을 알고 있다고 해서 이상할 것은 없다. 그리고 사마조와 자신이 조금의 교분이라도 있다는 것을 알면 양승이 그걸 어떻게 이용하려 할지 눈에 선했다.

"유감스럽지만 그는 안 됩니다."

지금까지 양승이 원하는 건 무엇이든지간에 장단을 맞춰줬던 박건하일지라도 사마조에 관해서는 고개를 저을 수밖에 없었다. 상대가 좋지 않았다. 사마조가 박건하의 얄팍한 수에 따라올지도 의문이지만 그 배경이 박건하가 어찌해 볼 상대가 아니었다. 나중에 일이 터질 경우 후폭풍을 감당할 자신도 없었다.

부모가 이혼한 후에 모친을 따라 영국으로 간 사마조였지만 그 남자의 아들이라는 건 절대 변하지 않는 조건이었다. 거기에 외가의 재력과 영향력 역시 결코 무시할 수 없는데다가 양가의 후계자라고 해봤자 사마조와 그의 누이 말고는 없는 상황이었다. 이혼으로 뿔뿔이 흩어졌나고는 하나 두 가문에서 귀한 대접을 받을 수밖에 없었다. 어느 뉴스에서나 나올 법한 이혼 후에 부모들에게 버림받은 자녀들과는 여러 의미에서 많이 달랐다. 해서 섣불리 손댈 수 있는 존재가 아닌 것이다.

물론 사마조의 부친인 그 남자는 누구라도 알고 있듯이 지독한 구두쇠로 금전 문제에선 같은 피를 나눈 가족에게조차 엄격하다는 건 유명한 일이다. 아들에게 목숨이 왔다 갔다 하는 큰일이 생겨 거금이 필요하다고 한들 두 눈이라도 깜박할지 의심스러울 정도로 인색한 양반이다. 아마도 죽을 때까지 그 많은 재산을 꼭 틀어쥐고 내놓지 않을 거라는 게 세인들의 평가였다. 아니, 반대로 어마어마한 상속세가 아까워 죽기 바로 직전에 어떻게든 자식들에게 불법 증여를 할지도 모른다. 그냥 죽기에는 죽어서도 세금이 아까워 몸부림칠 테니 말이다.

그는 절대적으로 돈을 신뢰하고 돈을 사랑하고 아끼는 위인이었다. 하지만 그렇다고 해서 돈에 대한 애정과 자식들에 대한 애정을 비교급으로 평가하기는 어려운 면이 있었다. 구두쇠라고 해서 감정적인 부분까지 인색한 사람은 아니었다. 막말로 돈만 안 든다면 무언들 못해줄까. 그의 것에 해를 끼친다면, 그것이 금전적인 문제이든 사람에 간한 것이든 그 대가는 매섭고 혹독했다.

"괜히 건드려 봤자 좋을 거 하나도 없습니다."

생각만 해도 소름이 끼치는 일이었다. 지금은 무얼 하고 있는지 잘 모르겠지만 어릴 적부터 결코 범상치 않던 사마조이다. 그리고 그의 부친은 더욱더 만만치 않은 인물이다.

"그는 다릅니다. 지금까지 우리가… 했던 사람들과는 달라요. 되도록이면 얽히지 않는 게 좋습니다."

"어떻게 하죠. 이미 얽혀 버렸는데."

"얽히다니요?"

　박건하가 진지하게 묻자 양승은 장갑을 벗지 않은 손등에 얼굴을 괴고 무언가를 생각하는 듯 눈을 반쯤 감으며 희미하게 웃었다. 조금은 슬퍼 보이는, 하지만 무언가 감출 수 없는 기대를 잔뜩 품은 얼굴로 그는 혼잣말처럼 중얼거렸다.

　"그에게 맡긴 물건이 있습니다. 아니, 정확히 하자면 그에게 무언가를 맡긴 분을 알고 있다고 해야겠군요."

Hidden Track
달빛 속에 사는 건 요정이 아니다

―다 나가 버려!

다흰의 괴성에 집에 살고 있던 사람들의 얼굴이 하얗게 질려 버렸다.

중년의 여인은 바로 기절해 버렸고 그녀의 남편인 한씨는 덜덜 떨리는 몸을 억지로 이끌고 현관으로 기어갔다. 일단 이 귀신 들린 집에서 나가고 보자는 생각밖에 없었다. 이 순간 그에겐 부인이나 하나밖에 없는 딸도 중요하지 않있다. 우선은 자기라도 살고 봐야 가족도 있는 거다. 딸이 거실 중앙에서 머리를 쥐어뜯고 발광하는 게 보였지만 저럴 힘이 남아돌면 이 빌어먹을 집에서 탈출부디 히라는, 한심함이 먼저 들었다.

공부도 못하는 것이 상황 대처 능력마저 떨어져서 걱정이다. 저 머리로 인생을 어찌 살지. 그렇다고 물려줄 재산이 많은 것

도 아닌데 말이다. 있는 것이라곤 이 아파트 하나뿐인데 그마저
도 이제는 쓰레기가 돼버렸다.

이 아파트 단지는 독신자를 주 타깃으로 삼아 평수는 그리 크
지 않지만 교통의 요지에 상권이나 주위 환경이 좋아서 매물이
나오는 즉시 바로 팔릴 만큼 인기가 좋고 수요도 많다. 사놓기
만 해도 손해는 보지 않을 정도로 투자 가치가 높아서 매물이
나오면 바로바로 거래가 이뤄진다. 그래서 독신자를 위한 아파
트라고는 하지만 한 부모 가정이나 딩크족과 통크족에서부터,
한씨네처럼 소가족이 입주해 살고 있는 경우도 많았다. 독신자
의 간편한 생활 패턴을 위한다는 목적이었지만, 결국은 어떤 유
형의 가정이 입주하더라도 살기 편하게 온갖 기반 시절이 골고
루 갖춰져 있기 때문이다.

이런 곳에서 시가의 절반 수준밖에 되지 않는 매물이 나왔을
때는 의심부터 해봤어야만 했다. 약간의 하자는 있겠지만 그래
봤자 하는 안일한 생각에 이게 웬 떡인가 하고 덥석 물었더니
만, 사실은 그게 썩은 미끼였던 것이다.

아파트 구매 계약을 했을 당시, 속 시원하다는 얼굴로 안심하
던 전 주인과 부동산 중계인의 태도가 수상쩍었다고 되뇌어봤
자 이미 늦은 후회다. 이사를 오던 날, 무슨 구경이 났다고 우르
르 몰려와서 자기들끼리 쑥덕이던 이웃들의 행동도 지금 와서
생각해 보면 다 이유가 있었던 거다. 그들은 이미 이 집이 귀신
들린 집이라는 것을 알고 있었던 것이다.

그때만 해도 늦지 않았는데 그저 헐값에 좋은 집을 구했다는
기쁨에 이상한 주위 반응은 그냥 무시해 버렸다. 그 후로 조금

씩 듣게 된 이 집에 대한 소문도 설마하고 웃어넘겼다. 전에 살던 사람들이 3개월을 견디지 못하고 도망을 갔다네, 새벽마다 회끄무레한 정체불명의 인영이 돌아다니네, 혼자 있는데 아이 목소리가 귀에 들린다거나 집 안의 물건들이 손도 대지 않았는데도 옮겨지고 허공에 둥둥 떠다니는 것을 목격했다는 등등, 보통의 상식으로는 도저히 받아들이기 힘든 이야기들에 한씨는 그저 코웃음을 쳤다. 무엇보다 이사 온 지 한 달이 넘을 때까지 아무 이상도 없었기에 주위에서 무슨 이야기를 하든 다 우스운 개소리로밖에 들리지 않았다.

어리석은 사람들. 겨우 그깟 거짓 소문에 놀아나서 겁먹고 도망이나 가다니. 몸과 마음이 허하면 헛것이 보이고 들리는 법이다. 분명 전에 살았던 사람들은 괜한 헛소문에 휘말려 자신들이 무언가를 보았다고 '착각'에 빠진 거라며 맘껏 그들을 비웃기도 했다.

그러나 이제 한씨는 모든 진실을 알게 되었다. 사람들이 말하던 것은 모두 사실이며 이 집은 귀신 들린 집이 맞다. 그것도 지독하게 악질적이고 사악한 귀신새끼가 우리 집안을 말아먹고 있다고 작게 소리칠 수도 있었다. 여기서 작게 외치는 이유는 이 이상 집값이 떨어지는 것을 막기 위한 그 나름의 몸부림이었다.

이미 이 일대에는 귀신 들린 집이라는 소문이 다 난 것 같지만 그래도 귀가 먼 구매자라도 어떻게 구해보려면 어쩔 수가 없다. 이윤은 포기하더라도 투자한 만큼은 어떻게든 건져 봐야지. 소시민의 삶이라는 게 다 그런 거 아닌가.

이번 거주민도 역시나 글러먹은 것들이었다.

전에 살던 사람들과 그들이 쓰던 물건이 모두 빠져나간 집을 둘러보며 다흰의 부루퉁해진 입이 저도 모르게 실룩거렸다. 다흰은 이런 낙후한 환경은 견딜 수가 없었다. 가구가 사라진 자리에 남은 먼지와 그것들이 있었던 흔적들이 벽지와 바닥에 고스란히 남아 너무나 지저분하고 추레해서 마음까지 절로 울적해진다.

우아하게 살고 싶었다. 그래서 산이나 강과 바다로 떠나던 친구들이 같이 가자고 하는 것도 거절하고 인간들 사이로 쓰며들었다. 깨끗한 환경에서 편하게 사는 게 좋고, 꼭 섭취할 필요는 없지만 개인적으로 인간들의 음식을 좋아한다. 오랜 세월 묵힌 술도 좋고 요즘에는 푹 빠져서 하루라도 못 보면 안 되는 드라마도 생겼다. 최근 드라마 트렌드가 멜로스릴러코믹잔혹극이라 흥미진진한데다 콩탕콩탕 두근거려서 보는 재미가 쏠쏠했는데, 새로운 집주인이 올 때까지 그것도 이제는 힘들게 됐다.

대체 무엇이 잘못되었을까.

다흰은 잡귀 같은 게 아니다. 터 귀신은 물론, 인간이었던 적도 없으니 사령(死靈)도 아니다. 원래부터가 인간이 아니었으며 세계를 지탱하는 주춧돌로서의 의무를 받았기에 이로움이 되었으면 되었지 결코 인간에게 해를 주는 존재도 아니다. 한과 집착으로 똘똘 뭉친 잡귀들이 아무리 인간에게 선(善)으로써 다가가려 해도 해를 주는 것과는 차원 자체가 다르다.

그런 다흰이 잡귀 취급을 받게 된 계기는 그의 순수한 호의에

서부터 시작된 비극이었다.

다훤은 그저 집주인들과 잘 살아보기 위해서, 그들에게 선의를 베풀기 위해 노력했다. 인간들과 잘 살아야지 자신의 삶도 윤택해질 테니 말이다. 몸은 14~5세의 모양새를 하고 있다고 해서 마음씀씀이까지 작은 건 아니었다.

일단은 같은 집에서 동거하는 이상, 집주인도 잘 살아야지 험한 꼴 안 보고 자신도 좋은 환경에서 마음 편히 살 수 있을 거라 다훤은 생각했다. 그래서 집주인이 바뀔 때마다 조금의 조언을 주었던 것뿐인데 인간들은 그것을 곡해했다.

―저놈은 안 돼. 몸 주고 돈 주면 뭐 해. 집에 버젓이 부인하고 아이들이 있는데. 이혼은 생각도 안 하는데 혼자서 무슨 순정이야. 영화 찍어?

유부남인 줄도 모르고 순정을 바치는 집주인이 안타까워서 살짝 귀띔을 해주었다.

―네 인생에 돈은 없어. 그저 지금 다니는 회사 착실하게 다니고 부모님이 재산 물려주면 은행에다가 넣고 이자만 받아서 써. 사업? 펀드? 넌 뭘 해도 망해!

부모 재산은 많지만 워낙에 금전 운이 없어서 뭘 해도 말아먹을 상을 가진 집주인에게 부드러운 경고를 날려주기도 했다.

―내 보다보다 저 여자처럼 도화살이 센 애는 또 오랜만이네. 한 남자의 여자로 살기는 힘든 팔자야. 저 여자와 결혼하면 넌 필사(必死)다. 복싱사라면 죽어도 너무 쪽팔리잖아.

참하고 예쁜 여자친구가 있는 집주인이었지만 안타깝게도 애인의 운명이 너무나 고단했다. 결혼하면 일 년도 안 되어서 남편이 죽어나갈 운세였기에 되도록 말리고 싶어서 집주인의 등까지 두들기며 귀에 새겨듣게 해주었다.

—며칠 있으면 크게 다치겠어. 직장을 그만두거나 며칠이라도 휴가를 내고 집에 가만히 있어보는 게 어때?

삼 일 후에 크게 다칠 액운이 있어서 집에만 있으면 자신이 지켜줄 심사로 은밀히 제안을 하기도 했다. 그런데도 고마워하기는커녕 오히려 불만을 토로하지를 않나, 자신들이 당한 불행의 주범으로 다횐을 의심하기도 했다, 정체 모를 귀신이 저주를 퍼붓는다며.

이런 억울한 사연 말고도 소소한 이야깃거리는 많았다.

다횐이 집 안에서 가장 선호하는 장소는 햇볕이 그대로 쏟아지는 거실이었다. 마음에 드는 의자나 소파가 있으면 그곳에 끌고 와 앉아 하루를 보내는 것을 무척이나 좋아했다. 그랬기에 집주인이 새로 들어오면 매번 행사처럼 치르는 일이 자신이 좋아하는 장소에 갖다 놓을 의자, 혹은 소파를 선택하는 일이었다. 다행히 마음에 드는 의자가 거실에 놓인다면 집주인과의 트러블이 생길 일은 없지만 그렇지 않을 경우 귀신 소동은 피할 수 없는 숙명이었다. 매번 다른 방에다가 갖다 놓아도 결국에는 거실에 버젓이 옮겨져 있는 의자들을 보고 거품을 물고 도망가버린 집주인들이 꽤나 있었던 것이다. 제 고집은 생각도 않고 의자가 한번 옮겨져 있으면 그냥 그러려니 이해하거나 포기할 것이지 인간들이란 이상한 곳에서 고집이 세다고 한숨짓는 다횐이었다.

게다가 무슨 조화인지 다횐이 좋아하는 자리는 꼭 주인들 역시 애용하고 선호하는 장소가 되어버리곤 했다. 집주인이 없는 시간에는 괜찮지만 그렇지 않을 경우 자리 하나를 두고 집주인과 자리다툼을 하는 촌극이 일어날 수밖에 없었다.

가령 마음만 먹으면 언제든지 육체를 실체화할 수 있는데도 집주인이 놀랠까 봐 배려하는 마음에 몸을 무형화시켰더니만 조용히 앉아만 있던 그의 위로 버릇없이 앉아버리는 그런 거. 배은망덕한 전개에 분개해 봤자 인간들이야 자기가 누구 위에 앉아 있는지도 모르는 상황인데, 특유의 자기중심적인 사고방식으로 인간들의 무례함에 매번 불쾌감을 참지 못했다. 그래서 발로 집주인의 엉덩이를 차버린다거나, 무례한 행위에 대한 벌로 약간의 물리력을 발휘해 폭력을 행사기도 했다. 보이지 않는 상대에게서 폭행을 당하는 이들로선 이것보다 더한 공포는 없을 거라는 고려 따윈 그에게 존재하지 않았다.

그 밖에 집주인과의 작은 트러블이야 몇 개 더 있긴 했다. 음식을 섭취하지 않아도 생명을 유지하는 데 하등의 문제는 없지만 다훤은 미식가이다. 굳이 말하면 애주가라는 게 더 정확하다. 그래서 집주인들이 사다놓은 술들을 찾아내 절제없이 모두 마셔 버린다거나, 집주인의 꿈에 들어가 술을 공양하라고 협박을 한 적도 종종 있었다. 그래도 통하지 않으면 집주인의 카드를 잠시 빌려 홈쇼핑으로 술을 사늘인 적 역시 기끔 있었다. 그리고 집주인이 집을 비운 사이에 마음내로 TV를 본다거나 집주인과 자신이 보는 드리마가 서로 다르면 힘을 행사해서 자신이 원하는 프로로 돌려 버린 적도 있다. 집주인들에게 있어서 결코 만만하거나 조용한 동거인이 아니었던 것이다.

하지만 다흰의 생각은 전적으로 달랐다.

자리 때문에 서로 다투고, 술 때문에 약간의 민폐를 끼치고, 드라마 때문에 조금 의견 충돌이 있기는 했지만, 기본적으로 자신이 집주인을 위해 한 일이 더 많다고 주장하는 다흰이다. 막말로 집에 들어올 때마다 어깨며, 머리 위며, 뒤 꼬랑지에 잡귀들과 나쁜 사념들을 질질 끌고 오는 집주인의 안위를 걱정해 그것들을 깨끗이 정화해 준 건 다흰이었다. 집주인이 가위에 눌릴 때마다 꿈에 찾아온 몽마와 악귀들을 쫓아내 주고 정신 차리라고 깨워준 것도 다흰이다.

액운이 닥치면 막아주거나 예언을 해주고, 궁합이 전혀 아닌 상대를 애인이라고 데려오면 알아서 떨어져 나가게 만들어주고, 사기를 당하려고 하면 어버이처럼 타일러서 바른 길로 인도를 해줬건만 돌아온 것은 고맙다는 말 대신 하찮은 잡귀 취급이다.

그래서 이번부터는 집주인이 재산을 말아먹든, 액운이 끼든, 가위에 눌리든 웬만하면 상관하지 않고 나 몰라라 하기로 했다. 자신이 앉아 있는 위로 앉아도 성질을 누그러뜨리고, 술도 최대한 참아보기로 하면서 이번 주인은 조금이라도 오래 버티고 살도록 많은 인내와 배려를 베풀었던 것이다.

그런데 하루 이틀이 지나 한 달이 되는 시점에서 이건 아니다 싶었다.

가장이라는 남자는 가족들 몰래 사이버 경마에 빠졌고, 급기야는 바람까지 난 상태였다. 안주인은 다단계에 발을 집어넣었는데, 본전 때문에 도저히 빠져나오지 못하고 자기 대신 집어넣을 사람을 찾기에 급급했다. 딸이라고 하나 있는 것은 이제 중 3이면 정신 차릴 나이인데도 조폭 놀이에 빠져 매일 줄담배만 피워대며 삥이나 뜯었다.

자신과 함께 살고 있는 사람들이 이렇게까지 막판으로 몰렸는데 그걸 그대로 두고 보고 있자니 자존심이 상했다. 친구 중에 몇몇은 어느 나라의 신으로 떠받들어져서 신전도 있고 전 세계에서 신자들이 매일같이 찾아와 꽃도 바치고 술도 바친다고 한다.

또 다른 친구들은 그네들이 거주하고 있는 산과 강이 행운을 불려주는 장소가 되거나 영험하다 하여 사람들에게 경외받고 매번 제사를 받으면서 호의호식하고.

물론 그렇다고 부러운 건 절대 아니었다. 그랬다면 당장에라도 어디 경치 좋은 산에 들어가도 늦지 않을 테니 말이다. 다만 그 정도는 아니라도 함께 사는 집주인들이 보다 나은 삶을 영위하도록 도와는 주고 싶었다. 함께 살아가야 한다면 서로가 좋은 방향으로 나아가는 게 바람직하니까.

그래서 세 사람의 꿈속에 들어가서 지금 현재 집안 꼴이 흘러가는 모양새에 대해 상세히 알려주었다. 부부에게는 자신의 배우자가 지금 어떤 상태이며 딸의 엇나감과 술 담배로 히해진 건강에 대한 염려를, 딸에게는 부모님들이 저린 모양이니 너라도 정신 차려야 하지 않겠냐고 호통을 치면서 우리 좋게 좋게 살자고 애원까지 했더랬다.

그런데 이 인간들이 서로를 걱정하고 반성하는 미덕도 없이 서로를 의심하다가, 급기야는 가족들의 뒷조사를 하고 나서 불신과 배신감에 몸을 떨며 매일매일 서로를 물어뜯지 못해 안달이 난 것이다. 상처를 주는 것도 모자라서 이제는 상대에 대한 증오심 때문에 다훤이 가장 싫어하는 추한 인간들이 되어갔다. 더 이상 떨어질 곳도 없어 보였는데 그들은 나날이 계속 추락해 갔다.

결국 더는 참지 못하고 세 사람이 함께 있을 때 그들 앞에 나타나고 말았다. 너희 같은 것들과는 더 이상 공생의 의미를 찾을 수 없으며, 자신의 공간을 이 이상 더럽히는 것을 이제는 용서할 수 없다고 소리치고 말았다. 결국 그날 밤 세 사람은 조금의 간격을 두고 하나씩 집을 나가 버렸고, 며칠이 지나자 가구들마저 챙겨서 완전히 떠났다.

—이젠 정말, 진짜로 인간들의 일에는 간여하지 않을 거다. 내일 당장 객사를 할 운이라고 해도 입 다물고 조용히 사는 거야. 아, 그런데 오늘이… 목요일이지! 광란의 보모 14회, 미친 보모가 아이 내팽개치고 가출하는 내용이라 정말 기대하고 있었는데…….

집주인이 나가면서 TV까지 가지고 나간 바람에 즐겨보던 드라마를 시청할 수 없게 된 다훤은 난처해졌다. 옆집에 가서 보고 올까 잠시 고민하다가 다훤은 바로 고개를 내저었다. 굳이 옆집이 아닌 다른 집에 간다 하더라도 위층에 사는 처녀귀신이 바로 쫓아올 게 뻔하기 때문이다.

예전부터 존경하고 있었다면서, 넌지시 길 건너편 아파트 단지에 살고 있는 총각과 이어달라고 운을 뗄 게 분명하다. 이 집은 다훤의 영역이라 함부로 들어서지 못하지만 다른 곳이라면 단지 놀러 왔다는 핑계로 따라와서 외로운 신세한탄을 늘어놓으며 월하노인 좀 되어달라고 붙잡고 늘어지는 것이, 차라리 물귀신으로 전업하는 게 더 어울릴 처자였다. 건너편 아파트에 사는 총각귀신도 그녀한테 영 마음이 없는 것도 아닌 것 같은데 수줍다며 끝까지 어울리지도 않는 내숭질이다. 다휘한테 중신을 서달라고 조르는 만큼의 적극성으로 그에게 들이댔다면 둘 다 예전에 원을 풀고 승천을 하고도 남았을 것이다.

자기가 옛날 조선시대에 죽은 처자도 아니면서 꼭 중신이 필요하다고 따지는 것이 아무래도 1층에 사는 터 귀신의 영향이 큰 것 같았다. 그는 워낙 옛 시절에 죽은 귀신이라 그런지 깐깐하고 고지식한 사고방식을 그대로 간직하고 있었다. 그래서 이곳에 사는 잡귀들을 자신의 사상으로 세뇌시키는 것이 지상 최대의 숙원이자 사명이라 생각하고 있었다. 아파트가 세워지기 전부터 이 집터에 자리 잡고 살아왔던지라 104동 전체에 영향력을 발휘하는 그였다. 1층에 가만히 앉아서 조용히 이야기하면 모든 잡귀가 그의 말을 듣고 따를 수밖에 없다. 그럴 수밖에 없는 게, 그의 허락이 없으면 104동에 들어와 살 수 없다는 게 가장 큰 이유였다.

늘파란 빌리지 104동은 다휘 때문에 잡귀들에게 인기가 좋았다.

딱히 다휘이 이곳에 사는 것들에게 혜택을 준다거나 어떤 수를 써주는 법은 없었다. 단지 존재하는 것 자체가 기쁨이고 평화를 이끌어주는 그가 이곳에 있다는 게 중요하다. 할 수 있는 최대한 그에게 가까이 다가가 옆에 머물 수만 있다면 그보다 더 큰 기쁨과 만족은 없었다. 그리고 다휜은 자신의 완벽한 영역인 104동 2103호 안에만 들어오지 않는다면 자신의 주위에 아무리 얼쩡거려도 어떠한 간섭도 하지 않는 편이었다.

덕분에 1층의 터 귀신이 기세등등해져서 활개를 치는 것이지만 다휜이 보기엔 제법 귀여운 구석이 있어서 그러려니 지나갔다. 그런데 윗집 처자가 다휜이 월하노인이 되어준다면 영생의 영광이라 외치니 슬슬 짜증이 나려 했다. 왜 하필 월하노인인가. 주름투성인 그 백발 노인네와 이런 식으로 같은 도매 값으로 넘어가는 건 정말 사양하고 싶었다.

물귀신과 비교해 절대 만만치 않은 윗집 처자 때문에 결국 외유는 포기한 다휜은 보지 못한 드라마의 내용을 혼자서 상상해 보았다. 의념을 보내면 다른 집에서 하는 드라마를 시청하는 거야 어렵지 않은 일이었지만 그러자니 스스로가 초라해지는 기분이라 애써 참았다.

도둑 시청이라니, 체면이라는 게 있는데 소문날까 두렵기도 했다. 어차피 곧 새로운 집주인이 이사 오면 지난 방송도 한꺼번에 다 볼 수 있을 테니 걱정은 없었다. 그때까지 상상의 나래를 펼치는 것도 나쁘지만은 않다. 인내가 쓸수록 그 열매는 달콤한 법이니까.

하지만 예상했던 것보다 인내의 시간은 점점 길어져만 갔다.

콩가루 한씨네가 이사를 가고 5개월이 지나도록 새로 이사 오는 사람이 없었던 것이다. 집을 보러 오는 사람은 있었지만 이내 소문을 듣고 계약을 철회하는 일이 잦아졌다. 발 없는 소문이 천 리를 간다는 말이 있지만 모르는 소리. 발은 없지만 은

근슬쩍 뒤에서 소문을 퍼다 나르는 것들은 존재한다.

늘파란 빌리지 104동에 사는, 인간을 제외한 것들은 2103호에 사람이 들어와 사는 것을 싫어했다. 대놓고 방해하면 다흰이 싫어할 것을 알기에 뒤에서 공작을 꾸미는데, 그것이 과대 포장된 소문이었다. 더욱이 이들에게 가담한 산들바람은 발은 없지만 무척이나 수다스런 입을 가지고 있었다.

다흰에게 있어 인간이나 인간이 아닌 것들에 대한 애정 정도는 비슷했다. 딱히 어느 쪽을 더 아끼고 있거나 애정을 가지고 있는 게 아니기 때문에 편애 역시 하지 않는다. 다만 집주인의 경우는 조금 달랐다. 아무래도 여러 의미에서 공생의 의미를 갖기 때문인지 무의식중으로나 의식적으로나 집주인을 더 챙기게 된다. 104동이나 이 주위에 사는 것들은 그게 싫은 것이다. 다흰이 특정한 존재를 생각한다는 것에 질투를 하고 서운해했다. 그것이 이유가 되어 펼친 방해공작이었기에 이 부분에 대해서는 다흰도 뭐라 싫은 소릴 할 수가 없었다.

내가 좋아서 그런다는 것들에게 싫은 소리를 할 만큼 모진 성품은 아니었기 때문이다. 다만 첨단을 걷는 시대에 입증도 되지 않은 입 싼 소문에 놀아나는 인간들의 나약한 심성과 정신이 안타까웠다. 물론 결코 입증 안 된 헛소문이 아니라는 점에서 오는 심각성은 싹 무시한 채로 말이다.

—요즘 부모들은 아이들을 너무 허약하게 키워서 탈이야. 못난 것들.

못난 것들 때문에 본의 아니게 5개월 동안 드라마를 끊어야만 했던 다흰은 최근 금단현상에 빠져 있었다. 금단현상을 참아야만 하는 건 담배, 술, 마약, 도박을 위한 권장 사항이지 드라마는 아니다. 물론 술도 무척이나 그리웠지만 드라마만큼은 아니었다. 아무나 오기만 해라. 그 머리 위로 꽃가루처럼 질기고 아름다운 복을 내려주마 다짐까지 하게 됐다.

어느 드라마 마니아는 오늘도 절박하게 꿈을 꿨다.

최근 홀로그램 방식을 도입한 새로운 개념의 텔레비전인 PHD TV를 가진 집주인의 멋있는 등장을.

"작년에 리모델링을 했기 때문에 도배만 새로 하면 되실 겁니다. 전망이 좋고 혼자서 살기에는 딱 적당한 크기라 청소하는 데도 부담이 없고요. 청소 도우미가 필요하시다면 아파트 관리소에 문의하시면 됩니다. 관리소와 계약한 용역 업체가 다른 곳보다 일단 비용도 싸고 신용이 좋은데다가 일솜씨가 훌륭해서 만족도가 꽤나 높은 편이랍니다. 그리고……."

자주 보았던 부동산 중개인이 또 사람을 데리고 나타났다.

집을 보러 온 구입자는 제법 큰 키와 날씬한 몸매를 가진 사내였다. 은테 안경을 써서 첫인상을 차가워 보이지만 기본적으로 단정하고 우아한 매무새가 호감이 갔다. 하지만 그러면 뭐 하나, 저 사람도 이 집에 관련된 소문을 듣게 되면 뒤도 안 돌아보고 떠나 버릴걸.

"그, 그런데 문제라면 이 집에 대해 좋지 않은 소문이 돈다는 건데……."

처음에는 소문에 대해 숨기기에 급급하던 중개인도 이제는 아예 대놓고 먼저 이야기를 꺼냈다. 어차피 나중에 다 알게 되는 사실, 숨겨봤자 뒷마무리만 안 좋고 신용만 나빠질 뿐이다. 알고도 계약한다면 나중에 일이 터질 경우 중개 회사에 클레임을 넣는 일만은 막을 수가 있다.

"상관없습니다."

"예? 그러니까, 제 말을 이해하지 못하신 모양인데, 정말 이 집엔 귀신이 산답니다."

"분명히 이해했으니 더 이상 말하지 않으셔도 됩니다. 소문은 소문이죠. 그것 때문에 시세의 삼분의 일밖에 안 되는 집을 놓칠 이유는 없지 않습니까."

남자는 중개인의 말이나 소문의 신빙성에 대해 극히 부정적인 반응을 보였다. 바람직한 자세야, 하며 다휜은 남자의 옆에서 그를 응원해 주었다.

"뭐, 그렇기는 하지만 꼭 그렇게 말하신 분들이 몇 달도 안 돼서 도로 집을 내놓는 바람에 여러모로 난처해서 말입니다."

"살다가 불편하면 다시 내놓으면 되겠죠. 만약 그런 일이 생기게 된다면 부탁드리겠습니다. 그쪽이야 거래가 잦을수록 좋은 일 아닙니까."

이런 거래는 아무리 많아도 전혀 고맙지 않다고 말하려는 중개인의 입을 막으며 다휜은 남자에게 훌륭한 사고방식이리고 그를 칭찬했다. 중개인은 갑자기 혀가 굳으녀 말이 나오지 않자 등골이 오싹해지며 식은땀이 등줄기를 따라 흘러내렸다. 매끄럽게 열리넌 입이 딛히고 혀가 굳어버린 현상이 무얼 의미할까, 그것도 귀신 들린 집이라고 소문난 곳에서.

"흐으읍……."

제대로 된 말 대신 불편한 신음을 내뱉는 중개인을 이상하게 바라보던 남자는 이내 그를 무시하고 다시 한 번 집 안을 둘러보기 시작했다. 오랫동안 비어 있어서 삭막하기는 해도 다횐이 깨끗이 청소를 해놓았기 때문에 다른 문제점은 없을 터였다. 남자도 그렇게 느꼈는지 고개를 끄덕이며 자신의 선택을 다시 한 번 다지는 듯했다.

"계약은 언제 하면 되겠습니까?"

남자의 입에서 결정적인 확인이 떨어지자 다횐은 훌륭하게 성장한 자식을 바라보는 시선으로 남자를 쳐다보며 잘했다는 격려와 함께 그의 어깨를 가볍게 두들겨 주었다, 키가 맞지 않아 공중에 살짝 뜬 채로.

중개인과 남자가 떠난 지 삼 일 후부터 공사가 시작됐다. 작년에 리모델링을 했지만 새로운 집주인 마음에는 차지 않는지 천장의 전등까지 모두 새것으로 바뀌었다. 하지만 인테리어 공사가 끝나고 가구들이 하나씩 들어올 때까지 집주인은 한 번도 집에 오지를 않았다. 모든 걸 인테리어 업체에 위임했는지 인부들이 나누는 이야기를 들어보면 집주인이 까다롭지 않아서 일하기 편하다는 평뿐이었다. 하지만 집에 너무 무관심하단 생각이 들었다. 모든 공사가 끝나고 바로 들어와 살면 되는데도 불구하고 집주인은 계속 외박이었다.

그렇다고 집주인의 부재에 불만이 있을 턱이 없었다. 오히려 행복한 쪽이다.

—홀로그램 TV!

벽에 걸려 있는 68인치 PHD TV를 보며 다횐은 그동안의 모든 인고의 나날들을 훌훌 털어낼 수 있었다. 복잡한 기능이 많았지만 다흰은 별 어려움 없이 처음부터 척척 리모컨을 작동해 홀로그램 영상으로 드라마를 감상할 수 있었다. 색다른 맛이 있어서 흥미롭기는 했지만 아직 기술력이 부족해서인지 홀로그램 영상 너머로 집안 배경이 비춰 보여서 화질은 별로였다.

홀로그램용 안경을 계속 쓰고 있어야 한다는 것도 귀찮아서 이내 평면화면으로 돌려 드라마를 보게 되었지만 일단 소원 풀이는 한 셈이었다. 또한 그동안 보지 못했던 프로들을 하나하나 찾아서 느긋이 볼 수 있다는 점에서 집주인이 아예 안 들어오기를 내심 소원하기도 했다. 창가 바로 옆에 있는 일인용 가죽 소파도 너무 마음에 들었다. 분명 집주인도 이 자리를 마음에 들어할 거다. 집주인과의 자리 쟁탈전은 언제나 다흰을 골치 아프게 만들었다. 그래서 집주인의 외박을 다흰은 마음껏 즐겼다.

집주인도 오지 않는 어느 날, 낯선 여자가 집에 찾아왔다. 그녀에서 풍겨지는 느낌과 외모로 보아 집주인과 혈연관계라는 걸 쉽게 짐작할 수 있었다. 그녀는 텅텅 비어 있던 냉장고를 한약과 홍삼 엑기스가 담긴 병들로 채웠다. 그리고 간단히 집안 청소를 해주고는 그냥 가버렸다. 집주인과는 같이 사는 게 아닌 모양이다.

드디어 그날 저녁에 집주인이 처음으로 집에 들어왔다.

그는 심드렁한 표정으로 집 안을 둘러보더니 온갖 인상은 다 쓰면서 홍삼 엑기스 한 잔을 마시고는 바로 잠자리에 들었다. 자기 집에 대한 아무런 애정도 보이지 않는 집주인의 행동에 다흰은 살짝 실망하고 말았다.

늘파란 빌리지 104동 2103호는 그가 너무나 사랑하는 장소였다. 편안하고 마음에 들어서 이곳에 사는 사람에게까지 애정을 담아 잘되기를 바라고 보살펴 주려고까지 했다.

그런데 새로운 집주인은 다휜이 사랑하는 이 장소에 대해 어떠한 애착이나 호감도 가지고 있지 않아 보였다. 지금껏 이 집에 이사 온 사람들이 귀신 소동이 일어나기 전까진 적어도 집에 대한 애정이나 애착이 다휜 못지않게 강했던 것과 비교하면 많이 남달랐다.

자고로 어머니는 아이들이 아버지에게 사랑받기를 원한다. 그래서 하지도 않은 예쁜 짓들을 부풀려서 남편에게 말하기도 한다. 아빠란 소리는 하지도 못하는 아이의 등을 토닥이며 아까는 아빠라고 했잖아, 라고 협박하기도 하고, 어쩌다 나온 '아바바바' 란 말을 아빠라고 꾹꾹 우기기도 한다. 비슷한 논리로 다휜은 집주인에게 묘한 배심감과 함께 서운함을 느꼈다.

—너 그러는 거 아니야!

고개를 살래살래 저으며 어찌하면 집주인에게 이 집이 사랑받을 수 있을까 한참을 고민하던 다휜은 어느 순간 손뼉을 쳤다. 이사 와서 하던 일이 잘 풀리면 거의가 새로 이사 온 집터가 좋기 때문이라고 생각한다. 미신이라고 믿지 않는 사람들도 웃으면서 이 집으로 이사 온 후로 일이 잘 풀리고 좋다며 조금이나마 집에 대한 애정을 느끼곤 한다.

복을 주자.

그게 재물이든, 건강이든, 출세든 원하는 게 있다면 모두 퍼주고 이 집에 대한 마음을 얻자고 다짐한 다휜은 어느새 잠들어

있는 집주인의 머리맡에 서서 관찰하기 시작했다. 사람의 운명
이란 하나만 있는 게 아니다. 굵은 줄기와 가는 줄기가 복잡하
게 서로 엉켜 있는데 사람이 어느 길을 선택하느냐에 따라 굵고
넓은 길로 편하게 살 수 있고, 잘못 들어서서 좁고 가는 길로 힘
들게 가게 되는 등, 한 사람에게 주어진 운명은 수천, 수만 개의
결과와 과정이 복잡하게 연결되어 있는 하나의 길에 불과하다.

어떻게 이끄느냐에 따라, 본인이 어떠한 선택과 노력을 하느
냐에 따라 그 사람이 걸어가는 길은 달라진다. 다만 어느 사람
에는 처음 주어진 길 자체가 유독 굵고 넓은 길이 많은가 하면
반대로 좁고 가는 길이 더 많아서 다른 이들보다 더 많이 힘들
고 고되게 헤매야만 편하고 순탄한 길을 찾을 수 있는 인생들이
있다. 다흰은 그것이야말로 타고난 운명이라고 불렀다.

그래서 가장 먼저 집주인의 운명의 선들을 관찰하기로 했다.
굵고 고운 선이 얼마나 있고, 가늘고 험하게 꼬불거리는 선은
또 얼마나 있는지 말이다. 타고난 운명의 선들은 다흰의 능력으
론 바꿀 수 없겠지만 조금이나마 편한 길로 갈 수 있게 이끌어
줄 수는 있기 때문이다.

―히!

집주인의 운명선을 살펴보던 다흰은 이내 감탄성을 내고 말
았다. 지금껏 참 많은 운명을 봐온 다흰이다. 그들 중에는 제왕
의 운명을 가진 이도 있었고 비루하고 보잘것없어서 어떻게 해
도 천하고 슬픈 운명 길을 벗어나지 못하는 불쌍한 영혼도 보았
다.

그리고 단언컨대 집주인은 그동안 다흰이 보았던 가장 좋은

운명선을 가진 이들 중에 상위 십위 안에는 드는 운명을 가지고 있었다. 그의 운명선들은 거의가 다 굵고 평탄하며 풍요로운 길들을 가지고 있었다. 가끔 가늘고 좁은 길도 있었지만 굽이치는 곡선이나 각도의 정도를 보면 다른 이들에 비할 바가 아니었다. 이건 그냥 사막에다 맨몸으로 던져 놔도 오아시스에 빠져서 금광석 광산을 발견할 만큼 재물 복이 넘치다 못해 터져 버릴 상이었다.

제왕의 기질은 아니지만 재물이 넘쳐나니 요즘같이 황금만능주의가 판치는 세상에선 황제에 버금가는 권력과 영화를 누릴 수 있는 운명이었다.

—그런데 넌 왜 이렇게 비루하게 사는 거냐.

이 정도도 다른 이와 비교하면 비루하다는 말이 미안할 정도로 충분히 잘사는 것이겠지만 집주인이 가진 운명에 비하면 초라하다 못해 절망적인 상황이다. 그래서 운명의 길을 잘못 걸어가고 있나 살펴보니 그건 또 아니었다. 하긴 아무리 길을 잘못 걷게 된다고 해도 그가 가진 가는 운명선이 모두 다른 이들의 평균보다도 굵고 평탄하였기에 고단한 인생을 사는 것이야말로 이 남자에게는 굉장히 어려운 일이 될 것이다.

그랬기에 집주인이 이리 비루하게 사는 건 그의 선택이라는 것 말고는 다른 결론이 나지 않았다.

발밑에 세상을 지배할 금을 깔고 있다고 해서 꼭 황금 궁전에 살아야 할 이유는 없었다. 사실 운명이라는 것이 참 우스워서 황제의 운명을 타고나고 온 인류를 구세하는 운명을 가지고 태어났음에도 정작 황제나 영웅이 되는 일 없이 순탄하고 평범하게 인생을 마치는 이들도 있었다.

결국 자신이 선택하고 만족해하는 게 가장 훌륭하고 완벽한 운명을 걷고 있다는 뜻이란 소리다.

아마도 집주인은 이렇게 사는 게 좋은 모양이다. 살림살이나 그 밖의 것들을 보면 검소하게 사는 것을 추구하는 게 아니라, 간결하고 편한 것을 좋아하는 듯했다. 처음엔 몰랐는데 자세히 살피니 지금 집주인이 덮고 있는 이불만 해도 주문 제작을 받고 작업에 들어가도 최소한 3~4개월이 지나서야 겨우 받을 수 있는 제품이었다.

모든 공정이 수작업으로 이뤄지고 일일이 수를 놓아서 작품 하나하나가 모두 예술품으로서의 가치를 가진다고 이걸 만드는 장인에 대한 다큐를 본 적이 있는 다휜은 분명하게 기억하고 있다. 더불어 요즘은 주문이 7년까지 밀려 있어서 웬만하면 새로운 주문은 제한적으로 받고 있다는 내용도 있었다. 그래서 상류층에선 아직 딸들이 어린 나이임에도 불구하고 혼수용품으로 미리 주문을 한다는 것이다. 느긋하게 장만해 놓으면 딸이 언제 결혼을 하더라도 예비 사돈집에 흉잡히지 않고 좋은 혼수를 보낼 수 있기 때문이다. 장인의 작품이라서 유행을 타지 않기에 가능한 일일 것이다.

가구들도 마찬가지였다. 흔하게 살 수 있는 공장제 물건은 하나도 없었다. 인간들 사이에 섞여 산 지 오래되어서 웬만한 인간들보다 풍부한 상식과 견식을 가지고 있었기에 한번 의식하고 살펴보니 대번에 알 수가 있었다.

―재물복은 내가 줄 게 없구나.

많이 실망스러웠지만 다르게 생각하면 좋은 면이 더 많았다. 지금껏 이 집에 살았던 이들 중에 처음은 부유한 이들도 있었지만 귀신 소동—스스로 이런 말 하는 건 정말 싫지만—때문에 이사 오는 족족 오래 살지 못하고 나가 버리는 바람에 집값은 점점 떨어지고, 결국은 이전에 살았던 이들과 비교해 많이 처지는 살림을 가진 이들이 이사 오곤 했다. 그래서 문화 시설과 우아한 생활이 신조인 다흰은 많이 불편하고 괴롭기도 했다.

그러나 이젠 그런 생활과는 안녕인 것이다. 이런 집주인과 최대한 오래 살 수 있기를 기원하며 다흰도 앞으로는 최선을 다하기로 결심했다.

—그럼 내가 무얼 줄까.

재물은 되었으니 출세를 안겨줄까 했지만 설마 이만 한 부를 가진 사람이 자신이 하는·일에 성공하지 못했을 리가 없다. 대개 경제적인 부의 축적은 일신상의 성공과 맞물려 있는 경우가 많으니 말이다. 하지만 모르는 일. 다흰은 내일부터 당분간 집주인의 뒤를 따라다녀 보기로 결심했다. 옆에서 지켜봐야지 집주인의 야망의 끝이 어디인지 알 수 있을 테니 말이다.

다음날, 조금은 부푼 기대로 가득 찬 다흰은 오랜만에 마음이 설레는 걸 느꼈다.

집주인은 국가의 녹을 먹는 공무원이었다. '그곳'이 어떤 곳인지는 다흰도 잘 알고 있었다. 근래 들어서 영화나 드라마의 소재로도 많이 나오고 있었다. 추리물에서부터 로맨스까지 다양한 이야깃거리의 배경으로 손색이 없었고 다흰도 즐겨보았기 때문에 왠지 감회가 새로웠다.

　3~4년 전엔가 '그곳'의 본관이 테러를 당한 적이 있었다. 당시 '그곳'의 본관은 도심 한가운데에 있어서 아무나 쉽게 드나들지는 못하더라도 어느 정도 외부에 개방된 면이 없지 않아 있었다. 하지만 그 사건으로 말미암아 '그곳'은 비밀주의를 지향할 수밖에 없게 되었다. 워낙에 적이 많다 보니 스스로를 지켜야만 했기 때문이다.

　마침 '그곳'은 사건이 일어나기 전부터 다른 곳으로 본관을 이주하려는 준비를 한창 진행 중이었다고 한다. 하지만 '그곳'이 이러한 사실을 공표하기 전까지도 일반 시민들은 그에 관해 어떠한 정보도 들은 바가 없었다. 처음부터 철저한 비밀 유지로 외곽에 부지를 구입하고 공사를 진행하면서도 인부들에게 그들이 짓고 있는 건물에 대한 거짓 정보를 제공했기 때문이다.

　즉, 인부들은 자신들이 짓고 있는 곳이 백화점, 병원, 혹은 학교 등등으로 그들로 하여금 '그곳'의 본관이라고는 상상조차 하지 못하게 만들었다는 것이다. 만약 공사 기간 안에 새로운 본관의 위치가 알려지게 된다면 파생될 수 있는 여러 문제들을 미연에 방지하기 위함이었다고 한다.

　그런데 공사가 거의 마무리되어 갈 때쯤 공교롭게도 '그곳'의 당시 본관이었던 곳이 테러를 당하는 일이 생기자 관계자들은 새로운 본관에 관한 비밀을 끝까지 지키기로 합의를 보았다. 원래 계획대로라면 공사가 끝나고 이주 준비를 완벽하게 마치고 나서 외부에 '그곳'의 새로운 본관을 공표하려던 계획을 완전 무효화한 것이다.

　일반 국민들은 '그곳'이 새로운 본관으로 이주하고 한참이

지난 다음에서야 그 사실을 알게 되었다. 그러나 국가기관의 비밀 행정에 대한 비난여론은 일지 않았다. 그도 그럴 것이, 도심 한가운데에 있었던 '그곳'을 향한 테러가 얼마나 참혹했는지 모두 알기 때문이었다.

'그곳'의 불가피한 선택을 국민들은 이해해 줄 수밖에 없었다. 그렇다고 궁금증까지 참아낼 수는 없었던 모양인지 각 계층에서는 각각의 이유로 '그곳'의 새로운 본관을 알아내기 위한 추적을 멈추지 않았다. 하지만 비슷한 시기에 지은 건물들이 한두 곳도 아니고, 정확하게 언제 이주를 감행했는지조차 알지 못하는 상황에서 그건 쉬운 일이 아니었다.

테러가 일어난 지 1년이 지난 다음에야 '그곳'의 이주 사실이 언론에 알려졌는데, 그 기간 동안 정확히 어느 시기에 이주를 감행했는지, 새로운 본관이 외곽이라고 알려졌지만 사실 그조차도 분명한 건 아니었다.

그리고 어쩌면 새로운 본관에 관련된 공사 따위는 아예 없을지도 모른다는 소문도 있었다. 애초에 이주할 계획이 없었는데 테러로 인해 부랴부랴 기존의 건물을 매입해서 단순하게 다른 곳으로 이사를 간 것인데, 사람들에게 혼돈을 주기 위해 소문만 거창하게 낸 것일 수도 있다는 설도 있다.

어느 것 하나 진실로 판명된 것이 없었기에 소문만 무성할 뿐 아직까지 새로운 '그곳'의 본관은 안전하게 비밀에 싸여 있었다.

한때 다휘도 새로운 본관에 대한 호기심이 일기도 했지만 비밀은 비밀이기에 값어치가 있는 법이다. 드라마나 영화에서

‘그곳’이 언급될 때마다 상상하는 재미도 있고, 새로운 본관에 대해 작가들마다 각기 상상하는 이미지가 달라 보는 즐거움을 한층 더하기도 했기 때문이다.

그런데 집주인을 따라와 본 그의 직장은 본의 아니게도 ‘그곳’이었다.

도심에서 조금 벗어난 제법 넓은 부지와 여러 개의 건물로 이루어진 ‘그곳’의 새로운 본관은 애처롭게도 ‘새 삶 정신요양원’이라는 간판을 내걸고 있었다. 게다가 근처 주민들이 피켓을 들고 시위까지 하고 있었다.

집값 떨어지게 정신병원이라니 이게 웬 말이냐!

우리 아이들이 당신들을 따라 하고 있다. 제대로 된 교육 환경을 보장하라!

원장은 주민 복지에 힘쓰겠다는 처음의 약속을 지켜라!

수익의 일부를 지역 발전금으로 내겠다던 약속을 지켜라!

하다못해 이름이라도 바꿔라! 요즘 시대에 정신요양원이 웬 말이냐!!

너희 환자들은 너희 요양원에서! 밖으로 나오지 못하게 하라!

원색적인 욕을 쓴 것에서부터 완만한 해결을 촉구하는 글까지 30여 명의 주민이 요양원 정문 앞에서 소규모 집회를 벌이고 있었다.

다행히 집주인은 지하도로를 이용해 요양원이라 불리는 본관 안으로 들어와 주민들과의 마찰은 피할 수가 있었다. 그러나 가

끔 정문을 통해 출근하는 이들이 몇 있었는데 그들은 영락없이
주민들에게 붙잡혀서 곤혹을 치러야만 했다.

"쯧쯧, 저거 2국의 문형과 5국의 조백이지. 쟤들은 저 짓을 당
하고도 매일 정문으로 출근하더라."

집주인의 파트너라는, 상당히 외모가 실망스러운 진이라는
남자는 창가를 내다보며 혀를 찼다.

"즐기고 있으니까. 게다가 너도 지난주까지 저들하고 똑같았
잖아."

"나도 싫증낸 것을 아직도 재미있다고 하니까 그러는 거지."

집주인과 진이라는 남자가 나누는 대화와 다른 이들이 하는
말들을 정리해 보면, 주민들의 소규모 집회는 이 요양원—으로
가장한 '그곳'—이 공사에 들어갔을 때부터 주민과의 마찰이 끊
임없이 일었다고 한다.

전형적인 바나나 현상으로, 누군들 자기 집 근처에 정신요양
원이 생기는 걸 반길까. 더욱이 '그곳'은 그런 주민들의 반발을
뒤에서 더욱 부채질했다. 처음에는 공사 기간만 그런 식으로 소
동을 일으켜서 정말 이곳에 정신요양원이 생기는 것으로 사람
들이 믿게 만들기 위함이었고, 그 후에는 비밀 유지를 위한 어
쩔 수 없는 불가피한 선택이었다.

그리고 2국의 국장을 대외적으로 원장으로—서로 하기 싫다고
해서 국장들끼리 사다리타리를 했다고 한다—내세워 주민들과 느
리게 합의를 보게 만들었다. 몇 가지 조건은 들어주고 지키기
힘든 약조를 해서 사탕발림으로 주민들의 반발을 잠재웠지만,
일부러 지키지 않은 약조들 때문에 이 지역 주민들은 주기적으

로 요양소 앞에 나와 집회를 벌이곤 한다는 것이다. 그리고 '그곳' 은 그것을 은근히 반기면서, 주민들과 대립각을 세워 서로 으르렁거리며 싸우는 시늉을 몇 년째 해오고 있다는 것이다.

그런데 한 달 전에 문제가 생기고 말았다.

근처 주민 중 한 명이 심각한 우울증을 동반한 정신병을 가진 것으로 진단받은 것이다. 주치의는 가족들에게 시설 좋은 요양원으로 보내는 게 좋겠다는 소견을 냈고, 마침 그들은 집 근처에 있는 새 삶 정신요양원을 떠올리며 마음을 놓았다. 집과 가까운 곳이라 안심하고 아들을 맡길 수 있을 거라 생각한 것이다. 곁에서 보기에도 시설이 꽤나 훌륭했고, 규율도 자유로워서 억지로 환자복을 입히지 않는 곳이라는 점도 그네들은 마음에 들었다. 그러나 그들의 기대와는 다르게 아들의 요양 신청은 거절당하고 말았다.

더 이상 인원을 수용하기에 시설이 부족하다는 게 이유였다.

아무리 봐도 세 채나 되는 큰 건물에 자기 아들 한 명 들어갈 방이 없다는 게 그들은 이해가 되지 않았다. 계속된 항의가 이어지자 요양원 측은 알겠다면서 입원을 허락하더니만 대신 엄청난 금액의 요양비를 청구하는 게 아닌가. 처음 요양원에 들어갈 때 요양원에 납부해야 하는 의탁금이 수도권의 웬만한 집 한 채 값이었다. 거기에 더해 그들의 한 달 수입의 세 배가 넘는 요양비를 매달 내란다.

"저희 요양원은 고급화를 지향하고 있습니다. 사실 돈이 있다고 아무나 받아들이는 곳도 아니죠. 댁의 아드님 경우는 특별 케이스로, 저희 요양원과 같은 주민으로서 안타까운 마음에 제가 이사장들을 설득해 어렵사리 받아들이기로 한 겁니다. 그런데 의탁금을 면제해 달라니요. 그건 있을 수 없는 일입니다. 게다가 의탁금이야 이곳을 퇴원하시면 언제든지 저희가 바로 돌려 드릴 테니 걱정하지 않으셔도 됩니다. 그저 전세금이라고 편하게 생각하세요. 요양비요? 그거야 물론 합당하게 계산한 금액이라는 걸 거듭 말씀드렸지 않습니까. 저희 요양원의 식단표와 원료 생산지를 보면 아시겠지만 저희는 확실하게 정부에서 인증한 유기농 농장과 계약을 맺고……”

원장으로 분한 2국장은 아주 재수없는 방법으로 아들을 ‘새 삶 정신요양원’에 요양시키고 싶어한 부모를 포기하게 만들었다고 한다. 하지만 그 소문이 인근에 퍼지면서 근래 잠잠해지기 시작하던 요양원에 대한 원성이 다시 불타오르게 된 계기를 마련해 주었다.

거기에 불을 지핀 것은 1국 요원과 2국 요원들이었다. 모종의 사건 수사를 위해 두 국의 요원들이 함께 공조를 하게 되었는데, 평소 그리 사이가 좋지 않던 그들은 만사에 티격태격 조용한 날이 없었단다.

그러다 상대에 대한 불만이 터지다 못해 결국 요양원 중앙 정원에서 드잡이까지 하게 되는 사태까지 벌어진 것이다. 배운 사람답지 못한 품위없는 행동들에 그 이야기를 들은 다휜은 가볍게 혀를 차고 말았다. ‘그곳’에 대한 다소의 환상이 깨져 버린 것이다.

대충 그 선에서 끝났으면 좋았을 것을, 마침 그들은 수사를 위해 어쩔 수 없이 현장으로 함께 나갈 수밖에 없는 상황이었다. 상대의 차는 타지 않겠다면서 각자의 차를 몰고 요양원 정문으로 나가려던 그들은 서로 자기가 먼저 나가겠다고 신경전을 벌이다가 요양원 앞에서 가벼운 접촉사고를 내고 말았다. 이것이 또 계기가 되어 정문 밖에서 그들은 또 한참을 싸웠다고 한다.

'미친 새끼들. 너희들이 원래 그렇지, 뭐! 미치려면 곱게나 미쳐. 둘이 아니면 아무것도 못하는 것들이.'

'만날 시체만 파고드는 너희보다는 더 나아, 이 또라이 변태들아! 시체해부도나 옆구리에 끼고 오만 인상을 더 찡그리고 다녀서 애들이 얼마나 공포에 떠는 줄 알아?'

'약 처먹는 것들하고 쇠파이프 들고 싸우는 너희보다는 더 낫거든요. 우린 억울한 영혼들을 위해 그들의 한을 해결해 주는 숭고한 사명을 가졌다고.'

'우리는? 너희만 숭고하냐. 우리도 만만치 않게 숭고해. 넌 밀가루와 약도 구분 못하지? 우린 할 수 있거든. 사재 권총도 못 만드는 주제에.'

'야, 여기에 있는 사람들치고 마약 구분도 못하는 머저리가 어디 있냐. 우리 중에―교육 당시 마약 구별법을 배울 때―약 한 번 안 해본 녀석이 어디 있다고 잘난 체야!'

수준 이하의 싸움이 오가는 거야 그들의 수준이 그 정도라 생각하면 어쩔 수 없는 것이겠지만 문제는 마침 그 앞을 지나가던 10여 명의 초등학생이 그 유지 찬란 싸움을 처음부터 다 목격하고 있었다는 것에서 비롯됐다.

아이들은 전부를 이해하기보다는 귀에 들어오는 몇몇 특정

단어들로만 그 사태를 고스란히 받아들이고 말았다. 가령 미쳤다, 또라이, 변태, 시체, 쇠파이프, 마약, 권총, 그리고 우리 중에 약 한 번 안 해본 녀석이 어디 있냐는 말까지. 그리고 그걸 어른들에게 옮길 때는 살을 더해서 처음과는 전혀 다른 이야기를 만들어내 그 사건은 약에 찌든 마약중독자들이 요양원을 탈출하려던 전대미문의 사태로 묘사되고 말았다.

주민대책위가 결성되는 데는 오랜 시간이 필요하지 않았다. 자신들의 무능으로 아들을 그곳에 보내지 못했다고 자책하던 부모는 뒤늦게 안심했고, 이번 기회에 새 삶 요양원이 처음에 약속했던 지역발전금과 기타 등등의 조건들을 받아내자는 이야기까지 나오게 되었다.

대외적으로 원장의 직함을 가지고 있는 2국장은 일을 크게 벌여서 자기를 귀찮게 만든 2국 요원들을 족쳤고, 1국장은 자기 요원들을 보듬어주며 칭찬했다고 한다.

대부분의 요원들과 행정직, 그 밖의 직원들은 '그곳' 전용 지하도로를 이용해 출근을 하거나 일을 보러 나갔지만 요양원 정문을 이용하는 이들도 제법 있었다. 그들 중 몇몇이 정문에서 시위하는 주민들에게 잡혀 곤혹을 당하기도 하는 모양인데, 현재까진 귀찮아하기는커녕 오히려 즐기고 있는 이들이 꽤나 있는 분위기였다.

다훤은 집주인의 사무실 구석에 쪼그리고 앉아 바닥에다 손가락으로 그림을 그리며 우울해(憂鬱海)에 빠졌다. 드라마에서 본 '그곳'의 요원들은 이러지 않았다. 얼마나 멋있었는데, 얼마나 의리있고 사명감 넘치며 품위있는 엘리트들이었는데.

　겨우 몇 시간도 지나지 않았건만 다횐은 이들의 실체를 뼈저리게 느낄 수가 있었다.

　얼마 전에 보았던 1국과 2국 요원들 사이에 꽃피는 애절하고 가슴 두근거리던 로맨스를 내용으로 한 드라마를 보았기 때문에 그 충격은 더욱 컸다.

　정작 그 드라마를 보고 1국과 2국 요원들이 헛구역질을 참지 못했고, 몇몇은 보던 TV를 부숴 버렸고, 또 몇은 드라마 작가를 테러하는 것에 대해 진지하게 고민까지 할 정도로 두 국 사이가 나쁘다는 걸 다횐이야 알 리 없었지만 기대와 환상이란 게 있는 법이다. 그게 무참히 무너졌을 때 밀려드는 실망이 다횐이라고 없는 게 아니었다.

　―따라오지 말 걸 그랬나 봐.

　집주인의 출세와 야망을 위해 도우러 왔더니, 알지 않아도 되는 것까지 알게 되어서 다횐은 오늘 집으로 돌아가면 독주라도 거나하게 마시는 걸로 속을 풀어야겠다고 생각했다. 그런데 생각해 보니 집에는 술이 없었다.

　―뭐, 어차피 집주인은 돈도 많으니까. 날 잡아서 카드나 몰래 훔쳐… 서가 아니라 빌려서 사야 되겠다.

　그렇지 않아도 술 이외에도 TV 홈쇼핑에서 봐둔 게 꽤 있었다. 이번 기회에 모두 구입해서 숨겨놓고 하나씩 써봐야겠다는 생각에 다횐은 그날 처음으로 웃을 수가 있었다. 상상하는 것만으로 빠진 기운이 다시 돋는 것 같아서 쪼그리고 앉아 있던 자리에서 일어나 쫄랑쫄랑 집주인 뒤를 따라다녔다.

집주인이 최근 맡은 일은 조직 간의 세력 싸움에 관한 문제였다. 원래 동맹관계였던 두 조직이었으나 한쪽의 중간 간부가 거래하던 약을 몰래 뒤로 빼돌린 게 상대측에 덜미가 잡힌 것이다. 두 조직이 동맹 시에 맺었던 약조에 따라 반대 측에선 배신자의 열 손가락과 혀를 자르는 것으로 배신 행위에 대한 처벌을 내렸다. 원래는 쥐도 새도 모르게 없애 버리는 것이 원칙이지만 비리를 저지른 중간 간부가 자기 쪽 고위 간부의 사위였던 것이다. 딸의 간곡한 부탁에 아버지는 딸의 편을 들어주었지만 그렇다고 그냥 넘어갈 수는 없었던 일이라 신체의 일부를 절단하는 걸로 합의를 본 것이다.

그런데 문제는 그 후였다. 처음엔 죽는 것보다야 불구가 되더라도 남편이 살기를 바랐던 아내는 두고두고 자신의 선택을 후회하게 되었다. 차라리 깨끗이 죽어버렸다면 미망인은 슬퍼했겠지만 조직의 동맹 유지와 약조의 중요성을 이해하고 있었기에 시간이 걸리더라도 남편의 죽음을 받아들였을 것이다. 하지만 남편이 살아 있음으로써 그녀는 양쪽 조직에서의 입지가 상당히 깎이고 말았다.

결혼으로써 남편이 속한 조직의 일원이 되었지만 동맹관계에 있는 고위 간부의 딸이라는 신분은 꽤나 큰 영향력을 발휘했다. 그러나 남편의 배신 행위로 인해 어디에도 속하기 어려운 애매한 위치로 떨어지고 만 것이다. 게다가 조직 내의 간부 모임이 있을 때마다 당하는 무시와 괄시를 받아들이기란 그동안 누렸던 것에 대한 추억이 너무 강했다. 차라리 남편이 죽었다면 다시 아버지 밑으로 들어가 보호를 받으며 동정이라도 샀을 텐데 말이다.

결국 어느 날 견디다 못한 그녀는 남편을 살해하고 아버지에게로 돌아갔다. 원래 죽어야만 했을 목숨, 자신 때문에 살았으니 자신이 거둔다면서.

그러나 이로 인한 파장은 그녀가 생각했던 것처럼 단순하지 않았다. 그녀의 행동은 한번 용서를 받은 잘못에 대해 또다시 죄를 묻는 격이 된 것이다. 두 조직이 오래도록 동맹을 유지할 수 있었던 것은 엄격하게 서로 약조를 지켜왔고 그것을 어겼을 시에는 용서가 없었다는 것, 그리고 한번 끝난 처벌은 그걸로 끝내고 다시 꺼내지 않는다는 일사부재리의 원칙을 고수해 왔기 때문이다.

죽여야 했지만 죽이지 않은 것은 그쪽 사정이다. 자기네 간부의 사위라고 해서 죽이지 않았으면 그걸로 끝이다. 더 이상 그 문제에 대한 다른 반론은 있을 수가 없다. 고로 그녀가 남편을 살해한 것은, 남편의 배신행위에 대한 처벌이 이미 끝난 마당이었기에 불필요하고 의미없는 살해에 불과했다. 동맹 약조에 의하면 두 조직은 서로에 대한 배신 행위를 제외하고 상대의 목숨을 거두는 것에 대해 엄격한 규제와 처벌을 약속한 상태였다. 그랬기에 남편이 속했던 조직에서는 그녀의 목숨을 요구한 것은 당연한 처사였다.

하지만 원칙대로 된다면 세상이 지금처럼 복잡하고 꼬이지는 않았을 터이다.

문제는 항상 자존심이었다. 어차피 죽일 것, 조금 후에 죽였을 뿐이라는 입장과 이미 처벌은 끝나지 않았냐는 의견이 상충

되면서 사건의 무마가 쉽지 않았다. 원래 불신이라는 것은 작은 것에서부터 시작하게 마련이다. 예전에는 그냥 넘어갔을 작은 분쟁에서 점점 피를 보게 되면서 결국에는 지역구 싸움으로까지 사태가 커져 버리고 만 것이다.

동맹은 깨지고 누구보다도 맹우였던 두 조직은 이제는 완전히 등을 돌려 서로의 심장에 칼을 꽂는 관계가 되었다. 어차피 그쪽 세계에서 의리란 이미 한물간 옛날 영화의 소재거리만도 못하게 된 지 오래였다. 그에 비하면 두 조직 간의 동맹은 오래간 편이었다.

사이가 좋았던 만큼 상대에 대한 약점 역시 잘 알고 있던 그들은 가차없이 상대의 급소를 찔러갔고, 그로 인해 어느 조직 간의 싸움보다 치열하고 잔인한 양상을 띠게 되었다.

1국에서는 이번 기회에 두 조직을 모두 치워 버릴 계획이었다. 대대적인 청소에 마조와 진 말고도 다른 몇 개의 팀이 합류해서 함께 일을 하고 있었다.

"장동환의 장부를 빼돌린 위지철이 요즘 가류지구에 얼굴을 내민다는 정보가 있어."

"간도 큰 놈이네. 그러다 장동환에게 잡히면 그날로 죽는 목숨 아니야?"

"사지에 몰리면 쥐도 고양이를 물게 되니까. 아마 위지철은 보스와 정면 돌파를 하려는 것 같아. 모습을 드러내는 곳들이 그네들 보스가 자주 가는 유흥업소 밀집 지역인 것을 보면. 위지철이 보스를 만나는 선을 장동환이 다 잘라 버려서 그런 방법밖에는 없을 테니까. 뭐, 장동환으로선 그 장부가 보스에게 넘어가면 자기가 죽는 날일 테니 결사적으로 막을 수밖에. 위지철로선 이래도 저래도 죽는다면 한번 해볼 만한 모험이겠지.”

조직 간의 전쟁 와중 한쪽에선 조직의 장(長)이 되려고 모반을 준비하는 무리가 나왔다. 또한 그 모반 무리에서도 배신자가 나오는, 배신에 배신이 잇는 재미난 형국을 만들어내고 있었다.

“너는 박후와 능과 함께 장동환이 움직이는 걸 막아. 난 그 사이에 위지철을 잡을 테니까.”

대충 위지철의 위치를 파악해 놓은 마조는 진을 장동환에게 보내고 혼자서 위지철을 잡기 위해 가류지구로 향했다. 다흰은 이 흥미진진한 모습에 눈을 반짝이며 집주인의 뒤를 따랐다. 참여자가 아닌 방관자로서의 생활이 익숙해진 다흰에겐 이 모든 게 어쩌면 현실성없는 드라마와 별반 다르지 않았던 것이다.

“헉!”

마조가 위지철의 숨어 있는 근거지에 도착한 것은 시기적절하게도 위지철이 마침 그곳을 버리고 다른 곳으로 도주하기 직전이었다. 조직의 중간 간부인 위지철은 ‘그곳’의 요원인 마조의 얼굴을 알고 있었다. 보는 순간 상황을 깨달은 그는 ‘에라, 모르겠다’를 연발하더니 뒤돌아 도망부터 치기 시작했다. 그건 거의 이성에 앞선 본능에 가까운 행동이었다.

때문에 귀찮아진 것은 마조였다. 호익적이지는 않겠지만 마조는 위지철이 자신을 보면 대화에 응할 거라 예상하고 있었다. 현재 위지철은 장동환에 의해 조직의 배신자라는 누명을 쓰고 쫓기는 중이다.

장동환의 직속 부하인 위지철의 경우, 조직의 누구에게 잡히든 바로 장동환에게 끌려가게 되어 있다. 현재 그쪽 보스는 장동환을 상당히 신임하는 상태라 다른 변수가 생길 가능성은 거의 없다.

개인적으로 보스에게 접근할 수단이 모두 막혀 있고 장동환에게 쫓기고 있는 입장에선 살고 싶다면 '그곳'에 적극적으로 협조는 못하더라도 일단은 거래를 제안하는 게 일반적인 반응이다. 원래 위지철이 장동환을 배반하게 된 원인이 그쪽 세계에서 빠져나오려다 그런 것이었기 때문에 당연히 그럴 줄 알았다. 그런데 버릇이란 종종 엉뚱한 짓을 벌이곤 한다.

예상과는 다른 양상으로 흘렀지만 궁지에 몰린 쥐를 놓칠 마조가 아니었다. 고층 빌딩이 빼곡히 붙어 있는 가류지구 21번가의 골목 사이사이를 교묘히 헤집고 도망가는 위지철의 뒤를 마조는 얕은 미소를 띠며 여유있게 뒤따라갔다. 위지철이 어디어디로 도망갈지 어느 정도 예측이 가능했기에 나오는 여유다.

마조를 비롯한 '그곳' 요원들이 가장 먼저 교육받는 것이 지리였다. 가상 체험으로 골목 틈새까지 꼼꼼히 외운 다음 실습을 통해 몸으로 습득하기까지 했다. 도망자가 생길 경우, 무리 없이 따라잡고 상대를 막다른 골목으로 몰아세울 수 있게 하기 위해서다.

일단 시선 안에 들어오는 먹이를 놓친다면 '그곳' 요원으로서 자격 미달이고 자존심에 스크래치 나는 걸 떠나서 국장실에 끌려가서 어떤 수모를 당할지 모른다. 그래서 '그곳', 특히 1국 요원들은 달리기를 참 잘한다.

여유롭게 위지철의 뒤를 쫓는 집주인을 보며 다휜은 이거 도와줘야 하나 말아야 하나 잠시 갈등했다. 쉽게 일하고 편하게 만들어주는 거, 그것이 원래 계획이기는 한데 도와주자니 지금의 집주인은 그의 도움이 필요없어 보였다. 이런 경우 도와줘 봤자 생색내기도 무색해진다. 괜히 혼자 맥이 빠진 채로 집주인의 뒤를 따르는 거 말고는 달리 할 일이 없었다.

마조는 자신과 일정한 거리를 유지하며 도망치고 있는 위지철이 앞의 삼거리에서 오른쪽으로 돌아 12층 건물로 들어갈 것임을 확신했다. 직선이나 왼쪽으로 돌아가면 바로 대로변으로 이어지는 큰길들이었다. 장동환의 부하들이 위지철을 잡기 위해 혈안이 되어 있는 마당에 '그곳' 요원을 피하려고 그 큰 위험을 선택하지는 않을 것이다. 전자에게 잡히면 타협이고 뭐고 곧 죽음으로 직결할 테니 말이다.

그렇다고 위지철의 선택이 최상의 구명줄은 아니었다.

오른쪽 길은 좁은 골목길들이 길게 이어졌지만 결국 그 끝은 막다른 길이었다. 근처에 도피처를 마련하고 숨어 있던 위지철이 그걸 모를 리가 없다.

그럼에도 그곳으로 숨는 것은 골목길 사이에 있는 12층 건물이 도피하기엔 좋은 조건을 가졌기 때문이다. 임대 사무실이 많아서 어떻게든 숨어들 여지가 제법 있을 테고, 그렇지 않을 경우 옆 건물로 건너갈 수 있을 만큼 건물들이 다닥다닥 가까이 붙어 있기 때문이다. 무엇보다 앞서 달린 그는 골목을 도는 잠시의 순간 마조의 시선을 피해 그곳으로 도망치면 나중에 뒤쫓아온 그가 수많은 건물 중에서 헤맬 것이라고 착각하는 모양이었다.

　조금 늦게 골목을 돈 마조는 위지철이 숨어들어 간 건물 안으로 망설임없이 바로 들어갔다. 여러 회사들이 임대하고 있는 이 건물은 낯선 이의 통행을 금하거나 신분 확인 등을 하지 않았다. 위지철이 이 건물을 선택할 수밖에 없는 가장 큰 이유이기도 했다.

　마침 계단에 오르려는 순간 위지철은 마조가 건물 안으로 들어서는 걸 보았다. 시간을 조금 벌 수 있을 거라는 기대가 무색하게 바로 덜미가 잡힌 그는 무조건 위층으로 뛰어올라 가기 시작했다.

　대형 사건을 일으켜도 오히려 당당하게 나오는 녀석들만 상대했던 마조는 위지철의 대응이 조금 신선한 감이 없지 않았다. 모시던 상관을 배신한 주제에 의외로 간담이 작은 놈이라고 혀까지 찼다.

　하지만 거기엔 다 이유가 있다. 사실 마조와 위지철은 개인적인 접전이 한 번도 없었다. 위지철 정도의 중간 간부는 사건이 터지지 전까진 마조에게는 관심 밖의 인물인 반면, 위지철의 경우 '그곳' 요원들에 대해 어느 정도의 사전 지식을 가지고 있었다. 자신으로선 상대도 못하는 저 윗분들도 벌벌 떨게 만드는 '그곳'의, 그것도 1국 요원이 아닌가. 지금껏 조직 내에서야 큰소리치며 거들먹거리기는 했지만 개인으로서 1국 요원 앞에 서게 된다면 자신이 얼마나 초라한지, 그리고 '그곳' 요원들이 얼마나 무서운지 마냥 세뇌당한 이의 행동이야 결국 뻔하다.

　애초에 아무 사무실이나 화장실에 조용히 스며들어 가려던 계획은 수포로 돌아가고 결국 건물 옥상에까지 도망간 위지철

은 헉헉거리며 마조를 돌아보았다. 숨이 턱까지 올라와서 씩씩
거리는 자신과 다르게 땀 한 방울 나지 않고 숨까지 고른 마조
가 천천히 그에게 다가오고 있었다. 비웃거나 화를 내지도 않
는, 어떤 생각을 하고 있는지조차 알 수 없는 무표정한 얼굴이
오히려 더 소름 끼쳤다.

"다 도망쳤습니까?"

소문대로다. 마조의 파트너인 진이 안하무인으로 반말 찍찍
하면서 상대를 가지고 놀 때, 마조는 옆에서 고상하고 우아하게
사람을 무시한다고 했다. 그런데 그게 무지 무섭고 살벌하다고
하더니 맞는 소리였다.

"좋은 곳으로 도망을 치셨군요. 바람도 좋고, 다행히 오늘은
황사도 없는 날이라 달리는 데 걱정은 없었습니다. 만약 오늘
황사라도 있었다면……."

"……?"

마조가 여상스럽게 하늘을 쳐다보며 잠시 침묵하자 위지철은
절로 밀려오는 긴장에 크게 침을 삼키며 같이 하늘을 쳐다봤다.

"뭐, 그쪽으로선 오늘 운이 좋았다는 것만 알면 됩니다."

마조의 말에 위지철은 그만 울상을 짓고 말았다. 현재 그는
자신이 장동환의 비밀 상부를 빼돌린 것을 마조가 알고 있을 거
라고는 전혀 상상도 못하고 있었다. 장동환이 위낙에 비밀로 부
친 일이었기 때문에 자신의 외로운 싸움에 대한 공포만이 가득
한 뿐이다. 그래서 마조가 그를 쫓은 것은 배신자로 찍힌 자신
을 잡아다가 조직의 비밀을 캐기 위해서라고 생각했다. 원래 조
직에서 빠져나오려고 했으니 비밀을 푸는 거야 그다지 망설여

지지는 않았다.

　하지만 워낙에 지금까지 주워들은 이야기가 많다 보니 본능적으로 몸이 떨렸다. 게다가 자기 같은 것은 '그곳'에서 아무것도 아닌 존재일 테니 잡히면 무슨 수모를 당할까 생각하면 겁이 나기도 했다. 조직에서 위지철이 하던 일은 사무 일이라 다른 행동대장들처럼 대범하지도, 막가자는 스타일도 아니었다. 그저 일반 시민보다 조금 거칠고 악독할 뿐이다.

　한번 크게 심호흡을 뱉은 위지철은 눈을 꽉 감고 뒤돌아 뛰기 시작했다. 그가 뛰어가는 쪽 건너편에는 이 건물과 5m 정도 떨어진 곳에 8층 건물이 있었다. 위지철은 지금 그곳을 향해 뛰어내리려는 것이다.

　건물과 건물 사이의 거리가 5m 정도 되지만 12층인 이곳에서 8층인 건너편 건물로 뛰는 것은 조금 수월하다는 계산이 있는 모양이다.

　"하, 가지가지 하네."

　결국 마조의 입에서는 짜증 어린 소리가 나오고야 말았다. 게다가 뛰어내리려면 잘 건너갈 것이지 위지철은 멋지게 뛰어내릴 당시의 기강은 온데간데없고 도중에 중심을 잃고 말았다.

　가까스로 건너편 건물에 다다르기는 했지만 옥상 난관을 붙잡는 건 실패한 것이다. 그래도 다행스럽게도 주르륵 밑으로 미끄러져 내려가면서 건물 벽면 장식을 위해 약간 튀어나온 난관을 가까스로 붙잡아 더 이상의 추락은 면할 수 있었다.

　하지만 이젠 더는 그에게 도망칠 구멍이 없었다. 위지철로서는 옥상과 8층 그 중간에 걸려 있는 위치에서 아래로 뛰어내릴 용기는 물론, 몸도 따라주지 않았다.

게다가 그가 매달려 있는 곳은 건물의 뒤편으로 사람들이 거의 지나가지 않는 길이었다. 지금도 건물을 끼고 있는 골목길에는 지나가는 사람이 아무도 없었다. 현재 마조가 있는 쪽 건물에서 사람들이 자신을 보고 119에라도 전화해 주지 않을까 하는 기대도 있었지만, 유감스럽게도 얼핏 뒤돌아본 건물 창가에는 모두 블라인드가 쳐 있었다. 창가 조망이 좋지 않아서 블라인드로 가려 버린 것이다.

"저어, 저…좀… 저 좀 살려… 주세요!"

위지철은 애처롭게 건너편 건물 옥상에서 자신을 내려다보고 있는 마조를 돌아보며 울먹거렸다. '그곳'과 마조가 무서웠지만 어차피 지금 떨어지면 바로 죽을 게 분명했다. 무서움과 죽음 중 하나를 선택하라면 결론은 뻔했다.

─이번에는 내가 도와줄까?

엷은 한숨을 내쉬는 마조를 돌아보며 다휜은 이제야 제 할 일을 찾았다는 얼굴을 했지만 이내 다시 시무룩해지고 말았다. 가까이서 본 집주인의 얼굴은 비웃음이 걸려 있을 뿐 난처하다거나 당황스러운 표정이 아니었다. 슬쩍 귀찮다는 내색이 흐르기는 하지만 못 참을 정도의 귀찮음도 아닌 듯했다.

잠시 위지철이 하는 양을 가만히 지켜보던 마조는 뒤돌아 난간에서 멀어졌다. 있는 힘을 다해 고개를 위로 치켜뜨며 마조를 쳐다보던 위지철은 부들거리는 손목에 다시 힘을 꽉 주었다. 마조가 옥상 난간에서 사라진 걸 보면 저 건물에서 내려와 다시 이 건물 옥상으로 올라오려는 모양인 듯했다. 그때까지 어떻게

든 버텨야만 했다. 그나마 평소 게으름 피우지 않고 근력운동을 해온 게 오늘에서야 빛을 보는 듯했다.

손목에 힘이 남아 있음에 안심하고 있는데 다다다닥 누군가 달리는 소리가 건너편에서 들려왔다. 너무 거리가 멀어 놓치기 쉬울 정도로 작은 소리였지만 분명하게 들렸다.

힘을 아껴둬야만 하건만 위지철이 호기심을 이기지 못하고 어깨너머로 빠끔히 뒤를 돌아보았을 때, 건너편 건물 옥상 난관을 도움닫기로 이용한 마조가 이쪽을 향해 뛰어내리는 게 보였다.

"어, 어어어……!"

자기가 뛰어내리는 것도 아니면서 저도 모르게 내지른 비명이 끝나기도 전에 그의 머리 위로 검은 게 쏙 지나가며 옥상에 안전하게 착지하는 소리가 들렸다. 위지철의 입에서 저절로 안도의 한숨이 흘러나왔다. 이제 살았구나 하는 안도에 마지막 결의에 차서 손에 힘을 꽉 주었다.

양복을 입어 살짝 불편한 감이 없지 않았지만 겨우 5m 거리를 뛰어내리는 것은 마조에겐 큰 어려움이 아니었다. 여유롭게 옥상에 착지한 그가 제일 먼저 한 것은 위지철을 구하는 게 아니라 바람에 흐트러진 머리를 정돈하며 있지도 않은 어깨의 먼지를 천천히 털어내는 것이었다.

"저어… 저 조오옴……."

바로 구해줄 줄 알았던 마조가 뜸을 들이자 초조해진 위지철이 먼저 SOS를 쳤다.

"내가 왜 당신을 구해줘야 합니까?"

그러나 난관에 서서 아래를 내려다본 마조는 왼손으로 오른쪽 어깨를 주무르며 오히려 되물었다. 너 하나 죽어도 나는 상관없다는 식의, 인권단체가 보았다면 당장 항의가 날아왔을 장면이다. 느긋한 그 태도에 악이 받치기도 하고 두렵기도 한 위지철이 점점 부들거리며 떨리는 손목에 있는 힘, 없는 힘 다 끌어모아 마조에게 외쳤다.

"제, 제가 알고 있는 거 다아 말하겠습니다! 뭐든지 물어보세요! 제가 최에선을 다아아해 도와… 흐윽!"

"당신 같은 게 알고 있어봤자지."

위지철이 알고 있을 정보는 이미 이쪽에서도 파악이 끝난 상태다. 오히려 그보다 더 고급 정보를 알고 있다고 해도 무리는 아닐 것이다. 장동환의 비밀 장부의 내용이 어떤 것들인지도 알고 있다. 그럼에도 장부를 원하는 것은 실질적인 증거품을 얻기 위해서다. 그것을 가지고 조직 내 내분을 야기시키거나, 아니면 장동환이 지금의 보스를 치고 올라간 후에 그를 잡는 데 법적인 증거품으로 삼든지, 되도록 증거는 많으면 많을수록 좋기 때문이다.

"내가 필요한 것은 정보가 아니라 당신이 가지고 있는 장부입니다."

마조의 좋은 눈에 위지철의 어깨가 가늘게 떨리는 게 보였다.

"혹시 바보처럼 지금 몸에 지니고 있는 건 아닐 테고……."

위지철의 어깨가 아까보다 더 크게 떨렸다.

"설마, 정말 가지고 있는 겁니까? 미련하군요. 만약 그렇다면 당신이 죽든 말든 내가 상관할 필요는 더욱 없을 것 같습니다.

어차피 내 손에 들어올 텐데 힘쓸 필요가 없잖습니까. 안 그렇습니까?"

위지철로서는 절대 동의할 수 없는 동의를 구하며 마조는 조용히 그를 비웃었다. 점점 지탱하는 게 힘들어지는 위지철은 생명이 왔다 갔다 하는 기로에서 만감이 교차했다. 이렇게 죽는구나. 이렇게 죽으려고 내가 그렇게 살았던가. 남의 생명은 파리목숨처럼 대했건만 막상 자신의 목숨이 이렇게 가볍고 보잘것없는 취급을 받자 서러운 눈물까지 났다.

"추하군요."

눈물을 흘리는 위지철을 내려다보며 마조는 차가운 어조로 조용히 중얼거렸다. 옆에 있는 다흰은 똑똑히 보았다. 집주인의 얼굴에 살짝 내비쳤다 사라진 경멸을. 그리고 뭐라 딱 부러지게 설명하기 힘든 복잡 미묘한 감정의 흐름을.

"당신 하는 짓이 참 추해."

짧은 감상을 끝낸 마조는 느리게 허리 벨트의 버클을 풀었다. 그걸 본 다흰은 '어머, 어머, 너 지금 뭐 하는 것이냐!' 라고 외쳤다. 요즘 새벽 케이블에는 별의별 내용의 프로들이 많아서 잡지식이 많은 다흰은 순간 엉뚱한 상상을 하고 말았다. 제목이 뭐였더라? 불타오르는 가죽이었나? 며칠 전 보았던 B급 영화를 떠올리며 다흰은 세상 말세를 외쳐 댔다.

잠깐 귀가 가렵다는 생각에 마조는 검지로 귓구멍 입구를 긁었다. 위지철이 지금 붙잡고 있는 난관은 마조의 팔이 닿지 않는 곳이었다. 몸을 쭉 내밀어 손을 내민다면 닿기는 하겠지만 잘못하면 마조도 함께 위험해질 수가 있었다. 그래서 손 대신 허리에서 푼 가죽 벨트의 한쪽을 위지철에게 내려주었다.

아무리 힘이 좋다고 해도 성인 남자를 벨트 하나로 들어 올리는 건 쉬운 일이 아니라 생각하면서도 유일한 구명줄을 잡은 위지철은 너무도 쉽게 자신의 몸이 위쪽으로 끌어올려지자 순간 감탄성을 뱉고 말았다. 이 남자는 힘도 좋구나. 이 와중에도 위지철은 살짝 부러웠다. 그리고 옆에서 집주인이 하는 양을 지켜보던 다휜은 방금 전 자신의 과대망상을 떠올리며 많이 부끄러워했다.

—집주인, 의심해서 미안. 내 너가 그런 인간이 아니라는 건 이미 알고는 있었단다.

이제는 TV 프로도 가려봐야겠다고 스스로를 꾸짖는 다휜의 자아 반성은 누구도 알아주지 않았기에 공허하기만 했다.

죽지 않고 무사히 옥상 위로 올라온 위지철은 바닥에 주저앉으며 슬며시 마조의 눈치를 보았다. 다시는 쓰지 못하게 늘어나 버린 가죽 벨트를 보고 혀를 차는 마조가 몹시 위험해 보였다. 기분도 나빠 보이고, 언뜻 벨트가 무척이나 비싸 보였다.

"저, 그게… 살려주셔서 고맙……."

"닥쳐!"

마조의 입에서 처음으로 위지철을 향해 반말이 뛰어나왔다. 옆에서 혼자서 중얼거리며 쑥스러워하던 나휜도 딩딜아 놀라서 흠칫 집주인을 쳐다보았다.

"지금 기분 더러우니까 알아서 찌그러져 있으세요."

늘어난 벨트를 오른손에 감아 잡아당기면서 마조는 경고했다. 위지철이 조금만 영리하게 굴었다면 하지도 않았을 수고에 짜증이 나는 건 어쩔 수가 없었다. 그런 주제에 징징거리는 소리까지 내니 이건 괜히 살려줬나 싶다. 위지철이 지금껏 저질렀던 짓거리들에 대해 너무나 잘 알고 있는 마조로선 그저 가소로울 따름이었다. 누군들 자기 목숨이 소중하지 않을까마는 타인의 목숨도 존중하지 않은 주제에 자신의 목숨에 연연하는 족속들을 보면 대번에 위장이 비틀어진다.

이런 것들이 요즘 마조를 고민하게 만들었다. 더불어 과연 이 일이 자신에게 맞는 일인지도.

마조가 딴생각을 하고 있는 걸 눈치챈 위지철은 슬슬 눈치를 보며 눈동자를 굴리기 시작했다. 때를 잘 잡으면 도망칠 수 있는 기회가 생길지도 모른다. 그러나 유감스럽게도 잠시 잡생각을 하면서도 위지철에게서 시선을 거둔 적이 없는 마조였다. 생각이 고스란히 얼굴에 나타나는 위지철을 보자니 비웃음도 나오지 않았다. 마조는 손에 들고 있던 가죽 벨트로 위지철의 얼굴을 후려치며 경고했다.

"여기서 또 딴짓거리를 하면 그땐."

"……?!"

"죽인다."

매번 하는 일이지만 언제나 이런 것이 싫었다. 타인의 목숨을 경시하던, 그러나 제 목숨은 소중하다는 위지철을 비웃었으면서 정작 자신 역시 남의 생명을 경시하고 있는 이 괴리감. 절대 위협용으로 하는 말이 아니었다. 지금 마조에게 있어 위지철의 생명은 정말 보잘것없어 보였다. 그냥 죽게 방치한다고 해도 양심의 가책을 느껴지는 않을 것 같다. 그렇다면 필요와 목적을 위해 사람을 아무렇게나 죽이는 위지철 같은 무리나 자신과 무엇이 다를까.

착한 사람을 죽이는 건 죄고 나쁜 사람을 죽이는 건 선일까.

사실 아무리 생각을 거듭해 봐도 결론은 나오지 않았다. 절대적인 선과 절대적인 악이 존재한다면 그 사이에는 수많은 종류의 선과 악이 공존할 것이다. 세상을 살아가면서 인간이 선택할 수 있는 게 두 가지 중에 하나만 있을 거라고는 생각하지 않는다. 그런데도 필요불가결하게 강요를 받게 된다.

너는 선한가.

너는 악한가.

너는 옳은가.

너는 그른가.

한쪽을 선택하게 되면 다른 한쪽은 자연히 아닌 게 된다. 하지만 사람이 그렇게 간단한 존재인가 하면 그건 아니지 않는가.

"정말 가지가지 한다."

일하는 도중에 생각이 많아지는 건 좋지 않다. 고개를 저으며 일단 위지철부터 해결하기로 한 마조는 늘어난 가죽 벨트로 그의 두 손을 묶어 압박한 다음 몸을 뒤졌다. 상의 안쪽에서 작은 메모리칩이 하나 나왔다. 단번에 얼굴이 구겨지는 위지철을 무시하고 휴대폰과 연결해 내용을 확인해 보려 했지만 화면에 전용 읽기 프로그램이 필요한 문서라는 메시지가 떴다.

규모가 크다 싶은 조직 대부분은 자신들이 직접 만든 문서용 프로그램이 따로 있다. 거창하게 들리지만 실상은 사람들이 널리 이용하는 프로그램을 살짝 개조해서 암호와 함께 자기들 컴퓨터에만 작동하도록 만든 것이다. 그래서 각각의 조직들이 작성한 문서들은 사람의 지문처럼 고유의 특색을 가지게 되었다.

자신들의 정보가 밖으로 새어나가는 것을 방지하기 위하던 것이 빼도 박도 못하게 발목을 잡는 증거품이 되고 있는 것이다. 그럼에도 그네들이 고유의 프로그램을 포기하지 못하는 걸 보면 그만큼 조직들끼리의 정보전이 치열하다는 의미일 거다.

당장은 문서를 확인하기 힘든 관계로 메모리칩을 주머니에 넣은 마조는 위지철을 끌고 본관으로 돌아가려 했다. 위지철의 신병을 확보했으니 다음은 장동환이었다. 그러나 삶은 그리 호락호락한 게 아니었다.

옥상을 빠져나가는 유일한 비상구가 잠겨 있어서 밖으로 나갈 수가 없게 된 것이다. 마조가 아무리 혈기왕성한 젊은이라고 해도 문고리를 쇠사슬로 칭칭 감긴 쇠문을 박차고 나올 수는 없는 일이었다.

해가 저물면서 거리는 화려한 네온사인으로 물들었다. 낮보다 더욱 아름다운 밤의 세계가 열린 것이다. 지상의 불빛들과 하늘에 떠 있는 인공위성 사이로 유일하게 인공이 아닌 달빛만이 고요하게 마조의 머릿결을 쓰다듬고 있었다. 어둠이 내린 하늘을 보고 나서야 시간이 상당히 많이 흘렀음을 깨달은 마조는 잠시 하늘을 쳐다보다 핸드폰을 꺼내 진에게 전화했다.

[위지철은 잡았어? 장부는?]

통화음이 들리자마자 전화를 받은 진이 대뜸 묻는다.

"위지철은 포획했고, 메모리칩이 하나 나왔는데, 그건 돌아가서 확인해 봐야 알 것 같아서 아직은 뭐라 할 수 없는 단계."

[그럼 이제 우리도 철수할게. 요양원에서 보자.]

"아니, 그러기 전에 나한테 먼저 와줬으면 좋겠어."

[왜?]

"옥상에 갇혔거든."

길게 설명하지 않았음에도 진은 대충 마조의 상황을 짐작하는 듯했다. 간헐적으로 쿡쿡거리며 웃음을 참는 소리가 옆에 있는 다휜에게까지 들렸다.

[알았어. 위치 추적해서 찾아갈 테니 위지철과 즐거운 시간 보내고 있어. 달도 좋겠다, 바람도 좋고, 옥상이라니 운치도 있겠네. 그래도 너무 들이대지는 마. 품위는 지켜야지.]

"배터리 얼마 없다. 근처에 오면 다시 전화해."

진의 말을 도중에 끊어버린 마조는 얌전히 있는 위지철을 다시 한 번 확인하고 나서 주위를 한번 쭉 둘러봤다. 근처 모텔 옥상에 있는 커다란 팅커벨 조각상이 눈에 확 들어왔다. 색이 벗겨져서 조금은 추레해 보이는 조각상의 머리 위로 초승달이 떠 있었다. 각도가 기막히게 잘 나와서 마치 달빛 속에 사는 요정 같다는 생각이 들었다.

그게 또 더 이상 요정이 살지 않은 세상에 남은 마지막 요정의 모습 같아서 조금은 서글프기도 했다. 이 와중에 이런 감상이라니, 마조는 피식 웃고 말았다.

마조의 옆에 서서 그의 시선을 따라가 보던 다휜의 눈에도 어둠과 화려한 불빛 사이로 초라하게 변한, 본래의 모습을 숨기고 마냥 아름답게만 보이는 커다란 조각상이 보였다. 요정이 사라져 버린 세상에 인간들은 자신들이 만든 가상의 요정들을 앞세우고 있다. 저런 것으로라도 위안을 받고 싶은 걸까, 인간들은.

─저 아이의 모습이 마치 나와 같구나.

파랑새라는 소설을 다흰은 읽은 적이 있다. 옆에 있는 것을 멀리서 찾는 인간들의 어리석음이 너무 그들다워서 웃었던 기억이 있다. 이 세상에 요정은 더 이상 보이지 않는다. 하지만 그건 보이지 않는다는 것뿐 존재하지 않는다는 게 아니다. 마치 지금의 자신과 같아서 더욱 우습다. 분명 이렇게 존재하고 있건만 아무도 자신을 더 이상 받아들이려 하지 않는다. 인간들에게 있어 자신은 이미 사라져 버린 존재일 것이다. 그리고 그 자리에 인간들은 자신들이 만든 가짜를 세워 즐거워하고 있다. 봐라, 너희가 없어도 우리는 이렇게 살아가고 있다고 외치는 것만 같다.

─나는 화가 났었던가.

다흰은 섭섭했었는지도 모른다, 이젠 더는 자신을 찾지 않는 인간들과 아무것도 해줄 것이 없는 자신의 처지에 대해.

오늘 종일 집주인을 따라다닌 다흰은 자신이 그에게 해줄 것이 없다는 것을 어렵지 않게 깨달을 수가 있었다. 해주려면 해줄 것은 많겠지. 하지만 그것들은 진정 집주인이 원하는 게 아니었다. 그건 다흰이 원해서 집주인에게 주려는 것뿐이다.

그는 단지 자신에게 주어진 시간에 최선을 다하며 살아가는 한 명의 인간일 뿐이었다. 노력하고, 생각하면서 그렇게 살아가고 앞으로 나아가면서. 굳이 다흰이 무언가를 해주지 않아도 인간들은 스스로 자신들의 길을 잘 헤쳐 나가고 있었다. 인간들은 더 이상 자신의 도움 따윈 필요로 하지 않는다. 지금의 집주인처럼 말이다.

하지만 그럼에도, 너희들이 날 필요로 하지 않더라도, 너희들이 날 잊어도 너희들이 행복해하는 걸 바라보는 게 나는 즐겁다고 다횐은 중얼거렸다. 무언가를 해주지 못해 아쉬운 나머지 화를 냈던 자신을 깨닫자 씁쓸하기도 하고 허탈하기도 했다. 표면적으로 나타나는 행위만이 자신의 존재성을 증명하는 것이 아닐까 하고 조바심을 느꼈는지도 모르겠다.

다횐은 더 이상 집주인을 따라다니며 자신의 존재를 각인시킬 어떠한 행동도 무의미하다는 것을 깨달았다. 어떠한 이유와 변명을 갖다 붙여도 결국엔 나 좀 알아봐 달라는 몸부림이 아니겠는가. 깨달음은 바로 포기로 이어진다.

살래살래 고개를 저은 다횐의 얼굴은 근심을 털어낸 듯 가벼워 보였다. 하루아침에 갑자기 무언가 크게 변하는 일은 없을 것이다. 아마도 그는 여전히 집주인의 일에 개입하려고 하고 무엇인가를 해주고 싶어할 것이다. 그러나 조금은 느긋하게 생각할 여유는 되찾은 듯하다. 집주인이 당장 우리의 집을 좋아하지 않는다고 해도 시간은 많다. 그리고 그것이 꼭 지금의 집주인이 아니어도 좋을 것이다.

—집주인! 우리 천천히 가보기로 하세.

다횐은 마조의 어깨를 툭툭 치고는 가벼운 마음으로 그들의 집으로 돌아가 버렸다. 집주인의 동료가 곧 오기로 했으니 굳이 이 상황에서 그를 도와줄 이유는 없을 것이다. 자립성 강한 집주인은 이런 사소한 어려움쯤 그리 문제 삼지 않을 테니 말이다. 어서 가서 드라마나 봐야지.

순간 바람이 불어 마조의 머리칼이 거칠게 휘날렸다. 저녁이 되면 아직은 쌀쌀한 계절이었다. 바람을 맞은 마조는 안경을 벗어 렌즈를 깨끗이 닦아 다시 쓰고 헝클어진 머리칼을 손가락으로 빗었다. 슬쩍 아래를 내려다보니 위지철이 코를 훌쩍이면서 선하지도 않은 눈을 내리깔면서 불쌍한 척을 하고 있었다.

울적했다.

전생에 무슨 죄를 지어서 이런 시간에, 이런 장소에서 저런 놈과 같이 있어야만 하나. 그리고 곧 도착할 파트너에게 당할 놀림을 생각하자니 왠지 정신이 아득해진다.

이럴 땐 동화책이나 소설에 굴러다니는 많고 많은 그 '흔한' 수호신 하나 정도 분양받으면 정말 좋을 텐데 말이다.

"하긴 그런 일이 내게 일어날 리가 없지."

『Mr.마조』 제2권에 계속…

일류 新무협 판타지 소설

천산마제

내일을 기약할 수 없는 땅, 천산.
소녀로부터 은자 한 닢의 빚을 진 소년 용약,
청년이 된 용약은 천산의 하늘이 된다.

하늘을 가르고 땅을 뒤엎는다!
한 호흡에 만 개의 벽(壁)!!!
지금껏 내게 이빨을 드러낸 것들은 모두 죽었다.

은자 한 닢의 빚을 갚으며 시작된
십천좌들과의 승부.
으너라! 천산의 제왕, 천산마제가 여기 있다!

유행이 아닌 자유추구 -
WWW.chungeoram.com
Book Publishing CHUNGEORAM

長虹貫日

장홍관일

월인 新무협 판타지 소설

세상은 언제나 정의가 승리하고,
그래서 사필귀정(事必歸正)이라고?

개소리!

세상은 나쁜 놈들이 지배하지.
그러나 그놈들은 아주 교활해서 절대로 나쁜 놈처럼 안 보이지.
현재 무림을 지배하고 있는 백도의 어떤 인간들처럼……

暗帝血路 암제혈로

설경구
新무협 판타지 소설

―떠나세요, 가능한 한 멀리.
―하나만 기억하세요. 일단 살아남아야 후일을 도모할 수 있습니다.
―떠나.

오랫동안 연락이 두절되었던 이들이 약속이라도 한 듯 찾아와
꺼낸 이야기들과 함께 시작되는 집요한 추적.
그리고 거대한 음모에 휘말려 억울한 누명을 쓴 채로
오직 살아남기 위해 필사적으로 도주하는 한 사내, 진가혼.

"왜 하필 나입니까?"
"자네가 가장 적당하기 때문이지."
"아시겠지만 그를 죽인 것은 제가 아닙니다."
"물론 알고 있네. 그런데 말일세… 그래도 그를 죽인 것이 자네라는
사실은 변하지 않네."

누구를 믿어야 할까.
적아도 명확하지 않은 상황에서 이유조차 모른 채 도주하던
한 사내의 역습이 시작된다.